隣の隣は隣

――神戸　わが街

安水稔和

編集工房ノア

隣の隣は隣——神戸　わが街　目次

I　揺れて震えて

II　隣の隣は隣

III　花の木の宿で　神戸大空襲

IV　祈り

V　記憶の塔

Ⅷ　生き継ぎ　生き続け

＊

装幀　森本良成

Ⅰ　揺れて震えて

城崎にて

北但大震災と阪神大震災

城崎にて　柳田国男・碧梧桐・大町桂月

今日は城崎に来ました。前半が城崎の話。後半は神戸の話になります。さきほど城崎町文芸館へ行きましたね。あそこに「城崎文学読本」が置いてありました。買われた方も多かったようですね。これを見ると、いろんな人が城崎に来ていることがわかります。ここでは明治以前のことは置いておいて、明治に入ってからの話をしたいと思います。

まず柳田国男。柳田国男は城崎へ来たことを「北国紀行」に書いています。明治四十二年六月二十九日、雨のなかを丹後と但馬の国境の三原峠を越えて円山川へ出て湯島、つまり城崎へ来ています。「三木屋という昔風の湯宿なり。庭古く相対して山あり」。三木屋は今もあります。私たちの今泊まっているまんだらやのすぐ近くです。日記風の文章で、六月三十日には、「理髪に行く。ふけ雪の如し」なんて書いてあります。「御所の湯筋向かいなればはいる。また曼陀羅湯というにも行きて浴す」。柳田国男は三木屋のすぐ前にある御所湯にも、まんだらやのすぐ横のまんだら湯にも入ったんですね。柳田国男は全国を歩き回ったんですが、とにかくよく歩いた人でして。北陸から丹後を経て城崎へ来た明治四十二年夏は、豊岡から城崎まで汽車が開通する直前でした。九月には開通したんです。だから「北国紀行」に書かれている城崎は汽車が来る直前の城崎ということになります。

河東碧梧桐も城崎へ来ています。碧梧桐は自由律俳句の人ですね。明治四十二年十一月五日に城崎を訪ねている。柳田国男が来たのが明治四十二年夏、六月から七月へかけてです。碧梧桐が来たのが同じ年の十一月です。その後しばらく滞在して、十二月十四日に出立した。四十日ばかり滞在している。碧梧桐が来たというので近辺の俳人が集まって句会を開いています。今この二人を出したのは、こういう人がここへ来たということもあるんですが、二人が来た時期に目をとめてほしい。六月から七月と、十一月から十二月と。どういうことかというと、この年の九月に城崎まで山陰本線が来たんです。汽車が通じる前に柳田国男が来た。汽車が通じてから碧梧桐が来たということになる。碧梧桐は旅のことを「続三千里」に詳しく記していいます。もっとも、碧梧桐は鉄道を利用していません。丹波から徒歩で日本海沿いに来て鳥取へ徒歩で向かったそうです。

さて次は大町桂月。この名前はどこへ行っても見かける。十和田へ行っても大町桂月、下北へ行っても大町桂月。どこへ行っても与謝野鉄幹・晶子の歌碑があるのと似ている。大町桂月が城崎へ来たのは明治四十三年、柳田国男や碧梧桐が来た次の年のことです。東京を発って大阪、姫路経由で一月三日にここへ来て、八日に発って帰京しています。その間、温泉寺や極楽寺を訪ねている。玄武洞へ行ったり日和山へ行ったりしている。極楽寺は曼陀羅湯のすぐ先にあります。城崎でのことは「城崎温泉の七日」に細かく書いてあります。橋本屋という宿に泊まったらしい。今、橋本屋があるかどうか。柳田国男、河東碧梧桐、大町桂月。明治四十二年から四十三年にかけて相次いで城崎を訪れている。

城崎にて　志賀直哉・田山花袋・泉鏡花

さて次に。志賀直哉が出てくる。志賀直哉に「城の崎にて」という有名な短編があります。教科書にも載っていて、今載ってるかどうか分からないけれど、定番みたいに載っていた。志賀直哉は大正二年十月に城崎を訪れ三木屋に泊まっている。柳田国男も三木屋でしたね。この七月に私も三木屋に泊まりました。志賀直哉が執筆したという部屋が残されていて、見せてもらいました。縁側の椅子に座って、写真をとってもらいました。「城の崎にて」は志賀直哉がここでの三週間の滞在中に見聞きしたことを書いている。東京で交通事故にあって療養に訪れて、滞在中に目に止めた死んでいく蜂やイモリや鼠を細かく書いている。自然観照の中で人間の命を考えようとした。そういう短編です。川筋で人々が鼠を川へ放り込んで石をぶつけていたのは、今日歩いた川のあたりでのことでしょうか。トンネルの近くまで行ったとか、汽車のトンネルの話が出てくる。城崎文芸館の碑は「城の崎にて」の桑の木の箇所を数行とっている。「彼方の路へ差し出した桑の枝で或る一つの葉だけがヒラ〳〵ヒラ〳〵、同じリズムで動いている。風もなく流れの他は総て静寂の中にその葉だけがいつでもヒラ〳〵ヒラ〳〵と忙しく動くのが見えた」。風がないのに桑の葉が一枚だけひらひらひらひらする。それに見入っている作者。志賀直哉が桑の木を見た場所はここから二㎞ほど奥です。今は桑の木も二代目だそうです。

まだまだたくさん人の名前が並びます。田山花袋。「蒲団」で有名ですね。若い頃は柳田国男とともに詩を書いている。その田山花袋が城崎へ再三来遊している。大正十一年刊の「温泉周遊」には次のようなことが書いてあります。汽車を降りて客待ちをしている俥に乗る。お宿はときかれて西村がいいだろうと答える。西村屋ですね。「最初に眼に映るのは、ところどころに空地のある、さびしい、おそらく汽車ができたために開かれたものであろうと思われる新開町であった」。田舎町に汽車がきた感じが出ています。汽車が来ると川向こうとか、町の外へ汽車を追いやる。あんな煙を吐くのを町なかに入れたらいかんということで。龍野とか津山とか、みんなそうです。川向こうに駅がある。城崎でも町なかから離れたところに駅ができた。だからしばらくところどころに空地のあるさびしい新開町が続く。こういった記述は記録であり、記録は時代を写すのがよく分かります。「やがて灯がきた。にぎやかな町の灯がやってきた」。「まっすぐに突き当たった。そこに小さな川があった。橋がかかっていた」。大谿川ですね。この橋を渡ると地蔵湯。ところが「それを渡らずに、川に添って左に曲がって入って行くと、次第に旅舎が多くなっていた。二階、三階の大きな旅舎が―」。今でも木造三階建ての旅館が川沿いに並んでいます。「その突き当たったところに」「そこに城の崎の大きな浴槽がある」。これが外湯の一の湯ですね。当時の城崎の湯の町の姿がきちんと書きとめられている。

後の話に繋がるように次に泉鏡花を出しましょう。泉鏡花が出てくるのは、えっと思うかもしれないけれど。泉鏡花に「城崎を憶ふ」という文章がある。この〈憶ふ〉というのは意味がある。そのことは後で言います。鏡花も汽車を降りて人力俥に乗って宿屋に入る。旅館の名前は合羽屋です。お皿のある河童じゃなくって、雨合羽の合羽。今はないと思うんだけど、どうだろう。旅館の名前は変わるから。外湯へ行く。外湯は七つある。合羽屋がどこにあったのか、それが分かったらどの外湯か分かるんだけど。鏡花の外湯に入った時の印象が面白い「湯はきびきびと熱かった。立つと首ッたけある」。きびきび熱い湯。感じが出ています。首のところまである。深い湯船だったんですね。夕食になる。「並んだ膳は、土地の由緒と、奥行きをもの語る」。膳に並ぶご馳走を鏡花はいちいち書きとめている。こういうの、私、大好きです。「鯛の味噌汁。人参。じゃが。青豆。鳥の椀。鯛の刺し身。胡瓜と烏賊の酢のもの。鳥の蒸し焼。松茸と鯛の土瓶蒸し。香のもの。青菜の塩漬。菓子。苺」。これが晩ごはん。朝ごはんも書いていています。念のため言いましょう。「蜆、白味噌汁。大蛤、味醂蒸し並びに茶碗蒸し。蕗、椎茸つけあわせ、蒲鉾、鉢。海草海苔」。思わず読んでしまいました。

「城崎を憶ふ」は大正十五年四月に書いた文章ですが、鏡花は城崎に大正十五年に来たんじゃないんです。かつて城崎に遊んだ時の模様を回想して書いている。題の〈憶ふ〉に注意して下さい。というのは、鏡花がこの文章を書いたのが大正十五年。その前年の大正十四年に北但大震災が起きている。鏡花は地震の前に城崎に来ている。その後地震が起きて、地震後に北但大震災で壊滅した城崎に思いを馳せて書いている。それが〈憶ふ〉の意味です。「城崎は――今もかくの如く目にうかぶ」「今は柳も芽ぐんだであろう。城崎よ」と、思いを込めて書いています。

城崎にて　島崎藤村・木山捷平・巌谷小波

島崎藤村は昭和二年七月に城崎へ来ています。その時の紀行が「山陰土産」です。城崎駅前の文学碑に「山陰土産」の出だしが刻まれています。「朝曇りのした空もまだすゞしいうちに大坂の宿を発ったのは、七月の八日であった」。城崎の町に着いた藤村は次のように記しています。「私達は震災後の建物らしい停車場に着いて、眼に触れるもの皆新規まき直しであるような温泉地の町の中に自分らを見つけた。そこが城崎であった」。宿に着いたあと、「新築中の家々の望まれる方へ行って見た。そこにもここにも高く足場がかかって、木を削るかんなの音が聞こえてくる」。「工事小屋から立ち登る煙もその間に見えて、さかんな復興の気象が周囲に満ちあふれていた」。藤村は北但大震災の二年後の城崎へ来て町が立ち直ろうとしているところを目にしたのです。「震災前まではその数が五六十軒であったのに、新築中のものがすっかりでき上がったら百軒にも上るであろうと聞く」。こういうことを宿の若主人から聞いている。

私は城崎に三十年もっと前に来たことがあります。この七月に来たとき、そのとき泊まった宿を探してみた。三木屋かと思って泊まった。聞いてみたら、どうもちがう。三十数年前に私が泊まった宿はすぐ道に面していた。朝、リヤカーを引いたカニ売りのおばあさんが宿の前にいた。三木屋は道から引っこんでいる。この三十年余の間に引っこめたのかと思ったら、ちがっていた。地震の後ここへ引っ込めたということで、地震は北但大震災。つまり八十年ばかり前に引っ込めたわけで。だからそこへ泊まったわけがないと分かった。どうもその隣のつたやに泊まったらしい。次に来るときは、つたやに泊まってみます。旅館一つ考えてもそれがどの時期にどう変わるか、名前や場所がどう変わるか、周りのことと突き合わせていくと時代のことも人間のことも分かってくる。書きとめることが大切ということです。

藤村はこのときゆとうや(油筒屋)に泊まっています。一の湯の前の橋を渡ったところに大きな門がある。この四月に来たとき、そこに泊まりました。一つ一つの部屋が独立した感じのゆったりとした宿でした。ゆとうやの当時の主人は俳句をやっていて、古壺という俳号で、多く俳人や歌人がゆとうやに泊まっている。なかなか格式のある旅館だったようです。このゆとうやの主人が地震のあと町全部でがんばっていると藤村に話している。「みんな一生懸命になりましたからね。この節はすこしだれてきましたが、一頃の町の人達の意気込というものは、それはすさまじいものでしたよ。これまでに家のそろったのも、そのおかげなんですね」。つづけて藤村は次のように震災の時のことを書き留めています。「一時は全滅と伝えられたこの町が震災当時の火煙につゝまれた光景も思いやられる。河へはいったものは助かって、山へ駈け登ったものの多くは焼け死んだ。傾斜を走る火は人よりも速かったという」「焼け残った樹木がまだそのままにあって、芽も吹かず、多くは立ち枯れとなっているのも物すごく思われた」。このとき藤村が見たのはまだ焼け焦げた木が立ち並んでいる山だった。心を痛めながらも、藤村は復興の最中の城崎を書き留めている。

次に木山捷平。小説家として有名ですが、詩人でもあります。昭和九年に書かれた「出石・城崎より」という小説があります。城崎で信濃屋という宿屋に泊まっています。知り合いの女の人を呼ぶ。来てくれたんだが、あっさりすぐに帰る。「僕」は期待はずれでガクッとする。そういう小説家らしい文章、そのなかに北但大震災の時の城崎が出てくる。「僕は部屋の中に籐椅子を持ち込んで裏の山を眺めていた。大正十四年の五月震災の火煙がこの町を包んだ時、多くの町民はこの山に難を避けたが、火の手は人の逃げ足を追って山にも延び、焼死した者も少なくないということだが、所々太い樹木の幹が枯れたまま棒立ちになっている姿が当時の惨状を語っていた。しかし大部分の木々は焼けたあとからもう一度新しい芽をふき直し、山は一面の翠《みどり》でおおわれていた。僕はその濃い翠の色どりを眺めていた」。焼けた木がもう一度新しい芽をふき直し、こういう文章を読むとやはり震災後の長田の町をどうしても思わざるをえません。

もう一人。巌谷《いわや》小波《さざなみ》。児童文学の人で俳句も作った。俳句一つ。「枯木にも復興の花咲かせけり」。この人がどういうことでこういう句を作ったか、その事情は分からないのですが、これは北但大震災後の復興途上の城崎を詠んだ句です。

これで城崎にゆかりのあるたくさんの文学者のなかからどうしてこの人たちを選んだかは分かってもらえると思います。柳田国男、河東碧梧桐、大町桂月、それから志賀直哉、田山花袋の焼ける前の城崎の町のこと。それは駅ができる前、できた後、そして城崎がどんどん繁盛していった頃。ところが大正十四年の北但大震災によってこの町はほとんど焼失する。そして復興する。泉鏡花、島崎藤村、木山捷平、巌谷小波の震災後の城崎の町のこと、復興時の姿。つまり、北但大震災の前と後の城崎の姿の記述を紹介しました。

北但大震災

さて、その北但大震災というのはどういう地震だったか。今は知ってる人は少ないんじゃないか。大正十四年（一九二五）五月二十三日。振幅三・六㎝前後、最烈震。「町の中心部は壊滅し、焦土と化した。細長い谷間に軒を並べた旅館街は一瞬にして倒壊し、次々に燃え上がり、焼死した浴客も多かった」と『角川地名大辞典28　兵庫県』の城崎の項に記してあります。兵庫県下でこの百年の間に起こった地震、水害、風水害を集めた特集記事が九月一日の神戸新聞に出ました。その中に北但大震災がでてくる。「円山川河口部でマグニチュード（M）六・八。

震度六強と推定される地震だった。現在の豊岡市と城崎郡城崎町が壊滅的な被害を受け、四百人以上の死者が出た。午前十一時すぎだったため、昼食準備で火を使う家が多かったこともあり火災が多発した」とあります。

『兵庫県大百科辞典』では細かい数字が出ています。それをちょっと紹介します。豊岡とか香住とかこの辺一帯の細かい数字が出てるんですが、今は城崎町に限ります。焼失五四八、全壊三〇、半壊一〇、破損一六、合計六〇四戸が被害を受けている。全戸数はその時どれだけだったか。七〇二戸です。七〇二戸のうち六〇四戸が被害を受けた。いかに凄かったかということです。死者は二七二人。負傷者は一九八人。阪神大震災と桁が違うと思うかもしれない。だけどそのときの城崎町の人口はというと、三四一〇人です。三四一〇人のうち二七二人が死んでいる。そういう地震だったんです。この『兵庫県大百科辞典』では震源は円山川河口の城崎付近とある。マグニチュード七・〇とある。

大正十四年（一九二五）五月二十三日に起こった北但大震災は正確には北但馬地震です。その二年後の昭和二年には北丹後地震が起きている。丹後半島で起こった地震で、マグニチュード七・五。京都府で死者二八〇八人、全壊一二三七七戸、全焼三六四七戸。兵庫県でも死者六人、全壊八〇戸、全焼四六四〇戸を数えています。城崎地方では死者はなく、それでも負傷者二五人、全壊四〇戸、全焼二三七〇戸でした。先ほど紹介した神戸新聞の特集記事のなかの兵庫県下の災害のリストを見ると、一九四六年十二月二十一日の南海地震がマグニチュード八・〇。一九九五年一月十七日の阪神淡路大震災がマグニチュード七・三でした。

さてそれで阪神大震災の話になります。神戸新聞の特集記事の数字に従えば、阪神大震災では死者六四〇一人、関連死を含むと六四三三人、行方不明三人。重軽傷者四万九二人。家屋全壊一八万二七五一世帯、半壊二五万六八五七世帯、合計四三万九六〇八世帯です。秋田へ講演に行った時、秋田市の人口はいくらですかときいたら三十万なかった。だから秋田市の人口よりも多い三十万を越える人が阪神大震災の直後は避難所に居たんですと話した。数字を並べても解ってもらえなくても、秋田市の人がそのまま全員避難所にいたと言うとわかってもらえる。数字は大切ですが、その数字を身近に読みとる想像力がもっと大切です。

神戸新聞の阪神大震災の詩

今年で震災十年を迎えます。直後とか、一年目、二年目とはずいぶんようすが違ってきている。私たちの気持も変わってきている。今年になって神戸新聞に載った震災の詩を少し紹介します。

森紀代子さん。明石の人です。毎月三つぐらい作品を書いてくる。この人は神戸で被災して、今は子供さんのところへ行っている。私より年上の方です。「雪花」。

一月十七日
午前五時四十六分
あの日と同じように
雪花が散っています
雪も
犠牲者のめいふくを
お祈りしているのでしょうか
私も
テレビの映像に合わせて
黙とうをささげています
大震災から
十年目に入ります

この人は毎年一月十七日の朝、地震の起きた時刻午前五時四十六分には起きている。なんでもない書きようですが、十年目を迎える気持がよく出ていると思います。

次は前田邦子さん。加古川の人です。この人は震災の時に肉親が神戸に居た。神戸が大変だと聞いて気が気やのうて、駆けつけたいけれど駆けつけられない。そんな気持を二月に再開した神戸新聞読者文芸に送ってきた。いつも短い詩を書くひとです。「またも」。三行です。

遠雷のような
悲しみが
近づいてくる

三川範彦さん。神戸市の人。「プレハブ」。

朝　東の窓を開ける
一際高いコスモスの花が
風になびいている
南の窓を開ける
小さな石ころの庭で

雀が来て土をつついている
じっと見るのが朝の楽しみ
回りは駐車場ばかり
街路樹の銀杏の葉が黄いろくなって散ってゆく
年寄り二人、まだプレハブに住んでいる。

なんでもないことが書いてある。普通に回りを見ている。ところが、最後の一行、「年寄り二人、まだプレハブに住んでいる」。東の窓を開けて、コスモス。南の窓を開けて、雀。西の窓を開けたらプレハブがあって、震災の時にそこへ一時避難した人がまだそこを動けずにいる。そういうことかもしれない。最後の一行にきて、あっと思う。

表現とは、生きている自分をどれだけ言葉に託せるかだろうと思います。神戸新聞の詩の欄には、根っこがはっきりしている詩を選ぶ。誰もが読んで解って共感できる詩を選ぶ。新聞というメディアの性格があります。「火曜日」に載る詩はそういうんじゃないのもあって、それはそれでいい。

次は、森田久一さん。神戸の人です。これまでにも震災の詩を次々投稿している。「せせらぎ通り」。この九月に載った。夏に書いた詩ですね。

さらさらと流れる小川
その流れる音が
とても　ここち良い
幼な児達は
全身ずぶぬれになりながら
はしゃぎまわる
小さな小さな　橋のたもとでは
若いお母さん達の
楽しそうな笑い声が　はじけてる

10年前
この道は
幾多の家屋が倒壊し
紅蓮の炎がうずまいた
そして多数の人々が命を失った

悲しみ通りだった

新しく生まれ変わったこの道は
せせらぎ通りと名付けられた
10年前を想わせる姿は
ほとんど無い

今　この街にはどんな人達がすんでいるのだろう
街が変わったように　住む人も変わったのだろうか
あの若いお母さん達は　どこにすんでいた人だろうと
ふっと思う

せせらぎ通りは
今日も　さらさらと流れている
何事も無かったように

ここち良く
流れている

目の前の整備された公園の子どもたちや若いお母さんたちを見ながら、十年前の震災を思い出している。十年間の時の流れを考えている。十年前のことが拭い去られたような公園とそこにいる人々。揺れた人も揺れなかった人もこの詩を読んで考えるでしょうね、いろいろと。山口壽美子さん。あんまり記憶にない名前です。投稿は初めてかな。「両手にいっぱい」。五行の詩です。

僅かな
一握りにも充たない
想い出
手繰ってみたら
両手いっぱいに溢れた

これは震災の詩じゃないでしょうね。若い人じゃないかと思う。普通に想い出ということを書いたのかもしれない。両手いっぱいという言い方はちょっと歌詞めいた感じ。これと先ほどの加古川の前田邦子さんの「またも」とは別の震災の詩を同じ日に並べて載せた。意図的に。そうすると想い出が記憶にすり替わる。その時、私たちの気持はずっと拡がる。いっしょに載せた前田さんの詩は、「震災のこと」。

忘れないもの　忘れてしまったもの
忘れたいもの　忘れられないもの
忘れるもの　忘れてはいけないもの

ゴミの分別のようにいかない
やっぱりうまく分けられない

先ほど言ったようにこの人は肉親が神戸にいることでやきもきした体験がある。そのときの気持をずっと持っているんですね。
　毎年詩の投稿欄の一月二月は半分ぐらい震災の詩で埋まる。今年は十年目ということで新聞社の方で呼びかけて震災の詩を集めることになりましたが、ことさらに募集しなくても集まると思っています。

「震災十年を語る」

これからお話しするのは「歴程夏の詩のセミナー」（二〇〇四年八月二十七日いわき市草野心平記念文学館）で用意した材料で、話し残したものです。

神戸新聞の「震災十年を語る」というインタビューシリーズから。まず、劇作家の山崎正和さん。山崎さんは震災の年の六月に震災後の神戸でユダヤ人居住区を描いた「ゲットー」という劇を上演。明日はナチスに殺されるかもしれないユダヤ人たちが劇団を作り公演を続けるという芝居です。その中に「墓場に劇場は必要か」というセリフがある。神戸でも瓦礫の下から死体が発見されるまさに墓場を思わせる状況。そういう状況の中で「ゲットー」を上演するということは一つの賭けでもあったと山崎さんはインタビューで話している。震災で家族をなくした観客から、「今までどんな面白いことにも笑えなかったが、この悲惨な芝居を見て目からうろこが落ちた。まひしていた感性が戻った」という感想をもらったそうです。笑うとか泣くとか悲しむとかそういう感性がまひしていたのが、この極限状況の劇を見て気持が動いたというのです。これは芸術の力についての一つのエピソードです。

ここでもう一つのエピソードを紹介します。山崎正和さんは文化とはなにかという問いに、「人間が人間であること」と答えています。この言葉だけだと意味が届かない。この言葉の意味は次のエピソードで裏打ちされる。山崎さんは敗戦の時、旧満州で十代初めの少年だった。父の亡きがらを有り合わせの木箱に入れ、その上に座り馬車で運んで埋葬したそうです。敗戦直後の旧満州。町には屍が積み重なっていた。軍隊はいち早く逃げて、一般人が取り残された。悲惨な状況の中で人々は南へ南へ逃げた。少年は一九三四年生まれ。そのとき小学校四年生か五年生。帰国して廃墟の中学校で生まれて初めて聴いたドボルザークの「新世界」。鳥肌が立って震えた。「震災で廃墟となったまちを見たとき、山崎の心は少年時代の中国をさまよったのではないか」とインタビューした記者は書いている。つづけて、「人は極限の中で、かえって文化に固執する」と。先ほどの山崎さんの言葉を思い出して下さい。「人間が人間であること」。これが文化。埋葬も文化。人を野ざらしにせずに埋葬するのも文化。ドボルザークの「新世界」も文化。廃墟の町で劇を上演するのも文化。すべて人間であることの証しでしょうね。

次は、宝塚歌劇花組のトップスターのインタビューです。安寿ミラ。九二年花組トップスターになって九五年退団。九五年一月一日から二月十三日までのさよなら公演の途中で震災。さよなら公演が宝塚大劇場で出来なくなり、公演が中止になった。ファンの署名運動があって、さよなら公演のつづきをコマ劇場でやることになった。細川たかしさんの公演を削ってやるはずになったのだが。宝塚歌劇八十年の歴史の中でなぜ自分だけがさよなら公演を宝塚大劇場で出来ないのかと落ち込んだ。いろいろあって、大劇場で異例のさよなら公演が五月に実現した。「さよならショーを見に行きたいが電車が復旧していない」とか「一月十七日の公演のチケットを持っているのでサインして」といったファンの人たちの声があったそうです。

安寿ミラさんは震災後に「今できることを、今やらなければ後悔する」と思ったと言っています。被災した人のほとんどがこういうことを考えたんじゃないかな。私も考えた。あの後私は全詩集を出した。沖積舎の沖山隆久さんから話があった時に、震災前だったらまだまだこれから詩を書くのに、詩集を出すのにと言って断ったと思う。震災後は、今できることを今やろうという気持が強かった。沖山さんに全詩集を出させて下さいと言われた時、すっと、じゃあ出して下さいと言っていた。安寿さんは「私にとっては、まさに『生き方を変えた二十秒』だった」とインタビューの最後に答えている。笑顔で話す安寿さんの目は笑っていなかった、と記者は書き留めています。

次は鷲田清一さん。大阪大学文学部教授鷲田清一さん。一九四九年生まれ、五十代。『「聴く」ことの力—臨床哲学試論』で桑原武夫賞を受賞しています。鷲田さんは震災後タクシーに乗っても聞き役をしていたそうです。家族を震災で亡くした運転手さんが悲しい事を語る話術を持っていたそうです。「関西の人はそこがしぶとかった」「これだけみんな痛い目をしたんだから自分たちの経験したことをきちっと語る技を文化として形成していかねば」と語る。「浄瑠璃などがそうだが、自分の背負った悲しみ、どん底の苦しみを後世の人に伝えるようなものを人々は生み出してきた」「関西には語りの文化の伝統があったはずだし、今こそ語りの文化を引き継いでいきたい」というのが鷲田さんの主張です。そこで被災地ならではの引き受け方があるのではないかという提案です。「語ることは、自分の言葉を獲得する作業だ。内面に光を当て、漠たるものに、言葉をあてがっていく」「相手に分かりやすく伝えるのはたやすくはないし、震災というつらい体験を語ろうとすればなおさらだ」「地震は一様に地面を揺らしたが、被害は同じではなかった。一人ひとりの語りがあり言葉の肌合いもさまざまだろう」。だからそれぞれのやり方で語りましょうという提案なんですね。

付け加えて、中井久夫さんの言葉をすこし紹介しておきます。中井久夫さん、こころのケアセンター所長。前神戸大学教授、現甲南大学教授。この人と同席したことがある。明石にある兵庫県立看護大学の学歌を作った時、学歌披露の卒業式に行ったら隣に中井さんが座っていて、ちょっと話した。この人の言葉をすこし。「『そっとしておいてください』は、放っておいてくださいということではない」。震災のすぐ後、大阪へ話をしに行ったことがありました。質疑応答のときのことです。ボランティアで神戸へ出かけた人がボランティアの指導者に話を聞いてあげなさいと言われて、それを誤解した。どうだった、それで、どうやったん言うて、被災者にきいたらしい。そしたら皆黙り込んで、中には怒り出す人がいた。どうしてでしょうときくんです。そんなん当たり前でしょう。話を聞いてあげなさいというのは、相手が話し出すのを待って、話を聞いてあげなさいという意味。それを聞き出しなさいだと思った。「なんででしょうね、怒り出す人もいるんですけど、善意で行っとるのに」という質問。それは間違っていますよと話した。それを今思い出しました。「『そっとしておいてください』は、放っておいてくださいということではない。そっと見守ってください。ということだ」。これはもう阪神大震災以後は常識になったと思いますが。中井さんがオーストラリアの女性学者ラファエルという人の「被災者にとって最大の危機は忘れられることだ」という言葉を紹介しています。忘れられたと思うのが一番怖いことなんですね。

「はるかのひまわり」と「彩さん救出劇」

今年は戦後五十九年、震後九年です。来年は戦後六十年、そして震後十年になります。今年の八月二十三日の朝日新聞に日本生花通信配達会社の花キューピットの全面広告が出ていました。その記事の題は「はるかのひまわり」。はるかというのは女の子の名前。小学六年生の加藤はるかさんが震災で亡くなった。その年の夏、自宅の跡にひまわりの花が咲いた。それははるかさんがかわいがっていた隣の家のオウムの餌がこぼれて芽を出したのです。それで、毎年ひまわりを育てることになった。今年も咲いた。「少女はヒマワリになった」。この記事の出だしに私の詩が使われていたんです。詩集『生きているということ』の中の「光る芽が」が引用されていた。

焦げた幹の割れ目から
おずおずと
黄みどりが
のぞいて。

焦げた幹の根もとから
われさきにと
押し包むように
のびあがって。

震災後、焼けた町の焼けた木から伸びてきた新芽を見つけたとき、どんなにうれしかったことか。それはまさに光の芽でした。私のこの詩がまさか花キューピットの広告に使われるとは思いませんでしたね。

もう一つ。九月一日の朝日新聞から。九月一日の防災の日を前に、八月三十一日、神戸市消防局とプロ野球オリックス・ブルーウェーブがヤフーBBスタジアムで開いた防災イベントの記事です。消防局のレスキュー隊員の柴原裕明さん三十一歳と神戸市立こうべ小学校四年生の村中彩さん九歳が九年七カ月ぶりの再会をした。消防ヘリコプターから柴原さんがロープを伝って降りてきて、一塁ベンチ前で待っている彩さんに始球式のボールを手渡した。柴原さんが、大きくなってねと声をかけると、彩さんは黙ってうなずいた。バックスクリーンに彩さんの手書きのメッセージが映し出された。「地震の時は赤ちゃんでした。何も覚えていません。けれど、大きくなってからお母さんに教えてもらいました。あの時助けてくれてありがとう」。震災の時、彩さんは生後二カ月だった。四階建てのマンションの三階の自宅で、玄関がゆがんで開かなくなり、部屋に閉じ込められた。一家は窓からはしご車で助けられた。お母さんが首が据わってない彩さんを若い消防隊員に手渡した。消防隊員は自信なさそうに抱いたのを覚えていると、彩さんのお母さんの尚子さんが話している。その隊員があの時二十二歳の柴原さんだった。「震災で一番最初に救助したのが彩ちゃんだった。助けられなかった命も多く、無力感に陥ったこともあった。そのたび、小さいけれどずっしりした彩ちゃんの感触を思い出した」と柴原さんは語っています。柴原さんは今二児の父だそうです。あの時に救出された二カ月の赤ちゃんと救出した消防隊員がこの日、防災の日に出会ったのです。九年ぶりに。

はるかのひまわりと彩さんの救出劇、この二つのニュースからなにが見えてくるでしょうか。当事者や回りの人にとってこの九年間がどういう九年間だったのかを考える縁《えにし》になればと思います。

振り返って先を見る

もう一つだけ。これは昨日の、九月二十四日の朝日新聞。女優の星野知子さんの愛知万博フォーラム「地球市民時代と日本の文化」のパネリストとしての発言です。そのなかにこんな話がある。ポーランドの首都ワルシャワへ行った。街並みの石畳がいかにも古そう。その古そうな石畳は、実は戦争で跡形もないほどに破壊されたそうです。そこで焼け残った設計図を掻き集めて、住んでいた人たちの記憶を拾い集めて、それを頼りに復元したんだそうです。ひび割れも復元したそうです。ひび割れもというのがすごい。今、神戸の町は元に戻ったように見えますが、復興じゃない。新しい箱ものをどんどん作る。町の背丈が高くなって、家の二階のべランダから見ても震災前より一・二階高くなっている。ところが長田の町は本当はまだガラガラ。だから星野さんのこういう話を読むと、復興とは何かを考えざるをえない。やはり記憶ということになる。この町はどんな町だったかという記憶、それが大切。姫路では空襲で焼ける前の町並みの聞き取りをして町の復元図を作ろうというグループがいる。この城崎の町でも、昔のことではありますが、北但大地震の焼ける前と後、そして今をきちんと資料化したら、町のためのいい資料になると思いますね。ワルシャワの町の石畳の話は、考えさせられる話だと思います。星野知子さんは「その話(石畳の話)を聞いた時、人々の誇り、未来に向かって生きるすごみを感じました」と語っています。

今日は城崎の話を北但大震災へ持っていった。一転して阪神大震災の話へ。九年目のこの先を考えながら話した。あったことに目を留めるのは、これは決して振り返ることじゃない。これから先を見ることに他ならないと思います。

このあとの朗読会で私の詩についてもう少し話しましょう。どうもありがとう。(拍手)。

●朗読会で/震災の詩を読む

さっき時間があれば読もうと思っていた詩をここで読みましょう。まず「生きているということ」。二〇〇〇年一月の「文藝春秋」新年号に書いたものです。

「生きているということ」

黒焦げの表皮が剝がれ落ちて木質部があらわになると残った表皮が盛り上って木質部を覆ったが。それでも覆いようのない裂け目。それでも噴き出す葉叢《むら》。傷をかかえて木は。

草のなかに人が立っている。風に吹かれている。日が移る。時がめぐる。滲むもの。広がるもの。溢れるもの。なみだの形。ほほえみの形。ことばの形。記憶をかかえて人は。

震災後の長田の町のあちこちに焼けた木が立っていた。国道沿いの木は切り倒されて切り株だけになって。その切り株から春になると新芽が出た。それを詩にしたのが、先ほどの花キューピットの広告に使われた詩です。切り株から膝の高さぐらいまで伸びてきて。ところが高層住宅を作るために焼け跡が整地されて。そのとき、国道沿いの木はなくなってしまった。切り株もなくなってしまった。

国道沿いに長田神社の鳥居があった。地震のとき鳥居が折れて飛んだ。横に美鈴という喫茶店があった。四階建ての二階と一階がへたって。へたった一階と二階の間に折れた鳥居の柱が飛び込んでいた。美鈴をすこし入った所、長田神社へ向かう参道筋にイチョウの木が三本ある。あの日、そこから西側の町が全部焼けた。背の高いイチョウの木の西半分が焼けて黒焦げになった。東側だけ樹皮が残った。焼けて黒くなったところがぼろぼろ落ちて樹皮がなくなってしまう。どうなることかと思っていたら、焼け残った周囲の樹皮が盛り上がってきて、あらわになった芯の部分を覆おうとする。さすがに全部は覆えない。芯が見えている。それでも毎年毎年葉をつけて、葉を落として。春になったらまた葉をいっぱいに広げて。すこし弱ってきたかなあ。芯の部分が生気がなくなったような気がして。それでも今年も葉をいっぱいつけた。今度の台風で葉がやられてしまった。ところが、枝の根本のあたり、小さい芽がちょこっと出てきた。来年の春はどうなるのかな。またいっぱい出てくると思いたい。「生きているということ」という詩はこの木のことを書いている。一連目は木、二連目は人、対比して書いている。生きているということ、そのことを私たちはどんな風に握りしめるか。なかなか握れないわけだし、へこたれるわけだし、目をそむけたくなるわけだし。それでもやっぱり、生きているということを考え続ける、生きている限りは。

あと三つ詩を読みます。毎年、神戸新聞の一月の第一週に選者詠というのがあります。詩、短歌、俳句、川柳、神戸新聞読者文芸の選者が書く。このところ私は何年か連続して一つのテーマを書いている。ここ三年は震災がテーマの詩を書いた。「始める歌」「続ける歌」「終わらない歌」。来年二〇〇五年一月にはどんな詩を書こうかな。やっぱり震災の詩でしょうね。震災十年ですしね。「まだまだ続く歌」になるかなあ。「それでも終わらない歌」になるか。分からない。

「始める歌」

はじまりはおわり。おわりははじまり。わたしたちには始まりも終わりもない。いのちは。ことばは。祈りは。願いは。始まりも終わりもなく。つづく。

終わらせなければならないのに終わらない。始めなければならないのに始まらない。わたしたちはいつも終わっている。いつも始めている。いつも。

風を見るがいい。見えない鳥を見るがいい。いない人の眼を見るがいい。眼の前の人の眼に見入るがいい。わたしたちはすでに始めているのだ。すでに。

「始める歌」です。二〇〇二年一月七日掲載の詩です。次の年は「続ける歌」です。

「続ける歌」

ゆっくり。なめるように。くりかえし。たんねんに。鳥たちの眼で。虫たちの眼でも。なによりも。人の眼差しで。うるんだ眼。灼けた心。わたしたちは。

つまずくように。ふりかえるように。見さだめるように。獣の言葉で。鯨の言葉でも。なによりも。人の語彙で。渇いた言葉。醒めた意味。わたしたちは。

裂けた耳。縮む舌。だから。風が吹く。日がさす。だから。伸びるおもい。いつまでも。消えないねがい。だから。続くいのち。続ける歌。わたしたちは。

「続ける歌」です。二〇〇三年一月六日掲載です。三連とも〈わたしたちは〉で終わります。同じ行数で同じ字数で書いた。さて次、何を書くか。それで「終わらない歌」にした。

「終わらない歌」

息を呑み。息を継ぎ。揺れる記憶。歪む形。耳の底に響くのは。風の音か。人の声か。眼の奥に甦るのは。梢の空か。足もとの白い花か。それとも。あれは。

火と炎と煙。地割れ土煙。焦げた木の根。焼けた石。それから雨が。歩いていって躓いて。立ちどまって立ち暗み。歩きだしてどうしよう。どうしようかと。

生きていたから。始まる歌。生きていたいから。続く歌。終わらせたくても終わらない。わたしたち生きているのだから。終わらないいのちの歌。わたしたちの歌。

「終わらない歌」です。二〇〇四年一月五日に掲載されました。この「終わらない歌」の中には、その前の「始める歌」と「続ける歌」という詩の題が入っています。〈始める〉が〈始まる〉になって、〈続ける〉が〈続く〉になっていますが。来年一月、同じこの形で何を書こうかな。

一年ごとに少しずつ少しずつ動いているという感覚はある。半分焼けた木は毎年芽吹く。青空を緑色に染める。落ち葉を降らせて木の下にきれいな黄色のじゅうたんを敷きつめる。だけど毎年少しずつ変化している。木が変化するということもあるけれども、木を見ている私たちがやっぱり少しずつ変化している。変化の中で私たちが何を考えたのか、考えようとしているのかをいつも考えていたいと思います。これで今日の私の話は終わります。(拍手)。

(二〇〇四年九月二十五日　兵庫県城崎町城崎温泉まんだらや　第十四回「火曜日」研修旅行での講演記録)

1995年１月17日、燃える長田の町、迫る炎。著者自宅から。

阪神淡路大震災と文学

十年目のインタビュー

——阪神淡路大震災のお話なんですが、その時のこと、覚えていらっしゃることはどんなことですか。

安水　とにかく、突き上げられて、振り回されてね。気がついたら、連れ合いの上に覆いかぶさっておりました。それで、まわりに鏡台は倒れるし、テレビは落ちるし。これはね、みなさんがそうだったわけ、あの時はね。生きているということと、だめだったということは、本当に紙一重。そういう感じでしたね。お袋にしても、ベッドの上に和箪笥の上半分が飛んで来た。ベッドからふっと立ち上がった時に飛んで来た。連れ合いの頭の横っちょ、二、三センチのところへ、テレビが落ちてきた。もうちょっとずれてたら、頭蓋骨骨折ですね。頭がつぶれてた。私の上にもいろんなものが倒れこみ、ガラスの破片が降ってきた。そういう個々の事柄、具合が悪かったり、或いは幸いにもっていう事柄は語りつくされているようで、語れば語るほどいっぱい出てくると思いますね。

歳とったお袋がいたので家を離れられず、町に出たのは、家のすぐ下に行ったのは、次の日だった。その日は当然、次の日もずっと燃えていた。次の日降りて行った時は、もう焼け野原だった。長田の町が焼け野原で、あちこちまだ燻っている。見えるはずのない鷹取山が、普段だったら家並みがあるから見えないはずが、鷹取山がすとんと見えている、国道から。その時、これは戦争だと思ったんです。一度そういう経験をしてますからね、須磨で。一九四五年六月五日の神戸大空襲の時に須磨の町が焼けたんです。焼けているなかを、倒れて黒こげになっている人を踏み越え踏み越え、西へ逃げた。そういう経験があるし。前の家の人は、焼夷爆弾が落ちて全滅。横の家の人も全滅。町内の人の大半は死んでいった。だから、あの時の光景がバッとフラッシュバックみたいに蘇ってきた。戦災に震災が重さなった。これは「五十年目の戦争」だと思ったんですね。

やっと電話が通じた頃、新聞社から電話がありまして、何か書いてくれと言われたんです。その時、散文でも詩でもいいと言ってもらったんだけれど、どうしたわけか、詩を書きます、と言ったんです。その時、書くということが全然頭になかった。毎日水汲みとか、瓦の整理とか、室内のあとかたづけとか、そんなことばっかりしとったんでね。鉛筆もないし、ボールペンもないし、紙もない。崩れている本やＣＤの下から拾い出してきて、急きょ詩を書いた。新聞販売店が半壊して、ファックスを配達員のお家に運び込んでいた。それで原稿を送った。ポストは焼けて倒れてありませんし、郵便局は焼けてますしね。震災の十日後、一月二十七日の朝日新聞の紙面に載ったんです。それが「神戸　五十年目の戦争」という詩なんです。その詩が載ったことによって、あれは大阪版でしたから関西一円ですね、それを見た人たちが私が生きてるということを知ったんです。詩を書いている以上は生きているんだと。そういうことになった。

その後はもう、詩に限らず、散文でも、講演でも、対談でも、何でも震災に関わることは全部引き受けた。それをこの十年間通してきたんです。そうなると、たくさん書けましたね。詩も書いたし、散文も書いたし、講演や対談もたくさんした。それを記録しておいて、本にまとめた。今三冊、千数百ページの本にした。このあと四冊目を出して、この十年間を四冊二千頁の言葉にして活字にしておくことによって、私自身にとっての、そしてそれに目を通す機会があるこれからの人たちにとっての記憶になると思います。この十年は、震災ということに関わって言えば、あらゆる手立てを尽くして震災を書き留めようとした十年だと思います。これは十年で区切りがあるもんじゃない、これはこれからもずっと続くのです。

考えてみたら、戦後六十年です。戦後はもうとっくに終わったと、二、三十年前に言ってましたが、戦後は終わっていない。戦後に計画した神戸市の都市計画が、全部出来ているかというと、出来ていない。街中見たら、大きな道があって、その先ストンと道が途絶えている所がありません。まだ戦後が終わってない。道路に限らず、私たちの気持の中では、戦争を体験した人にとっては、その記憶はこの六十年ずっと続いている。戦災同様、震災の記憶もこの十年ずっと続いていている。例えば子どもが亡くなった、そしたらお母さんが亡くなるまでその記憶はずっと続くでしょう。続くことによって、お母さんの、家族の、私たち一人一人の生きていることが確かめられる。震後十年ということでいろんな催しがありました。たくさん、百程あったそうですが。その一つ一つが今言った意味合いから言えば、全部あっていいことだと私は思いますね。いろんな人が、いろんな場所で、一つ、一つ、そういうことをやることによって、記憶を保持してゆく。保っていくということが大切だと思います。今度の兵庫文学館の企画もそうです。私たちが生きてゆくために、生き延びてゆくためには、記憶するということが大切だと思います。

——十年経ちましたが、町とか人々を見て、どういう印象をもたれましたか。

安水　そうですね。私の詩とか、本とかのタイトルなんかでね、よくわかるのがあるんです。「神戸　これから」というのがある。この題の詩があるし、本もある。「神戸　これから」というのは、震災直後から一年目位。これから神戸はどうなっていくんだろう。こんな焼け野原でね。長田の焼けたところを見たら、これからどうなるんかなと思う。一年経ってもやっぱりそうなんですね。更地ばっかりでね。新しい建物なんて、一年後にはまだほとんどない。それで二年目三年目になったら、「神戸　今も」という詩を書いたし、そういう題の本も出した。「神戸　今も」というのは、今も変わりなく震災の跡が残っている。今も変わりないけれど、だけど、という気持もあるんですね。それが三年目か四年目位になるとね、「神戸　これはわたしたちみんなのこと」という詩を書いた。本も出した、そういうタイトルで。つまりね、一年目二年目の震災の惨状というものにうちのめされて、どうしようもない。だけどなんとか、だけどだけどだったわけ。ところが、三年経ち四年経ちしたらね、これは私たちみんなのことだと。私だけのことじゃないと。

新潟に地震がおきる、スマトラの津波がある。そういうことだけじゃなくて、全国各地に行くとそういう記憶を持っている人がいっぱいいるんですね。城崎へ雑誌の人たちを連れて研修旅行に行った時、城崎の地震の話をしました。大正十四年に北但大地震があって城崎の町が壊滅したんです。福井に行ったら、戦後すぐの福井地震の話をしました。そういうことは普段は日常の中に沈んでいる。人々の記憶の中に。だけど、何かのことで起き上がってくる。秋田へ行った時も、日本海沖の地震の話。男鹿半島へ遠足に行っていた子どもが津波で攫われてたくさん死んだ。各地にそういうことがあるんですね。これは、戦災のことでもそうです。久留米に行った時に、たまたま乗ったタクシーの運転手さんと話していて戦争の話になって、久留米も空襲されたと。蓮根畑が広がっている辺りを走っていて、この辺りの畑の中に逃げたと。運転手さんの記憶にふわーっと浮き上がってきた。そういうふうに、普段沈んでいてもみんなそういう記憶をもっている。それがなにかの時に浮き上がってくる。なにかとの絡みで浮き上がってくる。浮き上がってくる時には良く生きようという気持との絡みで浮かび上がってくるんだと思いますね。しっかり生きよう、良く生きようと。

十年目になって、町を見渡しますと、建物は随分建った。でかい建物がいっぱい次々と。長田の町もそうです。家の二階のベランダから長田の町がほとんど見渡せるんです。ちょっと高台になっているので。あの日燃えた町、あっちからもこっちからも何本も黒煙が上がって炎が上がって燃えていた町を見ていたら、震災以前の町よりも、一階か二階高い。向こうの方に海が見えていたり、電車が走っているのが見えていた所がさらに少なくなっていた。これが復興と思ったらだめ。これ、復興じゃない。建物は建った、だけどその建物は何かと言えば、みんなマンションとか、公共施設とか、そういうものばっかり。そのマンションもがらがら。私は自転車に乗って町なかを走り回るんだけど、高くなった町の建物の脇、いまでも長田の町は更地がいっぱいです。更地の方が多いくらい。そして、人っ気が少ない。以前の町に比べてね。せっかくがちゃがちゃしたところがない。復興したはずの商店街もね、全部は開いていない。せっかく開いた市場が、あちこち店が閉まっている。これは復興とか復旧とかじゃない。震災後の最初のころに考えたのは、これは五年十年じゃだめだろうと。戦争のこと考えてもね。戦争と同じように二十年三十年五十年かかるんじゃないかと思った。今、十年経って考えているのはそういうことですね。もう十年、もう二十年、それでどうなっているか。町の姿、その町に住んでいる私たちの姿は。

でっかい建物ができて、ドアがガーンと閉まって外との行き来がないような、そういうものをいくら作ってもだめだと思うんですね。長田の町の以前の土の道、平屋の長屋が並んでいて、おじいさん、おばあさんが住んでいて。おじいさん、おばあさんが住んでいる家の前に台を作って植木鉢を並べて、夕方にはみんなが水遣りしてるとか。住んでいる人の息づかいの聞こえるそういう町を創り出すことが、本当の意味の復興だと思いますね。子どもたちが、大きな声を上げて走り回って遊んでいる。子どもが一つの指標になると思います。子どもが元気に走り回って遊んでいるのがその町の活気の指標だと思います。今それが長田の町には乏しい。十年経っての感想というと、こんな感じ。もう五年十年経つと、みんながそういうこと、いいなと思うようになってくると思う。今は、それがいいなと思う人と、いやそうじゃないやっぱり経済復興しないといけないとか、大きな建物を建てなくてはいけないとかいう人がいる。それも大切だけれど、みんなが手を繋ぎ合って町を作ってゆくと、柔らかい町ができるんじゃないかな。そこに柔らかく住むことができるんじゃないかな。そういうふうなことを、思います。

――さらに、十年という節目に向けての、先生に出来ることというか、文学にできることとは、どんなことですか。

安水　今、情報が溢れている、言葉が溢れている。そういう中で、今の子ども、これからの子どもたちにとって必要な情報、必要な言葉を拾って記録することだと思います。それによって、こういう生き方があるんだっていうことをふっと分かってもらえる。いいなと分かってもらえる。詩を書くっていうことは、言葉をひろうことなんですね。古い言葉も新しい言葉も全部、詩の言葉なんです。これは詩になるとか、これは詩にならないとか、よく言うでしょう。これは詩になる言葉、詩語、ポエテックディクションだと言いますけれど。十九世紀はそれでよかったけれど、二十一世紀はそれではだめです、今、世の中にある全ての言葉、そして、今、忘れられている言葉も言葉です。そういう言葉の中から、今、必要な言葉を選んで、記録して記憶とするのが私の仕事だと思います。これまで、ずっとそういう仕事をしてきたんですね。だから、簡単に言えば、これまでやってきた仕事をこれからも続けまーすと言えば、一番簡単なんだけれどね。（笑）。もうしばらくは書けるだろうからね、もうしばらく書ける間は書き続けようと思っています。今も、散文の方でこういうテーマ、詩の方でこういうテーマと、仕事の計画は立っています。本も数冊、すでに計画があります。三月にまた一冊出ます。

――どういう？

安水　詩人論です。去年、神戸の詩人竹中郁さんの「竹中郁論」を出した。その続きの詩人論は「小野十三郎論」。これはもう直ぐ出る。つづけて、震災に関わる詩文集の四冊目、震後十年の完結編。四冊並べたら私の十年の言葉がそこに入っている。まだまだ書きます。

インタビュー　ＮＨＫ神戸放送局　阿部星香

（ネットミュージアム兵庫文学館 http://www.bungaku.Pref.hyogo.jp 企画展示「阪神淡路大震災と文学」　二〇〇五年二月十七日録画　二〇〇五年三月三十一日発信）

午前５時46分で止まった時計

焼け跡。無事を知らせる手製の伝言板が。電柱にも張り紙が。

未来の記憶のために　伝統と未来

はじめに

今日も最後になりました。朝十時から、お昼をはさんで夕方の四時すぎまで、お話しやらシンポジウムが続きました。皆さんお疲れでしょう。私も話す前から疲れていますが。(笑)。まあこれも「歴程」同人のお勤めですので、三十分何とか勤めさせて頂きたいと思います。

昨年のこの歴程夏の詩のセミナーでの私の話は、いろんな詩や新聞記事を材料にして阪神大震災の事を話して、それから詩の問題へ流れ込んだと思います。そして記憶について話したと思います。今年はまず私自身の詩を読んで話したい。そうして震災後十年、それから戦災後六十年を話します。それが今日の全体的テーマ「伝統と未来」にどう結びつくか。結びつかないかも知れないけれども。(笑)。今日の演題は「未来の記憶のために」と言っておいて、それを目指していくと、先ほどから出ている〈沢山の声〉とか、〈書いている私と詩のなかの私〉とか、そういう問題にも触れる事になるかと思います。ただ時間が時間ですので出来るだけ簡潔に話して行きたいと思います。

震後十年　これからも

お手元に二枚のコピーをお配りしてあると思います。先ず「十年歌」からご覧下さい。これは神戸新聞の選者詠です。二〇〇五年一月三日に掲載されました。神戸新聞には短歌、俳句、川柳、現代詩の読者投稿欄があるんです。現代詩の欄の選者をしておりまして、毎年選者詠というのを書きます。行数が限られていますのでね、この数年間続けてこういう形で震災がらみの詩を毎年同じ行数、同じ字数で書いております。注意して見て頂いたら分かりますけれども、句点を一字と勘定すると各連が同じ字数になってます。そういう仕組みの詩です。「十年歌」の十年は勿論震災後十年です。阪神大震災後今年で十年になります。「十年歌」、読みます。

なんだか遠くまで来たようで。立ちどまって
振り返ると。土が砕け。木が燃え。花が裂け。

心がこぼれて。そう。まるで花のよう心のよう。裂けてこぼれて。

見まわすと。あたりは見なれた光景。思いがけない。あいかわらずの。変わってしまって。変わりようのない。火と水と砂。ひりつくような鈍い痛み。しきりに。

思い定めて歩き出すと。行く手にあの人があらわれ。あの人たちもあらわれ。笑っている。その横にはわたしも立って。手を振っている。わたしに向かって。

これが震災後十年の正月用に神戸新聞に書いた読者へのメッセージです。もう一つ。神戸のタウン誌の「月刊神戸っ子」が震災十年記念号を出しました。それに載せた詩が「神戸　これからも」です。この詩は見開き二ページの右半分に組まれて、左半分には小磯良平さんの絵が載りました。その絵は小磯さんの代表作、神戸松蔭女子学院の高校生をモデルにした「斉唱」という絵です。見ていても気持が動いて生き生きするような絵です。

この詩は神戸の人たちへのメッセージです。揺れて震えた人々へのメッセージです。同じように揺れて震えた私自身へのメッセージでもあります。一言いっておきたいのは「これからも」です。と言いますのは、震災の翌年の一月に「神戸　これから」という詩を書いているんです、朝日新聞に。神戸はこれからどうなるんだろうという詩です。今度震後十年、神戸の人たちに「月刊神戸っ子」を媒体にしてメッセージを送ることになった時にですね、「これからも」と言いたくなったんですね。震災翌年に「神戸　これから」、これからどうなるんだろうかと書いた。所が十年経った今、これからもいろいろあるだろうけどね、そういう気持を込めたメッセージです。詩を読みます。「神戸　これからも」です。

あのときなくなった人がいて
涙と声と苦痛。
あのあといなくなった人がいて
悲しみと願いと歌。
それでも生きのびて

それだから生きてきて。

すべてが変わったようで
すこしずつ遠ざかるようで。
それでも変わらない
いのちの喜び。
忘れず思い出し
忘れてもくりかえし思い出し。

あれから十年。
これから
生きていく。
これからも
わたしたち生きていく。

「月刊神戸っ子」ですが。やはり神戸の経済もなかなか元に戻らない。広告が頼りのタウン誌ですからね、とうとう廃刊になりました。昨年末に経営が立ち行かなくなり倒産しましてね。震災十年記念号を企画していまして、倒れるにしてもこれだけは出して倒れようということでこの号が出たんです。そういう曰くつきの最終号だったんです。今年の一月になんとか出たんです。〔「月刊神戸っ子」はその後復刊、現在元気に月刊を維持している。'09・7〕

木の十年　人の十年

次に二枚目のコピーをご覧下さい。「長田　震後十年　七篇」です。七つの短い詩が並んでいます。大阪で倉橋健一さんが編集して出しておられる「イリプス」という雑誌から原稿の依頼があったんです。行数はいくらでもいいという原稿依頼で。何ページでもいいということで、それで沢山書いたんです。これは木の詩なんですね。七篇全部が木の詩です。私には『震える木』という木を書いた詩を集めた詩集があります。木を書く事によって、震後十年の町と町のなかの人を書こうとしたんですね。七篇の最初が「ふしぎ」です。最後も「ふしぎ」です。「ふしぎ」で始めて「ふしぎ」で結んでいます。先ず最初の「ふしぎ＊」を読みます。

葉が茂る

風に揺れる。

どうしてうれしくなるのだろう
それだけで。

それ以上何も書いていません。書けば書くほど、私の気持は切なくなります。わずかの言葉でも、だからこそいろんな人の所へ届くのではないか。そんなふうに思って書いています。二つ目は「花が」です。

高い木に
白い花がいっぱい。
低い木に
赤い花がいっぱい
門がある
庭がある。

家はない
人はいない。

十年経った今も、私の家の近所を歩いたらこんなです。家は潰れてしまった。更地になっている。所がどういうわけか門が残っている。庭石が残っている。庭の木が残っている。家はないし、人はいないし。この詩はもう一連あります。

高い木がある
低い木がある。
土から湧き出るように
溢れんばかりに花が。

次は、「木の根は」です。

黒焦げの木の根は
どうしてるかなあ。

何度も見に行った。
黒焦げの木の根は
どこへ行ったのかなあ。
町が高くなった。

震災で街が焼けた後、街を回りますとね、立ち木がまっ黒焦げになって棒みたいになっている。それが焦げて砕けて小さな円錐形になってわずかに残っている。そんなのが目に付く。そのうちに倒れた塀とか崩れた石垣とか焼けた木とかが散在していた焼け跡が突然整地されましてね、その後に高層マンションが建ちました。その時私は思った。あの焼けた木の根は一体何処に行ったんだろうかと。花を書きました。木の根を書きました。次は「並木が」です。この十年の間に見聞きした木を書き留めているんです。この詩の並木は国道の銀杏並木です。

並んで燃えて。
軒なみ伐られて。

切り株からひこばえ。
うれしい萌黄色。

街は焼け跡です。木も焼けて、焼けた枝が倒れてきて。市が全部伐った。切り株だけが残った。所がその春に、切り株からひこばえが出てきたんですね。これはやっぱり嬉しかったですね。うれしい萌黄色です。所が切り株はひこばえもろともに掘り起こされて無くなってしまいました。そのあとは舗装されました。災害があった時、地震でも水害でも、どういうふうに元へ戻すかは、よほど知恵を働かさないといけないと思うんですね。先ほどの「木の根は」の一番最後の行を見て下さい。「町が高くなった」とさりげなく書いてあるでしょ。これは実感。私の家の二階のベランダから長田の町がほとんど百六十度位見えるんです。高台にありますから。十年経った今、震災前よりも町は二、三階位高くなっている。高層マンションがいっぱい建ってね。所がその高層建築の間は今も更地だらけ。長屋で土の道でおじいさんやおばあさんが住んでいた所が無くなっている。かすかすの町になっている。これを復興といっていいのかという事です。「町が高くなった」、この一行はそういう事なんです。「並木が」には後二行あります。

人が歩いてくる。
自転車が追い越していく。

何でもない風景なんですけれどもね、嬉しいと思って見るんですね。人が歩いている、自転車が走っている、それだけで嬉しくなるんです。四つ目の詩は「エゴノ木二本」です。つづけて「イチョウが三本」です。全部具体的な場所と木があるんです。これはちょっと飛ばしまして。時間が気になるんですね。(笑)。本当は読みたいんですけれどね。読みたくてウズウズしてるんだけれど。最後の「ふしぎ＊＊」に行きます。まず二連。

木を見る。
なぜか　かなしい。
なぜか　うれしい。

人を見る。
やはり　かなしい。
やはり　うれしい。

かなしいと言ってしまっても違うんですね。かなしいんだけどね。うれしいと言ってしまってもちょっと違うんですね。かなしい、だけどうれしい、だけどかなしい、だけどうれしい。こういう感情を書き留める。これはどういう事なんでしょうかね。結びの連。

木が立っている。
人が歩いてくる。
とても　ふしぎ。

ふしぎとしか言いようのない、ふしぎ。生きていることのふしぎですね。

戦後六十年経って

今年で阪神大震災十年、震後十年です。それから戦後六十年です。これは八月二十四日神戸新聞の記事です。「ようやく戦災復興」という見出しです。六十年経ってやっとという記事です。どういうことかと言いますとね、六十年前に神戸が空襲で焼かれた時に、三宮の辺の繁華街が全部焼けました。その後に闇市が出来ました。乱雑にあの近辺いっぱいに闇市が立ったんです。それを区画整理で三宮の東の南側の辺りの一角に国際マーケットと言う名前で闇市を集めたんです。一ヘクタールに二百軒の店が集まった。戦後どんどん復興していく中でそこはとり残されていました。当時地権者は五百人いた。紆余曲折を経て、空白があって、六十年手がつけられなかった。それが六十年経って、戦争なんか知らない世代が増えた現在、やっと合意が成立しまして。五百人の地権者が五十人に減っているんです。そういう事もあるわけなんですね。やっと復興されるんです。戦災の復興。その復興の仕方、これはどう思ったらいいのか戸惑うんですけれど、百六十メートルの五十階建て超高層ビルを建てるんだそうです。これはもうやめといてと言いたくなる。(笑)。

最近のことですが、西明石の辺りでJRが何時間か電車を止めました。新幹線も徐行になりました。何故かと言うと、不発弾が出てきたんです。西明石には軍需工場があった。爆撃された。その不発弾が六十年後に出てきた。或いは、今街中で阪神大震災の時に焼けた木を沢山目にしますが、実はその中に戦災の時に焼けた木もあるんです。歩道の柵に絡まってくいこんでいる木が今でも残っている。戦災の記憶が具体的なものとして残っている。これは震後十年であろうと戦後六十年であろうと、十年とか六十年とかいう事とは関係ない。過去があって現在がある。十年経ったからどうとか、六十年経ったからどうとか、そういうふうに考えるとどうも事を誤るような気がするんですね。

　私たちの記憶は、過去の記憶でありながら今ある記憶なんですね。その記憶は必ず未来の記憶でもある。変な言い方ですけれどもね。記憶っていうのは過去であり現在であり未来である。押しなべて記憶。現在、過去、未来と三つに分ける時間の切りようは間違っているようにこの所思っています。

「あのね」　子どものことばから

　朝日新聞に子どもの言った事を書き留める「あのね」っていう欄があります。こんなのがありました。八月二十六日、昨日の朝の新聞に。三田悠貴ちゃん、四歳です。祖母と電話をした。受話器を扇風機にあてて「ばあちゃん、電話から風出た?」。(大笑)。これだけ。子どもですねえ、つい笑ってしまいますね。あははと。私は孫が二人います。健一郎と健人です。私の講演には孫の話がどっかに出てくるんです。(笑)。カルチャーセンターで喋っててもね、今日はまだ喋ってないから喋らしてね言うて喋るんです。(笑)。勿論その孫話はそのときの話と関係があるんですよ。下の孫健人は四歳です。電話に健人が出てくるとですね、はあって言うんですね。はあっとか、ふうって言うんです。それで、おじいちゃん届いた?(笑)。「あのね」の悠貴ちゃんと一緒やなって思った。更に、おじいちゃん電話覗いてって言うんです。しょうがないからそうすると。（笑）。おじいちゃん見えたあ？　健人はね、今とんぼさんしてるんって言うんです。受話器からちょっと離れて片足で立って両手を開いて指を開いて閉じて。（笑）。見えていると思う。聞こえていると思う。これ、子どもの話だから、あははと笑える。だけど、そういう事を私たちは感じたり考えたりする事がないだろうか。私たちは私たちの五感で物を見聞きしますけれども、さっきから出ている記憶という言葉で考えたら、過去の事も、実際目の前になくっても見聞きできる。ひょっとしたらこれから起こる事も、見聞き出来るかも知れない。詩を書くというのはそういうふうに過去現在未来に渡って私たちが見聞き出来る事を書き留める事ではないかなあ、なんて事を思うわけなんです。

もうすこし、「あのね」です。あ、これが凄いんです。六月十七日。三歳の大石萌依《めい》ちゃん。休みの朝、六時ごろ目が覚めた。しばらくじっとしていたが、一言いった。「もう見る夢なくなったから起きる〜」。（大笑）。子どもだからねえ。はははと笑い捨てる。これ読んだ時ふっとね、柳田国男の「野辺のゆきゝ」の巻頭の詩「夕ぐれに眼のさめし時」を思い出した。

うたて此世はをぐらきを
何しにわれはさめつらむ、

いざ今いち度かへらばや、
うつくしかりし夢の世に、

夢は現実ではない。ところが、私たちの精神世界、言語世界では、電話の向こうであろうと、夢の世界で見る夢であろうと、それは私たちにとって現実だろうと思うんです。

かつて　今　これから

先程、高貝弘也さんが「半世記」という詩を読まれた。そのなかにこんな二行があった。それを並べて記すと。

かつて起ったことを書こう
いま起りつつあることを書こう

このあと私は高貝さんの詩の世界から離れて高貝さんのことばだけを勝手に引用させてもらいます。まず先ほどの二行に私が勝手に作った一行を加える。さらに「その瞬間瞬間のひかりを拾っている、あなたの姿が　ここから見える」という詩行をすこし崩して四行目とすると、次のようになる。

かつて起ったことを書こう
いま起りつつあることを書こう
これから起ることを書こう
その瞬間瞬間のひかりをひらおう

こういうふうに私は言いたい。すると、今「ここから見える」はず。さらに、「その水上へと辿りついた」と言う詩行があります。この「水上」を「言語表現」と置き換えて、組み立ててみます。そうするとこんな五行が出来ました。

かつて起ったことを書こう
いま起りつつあることを書こう
これから起ることを書こう
その瞬間瞬間のひかりをひらおう

その言語表現へと辿りつこう

先程、シンポジウムの時に問題になりました「詩の中の私とは」ですが、そのことですこし言わせてもらいますと。この十年の私の考えはですね。私の隣にあなたがいる、あなたの隣にまた誰かがいる。私の詩の表現は、私の表現であり、私の隣にいるあなたの表現であり、更にはずっと離れた所にいる彼の表現でもあると。そう思って書いているんですね。先程読んだ震災に関わる詩で言うと、そこに書かれたことは私が感じたことであり、と同時に阪神大震災で揺れた人たちがあの時、その後ずっと感じた事であり、更には新潟で九州で宮城県で、東京でも揺れましたね、その揺れた人たちが感じたであろう事、それを書きたいと思って書いているんですね。私はそういうふうな書きようをしているんです。詩の中の私とは何かという問いに対する私の答えはこれでもう出ていると思います。

これで終わります

お手もとの二枚のコピーで読まなかった詩が一つあります。「宇鉄」です。時間がないのでこれはもう読みません。読みませんが、お読み頂ければ、今読んだ三つの震災に関わる詩とは違う書きようだと言う事はお分かり頂けると思います。「十年歌」のように散文詩で書いたり、「神戸　これからも」のように皆さんにメッセージを届けるという姿勢で書いたり、「ふしぎ」のようにポツンポツンと書いたり、その時その主題に応じて詩の形が変わる。いろんな形をとりながら、私が書きたい事を書く。最近続けて「歴程」に詩を届けています。昨年、菅江真澄についての詩集を出して。『蟹場《がにば》まで』。真澄詩集の五冊目です。半年を置いて、いよいよ菅江真澄が北海道へ行く、真澄北海道篇を今書き続けています。「宇鉄」はその一番最初の詩で、『ミッドナイトプレス』に載せました。宇鉄は津軽半島の先端にあり、この浜から真澄は船に乗って北海道へ渡りました。

と言ってる間にお約束の三十分は過ぎてしまいました。これで終わりたいと思います。非常に駆け足で申し訳なかったんですが。この二日間、様々のお話しがあり、明日もまた何人かの方のお話しがあります。いろんな角度からいろんな事柄についての発言がある。共通点と相違点を学ばせて頂きたいと思います。御馳走が待ってますので急いで宿へ帰りたいと思います。それではこれで終わります。ありがとうございました。（大拍手）。

●夜の朗読会で

「エゴノキ二本」「イチョウが三本」を読む

あの、実は先程読めなかった詩、それを読んでちょっとコメントを付けておこうかと思います。先程の話とともにテープ起こしをして、ある雑誌に乗せようと。（笑いと拍手）。そういう事で。それで今テープを回しています。

先程「長田　震後十年　七篇」の最初四篇と最後の一篇は読みました。「ふしぎ」と、「花が」と「木の根は」と「並木が」と、最後の「ふしぎ」です。省略した「エゴノキ二本」と「イチョウが三本」を今から読みます。予め予定していたら皆さんにプリントを持ってきて下さいと言う所なんだけれども。突発的にふと思いついた訳でね、申し訳ない。「エゴノキ二本」。まず一連目二連目を読みます。

あの年の夏に
白い小さい花がいっぱい。

あの年の秋には
黒い実がいっぱい。

一本が枯れた。
なぜ。
もう一本は枯れることなく。
なぜ。

十数年前に家を建て替えました。それで震災のとき半壊で済んだ。元の家だったら全壊、下敷きになっている。家族全員下敷きになってた。家を建て替えたときのことです、門の脇に何を植えるかということで連れあいと論争になったんです。（笑）。連れあいは常緑樹がいいと言い、私は落葉樹がいいと。冬場葉が落ちて木の間に冬日が差すのがいいと。そしたら連れあいはお掃除するのは誰でしょうと。（笑）。そこで私は言いました。常緑樹常緑樹って言うけどよく考えてご覧なさい、六月頃には葉がいっぱい散るんよと。落葉だらけになるよと。だから掃除に関しては一緒やないかと。普段私の意見が通るはずはないんだけれども。（笑）。その時は意見を通した。そのエゴノキなんです。その時二本植えた。エゴノキと言うのはね、枝に小さい白い鈴蘭みたいな花が並んで下向いて咲く。秋には黒褐色の実が並ぶ。かわいい木なんです。所が震災の後、二本の内の一本が枯れた。もう一本は今年もたくさん花を咲かせてたくさん実をつけました。先程言ったようにこの詩に出てくる木は全部実在の木です。この詩はあと一連、三連目も四行です。

　　揺れて震えて。
　　消える枝。
　　揺れて震えて。
　　伸びる枝。

消えると伸びるだけが違うんだけれど。どちらの木も揺れて震えた。その年の五月頃には二本とも花を咲かせた。精いっぱい咲かせた。次の年には一本が枯れた。もう一本の木はこの十年ずっと花を咲かせて実を付けている。
　次は「イチョウが三本」。読みます。まず、一連目。

　　あの日

樹皮が焦げ。
炭化して剝げ落ち
木の芯があらわになった。

木が焼けると、樹皮が真っ黒になって剝がれ落ちる。白い木の芯がでてくる。木の芯までも焼けて木の形が崩れて、そんな木がたくさんあった。このイチョウの木は三本とも焼けて樹皮が剝げ落ちて木の芯があらわになっていた。所が焼け残った樹皮が盛り上がってきて木の芯を覆い隠そうとする。凄いですね。

「生きのびる」という詩があります。昨年十一月十三日付けの読売新聞に載せた詩です。それはこんな出だしです。

新潟で夕方に震度7の地震があった日の午後
いつものように木を見に行って気がついた
むきだしの木質部がさらに広がっていた。

月に一、二度イチョウの木を見に行くんです。変化があったら写真を撮る。この十年ずっとです。つづけます。

近づいてみると
焦げた樹皮の一部が浮いている。
触れると剝《は》げそうで
剝げ落ちて白い木質部が広がった。
——なぜ、今なのか。

十年たった今、焼け焦げてそれでもしがみついていた樹皮が今になって剝げ落ちて、白い木質部が広がっているんです。これはどういうことか。カルスという言葉がある。CALLUS。傷ついた時、受傷部分、傷を受けた部分に盛り上がって生ずる癒傷組織、傷を癒す組織。そういう働きが木にはある。木だけでなくって人間にもある。これは肉体だけじゃなくって心にもあると思う。例えば嫌な事は忘れるとか、心の持ち様によって私たちは傷を何とか小さくしようとする。カルスと言う言葉を見つけたのでこの「生きのびる」と言う詩を書いたんですね。今読んだのがその一連目。この詩はあと三連続きます。最終連を読みます。

焦げた樹皮の地に落ちる乾いた音
滑らかな木の芯の発するつらいやさしい声。
火の記憶
焼けた土の記憶。
生きのびた木が
生きたいと立っている。
そのそばで生きのびた人が
生きたいと並んで立っているのだが。

「イチョウが三本」に戻ります。二連目と三連目です。

十年の時間が
さらに樹皮を剝ぎ。
黄の芯は色あせて
ざらついてきたが。

それでも
風が吹く。
春には
葉が茂る。

去年台風が何度もやって来て、木の芯に青いかびが生えて、見るも無残になっていた。冬はお天気続きでかびもなくなったのに、もとの色あいをとり戻していない。カルスはまだ戻っていない。それでも今年、三本のイチョウの木は葉をいっぱい出しています。この秋には黄色い葉がいっぱい散り敷くだろうな。昼間の話の中で読んだ「並木が」は、これは国道のイチョウ並木。これはあの年伐られてしまった。「イチョウが三本」のイチョウは国道から長田神社へ向かう参道の西側にある。伐られることもなく、枯れることもなく立っています。
七篇の最後の詩「ふしぎ＊＊」をもう一度読んでおきます。

木を見る。
なぜか　かなしい。
なぜか　うれしい。

人を見る。
やはり　かなしい。
やはり　うれしい。

木が立っている。
人が歩いてくる。
とても　ふしぎ。

かなしいとか、うれしいというような言葉は普通詩には使わない言葉。だけど私は震災後、かなしいとか、うれしいとか、美しいとか、そういう言葉を平気で使うようになりました。それ迄は現代詩では使ったらあかんのだと、もっと別の言葉で書かないとと思い込んでいたようです。だけど震災後は詩を書くとき、今の言葉でも、昔の言葉でも、俗語でも、口語でも、方言でも、共通語でも、どんな言葉も使ったらいいんだって思うようになった。私が今書いてる詩の意図っていうか、やり方が分かって頂けると思います。これで昼間お渡ししたコピーのうち震災がらみの詩は全部読めたんですが、一つ残ったのが「宇鉄」ですね。

「宇鉄」を読む

菅江真澄は北海道へ行こうとして日本海岸を北へたどり、青森まで行って、天明の飢饉の最中で北海道に渡れなくて、盛岡から南へ下りて来て、三年間過ごす。やっと飢饉が納まって、まだ納まっていないんだけれども、まあ旅が出来るような状態になったので、再び北へ向かって津軽半島の先端の宇鉄まで行くんですね。本当は三厩という所から船は出る。所が幕府巡見使がもうじき来るという事で、お宿になる訳だから障子襖からやりかえて、船も新しくして。受け入れの準備で大騒動。だから一介の旅人を泊める宿もないし乗せる船もない。真澄はもうちょっと先へ、宇鉄迄行きます。宇鉄は当時はアイヌ人の子孫が住んでいた村です。そこで暫く船待ち風待ちをして、やっと船を見つけてやっといい風が吹いて船に乗り、一晩がかりで北海道の松前に辿り着く。菅江真澄を追っ掛けている身にとっては、宇鉄で船に乗って松前に行くというのはこれ、なかなかの場面なんですね。「宇鉄」という詩では真澄はまだ船に乗っていません。船に乗る場面はこの後にある。更に松前まで行く船中の場面も四つの詩に書きました。いよいよ松前に着いて蝦夷地へ、久遠へたどり着く場面は既に季村敏夫さんがやっている雑誌「たまや」に七篇書いて送りました。年に一回出す豪華版の雑誌です。何ページ書いてもいいと言われて。また、新藤涼子さんの手元に北海道での詩を五篇渡してあります。その内に「歴程」誌上で見られると思います。

「宇鉄」という詩は菅江真澄の旅日記「外が浜づたひ」の中の真澄の和歌をエピグラフとして使いました。

浦づたひそことたつきもなみまくらかかるたびねのよる〳〵ぞうき

菅江真澄の歌にはさまざまな歌があって、戯れ歌もあるし地名を読み込んだ歌もあるし、叙景歌も心情歌もある。柳田国男が真澄のような歌を詠う人は当時ではざらにあったと言うような事を書いている。それ読んで真澄の歌は下手だというふうに思い込む人がいたりします。だけど取り纏めて読んで行くと、なかなかの歌の人だという事が分かります。さて、「宇鉄」です。一連目。

歩いてきて
波の浜。
岩に道なく

外が浜輪の果てのあるかわ。

さきほど読んだ震災の詩では、ややこしい表現は出て来なかったんですが。この詩はそうでもない。最後の一行などは当時の古い表現を採り入れている。二連目。

海べたに石が散り赤石
手に取ればわずかに軽く。
ここはどこどこ
これはなになに。

石を手に取り、ここはどこどこ、これはなになに。私の顔がでているような。それで三連目。

日の海に入り上る夕月
小舟漕ぎ出して遠ざかり。
風寒々と網をさす
ぼんやり見えるぼんやり。

ぼんやり見えるぼんやり。書いていて、あ、我ながらええなあと。ハハハハ。(笑)。夕方なんですね。網さすというのは、村人が船を出して網を入れているんです。ここまでが前半。星印があって、後半も四行三連。朝になる。後半の一連目。

朝開き
島山の影近く。
舟みち七里七里結界
なにが見えるかなにかが。

島山は北海道です。津軽半島から見えるんです、お天気のいい時には。七里結界という言葉がある。魔障を入れないため七里四方に境界を設けるということですが、寄せつけないということで。舟路のけわしさを言っているのですが、これは意味からというよりは、舟みち七里の七里に引かれて出て来た語です。後半二連目。

あれはた、か、ど、の、か、と

目馴れた男が言う。
はっきり見えているから
すぐ消える。

たかどのは海の蜃気楼です。真澄は各地で目にしたり耳にした蜃気楼を克明に書いて克明に絵に残しています。八郎潟の蜃気楼を画いた面白い絵があります。湖の上を人がいっぱい歩いている。この日本海や陸奥湾のは帽子形とかいろいろ。たかどのは御殿、屋敷、あるいは単に家の意。浜辺で村人が海を見る。今日はたかどのが出たと言う。それを聞いて真澄は書き留めているのです。「はっきり見えているから／すぐ消える。」ここに私が顔出していますね。はっきり見たらそのものは消えてもいいのです。最後の四行。

声がかかるのを
待っている。
待っているのだと
声に出して言って歩き出すと。

真澄が、そして私も、声がかかるのを待っている。行きたいけど、まだ行けない。声がかかるのを切に待っている。待っているのだと声に出して言って、そして歩き出す。この詩は歩き出すと、で終わっています。私の詩では途中で終わる詩が幾つかあります。歩きだすと。それでどうなったか。それは私の中にあり。あなたの中にある。そういう意味あいでは、詩と言うのは自分が書くんだけれども、自分だけが書くんじゃない。この場合は真澄と一緒に私は歩いている。この詩を読んでくれたとき、その人と一緒に歩いていく。そういうふうな書き方ですね。

私の詩の方法

震災がらみの詩の場合、私が見て考えて、私の周辺の人が同じように見て考えるものを書く。一番いい例は「さくら」でしょうね。あの震災の年の四月にさくらが咲いた。そのさくらを見て被災者が、ああ、さくらが咲くようになったか、と思う。季節を忘れてたのですね。そのとき、見たいなぁと言う人もいるし、見たくないと言う人もいるんです。見たくないと言う人は、死んだ人の事を思うんです。白い白いさくらが咲いたと。さくらの花がその人たちの魂に見えるんですね。肉親を亡くしたり、自分が家の下敷きになってやっと引き出されたような人には、さくらを見たいという気持と見たくないという気持は相半ばするだろうと思います。私の中にもこの二つがある。そこでこういう詩を書いたんです。嬉しかったのは、私の詩を避難所の人たちが読んでくれて、言い合いをした。ある人たちは私は見たいと、花見に行きたいと言った。ある人たちは私は見たくないと言った。そういう話を聞いて、あ、私が今考えて書いている詩は決して間違っていないと思いました。避難所で寒い冬を越してやっと春を迎えた人たち、立ちなおれるかどうかわからない人たち、立ちなおりようもない状況のなかの人たちがこの詩を読んでくれた。読んで私は見たいと言い、私は見たくないと言ってくれた。これは嬉しい。やっぱり書いて良かった。「共同体の記憶を言葉ですくい上げる作業」を私はやっているのだと震災詩文集の一冊目『神戸　これから―激震地の詩人の一年』の「あとがき」に書きました。私だけの感覚、私だけの意識をすくうんではない。そうじゃなくて私と共に生きている人々と、過去から未来に亘って考えられる限りの人々と、一緒にありたいのですね。

「くやしい」という詩は「砕けた瓦礫に／そっと置かれた／花の／くやしさ。」というたった四行の詩です。この悲しさと辛さとが分かってもらえるかしら。言葉は意識を掘り起こす。意識を掘り起こして共感をもたらす。震災後、そんなことを切実に感じます。

話が長くなってすみませんね。もう一つ言っておきたい事は。このような詩の方法は必ずしも震災後に考え出した事ではないんです。今の詩はどうなんだろう、個性一辺倒の戦後詩の中で、自分が考え出した感覚、自分が考え出した言葉だと言ってつっぱしって来た事に対して根本的な疑問を私は二十年前から感じていた。自分なりに考えました。菅江真澄の姿を文学に読みかえることで多くを得ました。いろんな方法を試みました。なんとかこういうことかと思うようになって。そこへ地震がきた。もう書けないと思いました。だけど、今書かないと、今書けることを書かないと思って書き出した時、被災前に考えてきた方法で書いたら、書けた。震災後十年が経ちました。その間にも真澄に関わる詩を同じ手法で書いています。先程どなたかがおっしゃっていました。震災の詩と菅江真澄の詩は、書き方が違うような気もするけれどもと。だから私は言いました、よく読んだら一緒でしょって。そしたら、そうですねって言って下さいました。そうなんです、私の書く詩は一緒なんです。どんな書きようをしていても一緒なんです。

時間を取って申し訳ありませんでした。私の都合でこんなに時間を取って頂いてありがとうございます。申し訳なかった。ありがとう。(大拍手)。

(二〇〇五年八月二十七日　いわき市立草野心平記念文学館　歴程夏の詩のセミナーでの講演記録)

揺れて震えて

となりの木々がそろって揺れている
むこうの木々がふぞろいに揺れている
光って揺れて光って震えている
ずっと向こうのさらに向こうに
見えないはずの木々が見えてくる
すべて揺れてすべて震えている

（歴程夏の詩のセミナー「六行詩集　逝く夏」から　二〇〇五年八月二十七日）

II

隣の隣は隣

隣の隣は隣

阪神大震災から十年。今も思い出す情景がある。

地震から半月後の二月一日の朝、裏の小学校でのこと。講堂も教室も近隣の被災者でいっぱい。校庭も避難してきた車でいっぱい。車で寝泊まりしている人もいた。給水車が来て人々が集まっていた。私もその一人。

そんな校庭の片隅に子どもたちがいた。地震後初めての登校日だった。無事を喜びあっているのだろう、声高に声かけあって抱き合って。急に静かになった。校長先生の声が聞こえてきた。この地震でみなさんのお友だちが一人亡くなりました。亡くなったのは一年生。どんな子だったのかなあ。この町のどこかできっと会ったことがあるはず。学校帰りに道草食って。そこへ通りかかって声かける、なにしてるの。ダンゴムシとってる。

住みなれた町が揺れて毀れて焼け落ちて。たくさんの人が傷ついて亡くなって。生きているのが夢のよう。そんなあれこれ思って、私は水の入ったバケツ持ったまま立ちつくしていた。涙流して。

災害は絶えない。昨年十月の新潟の中越地震。県道崩落現場で車の中に閉じ込められた二歳の男の子と三歳の女の子。あれがもし孫の健一郎と健人だったら。

事故も絶えない。この四月のJR宝塚線の脱線事故。犠牲者のなかに多数の学生がいた。私が教えた学生がもし乗っていたら。北摂三田高校の卒業生が五人亡くなっている。あの学校の校歌の歌詞を私は作った。亡くなった五人は在学中にあの校歌を歌ったんだ。

山本忠勝さんがある書評で、ドゥルーズとガタリの共著『千のプラトー』の書き出し「それぞれが数人であったから、それだけでもう多数になっていたわけで」を引用し、「いかにも人は一人の他者と結ばれあうことでほとんど無限の他者と結ばれ合うことになる」と述べている。

私たちは無残な出来事に心震え悲しみ憤るが、すべてわが事とはできない。しかしながら、わずかでも関わりを見つけ出して繋がることができる。隣と繋がることで隣の隣と繋がる。さらにずっと向こうとも繋がることができるのだ。隣の隣が隣になる。

私たちが生きのびるためには、わずかなことに気づき、しっかりと「一人の他者と結ばれあうこと」。隣と繋がることがまず大切なことなのだと思う。

（「神戸新聞」二〇〇五年五月三十日）

焼け焦げた言葉

　私は古い農家の縁側に腰かけていた。足をぶらつかせて、ぼんやりと。目の前には青い稲田。向こうの山の背の緑。口惜しいでもない。嬉しいでもない。これで死なずにすむのかなあ。空白。宙づり。六十年前の八月十五日。中学二年生、十三歳の夏の日のこと。

　神戸生まれの神戸育ちの私がなぜ山奥の村にいたのか。姫路の奥の龍野のさらに峠を越えた山の村に。

　その二カ月と十日前の六月五日。私は神戸須磨にいた。朝から空襲警報。家の玄関の下に畳をあげて掘った防空壕に入った。そして、激しい地揺れ、熱風。顔を覗かせると、前の家が崩れて燃えていた。外へ出ると、隣の家も向こうの家も。母とまだ小さい妹と西に向かって逃げた。逃げる途中で、ザァーという音。あわてて道ばたにあった防空壕に飛び込んだ。火の塊が転がり込んできて、妹の靴や服にくっついて燃える。手でもみ消して外へ出ると、世界は一変していた。

明るい朝の青空が暗闇。松林がバリバリと火の柱。焼夷弾が足の踏み場もない位に地面に突き刺さっていて。町は火の海。燃えている人。黒焦げの人。着衣の乱れもなく動かない人。棒切れのような人。道の上に、溝のなかに、折り重なって。母と妹の手を引いて走った。やっと離宮道まで逃げて浜へ出た。ほっとする間もなく艦載機が襲ってきた。砂がはねとび、海水が血で染まった。

父は手近にあったものを防空壕に投げ込み土をかけて逃げた。途中、焼夷弾の油脂をかぶって火傷を負いながら家族を探しまわり、西須磨小学校に避難していた私たちを探しあててくれた。何日か後、神戸を離れて母の実家へ向かった。四年後に神戸へ戻って長田に住んだ。

焼け跡のわが家の防空壕から掘り出したなかに、当時私が大事に使っていた漢和辞典があった。右肩のあたりが焼けて欠けていた。開くと焦げた細片がパラパラ落ちた。焼け焦げた言葉。

神戸大空襲から五十年後の一月十七日に阪神大震災。五十年目の戦争である。わが街は崩れて燃えて。わが家は半壊。焼け焦げた漢和辞典も揺れ動いた。戦後五十年の消しがたい死と生の記憶とともに。

確かめていないが、焼け焦げた漢和辞典は今も屋根裏のダンボール箱のなかにあるはずだ。

(「神戸新聞」二〇〇五年八月二十九日)

言の葉のさやぐ国

このたび、しまね文芸フェスタ２００５での講演のため松江を訪れる。何年ぶりだろうか、久しぶりの山陰松江である。これまでのさまざまの旅の姿が甦る。見聞きした山河の風趣や、人々の姿や声が懐かしい。

ずいぶん前のことだが。雑誌仲間との三人旅。松江大橋北詰めの文人ゆかりの宿に泊まった。当時まだ宍道湖大橋はなかった。夕暮れ、庭から望む宍道湖は目の下まで燃えていた。次の日、大橋のたもとから小舟に乗って、流れるとも見えぬ大橋川を下って中海へ出た。舟には七輪が置いてあって、日御碕で求めた干魚をその火であぶって酒酌み交わした。あれは真冬だった。

別の年、二人旅の末、津和野で連れと右左に別れ、益田へ出た。普通列車で山陰本線を東へ。汽車の時代、ゆっくり揺られて。トンネルが多くて煙たくて。日が落ちて降りたのが温泉津《ゆのつ》。一泊して次の日、また普通列車で東へ。朝の通勤客や学生が次々と乗ってきては、数駅先で降りて行く。止まっては走り、止まっては走り。松江あたりでやっと日が高くなって。ゆっくり揺られて島根横断夏の旅。

福山から三次へ、三次からバスと汽車を乗り継いで島根入り。粕渕で降りて湯泡温泉に泊まる。斎藤茂吉の〈人麿考〉を辿る旅。鴨山を眺める。三瓶に泊まる。山は雪。大田へ出て江津で降りて有福温泉に泊まる。谷間の水仙を摘む。都野津で降りて石見海岸を歩く。浜田から長距離バスで広島へ。逆U字形島根縦断早春の旅。

思いたって息子二人と出雲大社へ詣でたことがある。帰途、松江でいくつかの神社をタクシーで回った。八重垣神社で鏡の池に紙を浮かべ。神魂神社。六所神社。真名井神社。山かげの田に赤トンボ。夕闇色濃く。真夏の日帰りの旅。

神戸川上流の立久恵峡では御所覧場という宿。つり橋の向こうに五百羅漢。斐伊川上流の出雲湯村温泉は「出雲風土記」にある古湯。山奥の一軒宿で川底から湯が出る。雨が降り出して傘さして湯屋へ。赤川上流の海潮温泉の帰り、須賀神社に立ち寄る。八雲立つ出雲八重垣妻ごみに、和歌発祥の地。椿の実を拾って持ち帰って播種、発芽。

今はなくなった文芸誌「たうろす」の仲間たちと旅したことがある。松江大橋の北東詰めの旅館に泊まった。松江の詩人たちが来館、交歓の夜を持った。このたびの松江行でその時の詩人たちに会える。楽しみである。

神戸を出て、伯備線で中国山地を越えて日本海側へ下って行く時、私はいつもわくわくする。古くて新しい土地、言の葉のさやぐ国への期待と予感。

このたびの講演の題は「私たちに何が書けるか—言葉の記憶」である。文学としての表現全般にわたる話をしたいと思っている。私たちは嬉しいこと、楽しいこと、悲しいこと、つらい苦しいこと、なににつけても心動く時、それを書き留めておければと思うことがある。では、何を書きたいのかと自らに問うてみよう。何が書けるのかと重ねて問うてみよう。すべては私たちの生のありようから生まれてくるはずだ。言葉は記憶。記憶は過去と現在と未来を抱えこむ。現代における言語表現の可能性をゆっくりと考えてみたい。

私は講演が好きだ。これには理由がある。話していると思いがけない所へ出ることがあるから。違った自分が見つかることがあるから。松江を訪れるのが今から楽しみである。

（「山陰中央新報」二〇〇五年九月二日）

焼け跡に残る鉄の階段。

私たちに何が書けるか

言葉の記憶

松江に来ました

安水です。どうぞよろしくお願いします。昨日、神戸を発ってやって来ました。神戸は曇りでした。お昼過ぎの新幹線に乗って岡山まで。岡山で乗り換え時間八分。無事乗り換えて、新神戸で買った神戸のお弁当を開いて食べました。ふと気が付けば、窓の外の川が北向きに流れています。山陰に入ったんだなあと思いました。この感覚が私は大好きでして。南に流れていた川が、気が付けば北に流れている。この感じがいいんですね。これから訪れる土地への期待が弾む。と思っていましたら、雨が降ってきまして。相当きつい雨でした。傘を持って来てなかった。よく北陸とか山陰では、弁当忘れても傘忘れるな、と昔から言われています。私は弁当はちゃんと食べて、傘を忘れてきました。昨日松江へやってきて、今日ここへ参りました。

お手許のレジュメの一頁と二頁には今日の話の目次のようなものがあります。一から十二まで並んでいます。これからこれに従ってお話しします。時間の制限がありますので十二全部お話しできるかどうかわかりませんが、大体こういうふうな話をしたいと思っています。レジュメの三頁から七頁まで川柳、短歌、俳句、詩の作品が印刷されています。これを使ってお話しする。作品を使わない話もたくさんしますが。このレジュメを今日のお土産だと思ってお持ち帰り下さい。気になった作品があれば、改めて読み返していただきたいと思います。

さて、目次の一番は「松江に来ました」ですね。そういう話を今したんですね。私は随分こちらへ来ております。その中のごく一部を山陰中央新報に書かせていただきました。「言の葉のさやぐ国」と題して。それは新聞の記事をお読みいただきたいと思います。楽しい旅ばかりです。

一面性と多重性　神戸新聞読者文芸の川柳短歌俳句から

目次の二番に入ります。「神戸新聞読者文芸から」です。いくつかの作品を触りながら、表現について基礎的な事を考えてみたいと思います。私の地元の新聞、神戸新聞に読者文芸という欄があります。川柳、短歌、俳句、それから詩。週一度、一面全部使います。俳句は二人の選者で、だから五人の選者がいます。私は詩の選をやってます。ここ十数年やってます。この八月から九月にかけての紙面を見ていますと、やはり戦争・戦災から六十年ということに関わる作品があります。それを今日はピックアップして来ました。全部投稿作品です。先程、紹介いただいた中でもありましたが、今年は戦後十年であるとともに、阪神大震災十年でもあります。その話をメインにしようかなとも思いましたけれど、今日は表現の基礎的な事について話すことにします。震災の話は目次六番での私の作品で触れるにとどめたいと思います。

それでまず、最初の作品は川柳です。川柳の欄で特選を取っています。九月五日掲載です。

　つよく手をにぎられている草いきれ

川柳は時実新子さんが選をしておられる。親しくさせていただいている方です。この人の選評がなかなか面白いんですね。思ったことをなんでも言う人でしてね、格好をつけない人です。この句の場合、選評に揺れがあります。どう言う事かと言うと、「兄妹、いとこ、許婚。時は戦争末期へと想像を重ねていって、はっとなった。」この句を読んで時実さんは、戦争末期のことを思い出している。「われにもなくドキドキした。『今』かもしれないいじゃないか、と思ったからである。『しかしなあ』と思い直したのは」。選評でこんな揺れは書かないでしょう。こういう所が面白いんで。「『しかしなあ』と思い直したのは、この辺の緊迫感だ。敵機が襲い、明日をも知れぬ命だからこその、汗ばむ手と手なのだと。」これは、自分の体験を呼び起こしている。ところが揺れがまだ続く。「『でもなあ』と私はまだ迷っている。」しかしなあ。でもなあ。最後には、「やっぱり今にしたい、恋にしたい。ドキドキと草に隠れていたい。」選評はこう結ばれている。こういう選評も珍しいでしょう。自由奔放の選評です。

この川柳と選評を紹介した意味は、一つの作品が書く人のある思いをもって書かれる。それを受け取る人は自分の経験、考え、感情に従って受け留める。その時にずれがあっても当たり前だなあということを、選者時実新子さんは曝け出しているんです。ざっくばらんな人なんですね。だから、「つよく手をにぎられている草いきれ」という句でどういうことを考えたらいいかは、読者に任される。ところが、次の句はどうでしょうか。

草に風防空壕は暑かった

これは他にまぎれようがないですね。「草に風防空壕は暑かった」。まあ考えられるのは、過去を思い出して、あの時防空壕から覗いたら風が吹いていて草が揺れていた。防空壕は暑かった、じっと空襲を待っていた。というふうに。今、防空壕があちこちで見つかります。子どもが怪我したりしたのがニュースになります。そこで、これを今のこととして昔の古い防空壕と読むこともできます。読みはその二つ位にしかずれないと思います。

次に短歌です。これは米口實さんの選です。

夏来たり消えし言葉の甦る学徒出陣灯火管制

消えた言葉というのは、「学徒出陣」と「灯火管制」。こういう言葉は今、若い人にはわからないでしょう。だけど私には記憶の奥底にしっかりとある、消えようのない言葉です。この歌を読むと、先程の「防空壕」以上に「学徒出陣」「灯火管制」が主役ですね。この歌で大切なのは、この言葉によって引き起こされる記憶、思い出、感情だと思います。それが読み取れれば、この歌はいい歌です。読み取れなかったら、いい歌じゃないということになる。もう一つ、これを読んだ時にリズムがあるかないかということも大切な点ですね。これはちょっとリズムが足りないかもしれませんね。事実の方に片寄りすぎているかもしれません。

次は俳句です。伊丹三樹彦さん選です。伊丹さんに会うといつもカメラを胸にぶら下げて。御存知でしょうか、写俳ということを言っておられる。四句ある俳句のその最初。

焔まだ燃え残るかに　立葵

これは先程の一番始めの川柳とちょっと似ていますね。「焔まだ燃え残るかに」だから、これは描写、写実と考えることもできます。だけどこれは八月二十二日に発表されている。この前後には戦争の句がたくさんある。その中でこれを読むと、これは立葵の姿に過去の経験を詠み込んでいるという読みも成り立つわけですね。そういうふうに二重性、三重性が成り立つところが、文芸の面白いところではあります。一辺読んで、ああ、分かったというのは、読み終わった後何か物足りない、というふうに感じる人もあると思います。多重性をもつ作品を読む楽しさ。「まだ燃え残るかに」を、二つ目の読みで読んだ時には、戦後六十年の感覚が鮮やかに生きてくると思います。そういう意味合いでこれはいい作品だなあと私は思います。次の作品は。

忘れ得ぬあの日の玉音　終戦日

これは、直接的、直截に書いていますね。ああ、分かったと。二重性はありません。それは何故かと言うと、「忘れ得ぬ」と言ってしまっているからなんですね。これも文芸のもつ記録性、感情の記録性という意味では、よく分かる作品ですが。ここまで読んでくると、文芸のもつ多重性と一面性がよく見えてきますね。次の句。これも伊丹さんの選です。八月十五日掲載です。

焦土に帰す　一面見出しの敗戦記事

これも一面性の句ですね。ストレートに書いてある。ストンとわかる。ところが次の句、原爆忌が季題なんでしょうか。

原爆忌　この水どなたに進ぜよう

「この水どなたに進ぜよう」に、単なる季題としての原爆忌を超えて、これを書いた人の水のように沁み渡ってゆく感情が提示されている。心に沁みる句ですね。

書き留める意志　神戸新聞読者文芸の詩から

さて、次に詩です。「昔あった戦争」。詩としては短い、十一行です。

風化するのですか
目に見た天にのぼる炎
耳に聞いた爆音
鼻にしみた死の匂い
六十年すぎても
体におぼえてる戦争
六十年経つと
昔話になるのですか
風化しないで
させないで
語り繋げて

これは一面性の詩ですね、直接的な。残っている感覚を風化させないでと訴えている詩ですね。詩としては一面的で、つまり主張は強い。詩の言葉としての膨らみを目指してない。山根ミヤ子さん、神戸市の人です。この人は不思議な人でしてね、毎年七月になったら、八月の詩を投稿してくる、戦争の詩をです。普段は投稿してこない。七月になったら、八月を思って、八月の紙面のために投稿してくる。ここには強い意志があるんですね。強い願望があるんですね。この詩は決して技巧を弄しているとかそういうんじゃない。この人の願望、意思はよく伝わってくる。だから、これは八月十五日に載せましょうと考えて、八月十五日の紙面に載せました。

次は、「忘れ得ぬ風景」。西宮市の酒井きぬ子さんです。

お盆を過ぎたら
川へ泳ぎに行くのはいけないことと
誰からとなく聞いていたのだけれど
その日は
何かわからないものから逃げたくて

そーっと篠山川へ――
川原の小石の上に
二人の兵隊さんが
膝を抱えて座っていた
もうすぐ家へ帰れるね　と
話し合っている顔が
嬉しそうだった
その嬉しそうな顔に
涙が見えた

私は川へは入らなかった

この詩にはあと二行あるんです。一行あけて。

昭和二十年八月十五日午後二時すぎ
小学校六年生の夏の日の風景

これでどういうことかが分かると思います。小学校六年生の子どもが、普段は川へ行かないんだけれど、なにかの拍子で川へ行った。そしたら、兵隊さんが二人いた。もうすぐ家へ帰れるね、と嬉しそうに涙を流していた。小学生の作者には、これがどういうことか、この時分からない。六十年経った現在、この詩を書いた意味合いはなんでしょうか。こういうことがあったのだ、これは忘れてはいけないのだ、戦争っていうものはこういうものなのだと、改めて言いたいのだと思います。戦争に敗れた、もうすぐ家に帰れると若い兵隊が話し合って涙を流している。これは記録。この作者にとって六十年後に書き留めざるを得ないもの。記録せざるを得ないもの。文芸の表現が多岐に亘るというのはそういうことなんですね。自分の感情を書く。自分の考えを書く。自分の思想を書く。こういうふうに忘れられないことを書き留めておく。それは自分のためでもあり、たくさんの人のためでもある。酒井さんは、自分のために書くと同時に、こういうことがあったんですよと、神戸新聞の読者に伝えようとしている。文芸にはそういう働きがあるんですね。

次は「彼岸花」。これは彼岸花が彼岸花がと重ねて重ねて書いてある。この人は投稿は初めてかもしれない。神戸の人です。読みましょう。

彼岸花が咲きました
今年も又さきました
あなたの好きだった
あの彼岸花

彼岸花が咲きました
あの日　あなたの戦友から
箱詰めの球根が届きました

この花をこよなく愛した
あなたのために

彼岸花が届きました
この花が毎年土の中から
彼岸を忘れず出てくる事を
とても不思議に思っています

表現の筋道は揺れています。だけど、「彼岸花が咲きました」「彼岸花が届きました」と繰り返して言っている。繰り返し言う言葉の働きの強さ。この詩はもう一連あります。

彼岸花が届きました
赤あかと咲くこの花は
きっと戦火に果てた
幾万の戦友の霊です
私は彼岸花の咲く
庭に佇んで
長くながく祈りました

これまであまり書いてない人かな。表現が整えられていません。だけど、彼岸花にまつわる思いを書き留めたいという気持はしっかりと伝わってきます。戦火に倒れた人への、人々への思い。投稿詩の良さはこういうところにあるんです。

もう一つ、「遺影」です。神戸の男性、森田久一さん。読みます。

「近頃は足が痛うて　すぐ出られまへんのや
　えらいお待たせせてすんまへん」
玄関から年老いた女性が出てこられた
うす暗い部屋の中には、長いひもをぶらさげた蛍光灯が一つ

手を伸ばして、点けたり消したりするんでしょうね。私のおふくろもそうしてます、起き上がらなくてもいいように。

その奥にセピア色の額縁に入れられた写真が一枚
戦闘帽をかぶった凛々しい男性の顔が…
すぐに戦死された御主人だと思った
随分と御苦労があった事だろう

小さな戸口の脇の小さな花壇
雨上りのあじさいが咲いている

あじさいはみんなで賑やかに咲いている
そんなあじさいの花を見ながら
おばあさんは　たった一人で
くらしている
今日も…
明日も…

御主人は戦死して、このおばあさんはたった一人で暮らしているんですね。子どもはいたのか、どうだろうか。今の都市部の感覚で言うと、老夫婦はもとの街中に残っている。私の住んでいる長田区なんかそうですね。息子たちや孫たちは北区や西区のマンションに移り住んでいる。この作者は震災後、震災の詩をたくさん書いている。あちこち知り合いの人を訪ねては声をかけている。この場合も、戦死した御主人が詩の材料になっていますが、このおばあさんの一人暮らしには多分、震災でなにかがあったはずです。それはここには書いてないですが。表現のことで言えば、例えば、「長いひもをぶらさげた蛍光灯が一つ」なんかがちらっと入っているところがいい。これが現実感をもたらすんですね。なんでもないこういう些細な事柄が詩を支える。細部がやはり大事なんですね。

子どものことば　朝日新聞「あのね」欄から

さて、大分時間が経ちましたね。まだ、二番までしか来ていない。これで十二番までいけるんでしょうかね。ここで中休みという感じの話題になります。三番「子どものことば」です。朝日新聞の「あのね」という欄を私は愛読しています。ます、綾ちゃん二歳。

クマの人形を探しながら、「クマさーん、返事してください。」

クマの人形は、返事するはずなんです。二歳の子にとってはね。大人だったらそんなあほなということになりますね。次は裕輝《ひろき》君四歳。

デザートに桃が出た。「おばあちゃん、この桃どこから流れてきたの？」

桃太郎の話を聞いたんでしょう。幼稚園か、お母さんから。デザートに桃が出てきて、「どこから流れてきたの？」次、四歳の愛優《あゆ》ちゃん。

犬が一生懸命しっぽを振っていた。「手でバイバイできひんからなぁ」

だから、しっぽでバイバイしていると。現実を何とか理解して受け入れて、だけど疑問が生じて、それを素直に口に出す。子どものことだから、ははと笑い飛ばしたらいいようで。でも、考えてみたら、こういうところに詩の根っこがあるのかもしれません。あれっと思ったり、えっと思ったりするところに詩の根っこがあるのかもしれません。次、星奈《せな》ちゃん二歳。

プランターに兄と植えたタンポポの種に水をやり、「ゴクゴクって飲んだよ。のどがかわいていたんだね」。

これはわりと面白くないか。大人でも言いそうか。つづけて、瞬星《しゅんき》君二歳。

イチゴをスプーンで食べようとして何度も失敗。「フォークで刺したら」と言う母に「イチゴさんが痛いって」。

イチゴさんが痛いっていうところに、感情移入というのか、自分と他者が繋がる感覚。イチゴさんだから変だと大人は思うかもしれないけれど、それが例えば犬さんだったらどうか、人さんだったらどうか、ということになる。そうすると、「イチゴさん痛いって」を笑い飛ばせない。

こんなのはどうでしょう。同じ朝日新聞の「いわせてもらお」という欄です。やんちゃな二歳の孫が遊びに来た。孫の額に転んでジュースの缶で切った傷がある。その孫が私の顔をジーっと見て、「じぃじも転んだの？」と心配そうに言ってくれた。転んだのでもなんでもない、じぃじの顔には深い皺がある。皺を見て、じぃじも転んで切ったのと言って心配してくれた。ここには、桃はどこから流れてきたの？ とは違う心の働きが芽生えている。この芽生える瞬間が言語表現の基になる。こういうふうに、心がどんどんいろんなふうに働いてくる。そうするとだんだん最初の、初発の感覚が消えてくるわけ。だから、大人になるにつれて、世間の常識とか、分かり切ったことだというふうな理屈が前へ出てくる。そうすると、言語表現からは遠ざかっていく。芽生えの瞬間、初発の感覚が大切だということです。

詩集『れお君のコトノハ』

やっと四番です。「中村久美子詩集『れお君のコトノハ』」です。まず、「君の未来」。

「ほかっぱなしにしたらあかんで」
（ほったらかしにしたらあかんで）
「笑うばやいちがう」
（笑ってる場合とちがう）

「ほかっぱなしにしたらあかんで」と、れお君がいう。（ほったらかしにしたらあかんで）という意味。「笑うばやいちがう」と、れお君がいう。（笑ってる場合とちがう）という意味。これは先程の「あのね」と同じような材料ですね。この詩の一連目です。続く二連目は。

れお君の少しおかしな言葉
訂正すると君の未来が

少し小さくなるような気がするから
今はまだ　そのままにしておくよ

「訂正すると君の未来が／少し小さくなるような気がする」。先程の子どもの言葉も、笑い飛ばしたり訂正すると言葉の未来は狭くなると思いますね。れお君のお母さん、中村久美子さんは、神戸新聞に一昨年の秋から詩を投稿してきて、毎月特選が続いた。とにかく面白かった。それで、昨年の神戸新聞文芸年間最優秀賞を差し上げたんです。そしたら、東京の新風舎っていうところから詩集を出してもらったんです。それがこれです。（と詩集を示す）。中村さん親子は母子家庭です。事情は聞いておりませんが。久美子さんは、れお君のことをずーっと書いてきている。今も投稿してきます。「賞状」を読みましょう。れお君の考え方、そしてそれを受け留めるお母さん久美子さんの受け留め方。それをよく見て欲しい。

賞状をもらってきたれお君
「みんなもらったん？」
「ちがう」
「じゃあ　れおはがんばったから

もらえたんやね」
「んー　みんながんばったんやけど
賞状がたりへんかったやと思う」
「そうかなぁ」
「そうやで」

そうだね　きっと

こんなこと言うんですね。こんなこと考えられるかなと思うんやけどね。「そうかなぁ」と、久美子さん。「そうやで」と、れお君。そこで久美子さん、「そうだね　きっと」。親子の関係がきっちり成り立っている。言葉の関係も成り立っている。親子の関係の良い成り立ちと、言葉の成り立ちの良さ。つづけて、「感謝状」。

れお君がママに書いてくれた感謝状

ママへ

いつもおんぶしてくれて
ありがとう

ん　いいかんじ

またおんぶ　させてあげるね
ん？　なんか変？

「またおんぶしてね」じゃないのね。「またおんぶさせてあげるね」。そこで、作者は。
「ん？　なんか変？」。もう一つ、「エライ！」というの。

「寒い寒い」を連発する私
その横でれお君
「寒かったら走ったらいいねん」
うん　そうだね
「ゆっくりでもいいねんで」

うん　ごもっとも
「いっしょに走ったろか？」
君はエライ！

「君はエライ！」とか、「ん？　なんか変？」とか、「そうだね　きっと」とか。最後の一行がなかったら、先程の「あのね」と一緒の感じになる。「あのね」は面白い。『れお君のコトノハ』も面白い。その面白さの違いを考えていただきたい。詩として成立するためには何が必要かということを考えていただきたい。

詩集『テニアン島』から

次は五番。「工藤恵美子詩集『テニアン島』」です。テニアン島は、サイパン島の横にある島です。原爆を搭載したエノラゲイが発進した基地でもある。工藤さんはテニアン島に生まれ育った。戦争途中、引き揚げ船で帰って来た。その時、十歳。十年位前に、神戸の朝日カルチャーセンターの私の現代詩の教室に詩の勉強に来た。詩を書きたいから、どきどきしたいから、書きたいことがあるからと言ってきた。せっせと書いて、詩集一冊出した。それがこの『テニアン島』という詩集です。お手元にある巻頭の詩「抱きしめる島」を読みます。

夢の中でも
島はいつもいつも
私の中

ふるさとの島テニアン
その記憶を
確かめるのが苦しくて
五十余年
もう一度見たいと言う母
みんなで島へ行こうと言う
私は黙って
島を抱きしめる

詩を書き始めた頃まで五十年、工藤さんは〈島〉を記憶の底に沈めていた。それが、詩を書きたい、詩と言わなくても何か書きたい、書いておきたいということで、とにかくどんどん書いた。そして、一冊の詩集が出来上がったんです。これです。(と詩集を示す)。この詩の最初の一連と最後の四連をもう一度読みます。

夢の中でも
島はいつもいつも
私の中

私は黙って
島を抱きしめる

工藤さんは十年前に積年の思いを詩に書き留め始めた。そうすると、島の昔の町並み、サトウキビ畑、戦争になってからのいろんな苦しかったこと、アメリカ軍が上陸して来て島の人たちがみんな洞窟に逃げたこと、飲む水がなかったこと、死んでもいいから最後だから海の水を飲もうと言って洞窟から出た母親。そういう事が次々次々と思い出されて、次々次々と詩になったんですね。引き揚げ船が随分沈められた。そういう船の記録が神戸にある。神戸の海員会館にあるんです。それを新聞の小さな記事で目に留めて、工藤さんは飛んで行って、二度三度出かけて行って詩を書いた。かと思ったら、テニアン島に、サイパン島もそうですが、監獄の囚人たちが送り込まれていたんです。その新聞記事を見たら、とたんに工藤さんは網走に飛んで行ってその記録を調べて、詩に書いているんです。とにかく集中して、自分が体験したこと、ずっと五十年間抱きしめていたことを書いたんですね。島を抱きしめていた、島の記憶を抱きしめた、これが工藤さんのモチーフです。書きたいという気持がある。だから、何としてでも書く。この詩集を五年前に出した後も、詩集と同じ位の、いや、それ以上の分量の詩を工藤さんはすでに書いているんです。この詩集を読んだ名古屋の大学の先生が感激して、これを英訳された。今度、日本語の詩と英語の詩とを収めた詩集が出ます。

工藤さん、詩を書くということはどういうことなんかを考えさせてくれる。楽しみに書くというのも一つの方法ですね。人をびっくりさせるためとか、こんなの書けるぞと人に自慢するためとか、いろんな書きようがありますが。工藤さんはとにかく抱きしめてきたものを解き放ちたいという強い願望を六十歳にして持ったんですね。今七十歳です。あ、もう七十歳超えているんだ。六十歳ちょっと前にカルチャーセンターへ来て詩を書きはじめた、こういう人もいるっていうこと。モチベーションがあるんですね。それが大切なんだと思うんですね。モチベーションがどういうところにあるかということが、その人が書くことを決定すると思います。

ちょっと昔話になりますが、カルチャーへ来た人で、姫路の奥から来る女性がいて。姫路駅まで自転車で出て来て、神戸まで電車で来る。あの頃は夜の教室でした。夜の八時に終わって、また電車で姫路まで帰って自転車で家に帰る。そんなにまでしてと思いましたが。この人は原爆が落ちた後に広島に入った看護婦さんで。その辺りのことを書き留めたいということで、詩を勉強したいということで、通って来た。書くだけ書いて、歳も歳です、来れなくなって、今は来ていません。どうしてるかな。カルチャーセンターと言ったら時間の余っている人がお遊びに行っていると思う人がいるかもしれないけれど、そうじゃないんですね。少なくとも詩の教室ではそうじゃない。みんな何らかの欲求を持っていて、書ければいいな、書きたいなと思ってやって来る。これが詩の、文学の原点だと思いますね。

詩集『生きているということ』から

六番は「安水稔和詩集『生きているということ』」。私の詩集です。神戸新聞の第一面の下の方に論説委員が書く「正平調」という欄があります。朝日新聞だったら「天声人語」とか、各新聞にある欄です。九月八日のその欄に私の詩が引用されていました。神戸新聞の震災十年キャンペーンが、本年度の新聞協会賞を貰った。それについて書いている中で、杉山平一さんの「町」という詩と、私の「泣く」という詩を引用している。今日は私の詩も読んだ方がいいかなということで、コピーしてもらったんですが。「泣く」という詩。短い詩。

ここにいる人は
一度は泣いている。

あのとき
すぐに。

あのあと
ずいぶんたって。

このあと
いつか不意に。

「一度は泣いている」と言うのだから、何度もという人も多いということ。「あのとき／すぐに」のあのときは震災直後。「あのあと／ずいぶんたって」ということもずいぶんとあったし、ある。

不思議なことにね、地震のあとの十日、一週間、一月、訳がわからない。泣くということも忘れた。ところが、なにかの機会に突然泣くことがある。私もそういうことがあった。子どもの詩の選考会へ行くために、やっと通じ出した電車に乗って姫路へ向かった時のことです。自分で訳がわからなくなった。なんかこう、意識が飛んでね。電車が姫路駅に着いたのもわからなかった。乗客が降りた車内で気が付いたら私、声を上げて泣いていた。何がどうっていうことではない。地震後の一カ月の間に溜まっていた感情が、神戸の町を離れて姫路まで行った時に噴き出したのでしょうか。意識が飛んでしまったんですね。そういうことがあるんです。これは私だけじゃなくって、とんでもないことに見舞われた場合にこういうことがあるんですね。これまで泣かなかった人が、この後ずっと泣かないとはかぎらない。「このあと／いつか不意に」泣くかもしれない。それが人間だと思う。

これは『生きているということ』という詩集の中の一篇です。この詩集の中には、私の考えたり感じたことも、私のまわりにいた人たちが考えたり感じたことも、全部ひっくるめて書いたつもりです。次の「本当は」という詩も同じです。一連目は。

あのとき死んだ人たちのことを考える。
あの人たちは死ぬべくして死んだのだろうか。
本当は死ななくてもよかったのではないか。

あれがああだったら、これがこうだったら。箪笥が倒れてきて下敷きになった人がいます。箪笥と茶箪笥がつっかえ棒になって助った人もいます。私にしても、家具に埋まっていた。ガラス片に埋まっていた。死ぬべくして死んだのだろうかという疑問が、死ななくてもよかったんじゃないかという思いが胸に溢れます。二連目。

あのあと死んだ人たちのことを考える。
あの人たちは死ぬべくして死んだのだろうか。
本当は死ななくてもよかったのではないか。

あの時に死んだ人がいっぱいいます。だけど、あの後死んだ人もいっぱいいる。孤独死と言われているのもそうです。あのときでなくて、あとになって死んだ。なんともやりきれないことです。だから考えるのです。三連目。

これから死ぬかもしれない人たちのことを考える。
その人たちは
　本当は。

「本当は」の後は当然、死ななくてもいいのではないだろうか、です。今も阪神間では孤独死に類した死があります。こういうことを考え感じる。これは私が考え感じると同時に多くの人が考え感じている事です。次に「でも」です。

忘れられないことばかり。
でも。
忘れないといけないことばかり。
でも。

忘れかけているんです。
わたし。

忘れられかけているんです。
わたしたち。

そうなんですね。もう憶えていたくない、忘れてしまいたいという気持はある。憶えていたいという気持と忘れたいという気持とは裏腹なんですね。そういう感情の二重性の中で私たちは生きていると思います。ところがそんなことを考えているうちに、日々の生活の中で忘れかける、私たちはね。しかも、自分が忘れかけているそれより先に、忘れられかけている、私たちは。今震災後十年経って、松江に来てお話ししても、シンパシーを持つ、気持を同じように震わせてくれる人もいますが、まだ震災の話やとか、また震災の話やというふうなことを思う人もいることでしょう。つまり、もう忘れられている。これは戦争でも、震災でも、水害でも、交通事故でも、飛行機事故でも、なんでもそうです。自分では忘れたい、憶えていたいという葛藤の中で、少しずつ間遠になっていく。何より怖いのは、皆に忘れられるということです。私の詩の最後に、「これは」です。

これはいつかあったこと。
これはいつかあること。

だからよく記憶すること。
だから繰り返し記憶すること。

このさき
わたしたちが生きのびるために。

震災以後は、生きるため、というふうな感じではない。この詩集も、生きるということ、じゃない。生きているということ、です。今、自分が生きていることとは、どういうことなんだろうか。この詩でも、このさき私たちが生きるために、というと私の感覚では空々しい。私たちが生きのびるために、です。戦争に行って帰って来た人が必ず言うでしょう。ええ奴はみんな死んでしまった、死んでもいい私が生き残った。そういう罪悪感を持って、多くの人がそういうことを言いますね。それと同じことが震災でも起こる。宝塚線の電車の事故、あれでも助かった人の大半はそういう意識を持っているようです。私たちは何か大きな傷を受けた時に、自分を責める気持を持つ。それは不自然なようだけど、考えてみたら人間の本性として自然なんですね。今の私は、生きるために、とは言いにくい。二十歳前後の頃は、生きるために、と言っていたんだが。今は、生きのびるために、ですね。やっと生きのびたんだと、その生きのびた命を生きているんだと、今そういう感覚を私は持っています。

さあ、これでやっと半分まで来ました。時計を見るとあと半時間位かな。これから写真の話と音楽の話と小説の話になるんですが。考えてみたら、三十分で十二番までいけるとはちょっと思えない。でも、何とか触っていきたいと思いますので。

写真　撮るだけでいいのか

まず、写真の話です。七番「撮るだけでいいのか」。写真というのは、素人が考えればごく簡単なことで、シャッター押したら写るんやということになるんだけれど。報道写真家になると、そこに物凄い葛藤があるんですね。それを朝日新聞のシリーズ「ニッポン人脈記」の七月一日付の記事を使ってお話しします。「少女とハゲワシ」という写真を撮ったアフリカの写真家ケビン・カーター。この人がスーダンでワシに狙われている衰弱して歩けなくなって骨と皮だけになっている子どもの写真を撮って発表した。この時、世界中から非難の声が起こった。写真を撮るより助けるべきではなかったかと。こういうのは、報道写真家に必ず付き纏うことですね。沢田教一さん。ベトナム戦争を撮った沢田さんの「安全への避難」という河の中を母親が子どもを抱いて脱出する写真も同じような非難を浴びた。写真を撮るよりもその親子を助けろというふうな声が一部から出た。現実と創作行為との狭間が問題になるんですね。これは文学の場合にはないかと言うと、実はある。同じようなことが。話を進めます。長倉洋海さん。ソマリアで飢えで衰弱した少年にレンズを向けたら、少年はあばら骨の浮いた胸を見せまいと体の向きを何度も何度も変えて写させまいとした。長倉さんはいたたまれずにその少年を撮らなかったという。報道写真は現実と直に向き合う。文学の場合には、現実と向き合うといってもそこには言葉・文字という表現の膜がある。だからちょっと事情が違うんだけど。報道写真家は直にそういう問題が起こる。そこで、どんな事態であろうとも撮るのが写真家だという考え方。もう一つは、被写体が負っている現実、飢餓とか戦争の苦しみに関わっていくという考え方。この二つがある。中村梧郎さんがベトナムの二重胎児、体が繋がっているグエン・ベトさんとドクさんの写真を撮って日本に伝えて、その後もこの写真家は二人をずっと見守ってきたという。こういう例もあるんですね。

最後にこれを紹介したい。後藤勝さん、三十九歳、若い方ですね。スマトラ沖大地震の時に、インドネシアのアチェを撮影した。その時、被災した現地の子どもたちにカメラを持たせて、インスタントカメラでしょうか、写し方を指導したんだそうです。カメラなんて初めて持つ子どもたちにカメラを配った。そしたら、家族全員を津波で失った十二歳の少女は、初めて持ったカメラで家族の墓や壊れた自宅の跡を写して、出来上がった写真を他の十数人の子どもたちと見せ合った後、後藤さんにこんなふうに言ったそうです。「私の思いをみんなと分かち合えるようで、うれしい」。両親を亡くした少女、十二歳の少女がカメラを与えられて撮って、同じ仲間の子どもたちが撮ったのを見せて貰ったり、自分が撮ったのを見せたりした。「私の思いをみんなと分かち合えるようで」と言った。「うれしい」と言った。文学の一つの効用は、写真とか芸術全般を含めて、こういう事かも知れないと思いますね。自分の思いを、自分の功名心とか、自分の手柄で書くわけじゃない。自分が思ったことは、ひょっとしたら他の人たちも思っているかもしれない。もし思っていたら嬉しいなあ。そういう思いが文学、芸術の基本にあるんじゃないかと私は最近考えています。

特攻花

次は、八番「特攻花」。これも写真の話です。仲田千穂さん、二十三歳。太平洋戦争末期に特攻隊の基地があった喜界島で、特攻隊の青年が残したものが根付いた天人菊。それを「特攻花」というそうです。仲田さんは「特攻花」を五年間撮り続けて、今度個展を開きました。十九歳の時、京都の短大で写真を勉強している時に、特攻花の言い伝えを聞いて、その花を見てみたいと強く思って出掛けて行った。そしたら、基地跡の飛行場に「特攻花」が群生していた。いっぱい咲いていた。特攻隊員に対面したような気持で、シャッターを押した。その中の一枚。特攻隊出撃の時間と同じ時間、朝早く元特攻隊員の男性に来てもらって、一輪の「特攻花」と一緒に写真を撮った。その写真は「明るく穏やかで、戦争につき物の暗さはない」。仲田さんはどう言っているかというと、「戦争を伝えるのにつらいことを並べるのがすべてではない。きれいな花が咲いている様子を知ることから入るのもいいでしょう」。夜明けです。大分年取った男性が一人。そばに中心が赤く縁が黄色の花一輪。きれいな写真だと思う。この男性は何だろうか、この花は何だろうかと思うことから、入っていける。六十年経ったらそういう入りようになる。二十三歳の女性が、こういうことを考えて、こういうふうに行動するってこと。なんとも素晴らしいことです。これは朝日新聞の「人」という欄で紹介されていました。

歌　あなたに見せるから

時間との勝負になりました。次は、九番ですね。九番「苦しみを乗り越えて人生に大切なものを伝え続ける」。神戸新聞七月二十八日の特集から。平松愛理さん、愛理と書いて、えりと読む。シンガーソングライター。神戸の人です。今、神戸大使。神戸では観光大使みたいな感じで神戸大使を任命する。何人か。その一人。(新聞写真を示して)。ちょっと見えないでしょうが。綺麗な人ですね。この人は実は子宮内膜症で、もう結婚できないと思っていたらいい人を見つけて結婚して、子どもは諦めていたのをなんとか産むことができた。母子共に生きる確率が四分の一だと言われた。四分の三はだめということだったんですね。更にですね、三年前に癌を公表した。そういう中で平松さんは音楽活動を続けている。毎年、「神戸ミーティング」という大きな音楽祭を企画主催している。気力でやっているとしか思えない。そういう人が歌う歌はどういう歌か。「YOU　ARE　MINE」という歌にこういう一節がある。

辛い時には
小さな嬉しさ探して

つかんで
あなたに見せるから

「辛い時には／小さな嬉しさ探して」というのは、まあよく言われることです。その次です、先程から言っていることは。「つかんで」それをどうするのか。「あなたに見せるから」と続く。これなんですね。「あなたに見せるから」が目に留まったので紹介するんです。この歌は、癌告知直後に作ったそうです。あなたＹＯＵとは感謝をささげたい人たち。その人たちは自分が大切にしたい宝物ＭＩＮＥ。そういう意味で作った歌なんだそうです。

なぜぼくらは音楽をやるのか

もう一つ、音楽の話。十番「なぜぼくら人間は音楽をやるのか」。坂本龍一さん。ＹＭＯで大活躍、今、ニューヨーク在住、大活躍。この人が朝日新聞四月五日の「あなたへ」という欄で書いている。「なぜぼくら人間は音楽をやるのか」。ここには、問いは書かれていても、答は書かれていません。なぜと言われても、答えられない。たくさん、百並べても、これが答だとは言えない。そういう問いです。「なぜ人間は音楽を聴いたり、歌ったり、演奏したり、作ったりするのだろう？」「53歳になった今でも答えは分かりません。おそらく死ぬまで分からないのではないかと思いますが、人間が音楽をやるという事実は変わりません」。これを、なぜぼくら人間は詩を書くのか、なぜぼくら人間は俳句を作るのか、なぜぼくら人間は文学をするのか、そういうふうにすり替えて考えてもらったらいい。

詩はレトリックと音楽

十一番は何でしょう。「詩は…詩が…」です。朝日新聞掲載の丸谷才一さんの「袖のボタン」からです。四月五日は「大岡昇平の『野火』を読み返す」という文章です。『野火』から少し外れて原理的なところへ論が移ったところをちょっと引用します。文学の問題、詩の問題、俳句、短歌の問題として考えてもらう、そのきっかけの言葉として読みます。「詩はレトリックと音楽を同時に表現するものである」。先程、事実性としてはストンと直ぐ分かるけれども、繰り返して読んだらやっぱりちょっとだね、というようなことを言いました。「詩はレトリックと音楽とを同時に表現するものである。この同時性があるからこそ、最上の詩句を口中にころがすとき、われわれはあんなに魅惑される」。レトリックとはどういうことか、音楽とはどういうことか、この文章では書いてありません。だけど、それなりに考えることはできますね。

レトリックは言葉、言葉の姿、書き方ですね。それに対して音楽は言葉の音楽性だと思います。音楽性というのは必ずしも歌うようにじゃない。音楽性といっても、いろいろある。丸谷さんは更に、「詩が文学の中心部に位置を占めるのは、単に発生が古いからではなく、それが文学の本質だからである」。そして、「戯曲も批評も小説も、レトリックと音楽の同時的表現という性格を基本的に持っていなければならない」のだが、「日本文学はこの約束事を失念することによって近代化された」と続けています。詩は今の現代詩を指しているのではなくて、詩全般ですね。近代化の結果「レトリックと音楽の同時的表現」という「約束事を失念」して「王朝時代から江戸まで続いた文芸の型を捨てるしかなくなり、レトリックにして、なおかつ音楽という条件を諦めたのである」。それが現代の小説であり評論であり戯曲である。これが丸谷才一さんの論です。これについて正しいとか間違っているとか言ってもしかたないことで、今引用した個所から何かを引っ張り出してもらったらいい。

松江に来て　私たちに何が書けるか

急ぎ足でやっと十二番に不思議に辿り着きました。あと五、六分ありますね。何とか無事に終われそうですね。ちょっと汗が出てきました。夢中で話をするんだけれども、ちょっと気が緩むとどーっと汗が出る。今その状態に陥ってます。最初の一番は、「松江に来ました」でした。最後の十二番は、「松江に来て」です。山陰中央新報に書いた文章「言の葉のさやぐ国」の後半に、どういうことを話すかを書いています。それを今日の話の結びにしたいと思います。「私たちに何が書けるか―言葉の記憶」、これが今日の講演の題です。「私たちに何が書けるか」。こういう設問は、どのジャンルでも共通ですね。嬉しいこと、楽しいこと、悲しいこと、つらい苦しいこと、もういやになること、いっぱいありますね。その連続みたいな。なににつけても心が動く時、それを書き留めておかねばと思う時がある。それはその時だけじゃない。一年経って思い出してということもある。『テニアン島』の工藤恵美子さんの場合は五十年経ってということです。私はまず「何を書きたいのかを自らに問うてみよう」と書いています。何を書きたいのか、これが大切なんですね。最初は何でもいいから書けばいいと思う。何でもいいからとにかく書いて、というふうに。だけどそれはある意味でまやかしです。まず何を書くのか、何が書きたいかがないとだめです。更に続けて、「何が書けるのかと重ねて問うてみよう」と私は書いています。もう一度言うと、「何を書きたいのか」と、そして「何が書けるのか」と重ねて問うてみる。そうすると、「すべては私たちの生のありようから生まれてくるはずだ」と分かってくる。自分の生きている生の外から材料をもってきても、往々にしてそれは絵空事になってしまいます。自分の中のどうでも書きたいものと結びつかないと書けないはずです。全ては私たちの生のありようから生まれてくるのです。「私たちに何が書けるか」とはそういうことです。自分の書きたいものは何かということを考える、書きたいもののどれが書けるかを考えてみるということですね。

おわりに　言葉の記憶

今日の講演の副題は「言葉の記憶」です。言葉は記憶です。私たちが書いたり、喋ったりする、私たちが使う言葉は、みなこれまで生きていた人々、今生きている私たちが使って使って使っているものです。更にこれから生まれて来る人が使うものです。私たちみんなで降り積もらせるもの、それが言葉です。言葉とは、私たちにとってかけがえのない大切な記憶なんです。普通は過去のことを憶えているのが記憶でしょう。記憶は過去だけじゃなくて現在でも未来でもあると思うんです。私たちが抱え持っている記憶、例えば戦災の記憶とか、震災の記憶とか、或いは恋愛のあのドキドキする記憶とか、つらい苦しい記憶とか、過去にあったことでありながら今も何かにつけて目の前のことのように甦る。これは過去とは言いがたい。過去のことを憶えていて、それが今甦れば、それは今のことなんです。更には、この先にいつか甦るでしょう。だとすればそれは未来のことになる。だから、変な言葉ですが、私は未来の記憶という言葉を使う。過去の記憶、現在の記憶、未来の記憶、記憶というのは全部ひっくるめて全時制に渡るもの。その記憶の最たるものが言葉です。その言葉に私たちは関わっている。言葉に関わっているということの素晴らしさというか、有り難さというか、そういうことを実感したいと思うんです。というふうに、今日の講演のタイトル「私たちに何が書けるか」を、更にサブタイトル「言葉の記憶」を、最後の五分でなんとなくやっつけて、終わります。（笑い）。

ということで、予定した十二時までに、予定した十二の材料を何とかクリアできました。用意した詩も何とか全部読めました。今日はたくさんの方々にお聞きいただいて有り難いと思います。今日お話ししたことの一つ、二つでも記憶に留めていただいて、それが過去の記憶であり、現在の記憶であり、更には未来の記憶にしていただきたいなと思っています。どうも有り難うございました。（拍手）。

（二〇〇五年九月十一日　島根県民会館中ホール　平成十七年度島根県民文化祭　しまね文芸フェスタ2005での講演記録）

日録抄　二〇〇五年七月―九月

7月3日（日）　午前、季村敏夫さんへ「たまや」の詩原稿「久遠　九篇」をFAX送。

7月4日（月）　夜、書斎の出窓で雨もり。

7月5日（火）　午後、神戸新聞平松正子さんからFAX&電話。米田定蔵さんから電話、メリケンパークでのパネル展の件。

7月6日（水）　午前、藤山クリニックで検査結果をきく、低血糖のおそれ。昼、朝日カルチャーセンター神戸（ACC）のロビーで工藤恵美子さんと、詩集助言。午後、ACC現代詩教室に出講、「君たちの笑顔とともに」「神戸　これはわたしたちみんなのこと」など五篇を読む。高橋博子さんの詩集原稿を受け取る。岩井八重美さんの詩集原稿を受け取る。

7月8日（金）　夕方、上前さん来宅、「火曜日」83号校正刷を手渡す。

7月9日（土）　午後、前のアパートで火事、一室丸焼け。

7月10日（日）　夜、健一郎からＦＡＸ、『１ねん１くみ子どもの詩の本　地しんなんかにまけないぞ』を読んでの感想。「34Ｐ『やけた家』むらとめめぐみ（二年）がよかった。『ないた』『かきました』と言うひょうげんを何回もつかっていて『かなしい』と言うことがちょっかんしてくる」。健一郎へ電話。健人とも話す。

7月11日（月）　午後、米田定蔵さんからハガキ／へＦＡＸ／から電話、メリケンパークでの写真展「記憶から記録へ―明石大橋の誕生」に「橋の歌」使用の件。

7月13日（水）　午後、ＡＣＣ現代詩教室に出講、「四度目の春　八篇」「あれから季節が」を読む。

7月15日（金）　午前、森定弘次さんから電話、長田高校同窓会へ「時の人」で出席の件。午後、舞台阪神淡路大震災実行委員会の田崎奈央さんから電話、公演パンフレットに詩「くやしい」「これは」を使用したいと。夕方、種本公子さん来宅、松蔭同窓会誌「千と勢のたより」（詩掲載）を持って。

7月16日（土）　出窓の雨もりの補修。

7月17日（日）　真紀誕生祝い。和彦一家玲子と一日。大丸で待ちあわせて、元町グレゴリコレで昼食。大丸で買物。海文堂で本。南京町華門で夕食。夜、健一郎健人と電話。

7月19日（火）　夜、三宮交通センタービル四階兵庫県立神戸学習プラザでのひょうご講座に

出講、「戦争と文学　第一回　日露戦争時の反戦詩人―内海信之」。

7月20日（水）　ヤマブキ咲いている。午後、ACC現代詩教室に出講、「長田四度目の夏十一篇」「長田震える　三篇」を読む。

7月21日（木）　午前、村上翔雲さんへ電話。

7月22日（金）　午前、神戸新聞文芸八月分選稿を手渡す。

7月23日（土）　午後、神戸ナビール文学賞選評をFAX送。

7月24日（日）　午後、詩文集『十年歌―神戸これからも』の初校を宅急便送。

7月25日（月）　健一郎健人の一泊お泊まり。朝、岡本へ迎えに行って。三宮サンチカ広場の「昆虫の森」でカブトムシとクワガタを手づかみ。マクドナルドで昼食、ジュンク堂でメタルキットシリーズ（クワガタとサソリ）。夕方、健人と観音山へ、セミ五匹。夜、四本川の字で寝る。夜中、健一郎の足が乗ってくる、重い。

7月26日（火）　健一郎健人お泊まり二日目。早朝、四人でセミ取り。午後、三人でセミ取り。夕方、セミを逃がす。三宮まで送っていって。夜、交通センタービルでのひょうご講座に出講、「戦争と文学　第二回　太平洋戦争中の詩人たち―内海信之・竹中郁」。

7月27日（水）　午後、三宮UCCカフェプラザで佐土原夏江さんと、「内海信之」の二回分テープを渡す。

7月28日（木）　『十年歌―神戸これからも』への転載許可のため各所へFAXや電話。飯島耕一さん、「同朋」、「建築ジャーナル」、神戸新聞、朝日新聞、ひめしん文化会、前兵庫県知事貝原俊民さん。

7月29日（金）　今日も『十年歌―神戸これからも』への転載許可のため各所へFAXや電話。読売新聞、毎日新聞、ネットミュージアム兵庫文学館。昼、「萬緑」の河野靖さんから電話。「萬緑」全国大会で「神戸　今も」を読ませて下さいと。

7月30日（土）　午前、中西進さんから電話、万葉文化館の「平成万葉千人一首」の選詩の依頼。夕方、兵庫県立美術館へ、ギュスターヴ・モロー展とコレクション展。

7月31日（日）　「火曜日」83号合評会、あすてっぷ神戸で。二次会。帰宅八時半。

8月1日（月）　芙蓉咲く。午前、長田コトブキで岩井八重美さんと、詩集助言。

8月2日（火）　黄瀛さんの死去を新聞で知る。七月三十日に中国重慶市内の病院で白血病で、九十八歳。竹中郁邸に残されていた郁さんあての書状の束を思い出す。

8月3日（水）　午前、ACCロビーで高橋博子さんと、詩集助言。午後、ACC現代詩教室に出講、受講生作品合評。

8月4日（木）　午後、神戸アートビレッジセンターでテオ・アンゲロプロス映画祭、「エレニの旅」（一七〇分、二〇〇四年）を観る。美しく無惨、衝撃の映像。

8月5日（金）　午前、ネットミュージアム兵庫文学館の川東丈純さん来宅、「震災と文学」に収録の詩と写真のプリントアウト持参。NHK神戸放送局の袖野みゆきさんへ／から電話、『十年歌―神戸これからも』に「震災メッセージ」収録の件。同ビデオを神田さよさんへ宅急便送。午後、新藤涼子さんへFAX、歴程夏の詩のセミナーの件。「歴程」の詩「平田内　七篇」をFAX送。

8月6日（土）　午前、『十年歌―神戸これからも』の再校が届く。工藤恵美子英訳詩集『テニアン島＝*Tinian Island*』の初校が届く。午後、和彦一家来、玲子誕生祝い。健一郎と健人は汽関車トーマス二階建て線路づくりとシュレッダーとトランプなど。

8月7日（日）　夜、神戸アートビレッジセンターでテオ・アンゲロプロス映画祭、「こうのとり、たちずさんで」（一四二分。一九九一年）を観る。河をはさんでの結婚式の場面など眼底に刻まれる忘れがたい映像。

8月8日（月）　午前、竹中敏子さんから電話。午後、島根県文化振興室山名江里さんからFAX。夕方、健一郎から電話。NHK神戸放送局袖野みゆきさんから電話。

8月10日（水）　午後、ACC現代詩教室に出講、受講生作品合評。

8月11日（木）　健一郎と一日。岡本へ迎えに行って。朝日会館で映画「皇帝ペンギン」。ジュンク堂で本など。サンチカの赤ひょうたんで昼食はロース焼定食、ケヒニスクローネでパフェとコーヒーゼリー、すべて健一郎の注文。タクシーで送って行く。健人とセミ取り。

8月12日（金） 午前、神戸新聞平松正子さんから電話、有本芳水賞記念詩集『小さな心を刻んで』の第一回ふるさと自費出版大賞佳作受賞の取材。午後、加藤美代子さん（書家）から詩を使用したと手紙。

8月13日（土） 夕方、『十年歌―神戸これからも』再校を宅急便送。夜、工藤恵美子英訳詩集『テニアン島＝*Tinian Island*』への跋文「テニアン島　重ねて」をＦＡＸ送。

8月14日（日） 姫路市豊富町酒井へ玲子と墓参。

8月15日（月） 健一郎健人の二泊お泊まり。第一日目、午前、デュオコウベの「昆虫の森」でカブトムシ手づかみ。モザイクで映画「ロボッツ」を観る。デリカフェで昼食。午後、タクシーで長田へ。山でセミ取り。部屋一ぱいに汽関車トーマス二階建て線路づくり。トランプ。

8月16日（火） 健一郎健人のお泊まり二日目。午前、シュレッダー。木の汽車。お絵かき。午後、健人とセミ取り。健一郎と長田筋へ出て、アイヨ堂で花火買ってコトブキでソフトクリームと雪ボタン。夕食後、車庫前で花火、健人大喜び。この日、午前十一時四十六分、宮城県沖地震、宮城南部震度6弱、M7.2。午後、万葉文化館井本さんから電話、「平成万葉千人一首」選者の件。

8月17日（水） 健一郎健人のお泊まり三日目。午後、須磨水族園へ四人でタクシーで。波の大水槽。アマゾン館。昼食。ラッコの餌やり。イルカライブ。森の水槽。貝展示館。本館三階のウミガメプール。タッチプール。二階のおもしろ教室。水族園総まくり。タクシーで山電須磨へ、岡本からタクシーで和彦宅へ。二泊三日のお泊まりおしまい。帰宅八時。

8月18日（木） 午後、三宮UCCカフェプラザで涸沢純平さんと、『十年歌―神戸これからも』の打ち合わせ。

8月20日（土） 午前、神戸新聞文芸選者随想「焼け焦げた言葉」をFAX送。

8月21日（日） 午前十一時二十九分ごろ、新潟県中越地方で震度5強、M5.0。

8月22日（月） 夕方、山陰中央新報へ「言の葉のさやぐ国」をFAX送。

8月24日（水） 午後、ACC現代詩教室に出講、受講生作品合評。高橋博子さんの詩集原稿を受け取る。ロビーで岩井八重美さんと、詩集原稿への助言。山陰中央新報から校正刷のFAX。

8月25日（木） 午前、神戸新聞文芸十月分選稿を郵送。由良さんからFAX、佐土原さんへ電話、「火曜日」研修旅行の件。午後、兵庫県文化賞受賞者小品展の色紙を郵送、「ふしぎ」（木を見る…）全行。『十年歌―神戸これからも』の三校が届く。

8月26日（金）27日（土）28日（日） 二泊三日、歴程夏の詩のセミナー。テーマ〈伝統と未来〉。

一日目。新神戸八時十五分のぞみ44号乗車。東京着十一時六分。上野のホームで渡部兼直さんとばったり。上野十二時発スーパーひたち25号乗車。湯本着十四時十一分。いわき湯本温泉古滝屋に入る。午後三時、夏の詩のセミナー開始。嵯峨恵子（「会社の詩」中桐雅夫・石垣りん・高橋順子）。高見沢隆（「伝統と破壊」）。荒川純子（「心平さんのことば」）。新藤涼子（「与えられてつなぐ」吉原幸子・草野心平）。入沢康夫（自作詩「わが出自」解説）。六時半、夕食。全員自己紹介。途中で抜け出して近所の勝行院へ、盆踊りの最中。目当ての「じゃんがら」念仏踊りはすんでいた、残念。八時半からの参加者自作朗読大会と連句の集いは不参加。同室は入沢康夫さん朝倉勇さん高貝弘也さん。

二日目。マイクロバスでいわき市立草野心平記念文学館へ。十時から夏の詩のセミナー午前の部。北爪満喜（「写真と詩」）。三井葉子（伊藤信吉の「方言詩」）。朝倉勇（「山本太郎」）。高貝弘也（歌と朗読）。昼食。午後二時から午後の部。辻井喬（基調講演）。休憩。シンポジウム「伝統と未来」（粟津則雄・井川博年・川口博美・柴田恭子・財部鳥子・和合亮一・司会高橋順子）。休憩。安水稔和（「未来の記憶のために―伝統と未来」）。マイクロバスで古滝屋へ戻って。夕食。全員自己紹介のつづき。八時半から参加者自作朗読大会第二夜、昼間の講演で読み残した詩を読む。連句の集いは不参加。六行詩提出。同室は入沢康夫さん井川博年さん生野毅さん書肆山田さん。

三日目。夏の詩のセミナー最終日。午前十時から。山口真理子（「草野心平」）。伊武トーマ（草野心平の詩と自作詩を朗読）。近藤洋太（「師系の問題」）。関冨士子（「渋沢孝輔の鳥」）。長谷川龍生（「竹田の子守唄の謎」）。昼食。散会。湯本十三時二十八分発スーパーひたち36号乗車。上野着十五時三十四分。東京十七時十三分発のぞみ61号乗車。新神戸二十時五分着。帰宅。

8月29日（月）　健一郎と神戸市立青少年科学館へ。十時開館とともに入って次々と見てまわってまわってまわって。肖像画をかくロボット。数学ロボット。飛行機体験。グライダー体験。プラネタリウム。昼食は健一郎がスパゲッティとチャーハンを注文。私はトンカツ定食を注文。二人で食べる、よく食べる。デザートはソフトクリーム。夕方、阪急三宮駅に真紀さんと健人の出迎え。

8月30日（火）　午後、広域歴史文化シンポジウム実行委員会へＦＡＸ／幡野さんから電話。

8月31日（水）　午後、玲子と兵庫県立美術館のシルクロード展へ。館内レストランのラ・ピエール・ミュゼで昼食。神鋼病院へ渡辺嘉臣さんのお見舞いに、元気におしゃべり。よかった。河野靖さんからハガキ、「萬緑」全国大会で「神戸　今も」を「1・17宣言」とともに朗読しましたと。

9月1日（木） 午前、三宮UCCカフェプラザで佐土原夏江さんと、歴程夏の詩のセミナーでの講演の録音テープと「火曜日」研修旅行の資料を手渡す。午後、玲子と小磯記念美術館の「植物画　世界の至宝展」へ。

9月2日（金） 午後、万葉文化館の山田貴文さん湯本泰弘さん来宅、「平成万葉千人一首」の選詩の依頼。

9月3日（土） 『十年歌―神戸これからも』に入れる写真の整理選定を始める。

9月5日（月） 午前、神戸市役所で神戸市文化賞選考委員会に出席、文化賞に鈴木漠さん、おめでとう。他に元永定正さん（洋画）岡田征士郎さん（声楽）石井好子さん（シャンソン）仰木彬さん（野球）など計八氏。隣席の新野幸次郎さんと話す。

9月6日（火） 午前、歴程夏の詩のセミナーでの講演テープ起こしが佐土原さんから届く。夜、秋谷豊さんから電話。

9月7日（水） 午後、ACC現代詩教室に出講、中村久美子詩集『れお君のコトノハ』を読む。夕方、上前さんに「火曜日」84号原稿を渡す。

9月8日（木） 午前、万葉文化館へFAX五枚。

9月10日（土）11日（日）12日（月）　二泊三日、松江へ講演旅行。平成十七年度島根県民文化祭しまね文芸フェスタ2005へ。

一日目。新神戸十二時四十二分発のぞみ13号に乗車。岡山着十三時十三分。十三時二十一分発スーパーやくも13号に乗車。車中、弁当。雨降る。松江十五時四十一分着。洲浜昌三さんと島根県文化振興室山名江里さんのお迎え、宿のサンラポーむらくもへ。明日の講演の目次風レジュメを作り引用作品とともに山名さんに渡して印字コピーの依頼。夜、前夜祭。短歌俳句川柳の人々、詩は洲浜昌三さん田村のり子さん川辺真さん渡部兼直さん。

二日目。島根県民会館へ。十時半から講演「私たちに何が書けるか—言葉の記憶」。手話通訳と要約筆記（四名）。聴衆約三百人。昼食は田村のり子さんの案内でそば処八雲庵へ、洲浜さん渡部さんと四人で。午後、県民会館へ戻って、詩部門の交流会に出席。出席者の自作朗読。松江山陰の詩人たちとの一時《ひととき》楽しく。平岡淳子さんに詩集『愛について』のサインを頼まれる、古書店で見つけたとのこと。娘のあみさんとの母と子の詩集『半熟たまご』を出している。四十歳位。松江山陰の人ではない、東京の人。私に会いに昨日飛行機で来て、会の途中退席して飛行機で帰った。夕方、炉端焼網元で歓迎会。洲浜さん田村さん川辺さん渡部さん成田公一さん井上裕介さんと私。

三日目。朝、宿の窓から嵩山が見えている。松江城の大手前広場まで歩いて、内濠を眺めて。

タクシーで駅へ。マクドナルドで原稿書き。松江十一時三十五分発スーパーやくも14号に乗車。岡山着十二時五十六分。十三時十七分発のぞみ82号に乗車。新神戸着十四時五十五分。午後三時半帰宅。夜、洲浜昌三さんへFAX。山名江里さんへFAX。田村のり子さんへ電話。

9月13日（火） 午前、上前さん来宅、「火曜日」84号の初校が届く。

9月14日（水） 午前、渡部兼直さんへ電話。午後、神田さよさんに松江での講演のテープを手渡す。ACC現代詩教室に出講、入沢康夫詩集『アルボラータ』を読む。ロビーで高橋博子さんと、詩集助言。

9月15日（木） 七十四歳の誕生日。ケーキにローソク七本（大）と四本（小）。

9月16日（金） 午後、日本現代詩歌文学館豊泉豪さんへFAX、内海信之関係の明治の雑誌「明星」「文庫」「新聲」など。

9月17日（土） 午後、ラッセホールでの第十二回神戸ナビール文学賞受賞を祝う会に出席。詩部門の文学賞は西川保市さん、奨励賞は橋村悠紀枝さん。鈴木絹代さんのご主人来会。以倉紘平さんと歓談。閉会あいさつ。喫茶室で涸沢純平さんと『十年歌―神戸これからも』の打ち合わせ。夜、金堀則夫さんへFAX。

9月18日（日） 午後、私の七十四歳の誕生祝い、和彦一家と玲子と六人で。まず、神戸市立博物館の「ベルリンの至宝展」へ。健一郎健人はじめての博物館。健一郎はじっくりと。健人は小走りで。二人ともにライオンの壁が気に入る。三宮の英国館でお茶。隣席の老婦人に話しかけられる。このあたりは長く住んでいたドイツの町並みにそっくりなのでよく来ますと。梅の花で食事。

9月20日（火） 午後、気仙沼の幡野さんへ講演のレジュメなどをFAX送。夜、歴程七十周年記念号の散文十二枚をFAX送、新藤凉子さんへ電話。

9月21日（水） 午後、ACC現代詩教室に出講、関富士子詩集『植物地誌』を読む。ロビーで岩井八重美さんと、詩集助言。

9月22日（木） 夕方、神戸新聞文芸選稿十月分を速達便送。

9月23日（金）24日（土）25日（日）　二泊三日、岩手秋田の旅。日本現代詩歌文学館と第十八回全国菅江真澄研究集会へ。

一日目。伊丹空港八時四十分発２１８１便で。花巻空港着十時。タクシーとＪＲで北上へ。駅前のホテルで昼食。日本現代詩歌文学館へ。内海信之関連の明治期の雑誌「新聲」「明星」「白百合」など、三木露風詩集『夏姫』（内海信之「序」）『日本反戦詩集』などを調べる、必要個所をコピーしてもらう。そのあと、豊泉豪さんの車で北上市内の文学碑めぐり。黒沢尻南高校跡地に宮沢賢治文学碑「われらは世界のまことの幸福を索ねよう求道すでに道である」。かたわらにあった賢治から贈られたギンドロの樹は二年前に老いて倒れ株跡のみ。周辺に若木が多数育っていた。ギンドロとはウラジロコヤナギ、葉裏が白く風にひるがえると美しい。碑文は「農民芸術概論綱要」から。橋本児童公園に寺山修司文学碑「百年たったら帰っておいで　百年たてばその意味わかる」。敷きつめた舞台様の石畳。散在する球形彫刻。舞台奥の壁面の前に置かれた球形の碑。脇に小学校のこわれかけたような椅子が置いてあって近づくと木製ならぬ彫刻。碑文は寺山の遺作映画「さらば箱舟」の中のセリフ。自筆。デザイン粟津潔。雷神社に正岡子規句碑「灯のともる雨夜の桜しづか也」。青柳児童公園に斎藤茂吉歌碑「日は晴れて落葉のうへを照らしたる光寂けし北国にして」。駅近く町中。碑文活字体、サイン自筆。中央児童公園に子日庵一草句碑「萩見つゝをればそなたに月出る」。一草は江戸時代の当地出身の俳人。漂泊の旅に出て最後は神戸で没した。兵庫俳諧の恩人として顕彰されているとか。碑文は正岡子規筆。本石町児童公園に豊田玉萩詩碑「神よ我をば何故に／日蔭の花と咲かせける／憂ひの露にぬれつゝも／一もと淋し野への薔薇／／色香もうすきひともとの／野末の薔薇の我なれば／花は盛りにあはずして／蕾ながらに朽ちはてん／／運命に散るゝ花薔薇の／薄きゑにしを悲しみて／さびしさ詫びる歌の音の／ひくきを如何に怨みんや」。北上の人。碑文は新体詩集『野ばら』の序詩全行。その下に椅子に腰かけて書物を読む詩人の姿が刻まれている。どういうわけか児童公園が多い。詩歌文学館に立ち寄って復刻版『野ばら』をいただいて。北上川に近い川岸観音堂へ。松尾芭蕉句碑「川上と此かはしもや月の友」。北上市内の芭蕉句碑四基の一。建立年等不詳。これで文学碑七基をめぐる。和賀神社の菅江真澄句碑、国見山神社脇の西行歌碑、詩歌の森公園内の雑草園の山口青邨句碑、北上駅西口広場の若山牧水歌碑などは先年すでに訪ねた。宿所ホテルシティプラザ北上に送ってもらう。お気に入りのホテル、これで三度目。

二日目。全国菅江真澄研究集会第一日。朝、ロビーラウンジ漣で北上川と国見山を眺めながら原稿書き、コーヒーおかわり。北上線で秋田へ。北上十時三十四分発、相野々十一時四十四分着。駅構内の食堂でラーメン。坂道歩いて登って鶴ケ池池畔の今日の会場であり宿泊所でもある鶴ケ池荘へ。控室で新野直吉さん山田実さんと。午後一時半から、第十八回全国菅江真澄研究集会開会行事ののち、磯沼重治さんの基調講演「菅江真澄における方法としての地誌」。磯沼さんは『菅江真澄研究の軌跡』の編著者。高橋茂信さんの会員発表「菅江真澄をめぐる山かわ—山内村で見て聞いて書いたこと」。そのあと、スライドなどを駆使しての山内中学校三年「選択社会」グループの青少年発表「菅江真澄が出会った山内」。これがすばらしく感動的だった。山内村の菅江真澄の足跡を訪ね、特に大松川地区を中心に調べるうちに真澄に引き込まれ、昔の人の息づかいを感じ取り、自分たちが生まれた土地のすばらしさに気づいていく有様がまざまざと見て取れた。「菅江真澄のおかげで、後世に生きるわたしたちは、地域の歴史を身近に感じ、そこから新たな地域の魅力を知ることができた」と資料集の最後に記している。夜、交流懇親の集い。ジャンボールさん絹子さん夫妻と同席。塩瀬忠夫さん民子さん夫妻磯沼重治さん田口昌樹さん福岡龍太郎さん福司満さん（藤里町）石岡セツさん（同）小野洸さん（気仙沼）石田修さん。多くの人と。そのあと、酒房（山内杜氏）でお酒、近藤昌一郎さんらと。就寝。同室は明石淑郎さん（横浜）菊池國雄さん（北上）大楽和正さん（東京）と私（神戸）の四人。

三日目。全国菅江真澄研究集会第二日。現地視察の日。朝から雨。マイクロバス一号車に乗車。（五号車まである）。九時前出発。池畔の塩湯彦鶴ケ池神社を車窓から。大松川ダムへ。ダム公園下車。黒沼を車窓から。佐竹藩小松川番所跡へ。下車。雨中、濡れながら説明係の村の人が待ちかまえていてくれる。感謝。このあとも下車個所のいずれにも。山道を登って登って峠道の旧南部街道五輪塔へ。下車。激しい風雨、吹き降り。遭難者を供養する五輪塔が山の斜面にぽつんと。山を下って、ＪＲ黒沢駅でトイレ休憩。曼荼羅堂（といっても民家）で下車。当麻曼荼羅を拝観、山内村指定有形民俗文化財。筏隊山神社へ。祈禱殿で下車。入口両脇に伝承四百三十年に及ぶ大松明があった。来年平成十八年用のものを三カ月早く製作して研究集会に協賛。祈禱殿内に展示されている真澄の資料のなかに百八十年前に真澄が画いた燃える大松明二本の絵があった。「松明一丈四五尺」と付記されている。つづいて、比叡山神社へ。石段を登ると社殿。左横の斜面に筏の大杉。二股の大樹。秋田県指定天然記念物で秋田県下随一。以前来た時は根元まで行って幹に触れたのが、綱が張ってあって近づけない。立札が。「大杉のひとりごと　わたしも歳をとり、千歳か千二百歳か自分の歳を忘れました。大きいな太いな、とみんなが近よってきて、根元がかたまって」「まだまだ長生きできますのでどうか少し離れたところから見上げて下さい」と。見上げると首が痛い。森の奥にもう一本、二股杉があると教えられ、すかして見ると、あるような。十二時半、鶴ヶ池荘に帰着。解散。昼食。雨中、歩いて駅に向かう。池畔をまわり。塩湯彦神社。公園に、「菅江真澄の道　岩瀬村鶴ヶ池」の標柱。側面に真澄の和歌「きしべなる松のみどりも影さして　千代もすむらし鶴の池水　『雪の出羽路』から」。池中に鶴の噴水。向こうに鶴ヶ池荘。駅構内食堂でコーヒー、原稿書き。相野々駅十四時二十分発、北上十五時三十分着。花巻空港へ。空港売店で、ホヤ各種、イチゴ煮各種、かもめの玉子（秋季限定）とせんべい各種を求め、資料衣類とともに宅急便送。食事処で夕食、はなまきひっつめ（ほろほろ鳥入）と小麦の地ビール（銀河鉄道ビール）。十九時発の最終便2188便で。伊丹空港着二十時三十分。午後十時前に帰宅。

9月26日（月）　神田さよさんへ電話、松江講演のテープ起こし届きました。

9月28日（水） 午後、ＵＣＣカフェプラザで澗沢純平さんと、『十年歌―神戸これから』の三校を手渡す、挿入写真の相談。

9月30日（金） 午前、上前さん来宅、「火曜日」84号の校正刷と松江講演のテープ起こしを手渡す。午後、島根県文化国際課山名江里さんから手紙。夜、粟津則雄さん入沢康夫さんから電話、藤村記念歴程賞受賞の知らせ。

（「火曜日」84号　二〇〇五年十月「日録」から）

III

花の木の宿で　神戸大空襲

花の木の宿で　神戸大空襲を語る

神戸大空襲を語る

今日は何を話そうかなと思っていたのですが。今年中に話しておきたいことがあります。今年は震災十年ですけれど、戦後六十年ということでもあります。震災後のことについては、これまで私はせっせと書いたり喋ったりしてきましたが。戦争については、あるいは神戸大空襲については、あちこちにちらちらと喋ったり書いたりしていますが、まとめてそれをメインにして喋ったことはあまりないんでね。今日は、花の木の宿で神戸大空襲を語りたいと思います。

まず、私の空襲体験を話します。昭和二十年六月五日に私の家は空襲で焼けました。その時私は中学二年生でした。神戸大空襲といわれているのは、三月十七日と、六月五日です。三月十七日には神戸市の西が焼けて、六月五日には東が焼けたといわれていますが、神戸の西の須磨区にあった私の家は三月十七日には焼けていない。夜だったんですが、家の屋根に上がって東の方を見たら、新開地のあたりかなあ、燃えあがっていた。三月だからまだ中学一年生ですね。ああいう時の感覚は、恐ろしいというよりも、きれいっていう感じだったと憶えています。たくさんの人が死んで、たくさんの家が焼けた。そして六月五日。朝です。早朝八時頃です。私の家は焼けた。私の近所はすべて焼けた。私の近所の多くの人が亡くなった。

一九四五年六月五日の朝

六月五日のことを具体的にお話ししますと。その前日から私は高熱を出していた。小さい頃私はわりとひ弱かったんです。(笑い)。小学校の頃は随分欠席していたようです。中学になって少し元気になったようで。あの頃は食べるものも充分にはなかった時代ですが。あの日は高熱を出していて玄関に布団をひいて寝ていた。そしたら警戒警報で、空襲警報になって。私の家では玄関の畳を揚げてその下の床板を揚げて、その下に防空壕を掘っていた。昔の家は床下は土ですね。土の上に石を置いて、その上に柱を置いて、そして床板。その床下の土を掘って家族が入る防空壕を掘っていた。熱を出してふらふらしながら、家族四人でそこへ入った。物凄い爆音がしてきて、爆音というより轟音、体が震えるような。そうこうしているうちに、ズシンズシンと響いてきた。後で考えると焼夷爆弾ですね。まずばらばらと爆弾を落とした。町内のあちこちに落ちた。

防空壕から顔を出すと、門の戸が開いていた。というか、なかった。衝撃ですっとんだんでしょうか。前の家が火柱あげていた。直撃です。逃げようと外へ出て振り向いたら、隣の家も燃えあがっていて。前の家の家族は全滅でした。隣の家は歌舞伎関係の若い夫婦、干してある布団の色が艶めかしい家だった。この夫婦も即死でした。あちこちで家がへたってほとんどが即死ですね。あっちこっちから火の手が上がって、逃げないといけないということで、私と母と、それから妹と逃げた。妹はその時三歳くらいだったかな、私と十歳違うんですね、私が中学二年生だから三歳か四歳くらいになるかな。三人で西へ西へ逃げたんです。父はどうしたかというと、後に残って家財道具を防空壕に放りこんで、スコップで土をかけて、私たちの後を追って逃げた。一足先に逃げた私たちは家から二町くらいのところで広い道に出た。これが須磨水族園の前の国道。それに若宮町や衣掛町からの道が斜めに交叉している。私たちは西へ西へと逃げて国道と交差するところへ出た。

その時ザーという物凄い音がして。これは爆弾か焼夷弾だと思って。そこに石屋さんがあった。灯籠とかいろんなものがおいてあった。道の端にいくつかかかえもある大きな石が置いてあってその下を掘って防空壕にしていた。子どもだったら転がり落ちるような、おとなでないと這い上がれないようなそんな穴。そこへとりあえず三人で滑り込んだ。とたんに、頭上の石にガツンガツンと音がして。焼夷弾の雨が降ってきたんです。私たちが入っている防空壕の中へ燃えている油の塊が転がり込んできて、妹の服に付いた。油脂です。付いたら離れない。母と私とで揉み消した。素手でやっと揉み消して、上へあがって、妹を引き上げて、母を引き上げて。

逃げる　母と妹と

防空壕から外へ出ると、世界が一変していた。空襲の朝の八時前後は青空だった。きれいに晴れわたった青空だった。逃げている間もあちこちで火の手はあがっているのに、街中は静かでした。ところが防空壕に転がりこんで、焼夷弾が落ちてきて、防空壕から出たら、あたりは真っ暗です。

市電筋の国道の南の海側に住友の広い別荘があった。そこを越えて行かないと海へ行けない。私たち近所の子どもはパンツ一丁でそこを抜けて泳ぎに行ったものです。塀がありその向こうに松林が広がっていた。その松林がばりばり燃えていた。高い松の木が火柱になって燃えていた。木の塀も、どういったらいいのかな、火の幕みたいになって燃えていた。とにかく西に逃げなければいけない。離宮道の太鼓橋までなんとか辿り着かなければならない。ところがその後は記憶が千切れている。記憶していることは、道端に人が、なんの着衣の乱れもなく、後で考えたら直撃受けて死んでいた。燃え上がっている人もいた。体中火がついて。それから道の端にはたくさんの人が屈みこんだり、ひっくり返ったり。黒焦げになっている。そんな中を踏み越え踏み越え逃げた。逃げていた人は記憶にない。死んだ人しか記憶にない。

焼夷弾というのは、土に突き刺さる、斜めにね。歩くのに邪魔なほど突き刺さる。一メーターおきぐらいに。モロゾフの花束とかいって、焼夷弾を束にしたものを落とす。落ちてくる途中で、空中でそれがばらける。ばらけて落ちてくる。その下にいる人間を全部殺す武器です。東京での場合、周辺に落としてその円のなかの人間を全員焼き殺す、そういう作戦を取った。これが戦争です。非戦闘員とか戦闘員とかの区別がない。そこに軍需工場があるとかないとかではない。とにかく殺す。それが戦争だった。

西へ西へ逃げて。今その辺のところを思い返し思い返しするが、記憶ははっきりしません。憶えているのは今言ったような断片的なことばかり。どうして寝てるんかなあと思って跨いで通ったり。ほんとは直撃を受けて死んでるんだけど。焼夷弾がズバーンと突き抜けて。血が流れているというところまでは見えない。真っ暗で。油脂だから燃えると黒煙を上げる。辺り一面にぶすぶす刺さって、刺さると油脂が噴き出す。噴き出した油脂で火傷をする。燃える。人間は人を傷つけ殺すことをそこまで考えるんですね。

記憶が切り刻まれているんですが。離宮道まで行ったら明るくなった。西の方は焼けていなかった。妙法寺川から離宮道まで、全部焼けた。その場で即死とか、黒煙の中から逃げ切れずに亡くなった人がたくさんいる。逃げてもその後、その日のうちとか次の日とかに亡くなった人がたくさんいる。

母と妹と私はなんとか怪我もせず。妹の服に火はついたけれどなんとか揉み消して。火傷の記憶はない。火傷してたかもしれない。離宮道まで逃げて浜へ出た。浜には人がたくさんいた。浜なら燃えてないと思ったんですね。ところが、浜へ出た人がまた死んだ。波の向こうから小さい飛行機がやって来た、低空で飛んで来た。グラマンです。グラマンが浜辺にいる私たちを、やっと炎から逃げ出してきた私たちを撃つんです。機銃掃射です。海の上をバババババと飛沫があがってそれから砂浜でババババと砂煙があがって、ビューンと去る。後に血を流して何人もの人が倒れていた。

私たち三人はグラマンの襲撃からもなんとか逃れて。離宮道の坂をあがって西須磨小学校へ行った。ちょうど阪神大震災の時に小学校が避難所になったみたいに、怪我した人でいっぱいだった。すでに死んでいる人もいっぱいだった。怪我の手当てをしてもらっている人もいた。手当てのしようがない人もいた。阪神大震災の時に空襲を思い出したのは、五十年目の戦争だと言ったのは、そういうことです。同じ状態だった。

父は　そしてそれから

　さきほど言いましたように、父は防空壕に手近の物を放り込んでスコップで土をかけて家族から一足おくれて逃げた。その時に放り込んだ物の中に、私が愛用していた漢和辞典があった。掘り起こしたら、三分の一ほど焼けて出てきた。その話はまた後で。父はやはり西へ西へと逃げて。東へ逃げた人はどうなったか。それもこの後します。ひとつひとつの行動が生死を分ける。阪神大震災の時もそうでした。生と死は紙一重。そういうことが戦地じゃないこの神戸の町中でも起こるんです。父が西へ西へ逃げる途中で、ザッーという音がした。その場所は距離的に私たちとそう離れていない。国道へ出る手前の路上。父は地面に伏せた。伏せた目の前に焼夷弾が突き刺さった。突き刺さって手前に倒れて火を噴いた。父はその火を浴びた。後々火傷の跡が亡くなるまで残っていました。火傷した父は、先に逃げた私たち家族三人を追って血を流しながら西へ西へ逃げた。死人、焼け焦げた人、寝たように死んでいる人の間を父は西へ逃げた。

　空襲が終わって、火の手が収まって、父は私たちを探したらしい。探すといってもね、どう探したか。道に倒れている同じような年頃の人をひとりひとりひっくり返して、黒焦げになっている顔を持ち上げたりして、確認した。家と離宮道の間を何度も往復し、脇道も探してまわり、何度も何度も探したらしい。もっと先へ行っていないかと焼けていない須磨駅の方までも探しに行ったらしい。夕方にもしやと思って西須磨小学校へ来た。そしたら私たちがいた。お互い無事だということが分かった。一家四人が不思議にも生きていた。父が火傷をしたということを除いては全員無事だった。

その後、須磨駅の裏の坂道を上がったところにあった親戚の家に転がり込んで二、三日泊めてもらって。父がなんとか国鉄の切符を手に入れて。当時、切符を手に入れるの大変だった。一家四人で母の実家、龍野の奥の揖西村小犬丸へ逃げ込んだ。父は、当時そういう人は多かったと思いますが、家族を田舎において、神戸の会社へ通いました。朝、暗いうちから山陽線の龍野駅まで自転車で出て、汽車で神戸へ出て、夜、暗くなってから帰ってくる。大変だったと思います、朝早く出て、晩遅く帰ってました。そのころ父が新聞を買ってきてくれました。文化欄を読むのが楽しみでした。その新聞が「新大阪新聞」です。足立巻一さんがやっていた新聞で、因縁を感じます。

空襲のあった年の夏だったか秋だったか、父が一度行ってみるかと言って神戸へ連れて行ってくれたことがあります。なぜか兵庫駅に降りた。降りて北側へ出たとたん、ぞっとしました。今度の阪神大震災と重なるんですが。高取山がストンと見えた。普通だったら高取山は家並みにかくれて見えないはずです。それが兵庫駅から高取山まで焼けてしまって家がないから。焼け跡にあるのは真っ黒焦げになったビオフェルミンの本社だけ。二階建てで迷彩で色を塗っている、それも焼けて真っ黒焦げになって。空襲のとき私が住んでいたのは須磨です。兵庫駅から見たのは兵庫区と長田区ですから場所は違うんですが、いずれにしても焼け野原です。阪神大震災のとき、地震の後、下の国道まで出て振り向いたら高取山が見えた。焼け野原だった。五十年前の風景がよみがえった。

龍野の奥に三年半いて、中学二年の途中から高校二年までいて。それから神戸へ帰ってきて。長田の池田上町の今の家です。今も動いていません。

「六十人の肖像」

神戸新聞の「六十人の肖像」という特集記事を紹介しながらお話ししましょう。「あなたたちを、わすれない」。これがこの記事の書き出しです。戦後六十年の今年の八月十五日をめどに神戸で空襲で犠牲になった人たちの写真が残っていないか募集したんです。六十人の肖像が新聞社に寄せられた。六十年後になって写真を集めるということは、空襲が忘れられているということです。あったことが記録されていない。阪神大震災の場合は時代が違っていて、記録についての意識が違っている。

一九四五年一月から八月までの間に空襲で亡くなった人はたくさんいたのに、集まったのはたった六十人です。やはり三月十七日と六月五日の空襲の犠牲者が圧倒的に多い。集まった写真は亡くなる前の日常生活の中で撮った写真です。まさか空襲受けて記念写真撮るわけがない。子どもの入学祝いとか結婚式とかで家族親戚が寄った時の、正装した記念写真が多い。そういう写真がわずかに残っていた。だから晴れやかな顔をしている。この人たちがみんな空襲で焼け死んだんですねえ。「道端で幼子を抱きしめながら息絶えた若い母」とか、「やけどを負った姉が妹たちを助けた後亡くなった」とか、写真につけられた証言からひとりひとりの死亡時の状況やその人生が分かってくる。本当は六十人全部を紹介したいのだが、そうするには時間が足りない。まず五人を紹介します。その後、駆け足でできるだけたくさんの人を紹介したいと思います。

六月五日　須磨で亡くなった人たち

最初の五人は私の空襲体験と一致する。六月五日に須磨区で亡くなった人たち。

まず、上月久吉さんは四十四歳。鷹取町の人。国道があって、その北側に若宮町、衣掛町、磯馴町、松風町がある。その東の今の鷹取駅の手前のあたりが鷹取町。妻の死後、娘三人を男手一つで育てていた。阪急電鉄の工場で検車を担当していた。「空襲が激しくなり、自宅の外へ様子を見に出た途端、焼夷弾が直撃。脇腹を貫通した」。焼夷弾は焼くだけじゃない、それ自体凶器になる。人を殺傷できる。「もの言わぬ父を二女が背負って運び出した」。

青木ツナさん、四十一歳。若宮町の人。若宮町は私が生まれたところ。生まれてすぐに衣掛町に移った。若宮町には若宮小学校が川際にあった。今もあります。そこへ私は通っていた。「警戒警報で、夫は国鉄鷹取工場へ出勤」。後に残ったツナさんが焼夷弾の降るなか、「五歳の三女隆子を連れて若宮小学校へ」。すぐ近くの若宮小学校へ逃げようとした。私たちは西へ逃げた。助かった。ツナさんは若宮小学校へ行こうとして「南門の前で倒れ、焼夷弾に焼かれた」。焼け死んだ。親子ともに焼死体。「わずかな着衣から、戻ってきた夫が二人を確認した」。阪神大震災の時もそうだけど、茶毘《だび》に付すということがなかなか難しかった。普通のお葬式が出来ない。焼き場へ持っていけない。この人の場合は千森川上流で大勢の死体とともに茶毘《だび》に付したそうです。次男の正武さんの語ったことばがあります。「母は怖がりだったから、炎をくぐって海岸へ逃げられなかったのではないか」。国道を渡って、浜へ逃げていたら助かっていたかも知れないが、燃えている炎が怖くて、とにかく小学校を目指して逃げたということでしょうか。正武さんは付け加えて話した。「もう少し早く戦争が終わっていたら、死ぬことはなかったのに」。これはたくさんの人の思いだったと思います。六月ですからね。もうふた月ちょっとで戦争は終わったのですから。

三人目。大西むめこさん、三十七歳。この人は磯馴町。衣掛町の北。「娘三人と避難。焼夷弾が音をたてて落下、道端に座って顔を伏せた。むめこは右のこめかみから血を流し、座った姿勢のまま絶命」。焼夷弾直撃、即死。「負ぶっていた一歳の四女輝子も死亡した」。同じ道路で十八人が亡くなったそうです。負ぶっていた四女と母親は亡くなった。いっしょに連れて逃げた長女は母親の右隣りでかがんでいてけがはなかった。助かった。生死紙一重。震災の時と同じです。長女の淳子さんの言葉、「まだ幼かった妹をふびんに思って連れていったのか」。

四人目。松本美代子さん。美代子ちゃんといったほうがいいかもしれません。十三歳。十三歳といえばその当時の私のひとつ下かな。この人は松風町。衣掛町とか松風町とか風流な名前ですが。「自宅の庭の防空壕に、油脂焼夷弾が転がり込む。中にいた子ども四人全員が飛散した油脂で火傷。年長の美代子は全身を火傷しながら、妹ら三人を引き出した」。「学校へ運ばれたが、治療もほとんどできないまま」。八月に永眠。四歳の妹瑞江もいとこの清水美紗子も相次いで死亡。「早くに母を亡くす。女学校に通いながら、母親代わりとなって妹や弟のせわをよくした」。女学校一年生かな。妹瑞江の写真は残っていない。いとこの美紗子の写真は残っていた。

五人目。清水美紗子。六歳。松風町で松本美代子さんたちと同じ防空壕に入っていて、焼夷弾が転がり込み下半身火傷を負った。「兄に背負われて西須磨小学校に避難した」。私たちが避難したところ。死人や怪我人がいっぱいだった。「西須磨小学校に避難したが薬がなく、十分な治療を受けられなかった」。七月二十七日に死亡。「聡明で人懐っこい性格。キューピー人形が大好きで、いつも抱いていた」。防空壕でもキューピー人形持ってたのかな。「母は病死。父は中国に単身赴任」。それで親類の松本家に身を寄せていたのだ。

これが六月五日の空襲で須磨区で亡くなった人たちです。私が被災した同じ時と場所で亡くなった五人です。

六月五日　神戸市内で亡くなった人たち

同じ六月五日に須磨区以外で亡くなった人のことをお話しします。

小倉憲治さん、三十歳。灘区五毛通。「防空壕に避難。焼夷弾の直撃」。油脂が入ってきたのではなく直撃なんですね。板を置いて土を被せてるような防空壕はたやすく貫通する。この人は外国航路の船員。ブラジル丸にも乗船したそうです。ダンスが上手だったそうです。

小野一夫さん、五十七歳。灘区灘南通。消防団の副団長。消火作業中に焼夷弾直撃。一ぺんザーじゃない。何べんも重ねてザー。重ねてまんべんなく焼く。翌未明、腹部内出血で死亡。

伊川君代さん、十六歳。灘区原田通。京都の看護学校の寮から自宅に戻って、姉の家に手伝いに行ってそこで空襲に遭っている。「防空壕に逃げたが爆弾の直撃で生き埋めに」。焼夷弾でなく爆弾。「娘を探し回った母は一晩で白髪になった」。女学校をその三月に卒業して看護学校に進学。「まじめで、やさしくて、看護婦になるのが夢だった」と兄の英雄さん。

古本豊子さん。年齢が書いてありません。四十代くらいかな。中央区小野柄通。「後頭部に焼夷弾が直撃したらしい。自宅も全焼」。

西村誠さん。五十九歳。中央区三宮町。西宮写真館を経営。「消火活動中『助けて』と女性の声がしたため、燃え広がる炎の方に走って行った。梁の下から女性二人を助け出したが、油脂焼夷弾に被弾」。全身に大やけどを負い、二日後に亡くなった。一九二センチの長身で力持ちだったとか。

南部祐盛さん、五十歳。中央区下山手通。美術商。警防団役員。生田神社の南側で消火活動中、「逃げ惑う人たちを避難させているうちに、炎にのまれた」。

杉本鯛蔵さん、五十四歳。中央区中山手通。すし店経営。この人も、「豪雨のような焼夷弾の攻撃にさらされながら、隣組防空班長として避難指示や、防火活動を最後まで続けた。猛炎にのまれ、遺体は見つからなかった」。

こういうふうにひとつひとつ見ていくと、ひとりひとりが亡くなるまで、その人その人の人生を持っていた。それが六つの女の子であろうと、五十、六十の男性であろうと、それが突然ぱっと切れる。考えてみるとどうしようもなく……。なんかね。言葉が出ない。

母と子の写真もある。谷きくをさん、三十六歳。息子の谷明さん、十七歳。中央区北長狭通。「火災発生で、夫は警防団へ。避難場所に妻きくをと長男の明は現れず、翌日、知人の営むレコード店の焼け跡で、夫が二人の遺体を発見した」。親せきの三人もいっしょに亡くなっている。きくをはマンドリンを習うハイカラな一面もあり、子煩悩で、明をよくお汁粉屋に連れて行ったという。明は旧制中学五年生で、海軍特別幹部練習生に合格していて、六月末には海兵団に入る予定だった。

山下わきさん、四十五歳。息子の久秋さん、三歳。中央区中山手通。「火災で起きた竜巻（火災旋風）の熱風を避けるため、消火用ため池に飛び込み、死亡」。その池に数十人の遺体が浮いていたといいます。これは東京大空襲の時もそうだったし、原爆の時もそうだった。東京でも広島・長崎でも神戸でも、なべて等しく人は死んでいった。いや、殺された。「わきは優しい母だった。空襲で火災が広がる中、飼育していたニワトリが卵を抱いていたため、かわいそうと、ぎりぎりまで小屋に水を掛けていた」。久秋は親の言うことを素直に聞く子だったという。

船曳梅太郎さん四十八歳とその家族。中央区布引町。「家を守る梅太郎を残して、家族ら十一人が三ノ宮駅へ避難。駅には入られず、高架下を東へ。激しい空爆で散り散りになり、山ろくに逃れた長男ら三人が生き残った」。梅太郎は自宅跡で焼死体で見つかり、ほか八人は帰ってこなかった。十二人のうち九人が亡くなったことになります。写真は七人。そのなかには入学前の紀典六歳、かわいい盛りの順子二歳も。

これで六月五日の空襲で神戸市内で亡くなった二十三人です。写真が出てきた二十三人です。もちろんこれは死者のなかの一握りにすぎません。

三月十七日に亡くなった人たち

次に三月十七日の空襲で神戸市内で亡くなった人たちのことを話します。

石原茂子さん、三十九歳。中央区楠町。「生後十カ月の清美を抱いて逃げたが、橘小学校前の路上で焼死体で見つかった。茂子の腕の中で死んだ清美は焼けていなかった」。母親は焼け焦げていた。抱いていた子どもは焼けなかったが母親とともに死んでいた。「ミルクがいっぱい入ったほ乳瓶がそばにあった」。清美と双子の義秀は敗戦後の十月に栄養失調で死亡。

清水光子、四十二歳。中央区楠町。開業医の夫は出征していた。「焼夷弾が左足を直撃。ほぼ切断状態に。長女と二男の二人を抱え逃げたが、猛火で動けなくなる。夜明けに息を引き取った」。カトリック下山手教会に通って、開業医だった夫の復員を待ちわびていた。その夫も同年六月、フィリピン・ミンダナオ島で戦病死」。

示野《しめの》豊美さん、二十四歳。兵庫区兵庫町。夫の実家の「昭和堂」という和菓子店で働いていた。川崎重工に勤める夫は夜勤で不在。夫の両親と逃げ、新開地の映画館「聚楽館」に三人が入るのを近所の人が目撃している。「館内は高温になり、死者多数。三人の遺体は見つかっていない」。周りの街が燃えている。館内は温度が異常に上がった。今は改装して、映画館ではなくなっています。

山田長子《ちょうこ》さん、十三歳。兵庫区今出在家町。避難した防空壕が猛火で危険になり、外へ出たその時、「四歳下の妹が焼夷弾の直撃で右腕を失い、長子は行方不明となった。四年後、自宅跡で遺骨が見つかる」。右腕を失った妹は生きながらえたんです。姉の十三歳の長子ちゃんは焼け死んだ。女学校一年生でした。妹は四年間遺骨が見つかるまでずっと姉の生存を信じ続けていたそうです。遺体が見つからないと、どっかで生きていると思う。そういうものですね。「防空壕で、長子ちゃんが抱きしめて励ましてくれた。『本、忘れた』と言っていたから、取りに戻ったのでしょうか」と妹の早苗さんが語っています。どうにもやりきれません。

今三十人近く紹介したかな。ひとりひとり読んでいると、先へ進めなくなりますね。空襲の死者は阪神大震災の死者よりも多い。ひとりひとりを触っていけば何日もかかるでしょうね。

もう一人。三月十七日に須磨区で亡くなった人です。坪内美代子さん、二十六歳。女優みたいな名前やね。須磨区大手町。山陽電車西代駅近くの幼稚園の先生。山陽電鉄板宿駅近くで亡くなった。「勤め先の幼稚園の周辺が炎上、家族の制止を振り切って布団をかぶって向かった。胸に焼夷弾の鉄片が刺さり、自分で抜いた。病院に運ばれたが、口から泡を出し高熱にあえいだ」。翌日、息絶えた。美代子さんは子どもが大好きで誰にでも親切。結婚の準備をしていたそうです。

もう一人。これは七月二十四日です。山崎三千男さん、三十七歳。自宅は神戸市兵庫区東山町。明石市二見町の山陽電鉄二見駅で亡くなっている。尼崎市のタイヤ製造会社勤務。どういうことかというと。「山陽電車で姫路の妻の実家を訪ねる途中、低空飛行する米軍艦載機の機銃掃射をうけた。車両は被弾し、穴だらけに」。持っていたアルミの弁当箱にも二センチの穴が数カ所。三千男さんは亡くなった。

機銃掃射を受けて亡くなったり怪我をした人はたくさんいる。先程須磨の海岸で機銃掃射を受けた話をしました。田舎へ逃げて行った後、敗戦のちょっと前、龍野の中学校へ通う途中、琴坂の坂を自転車押して上がっている時に、グラマンが来て撃たれた。自転車放りだして側の大きな溝に転がり込んだら、砂利道をバチッバチッと弾が跳ねた。ぼーっとしてたらあの時、命を失っていたかもしれない。

これが戦争

昭和二十年、神戸大空襲で亡くなった人の写真を集めたら、六十人の写真が集まった。その写真の提供者から話を聞いて、短いメモを付けた。非常に貴重な記録だと思います。新聞社もこれを契機にもっとたくさん写真が出てくればいいいと思っている。記事の後半をすこし紹介します。

「写真の多くに、丁重な手紙が添えられていた。〈戦争の犠牲となった一般国民を公に供養することもなく戦後六十年を迎えました〉」。震災の慰霊碑とかメモリアル施設は作られています。戦災のはほとんどない。神戸市ではほとんどない。記事は「市井の人々の戦災死は放置される。それが『戦争』だ」と続く。靖国神社に祭られるわけでもない。市井の人、一般人は死んだら死んだまま放置されていると。

写真はたくさんあったんだけど焼けてしまった。あるいは残っていたのに今度の震災で焼けたかもしれない。そういう遺族から、「せめて記録に残したい」という相談も寄せられている。そこで写真はないが名前だけでもと名前を載せている。「お名前を記したい。勝山市太郎さん、吉男さん、悦男さん、泰男さん、畑徳太郎さん」。せめて名前だけでも記録に留めようということです。「遺族の思いも、六十年、置いてきぼりにされてきた」。記事は続けて、「県内の空襲犠牲者は約一万二千人とされる。一人一人の人生が唐突に絶たれた。六十年、私たちの街に刻まれた悲しみと無念を、忘れずにいたい」と。

一時間の予定ですが、一時間越えそうです。今日は時間があるからゆっくり夜中まで喋ろうかな。（笑い）。新快速電車で神戸から近江八幡まで来る間に資料を整理した。どれをどう紹介するか考えながら改めて読んでいたら、電車の中で私、涙流れた。ひとつひとつ、ひとりひとり見ていたら。自分の隣にいた人たちがこういう死に方しているんです。

木の記憶

朝日新聞の連載記事「戦後六十年　残された記憶」の第一回は七月十六日、金沢の兼六園です。「松やに採取　いまも傷跡」。戦争中、軍用機の燃料用に松やにを採取した跡の写真が載っている。傷跡は六十年経った今も残っているのです。戦争末期、政府は「松根油等拡充増産対策措置要綱」を閣議決定した。私も中学生の時に龍野で裏山へ松の根掘りに行かされた。それはどう使われたかは分からない。ほとんど無駄だったらしい。兼六園では四十五年六月、園内の約六百本のうち五十三本の採取作業を始めたそうです。一本の松の木から一日一合半の松やにを採る。日本石油の社史には、「実際に飛行機に使用した形跡はなかった。まさに『夢想的』な計画であった」と記されているそうです。風船爆弾というのがあった。アメリカへ届いたのもあるらしいけれども、ほとんどはだめ。実効はなかった。戦争が終わって、松の木の傷跡はほとんど消えたけれど、今も五十三本のうちの十五本には傷跡が残っているそうです。「いまだに樹液を流し続けている木もある」。

神戸市内で空襲の時に焼夷弾が直撃して燃えた樹とか傷ついた樹とかが今でも残っています。県庁の前とかに。十年前の阪神大震災の傷跡を残した樹は神戸の街中いたるところにたくさんあります。私が詩にせっせと書いた「カルスのある木」。樹皮がはがれて、カルスで覆われた。でも、覆ってしまえない。だから木の芯が今も露出したままの木が長田の町にたくさん立っています。

揺らぐ〝悲劇の継承〟

これはひどい話です。私も初めて知りました。神戸新聞の七月七日の記事によれば。「神戸空襲　市史誤記　十年放置」「米資料無視　大本営発表のまま」。神戸市の「市史」がある。その空襲の数字が無茶苦茶らしい。つまり大本営発表をそのまま書いているらしい。戦後、アメリカ側の情報が出てきているのに、訂正しなければならないところを訂正せずにそのままになっているらしい。その事情というのが実にひどい。市史編集室が国会図書館でアメリカのマイクロフィルムを調べて、その結果を一九八五年に「市史」に発表した。ところが「市史」を執筆した学者はその資料を無視した。九四年「市史」発行直後から批判があり、編集室は「補足」という紙片を作った。さらに抗議を受けて、「市史紀要」に発表した。ところが「市史紀要」の次号で訂正すると提案したが、阪神大震災で財政悪化、「市史紀要」は休刊になった。執筆した学者も、誰やろね、亡くなった。そのまま今に至っているというんです。

この問題を同じ神戸新聞の同じ日の別の紙面でも取り上げています。「神戸空襲　市史に誤記」。例えばですね。三月十七日の空襲。「神戸市史」には「B29、六十九機による夜間空襲」と書かれている。ところが、これは大本営発表の「約六十機」をそのまま書いている。アメリカ軍の資料では三百七機または三百六機が神戸に到達している。五月十一日に東灘に「一トン爆弾が投下された」と「神戸市史」にはある。アメリカ軍の資料では九十二機がやって来て、通常爆弾（二百五十キロ爆弾）を投下した。六月五日、私の家が焼けた日。「神戸市史」では、「B29、三百五十機によって大量の焼夷弾と中小型爆弾を投下」と出ている。これは中部軍管区司令部の発表で、アメリカ軍資料では、四百七十四機、焼夷弾三千トン投下となっている。

三千トンとは想像を絶しますが。誤記はまだまだあるそうです。

これをどう考えたらいいか。まちがってるでしょうと言うだけではすまない。うんそうかと言うだけのことではないと思う。問題はどこにあるか。記事の見出しが問題点を端的に示してくれています。つまり、「揺らぐ〝悲劇の継承〟」と。空襲を伝える公的施設が姫路や大阪はある。神戸は無い。それを作ろうという懇談会を神戸では九四年に作っている。九五年に地震が来て、それでも九八年には基本構想を報告している。しかし財政悪化。文学館を神戸に作るという運動を二十年一生懸命やったんだけどいまだに出来ない。インターネット文学館、バーチャル文学館が出来た。あれとおなじことで財政悪化により記念館設置困難になり、ホームページ上での記念館設置を決めている。「平和記念館構想凍結、HP上で代替」。予算わずか三百万。ということは、担当専門員は雇えない。研究者も頼めない。だから専門外の市の職員が担当することになる。インターネット文学館もそれです。ほとんど一人でやっている。そういうことになる。神戸空襲の死者の名簿はほとんど無いというのが実情です。空襲にあった大都市でこれほどなにも無いのも珍しいと神戸市外大の先生が話しています。

今日ここまでお話ししたのは、空襲、戦争とはひどいものだという話。それを私たちはきちんと記録して、きちんと記憶して、それを次の世代に渡さないといけない。それができてない。そういう話です。もう一時間ぐらい喋ったかな。もうすこし時間をくださいね。

記録を取り続ける

これは朝日カルチャーで、先日ちらっと紹介したものです。東京の「シアターVアカサカ」というところで、十一月のはじめに「あしたはあした」というお芝居がある。出演者全員、お天気キャスター、つまり気象予報士という〈無謀な企画〉です。それに出演したお天気キャスターの真壁京子さんのインタビュー記事です。朝日新聞十一月二日付の「働く／仕事考」というコラム。そのなかのエピソードのひとつを紹介したい。大正十二年。日付けをよく聞いてくださいよ。大正十二年九月二日未明、東京で四十七度三分という高温が観測されました。四十七度三分というのはちょっと考えられない高温です。それが大正十二年九月二日。その前日はどんな日だったでしょう。この高温は前の日の関東大震災の火災で気温が上昇したためで。神戸空襲の時、花隈や新開地やら、周りの町が焼けたから、聚楽館の中にいた人が高温で蒸し焼きにされた。あれと同じ。この四十七度三分は観測の正式記録ではない。正式の気温記録として残ってはいない。このエピソードの要点はどこでしょう。火の手が迫る中で気温の記録を取り続けた観測員がいたということ。大正十二年九月一日の関東大震災、その次の日の二日の未明。夜のまだ明けるか明けないかの頃に、四十七度三分を観測した観測員がいたということです。

こういうエピソードは、これはこれでいろんなふうに考えを発展させることができる。今日の私の話からいうと、戦争はひどいもんだ、戦争はもういやだということから発して、それをきっちり記録しないといけない、きっちりと記憶しないといけない。だけど、六十年経って写真を集めても六十人しか集まらない。「神戸市史」といわれているものも大本営発表を未だにそのまま書いている。そういうことに、火の手が迫る中で記録を取り続けた観測員をだぶらせたら、自ずから分かってもらえると思います。これから先、生きていくためには、こういう観測員がいないといけないんです。観測員になるということは。詩を書く私たち、文章を書く私たちも出来るはずです。それを今日の話の結びにしたいんです。

私の詩「一九四五年六月五日」

最後に、おまけがあります。私が書いた詩です。私の震災詩文集に載せました。「我が幻境」という文章の最後のところ。神戸で焼け出されて龍野の奥の小犬丸へ行って、龍野高校に通っていた時に書いた詩です。これが私の活字になった最初の詩です。タイトルは「一九四五年六月五日」です。六月五日の神戸大空襲のことを書いた。龍野高校に「水脈」という文芸部の雑誌があって、昭和二十四年二月一日発行号。高校二年生の三学期です。三十四頁の活版印刷。当時はガリ版が多かった。散文詩。六十行。その一部を読みます。

あの日。あの日。溶け去る様な藍のきらめく海と空であつた。朝だつた。南瓜の苗がじゅうじゆう水を吸つてゐた。あの時。あの時。細い〳〵クリームを押し流して十数本のプラチナが震へた。十数に区切られた空のなつかしさ。

あの頃、町の道端の至る所に南瓜や茄子を植えていた。十数本のプラチナはB29の編隊のこと。

防空壕に震へながら指が砕けてゐた。音……音……。宇宙が身顫ひし靴ががた〳〵狂気した。尖光。轟音。何が起つたのか。選ばれた民が即死し、選ばれた家の屋根が大地に接吻し、大地を次第にせばめて行つた。空は崩れずにしがみついてゐる。かちりと凝固した家並みの中を私たちは走つた。瞳孔のはりさけた群集にもみ倒された母と妹の手に紐が結ばれ……てゐた。空は粉々に砕け落ちてきた。油脂。油脂焼夷弾。—転—落—激—震。

逃げる私たち、母と妹と私の上へ焼夷弾が降ってきて、大きな石の防空壕へとびこんで、そこから出てくると。

貝殻が開いて、世界は竃の中にあくせくしてゐた。林立する弾片を縫つてのたうつ蛇。松の老木が火の粉を吹き出しながら若返つて行く。狐火はゆるやかに青黒い姿をよじらせた。

真っ暗になって、死体が散乱している。その地面や死体の上で狐火のように燃えている。それを踏んだり、またいだり、跳びこえたりしながら逃げる。

火燭の饗宴の中に泳ぎ出す死骸。死骸。死骸。髪が燃え。皮膚がただれ。肉がこげ。骨ににじみ。太古へ。太古へ。太古へ。太古へ。

戦後、焼け跡を訪ねる。わが家を探し当てる。

電車を下りて北へたどる道は火の臭ひのする道。煉瓦のうごめく道。原始へ還元した道。屋根へ登つて幼ない喜びに穴のあく程みつめた山が、土の上にはらばつても見える。空はあの日と同じ空。鉄粉の浮遊する道をたどつて、すみからすみまで知つてゐた町並を幻想しながら草を踏み分ける。土がかさ〳〵に燃え残り、溝になだれ落ちる。時がせき止められて、ありし日の夢を貧しい頭脳につめこむ。現実だ。この道だ……。この路次だ……。ここだろうか。そうだ。ここだ！　目で区切る空間の下に晒された土地は、ほっと肩を落とす。

空襲から四年後に書いた詩です。高校二年生の時に書いた詩です。はじめて活字になった思い出の詩です。

焼け焦げた言葉

「火曜日」84号に載せたエッセイ「焼け焦げた言葉」には先ほどお話しした私の神戸空襲のことが手短かに書いてあります。そして焼け焦げた漢和辞典の事が。

「焼け跡のわが家の防空壕から掘り出したなかに、当時私が大事に使っていた漢和辞典があった。左肩のあたりが焼けて欠けていた。開くと焦げた細片がパラパラ落ちた。焼け焦げた言葉」。

この漢和辞典はその後ずっと持っていて、家を建て直す時にも垂水の仮り住まいへダンボールに入れて持って行ったはず。新しい家へ持って帰って屋根裏に入れたと思う。中学校へ入った時に買って貰った漢和辞典。神戸空襲で焼けて、焼け焦げた細片がパラパラと落ちて。それから阪神大震災が来て。

「神戸大空襲から五十年後の一月十七日に阪神大震災。五十年目の戦争である。わが街は崩れて燃えて。わが家は半壊。焼け焦げた漢和辞典も揺れ動いたことだろう。戦後六十年の消しがたい死と生の記憶とともに」。

今、あの漢和辞典はどこにあるのか。

「確かめていないが、焼け焦げた漢和辞典は今も屋根裏のダンボール箱のなかにあるはずだ」。

花の木の宿で

花の木の宿で神戸空襲を語るというのは、ちょっとピンとこないかもしれませんが、そういうめぐり合わせだと思ってください。

最後にもう一言。花の木をみんなで今日見ました。ああいう樹です。紅葉したら、きれい。見事に秋の花の木。春には花が咲く。近寄って見たら花はそんなにきれいじゃない。パンフレットに写真が載っていたようにくしゃくしゃとした小さい花のかたまりでしょう。だけど遠くから見たら、きれい。こんもり春の花の木。今は周りに家が建っているけど、前は遠くからでもぱっと見えたと聞いています。他の大きな樹と同じように、花の木は目印になっていた。紅葉する頃とか、花の頃には特にいい目印になっていた。花の木は琵琶湖の東側のこのあたりを通る人々やこの土地に暮らす人々が何百年ものあいだ見てきたんだろうなと思う。南花沢の老木は、上が切られている。落雷で折れたのか、腐って折れたのか分からない。本当はもっと高かった。あたりを見渡していた。ずっと遠くを見透かしていた。花の木。語感がいいなあ。花の木を見て暮らした人々がいる。花の木が見てくれていた人々がいる。そんなことを今ちょっと考えています。

この後、参加者全員の朗読会になるんですが。私は花の木の詩を読むつもりです。その時またちょっとお話しします。こういう時どう言うの。ご清聴感謝します。(笑い。拍手)。

●朗読の夕べ

花の木の詩を読む

今度の研修旅行は花の木と永源寺ということです。湖東三山は明日行くことになる。私の『ことばの日々』という詩集の第二部は花の木の章で詩が十三ある。十三のうちから四つコピーしてきました。これを読んでみましょう。

　まず、「花の木のむこうに」の註です。

「滋賀県湖東町の南花沢と北花沢に花の木がある。一九九五年十月に訪ねたときは、南に古木と若木の二本、北に大・中・小の三本があった。五年後の十一月に再訪したときは、南には古木一本のみ、北には若木が一本増えて四本になっていた」。

一九九五年十月、震災の年の秋に来たんですね。その時は南花沢に二本、北花沢に三本あった。五年後に訪ねると、南に一本のみ、北には一本ふえて四本だった。そして、今日、行ってみると南は変わらず一本、北はさらにふえて五本になっていましたね。

もう一つは「地震動《なへふ》りぬ」の註です。

「滋賀県湖東町南花沢の八幡神社にある花の木は、根元が五メートル、高さ十数メートル、こぶだらけの幹は半ば朽ち、支え木で支えられていた。下方から幹を囲むように太い枝が伸び葉が茂り、紅葉し始めていた。樹齢三百年といい五百年というこの木を、遠く間近に人々は見つづけてきた。四百年前、一五九六年慶長元年の伏見地震のとき、人々は震えたことだろう。あるいは、この木もまた」。

まだ時期が早くて色づいていませんでしたが、紅葉の盛りには、古木といえどもそれは見事です。春の花は説明書きに写真がでています。蘂のような感じの一つ一つは地味ですが、集まるときれい。遠くから見ると、なかなかのものですよ。

詩を読みましょう。まず「花の木」。

遠くから
見えたという。
燃え立つ炎が
見えたという。

野のただなかに

見えたという。
心の闇が
見えたという。

昔は、あの木が野の向こうから目印になったそうです。紅葉のときとか、花が咲いたときには、特に目印になったそうです。
次は「花の木のむこうに」。

花の木のむこうに
わずかに光る。
あれは水かしら
湖《うみ》のかけらかしら。

陽が沈み
いまだ沈まず。
声ひとつ

おぼめく気配。

明日の朝、外へ出て西の方を見たらこういう感じと分かってもらえます。よく見えるときには、湖《うみ》が見える。湖《うみ》と言われている琵琶湖が見えるでしょう。「陽が沈み／いまだ沈まず」という感じは、さっき夕陽を見て分かったんじゃないでしょうか。

次は「花の木」。最初の詩とおなじタイトルですね。

はるははな
はなはくれない

あきはは
はもくれない

はなはもえ
はももえ

はなのき
もえ

最初の「花の木」とは違って平仮名ばかりの歌うような詩です。はる、あき。はな、は。それから、くれない。それから、もえ。わずかの語でできています。

最後の詩はちょっと趣が違って。「地震《なへ》動《ふ》りぬ」。

年古りし木の
ひび割れた幹から
こぼれ出る人の声
四散する時の記憶。

なへふりぬ
なへふりぬ
くりかえし
なへふりぬ。

註で伏見地震のことを書きましたが、今も昔も日本各地で揺れている。二、三日前にも、和歌山県で震度3か4、神戸では震度1がありました。
花の木の宿での朗読の夕べなので、「花の木」の詩を読みました。明日はいつものように〈連詩の試み〉をしましょう。お題は「花の木」と「秋の寺」です。今、ちょうど十二時です。では、お休みなさい。（拍手）。

（二〇〇五年十一月五日夜　滋賀県東近江市クレフィール湖東　第十五回「火曜日」研修旅行での講演記録）

焼け跡に花がそっと。

日録抄　二〇〇五年十月―十二月

10月1日（土）　午前、入沢康夫さんから電話、藤村記念歴程賞の件。工藤恵美子英訳詩集『テニアン島＝*Tinian Island*』（日英対訳版）出来、届く。工藤さんへ電話。

10月2日（日）　健一郎の運動会。決勝バンブーウォーズ。60m走。大玉送り（全学年）。他の種目では応援団の一員となって活躍。校舎内で昼食。かごの屋で夕食。

10月3日（月）　午前、飯島耕一さんへ電話、歴程賞でのスピーチの依頼。たかとう匡子さんへFAX、ふれあいの祭典応募作品一次選考。夜、新藤涼子さんと入沢康夫さんへ電話。

10月5日（水）　午前、米田定蔵さん（写真家）と大西克史さん（神戸県民局）来宅。午後、朝日カルチャーセンター神戸（ACC）現代詩教室に出講、詩集『生きているということ』から「水の声」「火のかたち」「風のうた」「木のねがい」「光のいのち」それに「男鹿」を読む。

10月6日（木）　夕方、富田砕花賞候補詩集十四冊読み終わる。

10月7日（金） 午後、芦屋市役所で富田砕花賞選考委員会、杉山平一さん伊勢田史郎さんと。川上明日夫詩集『夕陽魂』と秋山基夫『家庭生活』の二冊に決まる。夜、『芸文アンソロジー』へ詩「十年歌」（再録）をＦＡＸ送。新藤凉子さんと電話＆ＦＡＸのやりとり、歴程賞の件。

10月8日（土） 午前、健人の「ふれあいの会」（幼稚園運動会）へ。「キュービック・ラン」（母と子）。「ジャンボ！」（ダンス）。「でかパン競争」（健一郎）。「サーキット」。「ハッスル！ハッスル！」（父と母の綱引き）。おわって、スパゲッティとピザの店で昼食。現地時間午前八時五十分（日本時間午後〇時五十分）ごろ、パキスタン北東部でＭ7.6の強い地震。二〇〇〇人以上死亡。

10月9日（日） 午後、長田神社の前を通りかかると聞こえる、第二回津軽三味線全国大会in ＫＯＢＥ。夜、三井葉子さんから電話。パキスタンの地震、国内の死者一九一三六人、負傷者四二三九七人。

10月10日（月） 午前、入沢康夫さんから電話、ＦＡＸやりとり。午後、富田砕花賞選評をＦＡＸ送。

10月11日（火） このところ風邪ぎみでのどが痛い鼻水が出る。一日寝る。午前、芦屋市原田さんへ電話。伊勢田史郎さんへ電話、歴程賞贈賞式出席のため砕花賞贈呈式を欠席します、選評の代打をお願いしますと。

10月12日（水）　一日寝る。ＡＣＣ現代詩教室は休講。午前、テレビが来る。午後、由良佐知子さん佐土原夏江さん来宅、「火曜日」84号の編集、目次など作製。

10月13日（木）　午後三時まで眠りつづけて。一日寝る。夜、ＫＯＢＥ　ＨＡＴ　なぎさの湯なぎさダイニングで長田高校同窓会に出席、〈時の人〉スピーチ。中座して帰宅。

10月14日（金）　一日寝る。夕方、震災詩文集『十年歌――神戸これからも』四校が届く。

10月15日（土）　一日寝る。『ひょうご現代詩集２００５』へ詩「平田内まで」をＦＡＸ送。

10月16日（日）　一日寝る。

10月17日（月）　庭の木を葉刈りしてもらう。詩文集『十年歌』四校に写真を入れこむ。

10月18日（火）　午前、和田英子さんから電話。

10月19日（水）　午後、ＡＣＣ現代詩教室に出講。詩集『ことばの日々』の第三部「神戸」を読む。「火曜日」84号出来、発送。夜、気仙沼へレジュメ原稿十四枚をＦＡＸ送。

10月20日（木）　午後、神戸新聞平松正子さん来宅、藤村記念歴程賞インタビュー。

10月21日（金）　午前、三宮ＵＣＣカフェプラザで涸沢純平さんと、『十年歌』四校と写真を手渡す。午後、日本現代詩人会葵生川玲さんから電話、現代詩人賞選考委員の依頼。神戸西市民病院へ母を連れて行く。夜、気仙沼からレジュメ校正刷ＦＡＸで。

10月22日（土）　健人体調悪く誕生祝い延期。三宮そごうで彩乃への誕生プレゼントを選ぶ、メゾピアノの服あれこれ。ＵＣＣカフェプラザで黒沢一晃さんと出会う。福井久子さん夫妻と孫娘さんと出会う。夜、内海高子さんへ電話。

10月23日（日）「火曜日」84号合評会。三宮勤労会館で。

10月25日（火） 午前、気仙沼から手紙、神山真浦さんから手紙、小野洸さんから手紙。午後、神戸新聞文芸選者エッセイ「寄り道」をＦＡＸ送。

10月26日（水） 午前、神戸新聞平松正子さんからＦＡＸ、選者エッセイ校正。午後、ＡＣＣ現代詩教室に出講、詩集『ことばの日々』の第二部「花沢」を読む。夜、北上市の現代日本詩歌文学館豊泉豪さんへＦＡＸ。

10月27日（木） 午後、神戸新聞文芸十一月分選稿を速達便送。

10月28日（金） 午前、気仙沼へ会場販売用に真澄の本四種類二十四冊を宅急便送。

10月29日（土）30日（日）31（月）　二泊三日、気仙沼講演と北上調査の旅。一日目。 伊丹空港八時四十分発ＪＡＬ２１８１便で。花巻空港着十時。タクシーでＪＲ花巻空港駅へ。十時五十二分発の電車で北上へ。十一時八分北上着。駅構内の食堂で昼食。日本現代詩歌文学館へ。九月二十三日に引き続き内海信之関連の明治期の雑誌「新聲」「明星」「白百合」を再調査。豊泉豪さん出張で不在。角谷明子さんのお世話になる。北上発午後三時の電車で一関へ。大船渡線に乗りかえて気仙沼十七時二十六分着。すでに暗い。小野洸さんの車でホテル一景閣へ。食事処浮島でシンポジウム実行委員長の尾形和優さんらと会食、打ち合わせ。一景閣泊。

二日目。第三回広域歴史文化シンポジウムinけせんぬま「漂遊の旅人・菅江真澄〜仙台藩領の足跡をたどる〜」第一日。午前、一景閣を出て会場のサンマリン気仙沼ホテル観洋へ。三年前の第十五回全国菅江真澄研究集会の会場。途中、「海の市」や魚市場に立ち寄る。港の向こうに大島が、亀山が。会場で多くの旧知の人と会う。午後、開会行事のあと、二部屋に分かれて地域報告。〈セッション1〉は、佐藤英雄さん「菅江真澄と交遊のあった胆沢地区の人々」と赤塚喜恵子さん「直筆本4冊に見る天明期の一関周辺」。赤塚さんとは今年九月の秋田県山内村での菅江真澄研究集会で会っている。〈セッション2〉は、浅野鐵雄さん「菅江真澄と角張有隣について」と上坂親子さん「菅江真澄を泊めた私の先祖」。上坂さんは大島の大向小野家の末裔で三年前の菅江真澄研究集会で会っている。二部屋を行き来して四人の話のあらましを聴く。その後、花柳麗雪さん舞踊、高橋泉さん演奏、尾形和優さん朗読のコラボレーション「菅江真澄の伝えた皆鶴姫物語」があって、西田耕三さんの講演があって。最後に、私の講演「稀有の旅人　菅江真澄—その旅の心」。夜、交流懇親会。秋田からの近藤昌一郎さんと話す。

三日目。シンポジウム第二日。午前、メッセージ二つ。川原俊太郎さん（国土交通省）「菅江真澄の足跡を活かした秋田再発見の取り組み」と小野洸さん「菅江真澄研究の点から線へ」。渋谷洋祐さんと話す、日本現代詩歌文学館を経て現在北上市立博物館学芸員。西田耕三さんと私の対談と言えない対談「漂遊の旅人・菅江真澄の魅力を語る」。閉会。昼食後、尾形和優さんの車で神山真浦さんを訪ねる。三年前の気仙沼での菅江真澄研究集会の大会委員長、真澄研究の長老、三十年来の知己。足を悪くしておられるも玄関先まで出てこられて手を取りあって。昨日の講演でいただいた花束を失礼ですが旅先ですのでと手渡す。気仙沼でのもっとも嬉しかった時間。尾形さんの車で北上まで送ってもらって。日本現代詩歌文学館に入っていくと、角谷明子さんが「お帰りなさい」と言って迎えてくれる。出張帰りの豊泉豪さんのお世話になる。一昨日の内海信之関連の雑誌調査の続き。駅まで送ってもらってJRとタクシーで花巻空港へ。十九時発JAL2188便で伊丹空港へ。二十時三十分着。午後十時前に帰宅。

11月1日（火） 午後0時47分ごろ一瞬ミシッと、震度1。紀伊水道M4.5、和歌山震度4。日高てるさんへ電話。日本現代詩歌文学館豊泉豪さん角谷明子さんへFAX。気仙沼尾形和優さんへFAX。幡野寛治さん（教育委員会）へFAX。夕方、兵庫県立大学副学長南裕子さん看護学部長片田範子さんから歴程賞お祝いの花束をいただく。旧兵庫県立看護大学学歌を書いた。

11月2日（水） 昼、ACCロビーで岩井八重美さんと、詩集助言。午後。ACC現代詩教室に出講。受講生作品合評。

11月3日（木） 太子町老原の佐々木家の法要へ。祖父亀吉さん祖母こなみさん五十回忌。夕方、コトブキで佐土原夏江さんと、気仙沼講演・対談テープを手渡す。

11月4日（金） 気仙沼神山真浦さんからサンマとカツオのたたきをいただく。

11月5日（土）6日（日） 第十五回「火曜日」研修旅行。一泊二日花の木と永源寺の旅。

一日目。 ＪＲ三ノ宮から新快速九時三十八分発に乗って。車中、今夜の講演資料を整理。読むにつれて涙が。近江八幡十時五十九分着。近江鉄道八日市線に乗かえ。東京から松原千智さん来。久しぶり、元気でよかった。近江八幡十一時八分発、八日市十一時二十五分着。タクシーに分乗して永源寺へ。紅葉いまだ淡く。寺内裏手の永源寺会館で昼食、こんにゃく料理。ふたたびタクシーに分乗して南花沢のハナノキへ。紅葉いまだし。ホテルの迎えの車で北花沢のハナノキへ。一枝二枝が紅葉するのみ。夕方、クレフィール湖東にチェックイン。参加者20人。夕食後、八時から私のお話「花の木の宿で　神戸大空襲を語る」、一時間の予定が一時間二十分。参加者全員の自作詩の朗読会、盛り上がって。十二時に終了。お休みなさい。

二日目。 朝食後、研修棟の研修室で「連詩の試み」。お題は「花の木」と「秋の寺」。午前十一時、解散。北野和博さん佐土原夏江さん朝倉裕子さんと私の四人は先に帰る。他の人は湖東三山めぐりへ。ＪＲ能登川で新快速に乗車、帰神。午後二時前に帰宅。

11月8日（火）　午後、震災詩文集『十年歌─神戸これからも』の念稿届く。夜、内海高子さんから電話。川上明日夫さんへ電話。

11月9日（水）　昼、ＡＣＣロビーで岩井八重美さんと、詩集助言。午後、ＡＣＣ現代詩教室に出講、受講生作品合評。おわって、ＡＣＣロビーで、涸沢純平さんと。岩井八重美さんを引き合わせて、詩集原稿を渡す。詩文集『十年歌』念稿・写真・初出一覧を手渡す。

11月10日（木）　午後、詩文集『十年歌』の「あとがき」をＦＡＸ送。

11月11日（金）12日（土）13日（日）　玲子と二泊三日、藤村記念歴程賞と伊豆修善寺の旅。一日目。新神戸十時五十五分発のぞみ76号に乗車。東京着十三時四十六分。飯田橋下車、ホテルメトロポリタンエドモンドに入る。午後六時、「二〇〇五年歴程祭〈未来を祭れ〉」開会。第四十三回藤村記念歴程賞は、「安水稔和　詩集『蟹場まで』（編集工房ノア刊）に至る菅江真澄に関する営為」と「三木卓　評伝『北原白秋』（筑摩書房刊）」。第十六回歴程新鋭賞は「藤原安紀子『音づれる聲』（書肆山田刊）」。歴程賞選考経過報告が粟津則雄さんから。歴程賞贈呈。安水稔和の仕事について、飯島耕一さんが。三木卓の仕事について、宮田毬栄さんが。各受賞者挨拶。花束贈呈、高橋順子さんから手渡し。日高てるさんからも花束。歴程新鋭賞選考報告が粕谷栄市さんから。藤原安紀子の仕事について、吉田文憲さんが。たくさんの人と出会い、たくさんの人と話す。安藤元雄さん吉田文憲さん池井昌樹さん。藤井貞和さん三井葉子さん。新藤涼子さん入沢康夫さん。小中陽太郎さんと話す。二次会へ出席。受賞者の三木卓さん藤原安紀子さんと話す。時里二郎さん渡部兼直さん涸沢純平さん。井川博年さんの声が向こうで。

二日目。ホテルメトロポリタンエドモンドを出て東京駅へ。十時三十分発踊り子105号に乗車。修善寺十二時三十九分着。タクシーで修善寺温泉の宿桂川へ。荷物を置いて桂川沿いに町を歩く。菊屋旅館（休業中）の前を通って。日枝神社。めおと杉、子宝の杉。修善寺。改修中。虎渓橋渡って、とっこの湯公園。川の中のとっこの湯を望む。渡月橋手前の満月堂に入ってコーヒーでくつろぐ。窓下に水の流れと岩。宿に戻ってチェックイン。部屋からハリストス正教会の尖塔と屋根が見える。泊。

三日目。宿を出る。バスに乗る。もみじ林下車。自然公園「もみじ林」散策。広々とした斜面でひなたぼっこ。山あいの樹間をぬって登り。頂上あずまや脇に大きい切り株。そこから富士山が見えるそうだが、今日は雲のなか。夏目漱石の詩碑あり。「仰臥人如唖／黙然看大空／大空雲不動／終日杳相同」。明治四十三年当地菊屋に滞在、いわゆる「修善寺の大患」加療中の九月二十九日の病床の作。直筆。林間を下る。次いで「虹の郷」へ。イギリス村のレストラン

「メイフラワー」で昼食。伊豆の村で五平餅をたべて。日本庭園の紅葉鮮やか。夏目漱石記念館、菊屋から移築されたもの。あがりこむ。菖蒲ヶ池の鯉の群。木々の間をたどり花を見て葉を見てフェアリーガーデンに至る。バラ園。カナダ村はカエデ林のなかに。ネルソン駅でロムニー鉄道に乗りこんでイギリス村ロムニー駅まで戻る。英国グッズ店マーガレットでお茶。バスで修善寺駅に出て。発車まぎわの電車に乗って三島へ。三島十七時五十分発ひかり421号に乗車。新大阪でこだま689号に乗りかえて、新神戸二十時二十九分着。午後九時前帰宅。

11月15日（火） 午前、万葉文化館から電話とFAX、「平成万葉千人一首」の件。

11月16日（水） 午後、ACC現代詩教室に出講、受講生作品合評。ロビーで高橋博子さんと、詩集助言。夜、島田陽子さんから電話、日本詩人クラブ関西大会での講演の件。

11月17日（木） 午後、姫路へ。内海高子さん宅へ、内海信之資料調査。帰途、電車で眠ってしまい新開地まで乗りこす。

11月19日（土） 午後、長田コトブキで岩井八重美さんと、詩集校正助言。

11月20日（日） 夜、「現代詩手帖年鑑」の「今年度の収穫」をFAX送。

11月22日（火） 午前、内海高子さんから内海信之資料が届く。万葉文化館から電話とFAX。夜、毎日新聞酒井佐忠さんからFAXと電話。

11月23日（水）　午前、兵庫県民会館で兵庫県現代詩協会理事会。午後、震災詩文集『十年歌―神戸これからも』の表紙見本届く。ポインセチア（木立ちつくり）を書斎の出窓に置く。夜、内海高子さんへ電話。

11月24日（木）　午後、神戸新聞文芸十二月分選稿を速達送。

11月25日（金）　夜、「たまや」の詩原稿「久遠　九篇」の校正刷がFAXで。

11月26日（土）　午前、玲子と三宮そごうへ。午後、和彦一家と落ち合って、六人で。昼食はスパゲッティ。地下鉄海岸線に乗って。ポートタワーに上って。メリケンパークで遊んで。メリケンパークオリエンタルホテルでお茶。そこでバイバイ。タクシーで帰宅。夕方、新藤凉子さんへ「歴程」の詩「太田七篇」をFAX送。夜、秋田の近藤昌一郎さんから電話。気仙沼の神山真浦さんから電話。

11月27日（日）　夜、入沢康夫さんからFAX。新藤凉子さんから電話。

11月30日（水）　午前、上前さん来宅、「花の木の宿で神戸大空襲を語る」のテープ起こしを手渡す。午後、神戸海洋博物館大ホールで舞台「阪神淡路大震災」を観る。志の舞台。パンフレット裏面に私の詩「これは」。

12月1日（木）　午後、神戸新聞文芸年間賞の受賞者と作品名をFAX送。高橋照美さん、「春風」。毎日新聞酒井佐忠さんへ「この一年」の「私が選んだ5冊」をFAX送。藤井貞和

『神の子犬』野村喜和夫『街の衣のいちまい下の虹は蛇だ』日高てる『今晩は美しゅうございます』たかとう匡子『学校』工藤恵美子和英対訳詩集『テニアン島』。

12月2日（金）　シシガシラ一輪咲く。午前、長田コトブキで岩井八重美さんと、再校助言。

12月3日（土）　夕方、上前さん来宅、「花の木の宿で神戸大空襲を語る」の校正刷受け取る。

12月5日（月）　午前、日本現代詩歌文学館の角谷明子さん（自宅）へ電話。

12月6日（火）　母、初めてのショートステイへ、三泊四日。午後、上前さん来宅、「内海信之　日露戦争時の反戦詩人」のテープ起こしと同人作品を手渡す。夕方、「神戸っ子」の小泉美紀子さんから電話、新年号エッセイの依頼。夜、米田定蔵さんからFAX。

12月7日（水）　午後、ACC現代詩教室に出講、川上明日夫詩集『夕日魂』を読む。

12月9日（金）　午後、ショートステイの母を迎えに。夕方、姫路へ。夜、有本芳水賞選考委員会、森富で。八時半帰宅。

12月10日（土）　午前、「神戸っ子」新年号巻頭エッセイ「新しい出発のとき」をFAX送。

12月11日（日）　午後、日高てるさんから電話。『十年歌―神戸これからも』の束見本が届く。

12月12日（月）　午前、涸沢純平さんへ電話。夕方、県公館での兵庫県文化懇話会に出席。

12月13日（火）　午後、岩井八重美詩集の跋文「いのちの言葉　いのちの詩」をFAX送。

12月14日（水）　午後、ACC現代詩教室に出講、たかとう匡子詩集『学校』を読む。ロビーで高橋博子さんと、詩集助言。夜、「火曜日」忘年会、三宮東天紅で。ユーチャリス（アマゾンリリー）の花束をいただく、歴程賞のお祝い。青山でお茶。九時半帰宅。

12月15日（木） 午後、神戸新聞文芸年間賞の講評をFAX送。

12月17日（土） 夜半、雪。朝、雪残って。午前、「神戸っ子」から新年号エッセイの校正刷がFAXで。玲子と三宮そごうへ。午後、ポートアイランドの青少年科学館で和彦一家と落ち合って、六人で。館内を次々と遊んでまわって。プラネタリウム「今こそ土星へ！―カッシーニ35億キロの旅―」（大人向き）を健一郎と私とで。子ども向きプラネタリウムを健人と真紀さんとで。夕方、三宮東天紅で夕食。八時半帰宅。

12月19日（月） 夜、健人と電話で話す。

12月20日（火） 午後、『十年歌―神戸これからも』出来、届く。涸沢純平さんへ電話。

12月21日（水） 午前、神戸新聞文芸一月分選稿を速達便送。午後、ACC現代詩教室に出講。川野圭子詩集『カイツブリの家』を読む。ロビーで涸沢純平さんと、高橋博子さんをひきあわせ、詩集原稿を渡す。

12月22日（木） 大雪。珍しく昼ごろまで降る。午後晴れる。夕方、神戸新聞新年詠「水仙歌」の校正がFAXで。

12月23日（金） 午後、田中荘介さん来宅。夜、和彦宅へ電話、月曜日（映画）の打ち合わせ。

健一郎健人と話す。

12月24日（土） 午前、井上冨美子さん来宅、健一郎健人へカレンダーいただく。午前十一時二分ごろわずかに揺れる。震度1弱？愛知県西部、M4、震度4.8。

12月26日（月） 午後、阪神三宮駅改札口で健一郎健人真紀さんと落ち合って、四人で。ラ・パウサ（イタメシヤ）で昼食。OS三劇で映画「あらしのよるに」。ジュンク堂で本。サンチカ赤ひょうたんで夕食。アンテノールのケーキを買って持たせてバイバイ。七時帰宅。夜、中村茂隆さんから電話。

12月27日（火） 午前、近藤昌一郎さんから電話。高橋博子さんへ電話。

12月29日（木） 夜、中尾務さんへFAX、「BOOKISH」の杉山平一論の件。

12月30日（金） 午前、須永克彦さん（道化座）から電話。午後、水仙二本買って書斎に。

12月31日（土） 午後、ハボタン（赤と白）を門の脇に。シクラメン二鉢を座敷と二階に。正月の準備。夜、和田英子さんへ『ひょうご現代詩集2005』の詩「平田内で」の校正刷をFAX返送。

（「火曜日」85号　二〇〇六年一月「日録」から）

新しい出発のとき

冬の葉叢が光っている。紅い花が咲いている。水仙の蕾が開く。白い花の中心は黄。やがて白木蓮の蕾がふくらむ。純白の大ぶりの花が青空に浮き上がる。目にしみる。それから桜。あの春に咲いた苅藻川ぞいの染井吉野、観音山山頂の山桜。あのとき見たくないと言った人は今どうしているかしら。桜を見るだろうか。それとも。

十年一日のごとく毎年繰り返される自然のめぐりだが、それを迎える私たちは十年一日とは言えないようだ。同じように見えていてすこしずつ変わってきたのではないか。気づくとガラリと変わってしまっているのではないだろうか。私たちは、神戸の街は、十一年目を迎える。

あの年の二月のはじめ、地震の半月後、焼けた壊れた神戸の街を長田から三宮まで自転車で走って届けた原稿「神戸　生きて愛するわたしたちのまち」の一節。

「これからの五年、十年、五十年、今の眼前のこのまちの姿を原風景として大事に抱きかかえよう」（「神戸っ子」一九九五年二・三月号所載）。
震災という原風景を抱きかかえて、さらに戦災という原風景を重ねあわせて、私たちは、神戸の街は、生きてきた。泣いたり笑ったり黙りこんだり歌ったりして。
さらに私は次のように記した。
「わたしたちが人間らしく生きていくには、なにがどうあればいいのかを問いつづけよう」（同前）。
それで今、私たちの眼前にある現風景は。あのとき予想したものだろうか。あのときかくあってほしいと切に願ったものだろうか。思い返し思い返し、考えてみる。

葉が茂る
風に揺れる。

どうしてうれしくなるのだろう
それだけで。

（「長田　震後十年　七篇」から「ふしぎ」）

葉が茂るのを見ても、葉が風に揺れるのを見ても、うれしいと思う心は。それは生きる心。

木が立っている。
人が歩いてくる。
とても　ふしぎ。

（同前）

木が立っているだけで、人が歩いてくるだけで、ふしぎと思う心は。それも生きる心。うれしいと思い、ふしぎと思う心をあのとき私たちは手に入れたはず。これから生きていくために。これからも生きのびるために。

震後十年。戦後六十年。それが区切りではない。そして十一年目の新年。六十一年目の新しい年。私たちが、私たちの神戸の街が、生々と美しくあるために繰り返す新しい出発のときである。

（「月刊神戸っ子」一月号　二〇〇六年一月一日「新春随想」）

（上）焼けたイチョウの木、長田神社の参道で。
（下）燃えた並木、国道沿いの。

水仙花　十一年　十一年

蕾ふくらむ。風の気配。雪の気配。人の来る気配。遠く声が。近づく息。ゆっくりと近づいて。ゆっくり遠のき。あれは。つらい思い出。それとも。あれは。

花開く。白い花。黄の花芯。嘘みたい。こういうものだったのか。花とは。花のむこうに覗くのは。炎の記憶。人の記憶。あの日の記憶。それとも。あれは。

花が揺れる。木が揺れる。人が揺れる。人のおもいが揺れている。十一年目。新しい出立のとき。これからも続く。わたしたちのいのち。わたしたちの願い。

（「神戸新聞」二〇〇六年一月四日）

神戸大空襲と文学

神戸大空襲

――今日はですね、神戸大空襲の時の先生の思い出と言いますか、思い出したくないこともたくさんあるとは思うんですが、それについて。

安水　神戸大空襲というのは。神戸は何度も何度も空襲を受けている。これは日本の全国あちこちでそうだと思いますが、神戸も何度も何度も空襲を受けた。三月十七日と、それから六月五日。これがやっぱり一番酷かったみたいですね。三月十七日は神戸市の西が焼けた。それから六月五日は東の方が焼けたと普通言われているんですが。その当時私の家は須磨区にあった。三月十七日の時には私の家の近辺は焼けなかった。もうちょっと東の新開地あたりは焼けました。ところが、六月五日に焼夷弾で近所丸焼けになった。だから、私にとって神戸大空襲というのは、六月五日なんですね。六月五日朝です。三月十七日は夜だった。夜、空襲警報解除後、燃えているような感じなので、家の大屋根に上がった。あの時は中学一年生か。三月だから。昼間よく家の大屋根に上がっていたんです。あの夜、屋根の上から燃えているのを見た。

一九四五年六月五日朝

六月五日早朝、七時か八時頃。その時私は熱を出して寝ていた。玄関に布団を敷いて寝ていた。警戒警報から空襲警報になって。私が寝ていた玄関の布団を退けて畳を上げて。その下の床板を取った下に防空壕を、家庭用の防空壕を掘っていた。そこに一家四人、父と母と妹と私と四人が、入ったんです。入っていると、凄い爆音が、胸が潰れるような爆音が。と思っていたら、物凄い振動。これはどうも爆弾が落ちたらしい、焼夷爆弾というのがありました。それで、家の玄関の防空壕から顔を出したら、玄関の戸があってその向こうに通路があってそれから門がある。門が閉まっているはずが、玄関から門、その向こうまでがストンと見えていた。飛んでしまっていたんです。見たら前の家が火の塊みたいになって。爆弾が落ちたんですね。吹っ飛んで燃え上がっていた。これは逃げないといけないということで、母親と妹と私と三人で逃げたんです。その時、私の家の東隣も潰れて燃えていました。後で聞いたら、前の家も東隣も即死だったそうです。それで、どんどん西に逃げるんですが、なんか、記憶がはっきりしない。とぎれとぎれです。ただ、なんか、街中が静かだった記憶があります。あちこちで燃え上がっているような感じで。やっと国道まで逃げて行って、丁度今の須磨水族園の北の辺りまで行った時に、ザァーッという音がしてきた。物凄い音がしてきた。さっきは爆弾で、今度は焼夷弾だと思った。その時の知識としては。焼夷弾というのは御存知でしょうか。モロゾフの花束と言って、筒状の焼夷弾を何本も束ねて大きな塊にして、それを爆撃機から投下する。落ちていく途中で、バアーっとばらけて、ばらけて落ちてくる。落ちて、物にあたったり、土に突き刺さったら、その後部から火が噴き出す。油脂、油。そうして周り一面を火で包むんです。落下音を聞いて焼夷弾だと思った。どうしよう。焼夷弾だ。たまたま国道沿いに石屋さんがあって、幾抱えもある大きな石が置いてあってその下を掘って防空壕にしていたんです。深い防空壕で、子どもだったら飛び下りないとならないような深さの。そこに三人で滑り込んだ。そしたら、落ちてきた焼夷弾が上の石に当たり道路に当たり、ガッガガッと音がして、やっと終わって上へ出たら。あ、その前に。焼夷弾が落ちてきて、私たちが入っている防空壕の中に火の塊が転がり込んで来た。燃えている油脂、油の塊。それが妹の服にくっ付いた。油脂だからなかなか消せない。しかたないから私と母親とが手で揉み消した。なんとか揉み消した。それで防空壕から上がって、妹を引き上げて、おふくろを引き上げて。それでふっとあたりを見たら、先ほどまで青空だったのが真っ暗なんです。油脂が燃えるから青空のはずが真っ暗なの。それで、辺り一面火が燃えていた。

国道の南側に住友の別荘があって、高い松の木がたくさんあった。今はどうかな。なくなっていると思いますが、少しは残っているかもしれませんが。松の木が立ったまま燃えていた。バリバリバリバリバリと火の柱になって。その手前に塀がある、木の塀で、割と高い塀。その塀も燃えていた。火の幔幕。その向こうで松の木が天に向かって燃えている。ワッと思ったけれど、さらに西に逃げて行くと、ワッとも思えないような情景、見るに耐えない場面がずっと続いていた。その辺は私は記憶がほとんど飛んでいるんです。切れ切れに憶えているのは、なんということなしに座り込んでいる人がいる。だけど、どうも死んでいるらしい。倒れている人がいる。その人たちは着衣が燃えているわけでもなし、どこが傷ついているか分からない。だけど後で考えてみれば、焼夷弾の直撃を受けていたんです。右手が飛んでしまったとか、左足がなくなっていたとか、焼夷弾が内臓を貫通していたとか、ぐさっと。そういう人が何人もいたようです。それから、着衣全体が燃え上がって倒れている人もいました。それから、溝、道路の側の溝に頭を突っ込んだり、体ごと横転したりして、何人もの人がごろごろしていた。みんな死んでいたですね。あるいは、死にかけていたんですね。私たちのように何とか傷を受けなくて、受けたとしても何とか歩いて走って逃げていた人がいたはずなんですが、そういう人の記憶がない。同じように逃げていた人の記憶がない。つまり、私の中では生きていた人の記憶はほとんどない。みんな、今話したように、生きているように死んでいる。或いは、まさしく死んだように死んでいる。黒こげになって。そういう写真があるでしょう、原爆とかの。そういう姿の人が須磨の離宮道まで続く。離宮道の西詰めに太鼓橋があるでしょ、あそこから西は焼けていなかった。だから、家を出てから離宮道までの間が、まあ俗に言えば、地獄と言っていいと思います。そこは、死んだ人だけが私の記憶に刻まれる、そういう世界だった。離宮道の太鼓橋の手前まで行って、やっと空が見えた。後ろは炎と黒煙です。

その後どうしてか、浜に出た。すぐ浜がある。そこで初めて生きている人の記憶が出てくる。たくさんの人が浜に逃げて来ていた。それでね、これが戦争だと思うんですが、焔から逃れて浜へやっと逃げてきた人が、しゃがみこんだり、呆然と立ったりしている。すると、海の向こうから飛行機が来たんです。グラマン、戦闘機が波の上を低空飛行で来た。あっグラマンだ、と思っているうちに、バリバリバリと撃ちだした。それで、海にバッバッバッと水沫が。それから砂浜にバッバッバッと砂煙が。グラマンは機銃掃射して山の方へ飛び去った。その後に何人もの人が倒れて血を流していた。民間人とか戦闘員とかは関係ない。殺すのが戦争、殺されるのが戦争。その後また記憶が切れるんだけど。坂道を上がって、西須磨小学校、今もあると思いますが、そこへやっと辿り着いて。そこも死んでいる人や怪我している人でいっぱいだった。手当てを受けられない人がいっぱいいた。それは記憶している。これは阪神大震災の時の避難所の情景と重なる。

　途切れ途切れの記憶で、普段はあまり意識しないんだけど、何かのときに自分の体験したことの一番元のところとして甦る。六十一年前の空襲体験が、更に言えば十一年前の震災体験が。震災体験は、空襲体験は私の中でずっと続いているんですね。戦争を体験した人、震災を体験した人は、これはどんな形でかは分からないけれど、一生抱え込んでいくだろうと思います。

　母と妹と私と三人がいっしょに逃げたんですが。父はあとに残って、防空壕にその辺の物を取りあえず放り込んでスコップで土をかけて、それから逃げたんです。そんなに時間はかかってない、西へ逃げるということで私たち三人が逃げるすぐ後を追ってくる。後を追ってくる。焼夷弾が降ってきて、私たち三人が石屋の防空壕に入ったその時に、半丁手前の辺りまで来ていたらしい。それで、ザーッという音で伏せた。そしたら目の前に焼夷弾が落ちて、ゆっくりと。ほんとうにゆっくりかどうか分からない、意識の上でゆっくりと。落ちて土に突き刺さってゆっくりとこちらむきに倒れてきて、そして火を噴いた。それをまともに被った。父は亡くなるまで、手の甲に火傷のあとが残っていた。血を流しながら父は私たちを捜して、西へ西へ歩いた。ある程度火が収まった後も、行ったり来たり、たくさんの人が亡くなっている離宮道までの道を、どんなふうにして捜したのか分からないのですが、多分口ぶりから考えると、倒れている人を一人一人起こして顔を見たんだと思う。黒焦げになっている人もいる、生きているように亡くなっている人もいる、それを一人一人見て歩いたらしい。それでもいない。それで、焼けていない須磨駅の方まで捜しに行ったらしい。浜へも出たがいない。夕方になって、被災者がいると聞いて西須磨小学校まで辿りついて、それで四人は再会した。父が火傷していることを除いて、私たちはとにかく無事だった。その後二、三日、須磨の親戚の家で泊まらせてもらって。JRの、あ、当時は国鉄か、国鉄の切符をどこからか手に入れて。その当時は切符は普通には買えなかった、どこからか手に入れて。そして母の田舎、龍野の奥に逃げて行ったんです。まあ、大まかに言えばそういったことなんですね。

亡くなった人の写真

神戸新聞が、去年の八月、空襲の時に亡くなった人の写真を集めました。六十人の亡くなった人の写真が集まった。だけど、阪神大震災の時よりもたくさんの人が空襲で死んでいるんです。兵庫県全体でいうと空襲で一万何千人が死んでいる、神戸市内でどれ位だったかな、六、七千人かな。それが六十一年後の今、たった六十人しか写真が集まらない。残っている家族のコメントを聞き取って短い記事にしている。読んでいると、六十人の一人一人が、二、三歳の赤ちゃんから、五十歳、六十歳の男性に至るまで、一人一人が空襲を受ける前までは、それぞれの暮らしをしている。写真屋さんだったり、寿司屋さんだったり、幼稚園の先生だったり。一人娘だったり、三人兄弟だったり。それが、三月十七日の夜、或いは六月五日の朝、或いはその前後にたくさんあった空襲の時に命を絶たれ、プチンプチンと暮らしを、人生を絶たれた。六十人、少ないとは思うんだけれど、一人一人の暮らしを思いやってみるとやっぱりなんとも言えない感じ。六十人のなかには、西須磨小学校に避難してそこで亡くなった人もいました。焼夷弾で焼けたんじゃなくて、直撃で亡くなった人とか、次の日亡くなった人とか。火を消しに残って行方不明になって後日やっと焼け跡から骨が見つかったとか。いろんなケースがある。私は若宮町に生まれて衣掛町で育って、若宮町にある若宮小学校に通っていたんですが。若宮町の主婦で、火がこわくて海岸へ逃げずに子どもを連れて若宮小学校へ逃げようとして校門のところで亡くなった人がいる。隣に住んでいた人が亡くなっている。あの辺り、若宮町とか衣掛町、松風町とか磯馴町に住んでいた人が。幼稚園とか小学校とか中学の友だちが。あそこにいた、ここにいたと思い浮かべることができるあの町の、隣に住んでいた人のいのちが絶たれた。考えていくと、戦争って何かっていうところに思いがいきます。

阪神大震災後、私は震災を書き留めたり、震災について話をするのが、自分のやるべきことだ、自分の仕事だと思ってやってきました。ところが、戦災の場合には、まともにそれを題材にして書いた詩はほとんどない。戦後、負の記憶、マイナスの記憶として抑えていたんじゃないかと思います。だけど自分の書いたものを読み返してみたら、抑えてしまってはいない。やはり戦災、戦争、そして戦後のあの惨憺たる時代から生まれた詩はたくさんある。実は材料として戦災空襲を直接取り上げた詩が一つある。敗戦の三年後、新制高校二年の時に書いた詩「一九四五年六月六日」がそうです。最初に言いましたように、空襲体験、戦災体験は私のいろんなことを考える原点になっている。それに、加えて震災体験。震災の次の日、下の国道に下りて行って振り返ったら、高取山がストンと見えた。ああ、これはあの時と一緒だと思った。あの年の夏か秋に、父親が一辺神戸に行くかと言って、神戸に連れてきてくれた。兵庫駅で降りて西を見たら、全部焼けていた。鷹取山が目の前に見えていた。普通だったら建物があるから見えない。ただ一つビオフェルミンという会社の二階建ての真っ黒こげの建物が焼け跡にぽつんとあるのが印象的でした。戦災と震災が重なった。それでこれは五十年目の戦争だと直感的に思って震災直後に「神戸これから―五十年目の戦争」という詩を書いた。

戦災と震災と

――そして、五十年目に震災があり、それから十一年になりましたが、今の街を見て何か考えることありますか。

安水　そうですね。今日の空襲戦災と繋げて話しをしますと。空襲受けて田舎へ逃げて行った。時々神戸に出てくるんだけども、焼け野原、闇市。なかなか復興しない。一年たってからかな、もっと早くかな。住んでいた家の跡を探しに行ったことがある。瓦礫の山で、道が分からない。何とか道を辿って行ったら、門柱が残っていた。あとは何も無し。草ぼうぼう。ああ、ここが住んでた家なんだなあと。更にもっと経って行った時は、道が分からなくなっていて。というのは元の道が変えられていて違う道になっていた。大通りから入る細い道がなくなっていた。震災後、自転車で鷹取の辺りまで行って、さらに足を延ばして、自転車だったら足というのかな。（笑い）。須磨の住んでいた家の跡に行ったんです。ありました。跡はありましたが、周りは崩れていました。震災で。だからもし空襲で焼けずにいても地震で崩れたでしょうね。

　戦争が終わった後、町はだいたいバラックだった、どこもね。三宮のセンター街と国鉄の間も、路地は雨が降ったら泥だらけ。バラック建ての飲み屋さんが並んでいて、そこへよく通った。（笑い）。雑誌仲間の巣みたいなところで、勤めが早く終わったらまだ夕日のうちからそこへ行ってお茶一杯貰って本読んでいた。そのうちに雑誌仲間が来て飲みだす。今はもう考えられないね。もうがらっと変わって、もうビルばかり建って。戦災後の五十年で、震災までに、これが同じ町かというほどに変貌してきた。ポートアイランドとか。神戸のシンボルマークとかメールマークが変わってきた。神戸という町は戦災で大半焼けてしまったけれども、こんなふうにきれいな住み良い町になったんだと思ってきた。バラック建てだったのが、きれいになって、いろんなものができた。三宮近辺もセンター街とか元町通りも、いろんなお店が並んでいて、ものがいっぱいあって、きれいな住みよい町になったと思っていた。それで震災でしょう。大半壊れてしまった。人口が減ってしまった。今年で震後十一年目ですね。移り変わりのテンポで言うと、戦災後の十年は、震災後の二、三年かもしれない。スピードアップしているわけで。物が崩れるのもスピードアップ、物が作り上げられるのもスピードアップ。今ここからこうやって見ても、家がぎっしりと山ぎわまで、いや山を覆うように建っている。東灘とか西宮辺りはマンションブームでしょう。震災があったのかと思われる程です。だけど、だけど、まだ十一年目です。全部元に戻るというのはやはりまだ無理。こうして見る街角の路地に入って行くと傷跡はまだ残っている。私の住んでいる長田の辺りは、ほんとにまだ更地がいっぱいある。建物がたくさん建って、マンションや公共建築物が建って。私の家の二階のベランダから見ると、建物が震災前よりも高くなっている。だけど自転車で走るとすけすけ。それで、商店街や市場でシャッターを下ろしている所がある。商店街でシャッターをいっぱい下ろしているの、シャッター通りというのかな。それは今の日本の不況ということもあるでしょう。だけど、神戸の場合はそれプラスということがあると思う。みんな頑張って以前よりも大きな高い綺麗な町になって来た。だけど、一人一人、一つ一つを見ていくと、やはりまだまだこれから。元に戻って欲しい、元以上に明るく生き生きとした町になって欲しい。こうやって見ていると本当に綺麗なんだなあ、神戸の街は。

記録して記憶する

――先生は先程、震災に関してはいろいろ書いたりしてこられたって。直接戦争を題材にした作品というのはとても少ないとおっしゃってましたが、震災は十一年前ですけれど、戦争は六十年も経っているので、だんだん知っている人が減ってきているんですね。先生はこのことを。

安水　だから例えば、先程言った神戸新聞の被災死者の写真集めの試みとか、亡くなった人の名前の確定とか。記憶するためにすることはいっぱいあるでしょうね。神戸新聞にも朝日新聞にも出ていたけど、『神戸市史』の中に空襲で亡くなった人数とか、爆撃機の機数とか、落とした焼夷弾の本数とか、それが、あれはびっくりした、ほんとかなと思った。『神戸市史』に大本営発表が使われているんだって。アメリカの資料を手に入れて検証しないといけない。記憶についての意識が、戦争の後と震災の後とでは変わってきているんだと思いますね。空襲戦災の記憶は、大変なことがあった、だけど、できれば忘れてしまいたい。それよりも明日食べるものを作ろうと、明日住む家を作ろうと、それが戦後すぐの昭和二十年代だった。記録の大切さ、その記録を通して記憶することの大切さ、そういうことはあんまり考えなかったのかな。戦争の後は私たちの暮らしを立派に生き生きとして行くほうにエネルギーが使われて、後ろを振り向くということが無かったのかな。震災後は記憶とか記録について、それがいかに大切かが言われています。だから、記録はいろいろあるし、記憶しようという動きもある。時代的に変わってきているんだろうと思います。時代の違いでしょうね。時代による私たちの人間の意識の違いだろうと思います。震災に関しては、充分ではないにしても、もう随分記録が出ています。重ねて重ねて。ところが、空襲については分からない部分が多い。空襲犠牲者の慰霊のための施設は神戸市にはないそうですね。姫路市にある、大阪市にある。だけど神戸市にはないらしい。神戸市には空襲の慰霊碑が無いことと、震災の慰霊の場所があることと、これを並べてみたら、私たちがこれからやらないといけないことが少しは見えて来ると思います。振り返るということはどういうことか。振り返らないでもいいという人もいる。だけど、これからのことを考えるためには、まずは今のことをよく考えなくてはならないと思うでしょう。今のことを考えるためには、これまでのことを考えないと考えられないはずです。未来の中に現在が入っていて、現在の中には過去が入っている、だから未来の中には、現在も過去も入っている。これは私の持論ですが。過去と現在を含めて未来を考えながら生きて行くということが必要なんじゃないか、そうしないと私たちは生きていけないんじゃないか。更に言えば、生き延びていけないんじゃないか。そんな感触を私は持っている。今日は空襲戦災の話なんだけれども、それは震災と重なりながら、私たちの未来へ続いて行く事だろうなと思います。今までお話しした中でやっぱり残念なのは、空襲についての記録とか戦争についての記録がまだまだ不十分なことです。それが不十分な理由はあるわけで、振り返らないでおこうという意識があった。だけど、少しでも記録して記憶しようという気運を例えば兵庫文学館の今後のこの企画が促進し後押しするようであればと思っています。

インタビュー　NHK神戸放送局　阿部星香

（二〇〇六年一月十二日　ホテルベイシェラトンで録画　ネットミュージアム兵庫文学館のインタビュー記録）

青木ツナさんのこと

「火曜日」85号の私の講演記録「花の木の宿で　神戸大空襲を語る」（二〇〇五年十一月五日「火曜日」研修旅行での講演）のなかにこんな個所がある。

青木ツナさん、四十一歳。若宮町の人。「警戒警報で、夫は国鉄鷹取工場へ出勤」。後に残ったツナさんは焼夷弾の降るなか、「五歳の三女隆子を連れて若宮小学校へ。南門の前で倒れ、焼夷弾に焼かれた。わずかな着衣から、戻ってきた夫が二人を確認した」。次男の正武さんの語ったことば。「母は怖がりだったから、炎をくぐって海岸へ逃げられなかったのではないか」。

「火曜日」同人の青木恭子さんは「火曜日」研修旅行に参加していなかったが、「火曜日」85号が出て講演が活字になったのを読み、連絡してきた。青木正武は私の主人です。青木ツナは私の主人の母です。驚いた。同姓だが全く想像もしていなかった。青木ツナさんが若宮町の人というのは私の思いこみだった。私が通っていた若宮小学校の前で亡くなったことからの私の思い違いだった。青木ツナさんは当時夫や子どもたちと須磨区古川町に住んでいたという。古川町と若宮小学校は妙法寺川をはさんで東南と西北にある。古川町から海は近い。だのに海の方へ逃げなかった。古川町から妙法寺川の橋を渡って国道を越えて西北にある若宮小学校へ逃げて亡くなったのだ。なんということだろう。

次男の正武さんが話した「母は怖がりだったから、炎をくぐって海岸へ逃げられなかったのではないか」という言葉が胸を刺す。あと二カ月と十日で戦争は終わったのだから。

「若宮町の人」を「古川町の人」と訂正。

＊

「火曜日」86号の私のインタビュー録画起こし「神戸大空襲と文学」（二〇〇六年一月十二日　ネットミュージアム兵庫文学館のための録画）のなかにこんな個所がある。

「若宮町の主婦で、火がこわくて海岸へ逃げずに子どもを連れて若宮小学校へ逃げようとして校門のところで亡くなった人がいる」。

これも訂正。「若宮町の主婦」を「古川町の主婦」と。

（「火曜日」86号　二〇〇六年四月）

岡しげ子さんのこと

神戸大空襲についての私の文章、「火曜日」85号の講演記録「花の木の宿で　神戸大空襲を語る」、86号のネットミュージアム兵庫文学館インタビュー「神戸大空襲と文学」と「青木ツナさんのこと」を読んで、たつの市新宮町の詩人藤木明子さんが、神戸大空襲で被災し母を亡くした友人がいるとお便りに書いてこられた。詳しく教えてくださいとお願いしたところ、友人岡しげ子さんの手記「父母への鎮魂歌」が送られてきた。岡さん手書きのメモも。

メモによると。岡しげ子さんは昭和七年生まれ。若宮小学校卒業、当時は旧制高女一年生。昭和二十年六月五日、神戸須磨区村雨町五丁目で被災。父の大介さんは前年四十四歳で戦死している。母初子さん三十七歳が当日爆死。祖母ますさん六十二歳は助かったが、五年後に病死。弟政吾《まさとも》さん六歳と弟三郎さん二歳はともに助かった。現在姫路市と京都市に在住。しげ子さんは当時十三歳。現在七十四歳で兵庫県揖保群太子町在住。一番上の弟一郎さん十一歳は学童疎開で龍野へ行っていて神戸にはいなかった、昭和六十年病死。

私は昭和六年生まれでしげ子さんの一歳上。同じ若宮小学校を卒業して、当時は旧制中学二年生だった。同年同月同時、同区衣掛町四丁目で被災した。母と妹は無事、父が火傷を負った。

空襲のことをしげ子さんはメモで次のように略記している。

「山へ向かわず海の方へ逃げました。電車道（現在の水族館のあたり）で母が直撃を受け倒れました。二歳の三郎を背負って海辺をさまよいました。離れ離れになっていた祖母と政吾は若宮校で再会しました」。

しげ子さんの家のあった村雨町は国鉄の線路のすぐ南にあった。そこから海までには磯馴町・衣掛町・若宮町があった。しげ子さんたちは南へ、海の方へ向かって逃げて電車道へ出た。私たち母と妹と私は西へ向かって逃げた。村雨町から南への道と衣掛町から西への道と、二つの道が交わって電車道つまり国道に出るあたりで焼夷弾が降ってきた。しげ子さんのお母さんが直撃を受けたとき、私たち親子は国道ぞいの石屋の防空壕に転がりこんでいた。しげ子さんたちと私たちはそのときほとんど同じ場所に、あの地獄にいたのだ。

そのあと、しげ子さんが弟三郎さんを背負ってさまよった海辺は、私たちがグラマンの銃撃を受けた離宮道下の浜だったのだろうか、それとももっと東の浜だったのか。しげ子さんが離れ離れになった祖母ますさんと弟政吾さんと再会したのは妙法寺川西岸の若宮小学校だった。

その南門の前であの日、青木ツナさんが焼け死んだ。私たちが火傷した父と再会したのは離宮道上の西須磨小学校だった。

六月五日、妙法寺川から離宮道まで私たちの町はすべて焼けた。

＊

岡しげ子さんの手記「父母への鎮魂歌」の冒頭の空襲被災部分から抄記する。

「六月五日の朝のことだった。激しくなった空襲警報に、旧制高女一年だった私は、やっと手に入ったばかりの教科書を詰めたカバンと、両手一杯の必需品を持って、玄関の床下に掘っていた防空壕に急いでもぐった。六才の政吾の手を握った祖母と、二才の三郎を背負った母と私の五人は、ひんやりした防空壕の土にじっともたれて、いつものように爆音の過ぎるのを待った。ざざーー。激しい雨のような音が耳いっぱいに広がった後、それがたちまち嘘のような静かなあたりとなった、不気味な予感がして、そっと壕の入口から顔を出して外を見回してみた。その時の光景の異様さは、今も頭にこびりついて離れない。爆煙で薄暗くなったあたりに、灯を点すように向いの庭の植木のあちこちが、ちらちらと音もなく、赤い炎に揺らいでいるのである。私は側の防火用水へ、頭巾の頭ごと突っ込んでぐしょ濡れになりながら、祖母達の体へ両手で懸命に水をぶっかけた。各家の防空壕から、恐怖に襲われて覗いて出てきた人々は、山手か、海の方へかと、一瞬迷っているようであったが、すぐ北と南に別れて、ぶつかったり怒鳴りあったりしながら、入り乱れて駆け出していた。私たちは海の方へと走った。もう疲れきって足のもつれていた母が、途中の空地にある大きな防空壕の入口へ向かって人々に押されたまま、すべり込もうとした。慌てて追いすがった私は、重い母を壕から必死でひきずりあげた。空地とはいえ、そのあたりを取り囲んでいた家々が、ごうごうと燃え始めているのを目にして、とっさに身に迫る危険を感じたからだ。祖母と政吾の二人とは、煙の中ではぐれてしまった。コンクリートの電車道へでて、足を引摺る母の手を引っ張って逃げたが、私たちの足下に転がっている黒い筒の焼夷弾から、炎がメラメラと勢いを増してきていた。ほとんどが一メートルの距離の幅もないくらいであった。もう去ったと思っていたB29は、また引返しでもしたのか、今度はひどい爆音とともに爆弾を落とし始めたのだ。その瞬間、爆弾の破片が私をかすめ、母に直撃となったのである。母の胸から血が噴き出し、母は動かなくなった。その衣服に、側の焼夷弾の炎が燃え移ろうとしていた。私は母と弟に覆いかぶさり、つぎつぎに移ってくる火を手で叩き落としながら一緒に逃げ回った。その時、逃げていく人の列から離れ、人をかきわけて駆け寄ってくれた人があったのだ。母の体から背負い紐をもぎ取るようにして、それまで背負っていた三男の三郎を離し、呆然と立ち上がった私に押しつけた。早く逃げなさい！　と私の背を突き飛ばした。たちまち人の群れにのまれた私は立ち止まって、母の方を振り返ろうとしたが、後ろの人とぶつかり、何度も三郎を抱いたまま転んだ。母の身を案じながら、煙と人の群れの中をどこをどう歩いたのか、私は海のそばに立っていた。不思議なほどあたりに人影はなく、波も、よその国のように静かであった。私は三郎を抱きしめたまま、ほてった体でざぶざぶと冷たい波の中へ入っていった」。(以下略)

(「火曜日」87号　二〇〇六年七月)

（右上）焼けたイチョウ。黒焦げの肌と、盛り上がったカルス（癒傷組織）と、裸の芯と。
（左上）春には、焼けた木から若葉が萌え出る。
（下）奇跡のように。

日録抄　二〇〇六年一月—三月

1月1日（日） 午後、和彦一家来。長田神社へ。健一郎健人がおみくじを引く。

1月5日（木） 新潟県津南町388センチ積雪。午後、神戸市立小磯記念美術館へ、コレクション大公開展。小磯良平新収蔵品「マヌキャン」など。竹中郁「アトリエにて」など。夕方、淵沢純平さんへFAX。夜、健一郎健人と電話。

1月6日（金） 夜、川東丈純さんから電話&FAX。

1月7日（土） 午後、和彦一家と五人で兵庫県立美術館へ、アムステルダム国立美術館展。健人とずっといっしょ。ラピエールミュゼで昼食。ひきつづきコレクション展と没後二十年鴨居玲展。レストランビビで夕食。

1月8日（日） 午前、長田コトブキで「火曜日」85号校正、由良佐知子さん佐土原夏江さん。

1月9日（月） 夕方、中尾務さんへ「BOOKISH」の原稿「杉山平一」をFAX送。

1月11日（水）　午後、朝日カルチャーセンター神戸（ACC）現代詩教室に出講、詩集『蟹場まで』第一部から「蟹場まで」など六篇を読む。夕方、神戸新聞平松正子さん来宅、『十年歌—神戸これからも』の取材。

1月12日（木）　新潟県津南町397センチ積雪。過去最深は昭和七年の785センチ。午後、ネットミュージアム兵庫文学館の「戦災と文学」インタビューを神戸ベイシェラトンホテル&タワーズで、20Fプレジデンシャルスイートから神戸の街・六甲山を眺めながら。川東丈純さん阿部星香さん（インタビュアー）。そのあと玲子と兵庫県立美術館へ、アムステルダム国立美術館展。島京子さんに出会って、立ち話。ラピエールミュゼで夕食。

1月13日（金）　サザンカ（白）一花咲く。午前、川東丈純さんへエッセイ「焼け焦げた言葉」などをFAX送、ネットミュージアム兵庫文学館「戦災と文学」への資料提供。午後、神戸新聞平松正子さん水田日出穂さん（写真）来宅、一昨日取材の再取材。そのあといつものコース、更地・水仙・焼けた木など長田の街を案内する。

1月14日（土）　午後、高貝弘也さんから電話。有本芳水賞採点表をFAX送。

1月15日（日）　午後、長田の町を自転車で走って写真をとる。

1月17日（火）18日（水）19日（木）　玲子と有馬温泉へ休養と仕事に。二泊三日。

一日目。午前、季村敏夫さんからＦＡＸ。午後、神戸市営地下鉄と神戸電鉄乗り継ぎ有馬温泉駅へ。瑞宝園へ。以前「火曜日」研修旅行で泊まった宿。荷物を置いて裏手の瑞宝寺公園へ。谷あいの廃寺の木々のたたずまい、錦繍谷と言い、日暮しの庭と呼ぶにふさわしい。太閤秀吉ゆかりの石の碁盤あり。「ありま山ゐなの篠原かぜ吹けばいでそよ人をわすれやはする」大弐三位歌碑。チェックイン。蟹さんや虫さんも入る露天風呂健在、掲示の上には捕虫網。夕食、箸置きの和紙に「孝徳帝の一の皇子有馬皇子を偲びて　古の皇子の産湯となせし湯か　市代」とある。西の山に入る夕陽。
二日目。午前、玲子を残して、一人帰宅。午後、ＡＣＣ現代詩教室に出講、詩集『蟹場まで』第二部から「岬の宿で」など四篇を読む。おわって、岩井八重美さん高橋博子さんと、詩集初校への助言。夕方、有馬へ戻る。原稿書き。
三日目。雪ちらつく。午前、原稿書き。帰宅。夕方、上前さんに「火曜日」85号追加原稿を手渡す。

1月20日（金）　夕方、神戸新聞文芸選者エッセイ「涙壺に水仙」をＦＡＸ送。夜、ＢＳ３ＮＨＫハイビジョンで、「ＨＶふるさと発　少女舞う・奥三河花祭り」がある。愛知県北設楽郡御園の花祭。花の舞いの踊り手の男の子がいなくなって、他村からそれも少女たちが来て舞っていたが、十六年ぶりに村の子宝二人、百花ちゃん四歳と結花ちゃん四歳が他村の少女二人とともに舞うことになった。その一月十一日十二日の映像が流れる。

1月21日（土） 午後、近所の道で井上さんと出会う。震災のとき高校三年生、進路に悩んでいた。井上さんの家は被災。同じく被災した私の家の崩れた書斎で相談に乗った。松蔭女子学院大学へ進み卒業した。今は京都の大学の事務で働いているとか。元気そう、元気で。元町通で田中荘介さんにバッタリ。

1月24日（火） 午後、姫路へ。第十七回有本芳水賞選考委員会、姫路信用金庫本店で。

1月25日（水） 午前、神戸市中央市民病院で年に一度の眼底検査。午後、ACC現代詩教室に出講、詩集『蟹場まで』第二部の後半から「下前」など四篇を読む。おわって、玲子と落ち合いギャラリー島田へ、津高和一展。夜、新神戸オリエンタル劇場で道化座公演《ともに生きるシリーズ4》「メグミとともに・人生感愛」。

1月26日（木） 午前、「同朋」編集部朝倉万佑子さんから電話、詩の連載の依頼。午後、「火曜日」85号出来。夕方、神戸新聞文芸二月分選稿を速達便送。

1月27日（金） 午前、兵庫県芸術文化課へ。午後、日高てるさんから電話。

1月29日（日） 「火曜日」85号合評会。三宮勤労会館で。

1月30日（月） 目覚めると午前十時、疲れているのかしら。夜、健一郎健人と電話で話す。

1月31日（火）　午前、新藤涼子さんへ「歴程」の詩「臼別八篇」をＦＡＸ送。季村敏夫さんからＦＡＸ、「たまや」の詩の校正。

2月1日（水）　午後、ＡＣＣ現代詩教室に出講、受講生作品合評。おわってロビーで高橋博子さんと、詩集作品追加の助言。夕方、川口晴美さんへ「歴程」の詩「臼別八篇」をＦＡＸ再送、新藤涼子さん外遊中と気づいて。

2月3日（金）　午後、秋田の近藤昌一郎さんへながらくお借りしていた菅江真澄新聞資料を郵便返却。

2月4日（土）　東京へ。神楽坂エミールで現代詩人賞第一次選考委員会。会員投票による候補詩集八冊と委員推薦詩集三冊の計十一冊。新幹線で日帰り。帰宅十一時。

2月5日（日）　和彦一家と玲子と六人。神戸ベイシェラトンホテル＆タワーズで昼前に落ち合って、ランチバイキング。神戸市立小磯記念美術館へ、鴨居玲展。喫茶室でお茶。図録「一期は夢よ」とゴーフル「斉唱」を求める。和彦宅を訪ね、岡本駅近くで夕食。七時すぎ帰宅。

2月6日（月）　夕方、川口晴美さんへ「歴程」の詩「平田内五篇」をＦＡＸ送。

井野口慧子さんから水仙百本が届いていて、家中に水仙溢れる。お礼の電話。

2月7日（火）　午前、有本芳水賞選考評をＦＡＸ送。

2月8日（水）　午後、ＡＣＣ現代詩教室に出講、受講生作品合評。

2月10日（金）　夕方、ネットミュージアム兵庫文学館川東丈純さんから電話＆ＦＡＸ、兵庫県立美術館での「瓦であそぼう」開催を教えてもらう。健一郎参加することに。

2月12日（日）　午前、玲子と大丸へ買物に、ルオー展を観る。グレゴリコレで昼食。

2月13日（月）14日（火）15日（水）　玲子と有馬温泉へ休養と仕事に。二泊三日。

一日目。午前、瑞宝園へ。荷物を置いて鼓ヶ滝公園へ。雪積む。有明桜碑。鼓ヶ滝。滝道下り、有明橋戻り、ます池のそば通り、鼓橋渡り、滝本神社の下から山ぎわの脇道に入って湯泉神社の石段の途中へ出る。石段登れば神社境内は雪一面、氷張る。鳥居は平成七年十二月吉日建立。阪神大震災の年。百度石変わらず。極楽寺温泉寺から銀の湯前を通り杖捨坂へ出て杖捨橋渡り紅葉坂上がると瑞宝園。チェックイン。夕食の箸置きの和紙に「流れ雪露天の湯気とたはむれし　民子」。

二日目。のんびり休養。ゆっくり原稿書き。夕食の箸置きの和紙に「春を待つじっと我慢の蕗のとう　与士彦」。

三日目。午前、チェックアウト。駅へ出て荷物あずけて。朱塗りのねね橋、ねね像。善福寺の石段上がって。四本の大樹糸桜、吉野桜枝垂れ一重咲き樹令二百五十年以上。句碑「一片の花も佛の姿哉　無端」。本堂縁下に鬼瓦多数あり。太閤通から金の湯あたり散策。三宮へ出て。

夕方、帰宅。産経新聞文化部梶山龍介さんからＦＡＸ&電話、エッセイの依頼。

2月16日（木）17日（金）　玲子と城崎温泉一泊二日蟹の旅。

一日目。ＪＲ神戸駅九時五十六分発はまかぜ1号に乗車、十二時三十一分城崎温泉駅着。雨。新かめやに入る。外湯へ。すぐ前の橋を渡ると柳湯。道に面して富田砕花歌碑「城崎のいでゆのまちの秋まひる青くして散る柳はらはら」。入ると壁に歌板「母父のごとき城崎湯につかりゆたけき柳の息をいきづく　敏隆」。つづいて一の湯に入って。夕食は蟹づくし、夜半、雨激し。

二日目。雨。城崎文芸館へ。二階の机で原稿書き。駅前通りでセコガニ買って。喫茶店で時間待ち。十四時三十七分発はまかぜ4号乗車、十七時三分神戸駅着。帰宅。

2月20日（月）　昨日午後茨木のり子さん死去、七十九歳。悼。雨、一日家。午後、「同朋」編集部朝倉万佑子さんへ四月号の詩「今ここにいるのは」をＦＡＸ送。

2月21日（火）　午前、クローバーケアセンター神戸山田英子さん来宅。

2月22日（水）　午後、ＡＣＣ現代詩教室に出講、受講生作品合評。

2月23日（木）　夕方、神戸新聞文芸三月分選稿を速達便送。夜、佐保会山本よしみさんから電話。

2月26日（日） 川野圭子さんから宅急便届く、自営栽培のハッサクとイヨカンがどっさり。夜、健一郎から電話。県立美術館でしゅうちゃん（山田修二さん）の「瓦であそぼう！」に参加、楽しかったと。健人とも話す。

2月27日（月） 夕方、川野圭子さんへお礼の電話。上前さん来宅、「火曜日」86号の原稿、テープ起こしと「私のお気に入り」、を手渡す。夜、田中荘介さんへ電話、詩集のお礼。

2月28日（火） 午前、中村茂隆さんへ電話、本のお礼。嵯峨恵子さんから歴程賞受賞時の写真が届く。

3月1日（水） 午後、ACC現代詩教室に出講、三井葉子詩集『さるすべり』と佐野千穂子詩集『ゆきの上の虹』を読む。

3月3日（金） 玲子と長浜へ、盆梅と鴨すき。日帰り。

新快速で長浜へ。小雨。慶雲館盆梅展へ。座敷入ってすぐの床の間に壺中梅、小振りの。「慶雲館臨事　ぼくもぼくの詩も／長浜の盆梅でありたい／年古りて幹枯れ朽ちて／花凜と色に香に冴え　壬寅正月長浜客中作　堀口大學」。二階奥に珍しい二鉢、「武蔵野」は日本で最も大きな花を咲かせる、「思いのまま」は紅白の花を咲かせる。タクシーで長浜ロイヤルホテルへ。

ティールームでお茶、ぼんやり小一時間。雨あがる。黒壁へ。ガラス工房で見学、花挿しが出来上がるまで。鮒ずしとしじみの佃煮買って、健一郎健人にダンボール組立電車四台買って。成駒屋で鴨すき。新快速で帰神、八時帰宅。

3月4日（土） **東京へ。日帰り。**神楽坂エミールで現代詩人賞第二回選考委員会。受賞詩集は藤井貞和「神の小犬」に決まる。新幹線日帰り。十時四十分帰宅。

3月5日（日） 午前、日本現代詩歌文学館豊泉豪さんへFAX。午後、兵庫県立芸術文化センター小ホールで藤田佳代舞踊研究所モダンダンス公演「創作実験劇場」を観る。

3月6日（月） 夕方、ラッセホールでナビール文学賞選考委員会。伊勢田史郎さんと同車して帰宅八時半。

3月7日（火） 午前、高橋博子詩集『時の公園』の跋文「連帯へのあいさつ」をFAX送。

3月8日（水） 午後、ACC現代詩教室に出講、山本博道詩集『パゴダツリーに降る雨』と新延拳詩集『雲を飼う』を読む。夜、「神戸っ子」編集室でブルーメール賞選考委員会。高橋冨美子詩集『塔のゆくえ』に決まる。

3月9日（木）10日（金）　東京へ。一泊二日。

一日目。午前、入江美幸さんから電話。午後、東京へ。如水会館で、詩歌文学館賞選考委員会。入沢康夫詩集『アルボラータ』に決まる。山ノ上ホテル泊。

二日目。雨。日本近代文学館へ。内海信之関連雑誌「文庫」「白虹」「小天地」を調べる。コピーを取ってもらう。気がつくと五時間経過。食堂でおそい昼食。新幹線で帰神、八時過ぎ帰宅。

3月11日（土）　更地の水仙を写す。

3月12日（日）　姫路へ。姫路信用金庫本店四階大ホールで第十七回有本芳水賞授賞式に出席。講評。おわって、生松で会食。夜、藤田佳代さんから電話。

3月13日（月）14日（火）15日（水）　玲子と有馬温泉へ休養と仕事に。二泊三日。

一日目。午前、長田税務署へ、申告。午後、有馬瑞宝園へ。瑞宝寺公園、雪ちらつく。山茶花の坂道戻り、チェックイン。夕食は蟹スキ。箸置きの和紙に「霞立ち木の芽もはるの雪降れば花なき里も花ぞ散りける　紀貫之」。

二日目。午前、雪の坂を上って瑞宝寺公園へ。公園内は一面に雪、無人静寂。歩けば足跡点々と。石の碁盤にも雪積む。午後、時々吹雪く。のんびり休養。ゆっくり原稿書き。夕食の箸置きの和紙に「今日のみと春を思はぬ時だにも立つことやすき花のかげかは　凡河内躬恒」。夜半、月冴ゆ。

三日目。午前、帰宅。午後、兵庫県立美術館へ、「山田修二の軌跡―写真、瓦、炭…展」。「日本村」「渋谷」など。同所ネットミュージアム兵庫文学館へ、川東丈純さんと話す。ラピエールミュゼで昼食。夕方、帰宅。季村敏夫さんからFAX。「神戸っ子」へブルーメール賞受賞者高橋冨美子さんの「推薦のことば」をFAX送。

3月16日（木）　午後、グレゴリコレで藤田佳代さんと。南和好さん同席。「震える木」による秋の公演の新作の打ち合わせ。

3月17日（金）　午前、藤山医院で心電図。

3月18日（土）　午後、原田の森ギャラリーへ。電車でたかとう匡子さんと一緒に。「足立巻一と『天秤』の仲間たち展」。宮崎修二朗さんの講演「懐想のアダッツアン」。夕方、大阪美々卯本町店へ。「たまや」3号刊行記念の集い。笠原芳光さん佐々木幹郎さん倉橋健一さん、季村敏夫さん瀧克則さん時里二郎さん藤原安紀子さん、多くの人。十一時帰宅。

3月20日（月）　午前、季村敏夫さんから電話。

3月22日（水）　午後、ACC現代詩教室に出講、藤井貞和『神の子犬』を読む。

3月23日（木） 午前、佐保会山本よしみさんとＦＡＸと電話のやりとり、四月の講演の件。夜、神戸新聞文芸四月分選稿を速達便送。

3月25日（土） 夜、神戸新聞松方ホールでロベルト・シューマン没後一五〇年記念プロジェクト「伊藤恵　シューマンの夕べ　第一夜」を聴く。

3月26日（日） 風邪と疲れ。午前十一時に目覚める。食事時の他は一日眠る。夜、健一郎へ電話、明日約束の映画をキャンセル。

3月27日（月） 午前十時に目覚める。食事時の他は一日眠る。

3月28日（火） 午前、西市民病院へ。藤山医院へ。午後、寝る。神田さよさんからネットミュージアム兵庫文学館「神戸大空襲と文学」のビデオ起こし届く。

3月29日（水） ハクモクレン咲いている。ハナニラいっせいに。ツバキ八重一つ咲く。

3月30日（木） 夕方、上前さん来宅、「火曜日」86号原稿ビデオ起こし「神戸大空襲と文学」を手渡す。

3月31日（金） 午前、一ツ橋財団八木克功さんへＦＡＸ、詩歌文学館賞贈賞式の件。

（「火曜日」86号　二〇〇六年四月「日録」から）

Ⅳ　祈り

ことばの楽しみ

はじめに

久しぶりに舞子ビラに来ました。すっかり様変わりしてまして、戸惑いました。ここから見えるあの明石海峡大橋がなかった頃です。のんびりとした保養所風だったのですが今はホテルです。今日の会場のこの部屋はいい部屋ですね。橋が見えて、海峡が見えて、淡路島が見える。文学とか詩の集まりだとそれなりの話をするんですが、今日はそういうわけではありません。ほっとするような楽しい、しかしなにか考えさせてくれるような、そんなエピソードを話しながら「ことばの楽しみ」が少しでも残れば。そういうふうに思っています。

「あのね」

朝日新聞に「あのね」という欄があります。朝日新聞を取っておられる方はご存じかと思いますが。小学生や幼稚園児やもっと小さい子どもたちの日々の言動を家族の方がメモしたものです。

今日の「あのね」から紹介しますと。チューリップに水やりした、そしたら強くかけすぎて球根がのぞいた。そしたら六歳の涼音《すずね》ちゃん、「大変だ、チューリップの正体が見えちゃった！」と叫んだ。（笑い）。正体という言葉はこの子のボキャブラリー、語彙にいつ入ったのでしょうか。この頃の小さい子どもは、テレビで見たり友だちの間で話したりするんでしょうか、私たちがびっくりするようなことを言います。

もう一つ。目を細め新聞を遠ざけて読む老眼の祖母。思い当たる方おいででしょう。（笑い）。五歳の美和ちゃんが、「そうして見ると何が見えるの？」と言った。（笑い）。おばあさんがそういう見ようをしていると、何か特別なものが見えるのかなと思うわけ。

この二つの例でお分かり頂けるように、子どもはどんどん大きくなる。そして次々と沢山のことを仕入れる。その段階の一つだと思えばそれなりに分かる。単に笑い話というわけじゃなくって、成長の段階だと分かる。「あのね」を愛読して子どもたちの言動を知るにつけても、詩を書き文章を書く根元の所を振り返って考えさせられることが多い。

桜はもう散りましたが。桜が咲いて散る頃の「あのね」から紹介します。風で散っていく桜の花びらを拾いながら、六歳の亜矢香ちゃんが「春のおみやげだねっ」と言った。桜の花びらを拾って持って帰るんでしょうか。おみやげという言葉が桜の花びらと結ばれる。

久しぶりにカラーリングしたお母さんの髪を見た四歳の玲葉《れいは》ちゃん。女の子はお母さんの髪とかの変化は気になるんでしょうね。男の子でも気になるらしい。私の孫がときどきお母さんに言っている。「その髪型おかしい」。(笑い)。お母さんは困っています。玲葉ちゃんはカラーリングしたお母さんの髪を見て言った、「髪の毛が色っぽくなったね」。(爆笑)。色っぽいっていう言葉、どこで仕入れたんだろう。お母さんだからいいようなもんですけれどね。

私たちは言葉をよく聞きまちがえたりします。これは子どもの思いがけない聞きちがいでしょうか、思いこみでしょうか。六歳の樹《たつき》くんがなかなか寝付けない。隣で寝かしつけているお父さんに、「ねぇ、コウモリのうた、歌って」と言ったんだそうです。わかりますか。お父さんはすぐわかった。コウモリのうたというのは子守歌なんです。(笑い)。お母さんがお父さんに子守歌歌って寝かせつけてねという。それがコウモリの歌になった。子どもたちはこういうふうにことばを覚え、ことばにまつわるいろんな感情を体験していくんだろうと思います。

七歳の一義《かずき》くんは言うことを聞かないで、逆のことばかり言う。食べなさいと言ったら、食べないと言う。まあこれも子どもの言語活動、成熟への一種のエクササイズだと思いますが。どうして逆ばっかり言うのと聞かれて、一義くんは「おたまじゃくしだから」と言った。ちょっと分かりにくいですね。これは、おたまじゃくしじゃなくて、あまのじゃく。(笑い)。この子はあまのじゃくと言われて、自分の領域のことばと結びつけておたまじゃくしと覚えた。ある時、それがおかしいってことを、例えば幼稚園の友だちに指摘されて、あわてて訂正する。そういうことが起こるんだと思いますね。

これなんかどうでしょうね。二歳の弟がなかなか言うことを聞いてくれない。そこで六歳のお兄ちゃん彰人《あきひと》くんがどういったか。「赤ちゃんを育てるのって難しいなぁ」。(爆笑)。

六歳のさきちゃんはぐっすり眠って朝起きて言った。「あっ、夢見るの忘れた!」。(笑い)。さきちゃんは夢見るために改めてもう一度寝たかしら。

子どもなりに批判の眼が生まれてきます。動物園に行ったら山羊がうんちしていた。そこで三歳の耕平くんが山羊に言った。「トイレでしないといけないよ!」。(笑い)。多分家でお母さんに言われているんでしょうね。別の所で読んだのを今思い出した。野外でトイレがないものだから道端で用を足したあと、お母さんにたずねた。「おしっこ、どうしたら流れるの」。さらに「ボタンどこにあるの」。(笑い)。家のトイレならボタン押してながす。ところがボタンがここにはないんです。孫の健人が小さい時、健人の家へ行ってトイレに入った。トイレから出て廊下を歩いていると健人が走ってきて、「お祖父ちゃん、トイレの電気消さなあかん！」。(笑い)。健人くんはいつもお母さんにいわれていたんでしょうね。

これはギクッとする人がいるかも知れない。苦笑いですか。四歳のなな子ちゃんは年少組。「そんなんで年中さんになれるかな」とよく叱られる。ある日、お母さんを呼んだのに聞こえなかったのかお母さん答えない。そこで、なな子ちゃんは言いました。「そんなんじゃ、おばあちゃんになれないよ！」。(爆笑)。こういうふうなの読んでたらきりがない。

心咲《みさき》ちゃん四歳。幼稚園で男の子から好きだって言われた。幼稚園でも、男の子が女の子に好きと言ったり、女の子が男の子を追いかけまわしたりするみたい。上の孫の健一郎は幼稚園の頃に何人もの女の子に追い掛け回されて閉口していた。(笑い)。小学校に入ってもそうらしい。もててるのかどうかはちょっと分からないですが。心咲ちゃんは男の子から好きや言われて一言。「いい気分。温泉に入ってるみたい」(爆笑)。

この後、子どもの詩を読みますがこれはもう詩の境目までできている。境目まで来ているというのはどういう事かというと。自分が感じたり考えたりしたことを言葉にしようとする。その時に単に嬉しいとか悲しいとか熱いとか寒いとかそういうだけじゃなくて、もっとちゃんと自分の気持を言葉で表そうとする時に言語表現の衝動が起こる。心咲ちゃんが好きと言われた時に嬉しいと言えばそれでおしまいなんだけれど、いい気分と言って、温泉入ってるみたいと言った。心咲ちゃんは温泉に連れて行ってもらったことがあるんでしょうか。いろんなことがいっぱいあって、言語表現が拡がるのでしょうね。

花火大会で大きな打ち上げ花火の横に満月が出ていた。三歳の唄ちゃんが言った。「大変！お月さまがやけどする」。五歳の零月《れつき》ちゃんが初めてシラカバの木を見た。「わぁ、大根の木だ」。（笑い）。木の肌が赤だったら人参の木と言ったかも知れない。子どもがのびのびと自由に言語表現に近づいている。

外界に接して受け止める時に少しはみ出すものがある。そういうものを大人は詩にしたり俳句にしたりする。だけど子どもはこういうふうに直接的に感覚的に受け止める。そして口に出す。子どもの凄いところです。ただ詩を書く子どもを詩人とは言えません。絵が上手な子どもを画家とは言えません。子どもは成長の過程でまわりをどんどん取り込んでいく、そしてエクササイズする。生きていくための訓練をする。子どもの書いた詩や絵を褒めるのはいいんだけれど、天才だとか言うのは止めといた方がいいと私は思っています。

「いわせてもらお」

やはり朝日新聞に「いわせてもらお」という欄があります。いま紹介した「あのね」は子どもの姿をお母さんやお父さんが書き止めている。主体は子どもです。今度は子どもとは限らない。大人が身のまわりで見聞きしたことを書き止めている。その中に子どもの姿も出てきます。「バレンタインデーでチョコもらったら相手にすることは？」と小学六年生の娘が言っている。そしたら小学二年生の息子が、「う〜ん。恩返し！」。娘が、「ちょっとちがう！」。息子が、「わかった。仕返しだ！」。(笑い)。恩返しとか仕返しという言葉を何処で使うか練習している。このあと二年生は六年生にさんざん言われたかもしれません。これは「あのね」欄ではない。そこで続けて父親四十歳のコメントが入る、「心配しなくても今年はもらえなかったけどね」と。

トリノオリンピックがありましたね。小学校一年生の息子が開会式のニュースを見ていて一言。「虫のオリンピックはあるの？」。(笑い)。これは解説するまでもないですね。ヘラクレスオオカブトが金メダルかなと投稿者。一年生はカブトムシが大好きなんでしょうね。おんなじようなの。幼稚園の誕生会で食事に蒸しパンが出た。ところが半数以上の子が手をつけなかった。先生が今日は蒸しパンと言うのを聞いて、子どもたちは虫パンだと思った。どんな虫が入っていると思ったのだろうと投稿者。（爆笑）。

私たちもこういう誤解はしょっちゅうしてるだろうと思う。子どもは乗り越えていく。大人はダメージがきつい。何十年もの間、違った意味に取っていたとか、読み方が違うとか、あるでしょう。そんな恥ずかしいことが二つや三つはある。そういう時に子どもに学びたいですね。そこで落ち込んでしまわずに、変に勉強心をかき立てられずに、身の周りをしっかり見るようにしたらいいんですね。

つづけて、子どもではなくて年配の方のエピソード。携帯電話でメールの練習をしている八十歳のお母さんのことを五十二歳の息子が書いてきた。「ねえ、漢字に変換しないのよ」と言うのでのぞいて見たら「けふ」と打っていた。「きょう」を「けふ」と。（爆笑）。「てふてふ」も「蝶々」に変換しませんと投稿者。

施設に入所している母が急に食が細くなった。心配した看護師さんがいろいろ試みたが効果なし。はたと思い当たって、小さく賽《さい》の目に刻んだおかずを一つ一つつまようじを刺して皿の上に並べたら、あっという間に全部食べた。なぜか。これは落ちがありましてね。七十二歳の投稿者は、「デパ地下の試食が大好きな母の息子」。（爆笑）。お母さん九十代。認知症のあるお母さんかも知れない。記憶がよみがえるとこれまでと同じ行動が出来る。これはこういうお仕事の方にお知らせしなければ。デパ地下の試食はお好きでしたかときいてみましょうと。（笑い）。

銀行が遠いので市民病院のATMを利用している人。病院の玄関で友達にばったり出あった。「あら、どこか悪いの？」「いいえ、ATMに」。すると、「あ、検査ね。お大事に」。説明する間もなく、友は去って行った。それで六十五歳の投稿者は「確かに懐の具合は悪い」。（爆笑）。

これも身に詰まされるんです。田舎の母から電話があって、テレビを買い替えたいという。今のテレビは調子が悪いの？　と聞くと、「だんだん音が小さくなってきた」。（笑い）。五十六歳の投稿者は「母親ももう八十二歳だからな」と。

最後に。夫の好みの女性は腕がムチムチしていたり、個性的な顔立ちの人だったり。だけど私から見るとみんな美人ではない。その夫に先日「お前が一番好き」と言われた。（爆笑）。それで四十六歳の投稿者は「どーゆー意味？」と。

こういうのを読んでくると、私たちの日常生活の中で物や事や人と接する時のニュアンスと屈折、カーブと思えば直球、直球と思えばカーブ、そういう私たち人間が持っている心が分かってくる。それをしっかりと書き止めようと心がけるのが詩であり小説であり、文学です。

子どもの詩

今、子どもや家族を主とした話をしましたが、詩ではありません。ここに有本芳水賞の詩集があります。小学生の詩が毎年五、六千篇集まる。その中から三十篇位を表彰して入賞作品の詩集を出しています。そのなかから紹介しましょう。「うし」という詩です。その前半。

せんせい、あのね。
きのう、あさ四じにおきたよ。
うしが、とおいところへいってしまったよ。
おおきなトラックがきたんだよ。
わたしは、
かなしくておわかれしたくなかったよ。
うしはトラックになかなか入らなかったよ。
おじいちゃんが、おもいきりおしたんだよ。

この詩の作者は市川町川辺小学校一年生、まつおかありささん。うしが売られて行く。子どもの詩の中でめずらしい題材です。このところこういう題材の詩はありません。昔はあった。詩人の坂本遼さんに牛が売られて行く詩があります。ありささんの「うし」の後半六行。

トラックの中から、
うしは、
くろい目で、じっとわたしを、みて、
ないていたよ。
わたしも、かなしかったけど、
りょう手でバイバイしたよ。

うしがくろい目でわたしをみている、そしてないていると書き止めている。いろんなことを私たちは目にし耳にします。表現とは自分の気持を伝えるためにその中のある部分を取り上げる。一日にあったことを日記で書くとしたらどれぐらい書けるか。沢山書く人もいる、ちょっとしか書けない人もいる。ジョイムス・ジョイスの「ユリシーズ」とか、プルーストの「失われた時を求めて」は細部の細部を書きこむ。更にその細部が別の細部を開く。詩は細部をできるだけ落としていって、落とせない細部だけを残す。ありささんの「うし」の場合、うしはくろい目でじっとわたしをみて、ないていた。この事実の細部から、わたしもかなしかったの一行が生まれます。そして、りょう手でバイバイの別れ。実にいい詩です。

今度は小学校二年生いしだゆうかさんの詩です。「せみ」。せみの詩は毎年沢山あります。夏休みが終わって秋に作品を集める。だからせみの話が多い。(笑い)。正月の詩や雪の詩なんかはあまり出てこない。

門のところに、
せみが二ひき、
おんぶしていたとおもったら、
だっぴしていた。
まだ、
はねがおれまがっていた。
つぎの日、
わたしが見に行ったら

とびたっていった。
まっていてくれたんだね。
せみさんながいきしてね。

脱皮したせみを次の日に見に行ったら、まだ、いた。せみはわたしの前で飛び立っていった。そのことをゆうかさんは、せみが待っていてくれたんだと思った。飛んでいくところを見せてくれたんだと思った。大人は偶然と言うかも知れない。ゆうかさんは偶然と思わない。脱皮したところを見たんだからこのせみはゆうかさんにとって大切なせみ。だから「せみさんながいきしてね」の一言が自然に出てきた。短い詩だが小学二年生の気持がきちんと乗っている。あれこれと説明せずに。それが詩なんですね。散文は相当説明しないといけない。それはこういうことだからとか、こういう気持だからとか、全部書く。そういうことを書かずとも深いところが見えるのが詩です。

毎年一篇、最優秀賞を選ぶ。今回は姫路市立網干小学校六年の田中槙悟くんの詩、「いのちの音」。その前半。

水やりの手をふと止めたぼくの耳に

とつぜんとびこんできた
シャワ、シャワ、シャワ、という音
びくん　として
こわごわあたりを見回したけど
ナイロンなんて落ちていない
風のせい、気のせいだって
思おうとしたけれど
やっぱりきこえる
シャワ、シャワ、シャワの大きな音
音の方をじっと見つめて、目をこらす
「これだ。」
5センチもの大きな青虫が
いっしんにさざんかの若葉をたべている
三日月形に、みるみるへっていく若葉
こんな虫が、こんなにも大きな音で
葉を食べるなんて

生きているんだよって
大きな声でさけんでいるみたい

二十年近く前に家を建て替えました。前の家には桜の木が二本ありまして、二階の寝室のすぐ前を桜の枝が覆っていた。花が終わった後葉っぱが出てくる。シャワシャワとひどい音がする。見たら毛虫が葉を食べていた。枝の下の方から葉を食べて枝先へ上がってくる。そのうち隣の枝に移る。見るままに空がすけて見える。家の建て替えのときに桜の木は二本ともなくなりましたが、この詩を読むとあの音を思い出します。

この詩では、水やりをしていると、シャワ、シャワ、シャワ、と音がする。音の方に目をこらすと、大きな青虫がさざんかの若葉をたべている。槙悟くんは大きな青虫を気色悪いとは思わない。「こんなにも大きな音で／葉を食べるなんて／生きているんだよって／大きな声でさけんでいるみたい」と、こんなふうに受けとめている。だからいのちの音。その後いろんなことを思い出す。その後半。

そういえば、声を出さない
カタツムリだって

大きな音で、ものをたべる
卵のカラは、ゴリリリリ、ゴリリリリ
と、びっくりするぐらいの音がする
にんじんはジョリリ、ジョリリ
キャベツはショショショショショ
お父さんの胸に耳をつけてきいた
ドワッ、ドワッ、ドワッ
ていう心臓の音と同じくらい
大きくきこえるよ
ああ、
みんな生きているんだな
ああ、
これはいのちの音なんだな
ぼくは
青虫がとてもいとおしくなって
知らないまに

にこにこ笑っていたんだよ

最後のところ。「みんな生きているんだな」「これはいのちの音なんだな」。そして、「青虫がとてもいとおしくなって／知らないまに／にこにこ笑っていたんだよ」。いのち讃歌です。槙悟くんは十二分に書き切っています。

「ことば」の「楽しみ」

今日は「ことばの楽しみ」という題でお話しすることになりました。お電話を頂いたとき、取りあえずそういう題にして下さいとお願いしました。それで一言言いますと。

まず「ことば」。「ことば」を広辞苑で引くとその意味がいろいろ書いてあります。一番目に「意味を表すために、口で言ったり字に書いたりするもの」とあります。三番目には「言語による表現」とあります。更に見ていくと、五番目に「文芸表現としての言語。詩歌」とあります。この場での「ことば」の意味はこの三つでいいでしょう。日常生活でことばを使っている。意味を伝える道具です。それが表現となり、文芸表現となり詩歌となる。

では、楽しみとは。辞書では「楽しむこと」。（笑い）。辞書はわかったようでわからないことがよくあります。「楽しみ」は「楽しむこと」でしょうが、それではわからない。それで、「楽しむ」を引いてみます。そうすると「楽しく思う。心が満ち足りて安らぐ」とある。更に「豊かに富む」とある。これは自動詞としての「楽しむ」ですが、他動詞の「楽しむ」はどうでしょう。「たのしいことをする。趣味や娯楽をする」とある。更に「期待をかけ、それを喜ぶ」とある。

一つのことばからいろんな意味が見えてくる。ひろい意味からせまい意味迄ひっくるめて、ことばはいろいろの気持をかかえこんだものです。私たちが使っていることばを詩なり俳句なり短歌にする。そうすることによって心が満ち足りて安らぎ、豊かに富み、期待をかけ、それを喜ぶ。それが「ことばの楽しみ」です。そうなったらいいなあと思うのです。

神戸新聞読者文芸の詩

今度は神戸新聞です。月曜日に読者文芸という欄があります。短歌、俳句、川柳、詩の読者投稿欄です。そこで私は詩の選を二十年やっています。いわゆる詩人の詩というんじゃなくって、市井の人の生活の詩です。いい詩が沢山ある。

中林久美子さん、この人は毎月何篇か送ってきます。短い詩ばかりです。言ってもいいでしょうね、詩集も出したから。この人は離婚して、息子さんと暮らしている。息子さんはれお君。久美子さんはれお君のことばかり書いてくる。
四月十二日付けの「散髪屋のアメ」

散髪屋でアメを二つ
もらったれお君
「ラッキーやったね」
と言うと
「よかったねママ」
れお君いわく
一つはかしこく待っていた
ママの分らしい

散髪屋でアメを二つもらった。一つはれお君でもう一つは散髪の間おとなしく待っていたママの分だと、れお君は考えた。(笑い)。
三月六日付けの「湯かげん」。

先にお風呂に入ったれお君
「湯かげんはどう？」と
聞くと
「ママにはちょうどかな」

自分とは少し違う
ママの湯かげんを
覚えてくれているんだね

れお君の湯かげんとママの湯かげんは微妙に違うんでしょうね。れお君がママの湯かげんを覚えてくれていると思うと、ママは嬉しいのです。れお君がまだ小さかった頃から投稿が続いていて、今ではれお君は小学校の二年生。久美子さんのれお君の詩を読んでいると、がんばれという気持になります。れお君もママもがんばれと。

この一月に神戸の北野工房のまちで「まちの記録者たち展」という催しをやりました。写真とかビデオとか音声とかで震災後の街を記録したものを見てもらう催しです。それに私も参加しました。私は震災の詩をコピーしたものをピンで止めて、それに「ことばをお持ち帰りください」と表示した。そういう試みをしたんです。詩のコピー三千枚がなくなりました。見に来た人が次々取っていってくれて。その時に久美子さんがれお君と二人で会場へ来てくれました。仲の良いかわいい母と子でした。

神戸新聞読者文芸の次の詩は「雪の朝」です。

雪の降り積もった朝
ほっこり
ほっこり
猫のお散歩です
猫の足あとたどってみたら
となりの家の
雪かきで消えてた
それから
それから
どこまで歩いて

いったでしょうか

猫の足跡があったというのは事実の報告ですね。それが雪かきで消えたというのも事実の報告。その後、どこまでいったやらと気持を動かすところが詩です。

次は「どんぐり」です。

どんぐりは　犬小屋の屋根に上がって
いつも空をながめています
時々　くんくんと空の臭いをかいだり
くうんくうんと鳴いたりして
何かを感じています
もし　どんぐりがペンを持てたなら
きっと詩を書くことでしょう

どんぐりは犬の名前なんです。（大笑い）。木の実のどんぐりが詩を書くわけはないでしょう。といって、犬が詩を書くわけもないでしょうが。でも作者は愛犬どんぐりだったら詩を書けると思ったのでしょうね。事実から少しずつはみ出していく気持の動きが見えてきます。先程の猫の詩は神崎町の森美智子さん。犬のどんぐりは明石市の松本恵子さんです。

一月二月には今も震災の詩が届きます。その一つ、加古川市の前田邦子さん。「十一年目を歩く」です。

区画整備された
なにもない平らな道で
転んだ

悲しみに
つまづいたのかなあ

見えない悲しみ、かくれた悲しみ、よみがえる悲しみ、この人が考えている事が分かる。いっぱい言いたいことがある、それがよく分かる。

もう一つ。たつの市の金地美紀さんの「伝わるんですね」。これまで読んだいろんな子どもの詩、大人の詩を全部ひっくるめて考えてもらいたいんです。

一度も　お会いしたことのない人にも
ことばは
詩は
伝わるんですね。

喜びも
悲しみも

心に響く一瞬　一瞬が
詩になって
一度も　お会いしたことのない人にも
伝わるんですね。
励まし　励まされて　生きている。
生かされている
心が伝わり　生かされている。

具体的なことは何も書いてないんですが、伝わるんですねということが伝わってくる。だから詩を書くんだということも。

もう一つだけ、神戸新聞読者文芸の詩の最後です。神戸市の岬美郷さんの「この声は」、六行だけ。

今しなさい
今しなさい
ささやく声がする

この声は…

きっと
明日の私からのメッセージ

今しなさい、とささやく声が聞こえる。これは何かと特定しなくていい。読んだ人が自分のことで考えたらいい。今することがあると思うと人間は強くなる。今しなさいとささやく声が聞けることは素晴らしい。それが明日の私からのメッセージと考えられることは素晴らしいことです。

違和感と寛容

少し飛びます。物事を考える上で大切なヒントです。

朝日新聞「ラジオアングル」というラジオ批評の囲み欄の昨年九月十四日の記事です。ラジオＮＩＫＫＥＩ第一の「アジアＴＯＤＡＹ」という番組がある。日本の大学・大学院に留学するアジアの学生を集めてテーマを決めて議論する座談会。その中で、中国の女子留学生が日本語の試験を紹介している。上司の部長に「ちょっと暑いね」と言われたら何と答えるかという問題です。正解は「部長、窓をお開けしましょうか」だったので驚いたそうです。日本には以心伝心という言葉があるが、中国だったら部長は「ちょっと暑いね」とは言わない、「暑いね、窓を開けなさい」と言う。言葉にしないと分からないと中国の留学生は言う。この記事の筆者は「生活の仕方の違いは感覚の違いを生む。だから異文化接触はイラダチになる。しかし違いをはっきりと言葉にしていけば、相互発見を楽しめる」と記しています。さらにインドネシアの女子留学生の言葉を紹介しています。「インドネシアには300以上の民族がいて、それだけの言葉と生活があります。だから、インドネシアで一番必要なのは寛容なんです」。
中国留学生の言葉、違和感。自分の価値観が全部じゃないということを認識しなくていけない。そのうえでインドネシア留学生の言葉、寛容。これは日本で暮らし世界と繋がっていく上で絶対必要なことですね。

私の詩

あと十分ですね。お手もとのプリントをごらん下さい。「ふしぎ」という詩があります。

木を見る。
なぜか　かなしい。
なぜか　うれしい。

人を見る
やはり　かなしい。

やはり　うれしい。

木が立っている。
人が歩いてくる。
とても　ふしぎ。

これは去年の四月に発表した詩です。総タイトルが「長田　震後十年　七篇」。七篇とは「ふしぎ」「花が」「木の根は」「並木が」「エゴノキ二本」「イチョウが三本」それから今読んだ「ふしぎ」。最初の「ふしぎ」は四行だけです。

葉が茂る
風に揺れる。
どうしてうれしくなるんだろう
それだけで。

震後十年、戦後六十年、生きてきていろんなことを経験した。葉が茂る。あたりまえのことですね。風に揺れる。あたりまえのことですね。あたりまえの事なんだけれども、うれしくなる、それだけで。そういうなんでもないことを、あたりまえのことだが切実に思えることを、私はせっせと拾い集めている。この最初の「ふしぎ」は先程読んだ最後の「ふしぎ」に続きます。

木を見る。
なぜか　かなしい。
なぜか　うれしい。

この〈かなしい〉と〈うれしい〉は正反対の感情のようで実は裏表。焼け焦げた木を見る。樹皮がなくなっている。芯まで焦げている。だけど十年経った今も、春になったら緑の葉をだして、秋になったら黄色い葉を落として。そういうのを見ると悲しい、だけど嬉しくなる。嬉しい、だけど悲しくなる。震後十年。戦後六十年。人いろいろ、人さまざま。だから。

人を見る。

やはり　かなしい。
やはり　うれしい。

だから

木が立っている。
人が歩いてくる。
とても　ふしぎ。

もう一つ。「揺れて震えて」。これは「歴程」という詩誌に載せました。「夏の詩のセミナー」という催しがあって、同人がお話しをする。私も同人ですので出かけて行って話した。そのセミナーで参加者全員が六行ずつ書いて連詩を作る。私が書いた六行が次の「揺れて震えて」です。

となりの木々がそろって揺れている
むこうの木々がふぞろいに揺れている

光って揺れて光って震えている
ずっと向こうのさらに向こうに
見えないはずの木々が見えてくる
すべて揺れてすべて震えている

これは連詩の一部、断片ですが。感性の型が出ている。となりの木。向こうの木。ずっと向こうのさらに向こうの見えないはずの木。そういうふうに視線をだんだん伸ばしていって世界を広げていく。この視線の伸び、心の広がりがこの詩の型です。いかがですか。

おわりに

プリントの次の詩「水仙歌」は神戸新聞の今年の新年の選者詠。震後十一年目の詩です。これを読んで、今日の私の話をおわりたいと思います。

蕾ふくらむ。風の気配。雪の気配。人の来る
気配。遠く声が。近づく息。ゆっくりと近づ

いて。ゆっくり遠のき。あれは。つらい思い出。それとも。あれは。

花開く。白い花。黄の花芯。嘘みたい。こういうものだったのか。花とは。花のむこうに覗くのは。炎の記憶。人の記憶。あの日の記憶。それとも。あれは。

花が揺れる。木が揺れる。人が揺れる。人のおもいが揺れている。十一年目。新しい出立のとき。これからも続く。わたしたちのいのち。わたしたちの願い。

ちょうど十二時一分か、どうもありがとうございました。(拍手)。

○

司会　支部員の斎藤静子さんがお礼のことばを申し上げます。

斎藤静子　ただいま心温まるすばらしいお話をありがとうございました。私事で恐縮ですけれども、昭和三十六年頃に松蔭で先生のお授業を受けておりまして。何年間か。先生とは帰りのバスでときどきご一緒になりまして、いつもバスで話しかけて下さいました。そして覚えておりますのは、私の着ていましたブラウスが先生の奥様のブラウスといっしょや言うて目を細めていられたことを覚えております。そのブラウスは地色が紺でいっぱい花柄があったんですけれど。先生覚えてらっしゃらないと思いますけど。

安水　帰ったら聞いてみます。（笑い）。

斎藤静子　私には文学的な素養がなくて、詩も分かりません。けれども、日記は毎日つけております。今日はいろいろな詩を聞かせて頂けましたし、今までよりちゃんと見て、心してことばと付き合いながら日記の質を高めて行きたいなと思いました。これからもいろいろと新聞などでお目に掛からせていただけることを楽しみにしております。どうぞいつまでもお元気で、大いにご活躍を。ありがとうございました。（拍手）。

（二〇〇六年四月二十三日（日）　神戸市舞子ビラ　奈良女子大佐保会兵庫支部総会での講演記録）

更地に咲く花。

今ここにいるのは

風が吹いている　やわらかく。
日が照りはじめる　あたたかく。
木の花が揺れて　いい匂い。

わたしが今ここにいるのは　なぜ。
それはあなたが　ずっとまえからここにいるから。
いなくなっても　ずっとここにいるだろうから。

わたしが声を出して歌っているのは　なぜ。
それはあなたが　ずっとずっと歌っているから。
いなくなっても　ずっと歌っているだろうから。

風の隙間から　そっと覗くのは。
日の光のむこうに　立ちあらわれるのは。
木の花の重なるあたりを　跳び跳ねるのは。

それはあなた　あなたかも。
それとも　ひょっとして。
あれはわたし　わたしかも。

（「同朋」４月号　二〇〇六年四月十日）

わたしたちは

そして　それから
わたしたちは　また出会えるのだろうか。
いつ　どこで　どのように出会い
どんなことを　話しあうのだろうか。

それとも　そのとき
目を合わさずに　擦れ違うのだろうか。
わたしたちは気づかずに　そのまま別々に
歩いていって　遠ざかってしまうのだろうか。

春の海あわあわ　風光る

夏の山ふかぶか　風薫る。
ひょっとして　わたしたち
ずっと別々だったのかと　思ったりして。

でも　ちがう
ずっといっしょだったし　いっしょだし。
いつでも　どこでも　いつまでも
わたしたちは　わたしたち。

（「同朋」5月号　二〇〇六年五月十日）

あの人が立っている

どこで　あの人と別れたのだろう。
手を振って　うしろ向いて
目をつむって　駆け出して
そっと涙を拭って　あかんべして。

どこへ行けば　またあの人に会えるかしら。
電車乗りついで　バスに飛び乗って
やっと辿りついた　岬の先端
海のむこう　波の上を歩いていって。

どこからか　あの人の声が聞こえる。

波のむこうから　砂の丘を越えて
茨の茂みの奥から　梢の上から
歌うように　話しかけるように。

行かなくてもいい　探さなくてもいい。
目をつむると　あなたのすぐうしろに
目をあけると　わたしのすぐまえに
あの人が立っている　にっこり笑って。

（「同朋」6月号　二〇〇六年六月十日）

日録抄　二〇〇六年四月―六月

4月1日（土）　健一郎健人お泊まり二泊三日一日目。午後、和彦一家と新神戸オリエンタルホテルのロビーで落ち合い。六人。夢風船で布引ハーブ園へ。レストランでお茶。広場で結婚式あり、風船飛ばす。風の丘へ下りて、草原の斜面を健一郎健人ゴロゴロくりかえし転がって遊ぶ。夢風船で下山。三宮東天紅で夕食。四人で長田へ。お泊まり。

4月2日（日）　お泊まり二日目。ダンボール電車づくり。宝石掘り。シュレッダー。汽関車トーマス。エレクトーン。絵本。お絵かき。観音山へ桜見に。午後、須磨水族園へ。イルカショー。綿菓子。食堂で夕食。閉館ギリギリまで遊ぶ。夜、八時、早く寝る。

4月3日（月）　お泊まり三日目。午前、健一郎健人と遊ぶ、次々と。午後、真紀さんが車でお迎え。五人でハーバーランドのトイザラスへ。健一郎の誕生祝いを買う。昼食。午後、三宮へ。国際会館屋上庭園で遊ぶ。映画「子ギツネヘレン」を観る。ジュンク堂で原作本求め。コトブキでお茶。バイバイ。お泊まり二泊三日が終了。玲子と東天紅で夕食。

4月5日（水） 午後、朝日カルチャーセンター神戸（ACC）現代詩教室に出講。安水稔和詩集『蟹場まで』の「清水川」から「穴沢」まで七篇を読む。おわってロビーで明楽四三さんと、詩集への助言。夜、神戸っ子祭りブルーメール賞受賞式に出席。文学部門は高橋冨美子詩集『塔のゆくえ』が受賞。選考評一言。由良佐知子さん佐土原夏江さん来会。鈴木漠さん来会。貝原俊民元知事、新野幸次郎さん、中西勝さん石阪春生さん松本幸三さんと立ち話し。高速長田に戻ると置いていた自転車のタイヤの空気が抜かれていて、押して帰る。九時半帰宅。

4月6日（木） 午前、真紀さんへ電話、健一郎へFAX。平松正子さんへFAX。近藤昌一郎さんから電話。

4月7日（金） 午前、玲子と裏の観音山へ桜見に。

4月8日（土） 黄砂。午後、プリムローズ大阪で日高てる詩集『今晩は美しゅうございます』出版を祝う会。講演は辻井喬さん「わが国の現代詩におけるモダニズム」。私は「声の詩人　日高てる」。倉橋健一さん金時鐘さん新井豊美さん以倉紘平さん森本紀久子さんのリレートーク。二次会は失礼して帰神、七時前帰宅。

4月9日（日） 午後、「同朋」六月号の詩「あの人が立っている」FAX送。

4月10日（月） 午前、クローバーケアセンター神戸の岡嶋聖子さん来宅、母の要介護認定更新のため。

4月12日（水）　午後、ACC現代詩教室に出講、詩集『蟹場まで』から「椿山」など五篇を読む。

4月13日（木）　午後、尼崎の明和病院に陽子を見舞う。

4月14日（金）15日（土）　玲子と湖北へ、ハナノキに会い長浜の子ども歌舞伎を観る旅。一泊二日。

一日目。新快速で長浜へ。長浜から普通電車で木ノ本へ。タクシーで赤分寺へ。途中、道に大きい蛇が。ハナノキの花はすでに散って。残念。足もとに茶褐色の花蕊の山。桜、散りそめ。水仙の花。東へ走り己高山石道寺へ。心しずまる山ぎわの寺、これで何度目か。十一面観音立像。桜咲きそめ。木ノ本に戻り、電車で河毛へ。須賀谷温泉へ電話。迎えの車で今夜の宿へ。何度か泊まったことのある建物は閉鎖されていて、手前の山ぎわに新しく建てかえられていた。二階建て。よく言えば今様旅館、わるく言えば日帰り温泉風。桜満開。谷の奥へ山道を歩く。観音堂跡石積みあたりで竹が折れて倒れて道をふさぐ。くぐり抜けて先へ。片桐且元公居館跡。車の道へ出て戻る。以前カモシカと出会ったあたり。フキノトウ摘んだあたり。花の盛りの桜並木を降りてきて。トウの立ちかけたフキノトウすこし摘んで部屋に挿す。夜中、雨。

二日目。雨。今日は長浜曳山まつり。昨年につづき二度目。車で長浜駅まで送ってもらう。長浜八幡宮へ。すでに曳山四基が集まっている、ビニールにすっぽり覆われて。一番山では子ども歌舞伎が始まっている。傘の波のむこうで見づらい。大手門通りへ移動して買物など。八幡宮からやってくる曳山を待つ。一八屋席で一番山寿山を人ごみの中に立ってすぐそばで見る、外題は「身替座禅」。熱演。かわいい。どっと歓声拍手。次は金屋席で三番山高砂山を見る。人ごみで近づけず遠くから人の頭ごしに。外題は「源平魁躑躅　扇屋熊谷　扇屋より五条橋まで」。長浜近辺の宿を予約できず当日のキャンセルも度々問い合わせるもなく、御旅所に曳山四基がそろうのを見ることなく、夕方帰る。今年の出番山は四基。二番山猩々丸「神霊矢口の渡し」と四番山鳳凰山「鬼一法眼三略巻」は見ず、残念。鮒ずしとしじみ煮をみやげに、七時帰神。

4月17日（月）18日（火）19日（水）　玲子と有馬温泉へ休養と仕事に。二泊三日。
一日目。午後、瑞宝園へ。紅葉坂から万年坂への桜並木を歩く。花また花。目をみはる。青みがかった白い花の木がある、大島桜か。見渡せば有馬は桜。チェックイン。夕食は牛肉のシャブシャブ。箸置きの和紙に「浅緑糸よりかけて白露を珠にもぬける春の柳か　僧正遍正」。月、おぼろ。

二日目。午前、瑞宝寺公園へ。椿、落花。ツツジ、蕾ふくらむ。木々に新芽。午後、のんびり休養。ゆっくり原稿書き。夕食は特別会席。箸置きの和紙に「今日のみと春を思はぬ時だにも立つことやすき花のかげかは　凡河内躬恒」。月、見えず。

三日目。午前、瑞宝園チェックアウト。有馬温泉駅近辺を歩く。ねね橋、ねね像、桜。善福寺、糸桜。四本の大樹満開。太閤橋下流左岸のさくらの小径を下る。桜並木。公園橋から振り返ると両岸からさしかける花の雲。川を流れる花片、川中に集まって花のむしろ。午後、三宮へ。センター街で中村茂隆さんとバッタリ。ACC現代詩教室に出講、詩集『蟹場まで』の「石ひとつ」から「七夕」まで七篇を読む。おわってロビーで明楽四三さんと、詩集原稿助言。夜、健一郎健人から電話。

4月21日（金）　夕方、神戸新聞文芸五月分選稿を速達郵送。

4月23日（日）　舞子ビラでの佐保会兵庫支部総会で「ことばの楽しみ」と題して講演。

4月24日（月）　午後、長田の町を自転車でまわって花を写す。

4月25日（火）　午後、ACCロビーで、明楽四三さんと、詩集原稿助言。涸沢純平さんと、明楽さんを引き会わせる。私の次の評論集『内海信之』の原稿を手渡す。

4月28日（金）　午後、トイレ改修、戸ぶすま扉など修理。夕方、三宮へ。星電社でテープレコーダー買いかえ。夜、島田陽子さんへ富田砕花についての講演資料FAX送。

4月30日（日）　「火曜日」86号合評会。あすてっぷ神戸で。

5月3日（水）4日（木）　和彦真紀健一郎健人玲子と六人で有馬一泊二日。

一日目。三宮で和彦一家と落ち合って。UCCカフェプラザで昼食。北神急行・神戸電鉄で有馬温泉へ。瑞宝寺公園。ツツジ満開。木々緑。日暮らしの庭の太閤の石の碁盤の脇で、健一郎健人お絵かき。公園でひとしきり遊んで。瑞宝園チェックイン。私たちは403号室、和彦一家は404号室。健一郎は大人の浴衣、健人は子どもの浴衣。夕食、和室夕照で。健人がビールを注いでくれる、お母さんにも。箸置きの和紙に「春きぬと人は言へどもうぐひすの鳴かぬかぎりはあらじとぞ思ふ　壬生忠岑」「花ちらす風のやどりはたれか知る我に教へよ行きてうらみむ　素性法師」など。403号室へ集まってみんなでトランプ、テレビ。持参した絵本こりすのシリーズ「もりのあかちゃん」読みきかせ。そのまま健一郎健人といっしょに就寝。

二日目。ロビー正面の庭に大きな鯉のぼり黒赤二尾泳ぐ、その前で写真を撮って。チェックアウト。ます池へ。健人が生まれて六日目、健一郎を玲子と連れてきて以来のます池。あのとき健一郎は四歳。途中からなんとか自分で餌をつけた。今五歳の健人ははじめから自分で餌をつける。二人で十二匹釣り上げる。食堂でフライにしてもらって。健人、かわいそうと言って二匹食べる。六年前に健一郎は六匹釣って三人で一匹ずつ食べて、あと三匹はお父さんお母さんと生まれたばかりの赤ちゃん健人のお土産に持ち帰った。六甲有馬ロープウェーで六甲山へ。六甲ガーデンテラスへ。見晴らしの丘。見晴らしの塔。見晴らしのテラス。眼下に神戸の街。すぐ下に住吉川、その左手に健一郎健人のマンションが小さく見える。六甲ビューパレスで昼食。山上バス、六甲ケーブル、市バス、乗り継いで下山。夕暮れの阪神六甲駅でバイバイ。

5月6日（土）　午前、健一郎健人玲子と四人で映画、三宮OS三劇で「アイスエイジ2」を観る。おわって、和彦真紀とともに六人で三宮ステーキランド神戸本店で昼食。

5月7日（日）　一日、雨。日高てるさんへ電話。

5月8日（月）　朝、高野喜久雄さんが五月一日に死去と知る。七十八歳。悼。新潟県高田市に高野さんを訪ねたときのことなど思い出す。あれは五十年も前のこと、赤倉でスキーの帰りだった。夜、ラッセホールで神戸ナビール文学賞選考会。文学賞は在間洋子詩集『船着場』と村田好章詩集『ひみつをもった日』、奨励賞は岩井八重美詩集『水のあるところ』に決まる。伊勢田史郎さん渡辺信雄さんとタクシーで帰る。岩井八重美さんへ電話、よかったね。

5月10日（水）　午後、ACC現代詩教室に出講。受講生作品合評。おわって、神田さよさんから詩集原稿をあずかる。

5月11日（木） 午前、「同朋」七月号の詩「小さな流れ」をFAX送。

5月13日（土） 父勝二の祥月命日。

5月14日（日） 午前、玲子と兵庫県立美術館へ、「ホイットニー美術館コレクションに見るアメリカの素顔」を観る。ffでお茶、ラピェールミュゼで昼食。

5月15日（月） 午前一時四十二分ごろ揺れる。震度1。震源和歌山県北部M4.5、和歌山市震度4。午前、藤山クリニックへ、心電図と血液検査。二十四時間心電図装着。神田さよさんへ電話。入沢康夫さんへFAX。きむらみかさんへFAX、六月二十日にある「泥田かな」が歌われる会欠席と。

5月17日（水） 午後、ACC現代詩教室に出講、受講生作品合評。明楽四三さんと、詩集初校助言。

5月19日（金）20日（土）21日（日）22日（月）　全国菅江真澄研究集会出席のため秋田へ、三泊四日。

一日目。伊丹空港発九時三十分JAL2171便で秋田へ。秋田空港十時五十分着。空港バスで秋田駅へ。ステーションビル「トピコ」の杉のやで昼食、比内地鶏稲庭つけ麵。平野政吉美術館へ。「近代の洋画と版画―フジタさん、いってらっしゃい。留守は我らが！展」。これは東京国立近代美術館の「生誕120年　藤田嗣治展」への藤田作品の貸し出しに伴う留守番展示。とはいえ一階正面の大作「秋田の行事」はそのままで、他に五十点ばかり。西展示室に神戸の川西英さんの版画数点。館を出た所に八重桜、盛り過ぎ散り敷く。雨降り出す。アトリオンへ。秋田市立千秋美術館へ。「小磯良平展」。秋田で小磯さんが見られるとは。五十二点中、神戸市から二点、姫路美術館から四点、他はすべて神戸市立小磯記念美術館と兵庫県立美術館からのもの。従って初見は神戸市の二点のみ、それも見たことのあるような絵柄。他に新聞連載小説挿絵原画の展示。隣室の常設展岡田謙三記念館、油彩十八点。岡田謙三は東京美術学校で小磯良平と同期。奥の常設展示室は「動物大行進―日本画編」。小野田直武の兎一点、平福穂庵の猿と虎二点、平福百穂の栗鼠と牛と獅子三点、など十二点。ホテルハワイ駅前店チェックイン。雨のなかステーションビルの杉のやへ。夕食は「秋田音頭です」。ハタハタ、比内地鶏、きりたんぽ、とんぶり、稲庭うどん、ふき、がっこなど、濁り酒注文して。雨激し。

二日目。午前、神戸新聞文芸選者エッセイ「島とは」を平松正子さんへＦＡＸ送。秋田駅東口から貸切バスで秋田県立博物館へ。午後、第十九回全国菅江真澄研究集会へ出席。開会行事の後、記念講演は杉本圭三郎さん「菅江真澄の文体」。東洋文庫『菅江真澄遊覧記』現代語訳の経緯から。つづいて、パネルディスカッション「明日の真澄研究のために」。コーディネーター石井正己さん（国文学・民俗学）、パネラーは錦仁さん（国文学）菊池勇夫さん（歴史学）

冨樫泰時さん（考古学）斉藤壽胤さん（民俗学）の四人。おわって、貸切バスで秋田市山王の平安閣へ移動。交流会。秋田万歳など。ホテルハワイ連泊。

三日目。全国菅江真澄研究集会二日目。午前、秋田駅東口から貸切バスで秋田県立博物館へ。講演会「真澄に学ぶ」午前の部。永井登志樹さん「真澄といる風景」。丸谷仁美さん「民俗学からの菅江真澄研究史」。昼食。八重桜満開、花吹雪。菅江真澄資料センターで「真澄の肖像～旅人・うた人・くすし」。スタディールーム資料書架に私の真澄の本数冊を見つける。企画展示室で「明治の文学と秋田～後藤宙外の文壇回顧録～」。講演会午後の部。松山修さん「資料を読み解く～『和歌秘伝書』が意味するもの」。田口昌樹さん「菅江真澄の食生活」。おわって、二台の車に分乗して阿仁へ。近藤昌一郎さん石田修さん塩瀬忠夫夫妻それに東京からの女性と青森からの女性と阿仁の森ぶなホテルオーナー山田博康さんと私の八人。阿仁は二度目。マタギの村、根子へ。夕陽が山の端に。森吉山の麓ぶなホテル到着。玄関で熊が立ちあがっていらっしゃいませ、廊下に若熊子熊数匹とカモシカ、いずれも剝製。夕食前に二階ロビーでマタギ松橋吉太郎さん七十二歳の話を聞く。夕食は山菜づくしをたんのう。夜、星を見に。車ですこし登るとスキー場ロープウェーの広場は無人漆黒の闇。頭上に近く満天の星、息を吞むばかり。

四日目。朝、六時。車で森吉山目ざす。途中から雪で車が入らない、降りて歩く。雪の谷あいに水芭蕉の群生。道端にフキノトウの列。雪踏み固めて雪の斜面を登ると、ブナ林。淡い緑、淡い日ざし。帰途、遠山は雪。朝食。出発。菅江真澄の旅の跡を辿る。各所で雪の森吉山を望む。村々家々わらび干しわらび採み。桜咲く。山ぎわにカタクリの花。真澄が森吉山から降りて来て宿った栩木沢の半三郎家を訪ねる。標柱「菅江真澄の道」、右面に「文化二年（一八〇五）八月十一日」、左面に「麓たらんか　ほのかにともし火の見えたり　いづこ行人ならん」と。庭でわらび干し。家まわりに白ウド、行者にんにく。オオデマリ。裏手の小川の向こうに桜咲く。戸鳥内、柴田作右衛門家。打当、鈴木長兵衛家。打当温泉マタギの湯の横にマタギ資料館。背丈をはるかに越える熊の剝製、オコゼの干物。再度根子へ、佐藤利右衛門家。山中に分け入り山菜採り、山ウドなど。山神社。境内慰霊碑に昭和十九年六月から二十年八月廿日までの戦死者十三名の名前が。十三名中に佐藤が七人、山田が二人。ホテルへ戻る途中、脇道へ入って阿仁鉱山の一つ小沢銅山跡へ。八幡宮跡。朽ちた鳥居、欠け落ちた石灯籠。荒れた道、折れて枯れた木々。鳥居脇に標柱「菅江真澄の道　阿仁鉱山跡」。タラの芽を採る。ぶなホテルに戻って昼食。車で秋田市へ。飛行機に間に合うか、時間がない。近道を選び選び全速で突っ走る。ステーションホテルで石田修さんとお茶。資料衣類など宅急便送。空港バスで秋田空港へ。なんとか間にあって。十八時十五分発大阪伊丹行ＪＡＬ２１７８便。阿仁で採った山菜の大きな包みをさげて。伊丹空港十九時四十分着。帰宅九時半。藤木明子さんから岡しげ子さんの手記「父母への鎮魂歌」など神戸大空襲の証言が届いていた。

5月23日（火） エゴノキの花が咲いている。

5月24日（水） 午後、ACC現代詩教室に出講、受講生作品合評。

5月25日（木） 午前、平松正子さん来宅。藤山クリニックへ、大きな病院での検査をすすめられる。午後、神戸新聞文芸六月分選稿を速達便送。クローバーケアセンター神戸の山田英子さん来宅。夜、健一郎と電話で話す。

5月26日（金）27日（土）28日（日）29日（月）　詩歌文学館贈賞式のため北上へ玲子と。三泊四日。

一日目。大阪伊丹空港八時三十分発いわて花巻行JAL2181便で。花巻空港九時五十分着。北上市立博物館の渋谷洋祐さんが車で出迎えてくれる。花巻から北上・江刺へ、菅江真澄の旅の跡を辿る。鳥谷ケ崎城（花巻城）の搦手円城寺坂を登って円城寺門。鳥谷ケ崎神社。境内に宮沢賢治詩碑「方十里稗貫のみかも稲熟れてみ祭三日そらはれわたる　賢治」。早池峰山遠望。神社参道付近に医師伊藤修の家があったとか。当地俳壇の中心的人物。真澄が伊藤宅に十八日間滞留している。花巻城下診療所跡は現在岩手日日新聞社花巻支所付近、伊藤修が藩医当時は六人ばかりが交代勤務した。鳥谷ケ崎公園。掘割り桜並木、葉桜の下に保育園児の一群。北上川と豊沢川の合流点へ。伊藤修の二月庵跡。真澄はここに滞在していたとも。道路脇のわずかの草地に標柱「俳人伊藤鶏路二月庵跡」。右面に「きさらぎをかすかにみたり二日月　鶏路／満月を輪にめぐり啼く千鳥かな　鶏路」二句列記。この一帯は桜ケ丘。かたわらに瀧清水神社、桜のお明神さま。二子城跡（飛馳城跡）へ。和賀氏の本城。八幡神社下の広場で車をとめる。便所にはり紙「熊が出ます」。本丸跡展望台から早池峰山が。一段下った草むらに高村光太郎詩碑「高くたかく清く親しく／無量のあふれ流れるもの、／あたたかく時にをかしく／山口山の林間に鳴り、／北上平野の展望にとどろき、／現世の次元を突変させる。高村光太郎」。裏面には「詩『ブランデンブルグ』より／書・高村光太郎詩稿より／監修・高村規」。北上市川岸《かし》珊瑚橋たもとの蕎麦処枕流亭で昼食。目の前が北上川。黒沢尻川岸の渡し跡から黒沢川流入点を歩く。天明五年、真澄は川岸の渡しを渡って南へ向かった。橋を渡って車で山越え。立花番所（盛岡領）。立花毘沙門堂。寺坂峠。寺坂番所（仙台領）オオデマリの花、藤の花。国見山裏側（東側）を走り。金福山極楽寺。菅江真澄歌碑「こよひより　たけの名におふ　おしめたゝ　秋のなかはも　もち月のかけ　三五岳秋月」「国見山　入相つくる　麓てら　いなせの小舟　くれわたるらし　国見山晩鐘」「八きみの　神のをましの　ミねしるく　吹山かせにはるゝうす雲　八王子晴嵐」、「陸奥胆沢郡諏訪神社法楽八景和歌」から三首列記。真澄が歩い

た と思われる古道東街道を鶴脛、倉沢を経て片岡へ。さらに江刺岩谷堂の鎮岡神社へ。天明五年秋、真澄がぬさたいまつらんと訪れ御神歌「かしこしな　あらふるとても　ぬさとらば　こころしづめの　岡の神籬」を「委波氏廼夜磨」に記すと「神社御由緒」にあり。真澄歌碑「かしこしな　あらふるとても　ぬさとらば　こゝろしづめに　岡の神籬」。鉾状の変わった碑。石段脇に「菅江真澄の道　鎮岡神社」という標柱あるも他面に記述なし。境内で神社総代の人と出会って立ち話。引き返して北上市へ。柧木田。真澄が滞在した及川胤修宅のあったのはあの赤い屋根の民家のあたり、柧木田城本丸跡。黒岩番所（盛岡領）から尻引の渡しへ。天明八年、北へ向かう真澄が渡った渡し場。北上川水満々。岸に浸水した川舟一隻。対岸二子側へ。標柱「尻引舟場跡」。渡しは昭和四十八年に閉鎖。今夜の宿ホテルシティプラザ北上へ、チェックイン。眼前の北上川国見山男山、あの向こうを今日初めて走りまわった。新しい知見多々。夕食は和食処日高見でお晩菜セット。

二日目。午前、ロビーラウンジ漣でお茶。神父さんあらわれ新郎新婦あらわれ参列者多数あらわれ結婚式始まる。私たちそのまま列席。チェックアウト。ホテルニューヴェール北上アネックスへ。日本詩歌文学館振興会理事会に出席。昼食。午後、日本現代詩歌文学館へ。詩歌文学館賞贈賞式。詩部門は入沢康夫『アルボラーダ』、短歌部門は稲葉京子『椿の館』、俳句部門は深見けん二『日月』。記念講演は岡井隆「戦後文学の中の詩歌―近藤芳美展に寄せて」。ホテルニューヴェール北上アネックスへ移動。レセプション。入沢康夫さん稲葉京子夫妻深見けん二夫妻岡井隆夫妻と同席。三井葉子さん藤井貞和さん和田悟朗さん白石かずこさん安藤元雄夫妻と話す。相賀徹夫振興会会長、篠弘詩歌文学館館長、伊藤彬北上市長とも。同ホテル泊。

三日目。午前、盛岡へ貸切バスで行く人々を見送って。みちのく民俗村へ。北上川流域の移設された古民家や歴史的建造物を見てまわる。間の沢は南部領と伊達領の藩境。南端に藩境塚。藩堺守護神の神馬像。古代の登り窯や炭焼小屋。雨降ってくる。民俗資料館に入る。岩手人形芝居の人形、疫病神送りの藁人形、民俗村民家の模型など。旧大泉家（城代家老）住宅でしばし雨やどり。移築復元された旧伊達領寺坂番所（その跡を一昨日訪ねた）。間の沢の北端に沢をはさんで藩堺塚、はさみ塚。沢の向こうにお駒堂、馬頭観世音。かたわらの草むらに金精様。胸まである、木製。北上市立博物館に入る。北上舟。熊・イタチ・テン・リス・モモンガ・ムササビ・ウサギ・カモシカなど剝製の数々。奥まった所に生きた白蛇、動かない。玲子が動くまで待つというがそれは無理、餌をもらうと半月は動かないそうで。事務室に渋谷洋祐さん、一昨日真澄の足跡を案内してもらった。学芸員後藤美穂さん同席。渋谷さんに北上駅まで送ってもらう。駅横のホテルで昼食。JRで花巻へ。今日の宿佳松園へ電話をかけて迎えに来てもらう。チェックイン。窓の外は南部赤松林。新緑。雨音かと思えば台川の川音、川音にまじってカジカの声しきりに。温泉の湯の感触、やわらかく肌にまとわりつく。

四日目。午前、朝の散歩。歩きだしてすぐに高浜虚子句碑。「秋天や羽山の端山雲少し　虚子」。釣橋渡って釜渕の滝へ。滝の手前の立木に立てかけてある虚子の句板「釜渕の滝より白し秋の蝶　滝の上をあるきも橋を渡りもす虚子」。大岩を幅広く流れ落ちる滝見事。かたわらに巌谷小波句碑「大釜や滝が沸かせる水煙　巌谷小波」。標板に、宮沢賢治も「釜淵だら俺ぁ前になんぼがへりも見だ。それでも今日も来た」と童話「台川」に記していると。また別の標板に、「〔もうでかけませう。〕たしかに光がうごいてみんなが立ち上がる、腰をおろしたみぢかい草、かげらふか何かゆれてゐる、かげらふじやない、網膜が感じたゞけのその光だ」と童話「台川」にあると。宮沢賢治は農学校の生徒を連れて台川をさかのぼり釜淵の滝あたりまで地形や岩石などを調べに来たと。滝見橋から見返る滝見事。川沿いに辿ると崖が崩れ木が倒れている所多々。林間に下村湖南歌碑「山の秋のみずはさやけしとちの実の水底ふかく沈めるが見ゆ　下村湖南」。月見橋を見下ろすあたりで橋を犬が一匹やって来るのが見えた。玲子が逃げる、あっというまにいなくなる。犬は橋上で動かず。大丈夫と言うとやっと出て来て、木へでも登っていたの、足早に道を上る。道ばたに夫婦歌碑「山あまたまろき緑を重ねたるなかに音しぬ台川の水　与謝野寛／深山なるかじかに通ふ声もして岩にひろがる釜ふちの滝　与謝野晶子」。ローズ&ハーブガーデンへ。今日は無料、バラの季節でないからだそうで。入園。それでも温室はバラの花盛り。園内をめぐる。大野林火句碑「直立に南部赤松遠郭公　林火」。

九條武子歌碑「まろき山みどりふかぶかといくへかもこのいでゆのながめすがしも　武子」。宮沢賢治設計の日時計、日時計花壇。宮沢賢治詩碑は詩「冗語」を透明なアクリル板に印字。ホテル花巻七階の和食処羽山で昼食。佳松園の車で空港まで送ってもらう。ホヤ各種イチゴ煮など、かもめの卵せんべいなど、健一郎健人に恐竜の卵と化石発掘、資料衣類とともに宅急便送。花巻空港十六時四十分発JAL2184便。大阪伊丹空港十八時十分着。

5月30日（火）　夜、道化座公演《ともに生きる》シリーズ5「父の遺産」を観る。

6月2日（金）　午前、三宮岡本クリニックへ、各種検査。午後、渋谷洋祐さんへFAX。近藤昌一郎さんから電話。

6月3日（土）　午後、和彦宅へ、東北の土産を持って。恐竜の卵、さっそく水に漬ける。孵《かえ》るかな。絵本子りすのシリーズ「まっかなせーたー」を持参して読みきかせ。健一郎健人二人でカラオケ。健人折り紙。

6月4日（日）　朝の新聞に、「五月二十七日早朝の（ジャワ島中部）地震はM6.3。社会省によるとこれまでに計六千二百三十四人が死亡、約四万六千人が負傷、民家二十三万戸以上が損壊、うち約五万戸が全壊し約十三万人が避難民となっている」と。

6月5日（月）　朝、清岡卓行さんが三日に間質性肺炎で死去と知る、八十三歳。悼。

6月6日（火）　午前、岡本クリニックで紹介状をもらい、神戸中央市民病院へ。循環器内科木原先生。各種検査。午後、自転車パンク、修理。夕方、涸沢純平さんへ電話。

6月7日（水）　トンボソウ一輪咲く。午後、ACC現代詩教室に出講、在間洋子詩集『船着き場』を読む。夜、BS2で「阿弥陀堂だより」を見る。

6月8日（木）　午後、明楽四三詩集『カジカの歌』の栞文「いのちの歌—まだまだ書き続ける」をFAX送。夜、神戸新聞松方ホールでロータス・カルテット「シューマン弦楽四重奏曲全曲演奏会」を聴く。

6月10日（土）　午後、大阪トーコシティホテル梅田での日本詩人クラブ第十五回関西大会で「富田砕花のこと」と題して講演。宮崎修二朗さん来会、最前列に。島田陽子さんと話す。神田さよさんに講演テープ起こし依頼。涸沢純平さんに明楽四三詩集栞文校正を手渡す。

6月11日（日）　午後、三宮東映で「明日の記憶」を見る。

6月12日（月）　午後、「同朋」八月号の詩「小さい窓」をFAX送。

6月14日（水）　午後、ACC現代詩教室に出講、村田好章詩集『ひみつをもった日』を読む。

6月16日（金）　午前、川東丈純さんから美術館招待券と文学館グッズが届く。夕方、池田カメラでデジタルカメラ購入。

6月17日（土）　午後、三宮東天紅で岩井八重美・高橋博子詩集出版を祝う会。なごやかな集まり。恒例の私の同人紹介もなんとか務めたが体調良からず、二次会は欠席、帰宅。

6月18日（日）　午後、和彦一家来。父の日。健一郎健人がすしを手でつまむ、いけるとか言って。エレクトーン、機関車トーマス、シュレッダー、お絵かき。夕方、焼肉六甲で夕食。夜、麻生直子さんから電話。ウニのこと、法華寺の桜が枯れたとか、江差の話あれこれ。

6月19日（月）20日（火）21日（水）　玲子と有馬温泉へ休養と仕事に。二泊三日。

一日目。午後、瑞宝園へ。瑞宝寺公園、新緑濃く淡く。アジサイの花、ブヨの群。夕食の箸置きの和紙に「五月雨に物思ひをれば郭公夜深く鳴きていづち行くらむ　紀友則」。「五月雨の空もとどろに郭公何を憂しとか夜ただ鳴くらむ　紀貫之」

二日目。のんびり休養。ゆっくり原稿書き。夕食の箸置きの和紙に「郭公我とはなしに卯の花のうき世の中に鳴き渡るらむ　凡河内躬恒」。

三日目。午前、瑞宝園チェックアウト。善福寺へ。糸桜の大樹は緑の葉で覆われ。寺内の木も草も緑、緑に揺れて。太閤橋を渡ったところに、仏座巌。仏座に似た巨岩、文化九年の大洪水で埋没して上部がわずかに見える現在の姿に。その先に袂石、礫石とも。熊野久須美命が袂から投げた小石が年月を経て大きくなったとか。高さ五メートル周囲十九メートル重さ百三十トン。午後ＡＣＣ現代詩教室に出講、苗村吉昭詩集『オーブの河』を読む。帰宅。渡辺信雄さんへ神戸ナビール文学賞選評をＦＡＸ送。万葉文化館からダンボール一箱、「平成万葉千人一首」応募作品千百三十一篇が届く。福岡映子さんから出版記念会の写真が届く。

6月22日（木） 午後、長田コトブキで岩井八重美さんと。

6月23日（金） 午前、渋谷洋祐さんへＦＡＸ。夜、近藤昌一郎さんから気仙沼のホヤ・ウニ・メカブ・ワカメが届く。さっそくホヤとウニをさばいていただく。

6月24日（土） 朝、新聞で二十日未明に宗左近さんが死去と知る。八十七歳。悼。午前、近藤昌一郎さんへお礼の電話。神戸新聞文芸七月分選稿を速達便送。午後、和彦宅へ。ホヤとウニを持参。健人が両手でつかむ。さばいて皿に盛ってみんなで食べる。健一郎、ホヤは◎、ウニは△。健人も食べる。絵本「ミロとまほうのいし」を読みきかせ、マーカス・フィスター作、谷川俊太郎訳。夕方、玲子来。和彦に車で送ってもらう。

6月25日（日） 午前、日本現代詩人会川島完さんから電話。午後、長田商店街の道路脇で自転車の鍵をかけ忘れて、盗難。夜、寺池町交番から自転車見つかったと連絡あり。雨のなか届けてくれる。ありがたい。

6月27日（火） 夕方、万葉文化館柳塘さんから電話、「平成万葉千人一首」の件。

6月28日（水） 詩書整理。午後、サンテレビ報道部三宅芳文さん来宅、「ニュースｅｙｅランド」の取材依頼。

6月29日（木） 詩書整理。夕方、クローバーケアセンター神戸の山田英子さん来宅。朝倉裕子さんからＦＡＸ、詩集出版記念会記録原稿。

6月30日（金） 午後、詩歌文学館へ詩書をダンボール十個宅急便送、とりあえず。夜、青木恭子さんへお礼の電話、留守でご主人と話す。


（「火曜日」87号　二〇〇六年七月「日録」から）

日録抄　二〇〇六年七月―九月

7月1日（土）　朝、キキョウが咲いている。午後、新藤涼子さんから電話。

7月3日（月）　午後、サンテレビ報道部三宅芳文さん他二人来宅、「ニュースｅｙｅランド」の取材。インタビュー、長田の町と木を案内。

7月5日（水）　午後、朝日カルチャーセンター神戸（ＡＣＣ）現代詩教室に出講。安水稔和詩集『蟹場まで』から「気仙沼」の「火と水」から「神明崎」まで七篇を読む。夜、神戸新聞松方ホールで「漆原朝子＆迫昭嘉のシューマン」を聴く、ヴァイオリンとピアノのためのソナタ全三曲と三つのロマンス。

7月6日（木）　夜、健一郎と電話で話す。

7月8日（土）　夜、近藤昌一郎さんへ電話。工藤恵美子さんへ電話。健一郎と電話で話す。

7月9日（日）　朝、イリオモテ朝顔一輪咲く。午後、和彦宅へサクランボを持って行く。七夕飾り。

7月10日（月）　午前、神戸市立中央市民病院へ、CT検査。

7月11日（火）　午前、万葉文化館柳塘さんへFAX。

7月12日（水）　午後、ACC現代詩教室に出講。詩集『蟹場まで』から「唐桑半島」の「折石」から「たふとさま」までの四篇を読む。夕方、サンテレビ三宅芳文さん来宅。万葉文化館柳塘さんからFAX。

7月13日（木）　朝、門の脇に蟬の抜け殻一つ。午前、「同朋」九月号の詩「小さないのち」をFAX送。

7月14日（金）　夜、健人と電話で話す。

7月15日（土）　朝、北上市立博物館の渋谷洋祐さんへFAX、国見山山下の極楽寺と江刺岩谷堂の菅江真澄歌碑の件。和彦一家と元町大丸で落ち合って、グレゴリコレで昼食、海文堂で本探し、大丸で買い物、屋上遊園地で健人はりきる、モロゾフでお茶。

7月17日（月）　午前、万葉文化館「平成万葉千人一首」の応募作品一一三一篇を読みおわる。午後、渋谷洋祐さんからFAX、菅江真澄歌碑の件。上前さんへ「火曜日」87号の原稿「岡しげ子さんのこと」をFAX送。

7月18日（火）　夜、麻生直子さんへ電話。豊原清明さんへ電話、お父さんと話す。

7月19日（水）　午後、ACC現代詩教室に出講。詩集『蟹場まで』から「大島帰路」「大島帰路」を読む。

7月20日（木）　午前、神戸市立中央市民病院へ、木原先生から七月十日のCT検査の結果を聞く。三宮岡本クリニックへ、CT写真と木原先生の手紙を岡本先生に。夕方、万葉文化館「平成万葉千人一首」の候補作品リストをFAX送。

7月22日（土）　午後、神戸新聞文芸選者エッセイ「声をし聞けば」をFAX送。

7月24日（月）　午前、関西国際大学学歌のCDが届く。午後、神戸新聞文芸八月分選稿を速達便送。

7月25日（火）　夜、健一郎と健人と電話で話す、映画と本の情報をFAX送。

7月26日（水）　朝、蟬の声。午後、「火曜日」87号出来。

7月27日（木）　夜、季村敏夫さんから電話。直原弘道さんへ電話。

7月28日（金）　朝、芙蓉一輪咲く。

7月29日（土）　午後、三宮UCCカフェプラザで涸沢純平さんと、『内海信之』の初校と収録する内海信之未刊詩集『雛鶏』原稿を手渡す。

7月30日（日）　「火曜日」87号合評会。三宮勤労会館で。

7月31日（月）　午前、クローバーケアセンター神戸の山田英子さん来宅。

8月1日（火）　神戸市立中央市民病院へ、核医学（RI）検査、午前十時から午後三時半。夜、健一郎健人から電話。

8月2日（水）　午後、ACC現代詩教室に出講。受講生作品合評。夕方、藤木明子さんへ電話、岡しげ子さんのこと。

8月3日（木）　夕方、日高てるさんへ電話。

8月5日（土）　午後、和彦一家と玲子と六人で三宮東天紅で食事、玲子の誕生祝い。センター街で氷柱。ジュンク堂で本探し。不二家でお茶。健人がペコちゃんと並んで写真。

8月6日（日）　午前、新藤涼子さんへ「歴程」の詩「熊石三篇」「泊川五篇」をFAX送。歴程夏の詩のセミナーに行けないお詫びも。

8月7日（月）　健一郎健人真紀と玲子と五人で三宮シネフェニックスで映画「ゲド戦記」を見る、東天紅で昼食、ジュンク堂で本探し。夕方、万葉文化館へ「平成万葉千人一首」応募作品コピーを宅急便で返送、柳塘さんへFAX。神戸文学館へ自著二十四冊を宅急便送、寄贈リストをFAX。今日の最高温度37・2度。

8月8日（火）　午前、季村敏夫さん来宅、歓談。

8月9日（水）　午後、ACC現代詩教室に出講。受講生作品合評。おわってロビーで神田さよさんと、詩集助言。高速長田へ戻ると愛車（青い自転車）がない、西代保管所へ電話すると、あった。新藤凉子さんからルス電。

8月10日（木）　奈良明日香村の万葉文化館へ、玲子につきそわれて。「平成万葉千人一首」審査会。中西進館長と永田和宏さん小島ゆかりさん（短歌部門選者）と。おわって柳塘さんに亀型石造物を案内してもらう。夜、新藤凉子さんへ電話。

8月11日（金）　午後、西代保管所へ愛車（青い自転車）を引き取りに、保管料二〇〇〇円。

8月12日（土）　午後、「同朋」十月号の詩「朝の声」をFAX送。季村敏夫さんへ「瓦版なまず」の詩「いのちの記憶」をFAX送。万葉文化館へ「平成万葉千人一首」選評をFAX送。

8月14日（月）　午後、神戸市文化交流課赤坂憲章さん来宅、神戸文学館の説明と神戸市文化賞のこと。

8月15日（火）　本整理。

8月17日（木）　午前、神戸市立中央市民病院へ、各種検査。木原先生から八月一日の核医学（RI）検査などの結果を聞く。要入院、入院申し込み。夜、和彦へ電話。健一郎健人と話す。由良佐知子さんへ電話。

8月18日（金）　午前、『内海信之』の再校が届く。涸沢純平さんへ電話。午後、季村敏夫さんから電話。夜、神田さよさんへ電話。

8月19日（土）　午後、神戸新聞文芸九月分選稿を速達便送。

8月20日（日）　午前、兵庫県文化賞受賞者小品展のための色紙を書く。「花がゆれる　木がゆれる　人がゆれる　人のおもいがゆれる　わたしたちのいのちの祈り」（「水仙花」から）。午後、三宮UCCカフェプラザで神田さよさんと、『内海信之』再校の校正を依頼。玲子と星電社へ。クーラー（応接間）買いかえ。洗濯機（一階）買いかえ、ミキサー購入。入院用に、ポータブルCDプレイヤー（ソニー）購入。

8月21日（月）　午前、色紙を郵送。午後、日本現代詩歌文学館へ寄贈詩書五箱を宅急便送、豊原豪さんへFAX。洗濯機入。クーラー入。夕方、万葉文化館柳塘さんからFAX&電話、「平成万葉千人一首」短歌部門再審査の件。

8月23日（水）　朝、ムクゲ一輪咲く。午前、日本現代詩歌文学館へ寄贈詩雑誌三箱を宅急便送、豊原豪さんへFAX。午後、ACC現代詩教室に出講。受講生作品合評。

8月24日（木）　夜、神戸中央合唱団北畑雅敏さんから電話、竹中郁の詩による合唱曲公演へのメッセージの依頼。健一郎健人と電話で話す。

8月25日（金）　午前、神戸市立中央市民病院から電話、入院は八月二十八日との連絡。夜、和彦へ電話。

8月26日（土）　午前、神戸中央合唱団へ竹中郁の詩による合唱曲公演へのメッセージ「光の詩人　竹中郁」をFAX送。藤田佳代さんへFAX。午後、「同朋」十一月号の詩「夕暮の声」

をＦＡＸ送。

8月27日（日） 午前、神田さよさんから『内海信之』再校戻る。午後、和彦一家来。ケーキに「おじいちゃんがんばれ!!!!」。健一郎健人がじいじの顔を写生する。健人は〈じーこ〉と添え書き。夕方、涸沢純平さんへＦＡＸ。神田さよさんへ電話。由良佐知子さんへＦＡＸ。

8月28日（月） 神戸市立中央市民病院に入院。一〇二八室。主治医は江原先生と磯谷先生。若い、三十代か。午後、レントゲン、心電図、心エコー検査。九時十五分消灯。

8月29日（火） 六時起床。午前、カテーテル検査、手首からカテーテルを入れる。午後、部長回診。主治医説明。九時十五分消灯。

8月30日（水） 六時十五分起床。昼前、退院。手術入院一カ月のはずが。といっても治ったわけではない、リスクファクター厳重管理、保存的加療。つまり執行猶予、保釈、仮退院、いつ収監されるか。入院中に聴いたＣＤ。ムターのモーツアルトヴァイオリンソナタ集、小林功のバッハ平均律、ポリーニのドビュッシー前奏曲集とショパン夜想曲集、コルトレーンのバラード、など。

8月31日（木） 朝、夏水仙咲いている。午前、三宮岡本クリニックへ、岡本先生へ退院の報告。夕方、クローバーケアセンター神戸の山田英子さん来宅。

9月1日（金） 午前、藤山クリニック、吉田先生へ退院の報告。午後、中島瑞穂さんからＦ

AX。服部洋介さんから小島信夫賞受賞の知らせ、雑誌「季刊文科」と受賞作「地の熱」のコピーが届く。おめでとう。

9月4日（月）　夕方、涸沢純平さんへFAX。平松正子さんへFAX。宮川小学校ヤカシロさんから電話。同校五十周年、竹中郁作詞の校歌が竹中郁創作ノートに残っているかどうか。夜、竹中敏子さんへ電話。

9月5日（火）　裏の道でサルスベリが咲いている、紅と白と。午前、神田さよさんへ電話。涸沢純平さんから電話。午後、JR三ノ宮駅改札口前のコンコースで平松正子さんにバッタリ。

9月6日（水）　午後、ACC現代詩教室に出講。詩集『蟹場まで』から「気仙沼」の「おしら」から「羽根折沢」まで五篇を読む。

9月7日（木）　夜、健人と電話で話す。

9月8日（金）　午後、渡部兼直さんへ電話。

9月9日（土）　午後、新藤凉子さんへ「歴程」の宗左近追悼号の原稿「宗左近さん　一九九九年十月十六日神戸」をFAX送。夕方、神戸中央合唱団北畑雅敏さんへFAX。夜、竹中敏子さんへ電話。

9月10日（日）　出窓にハイビスカス、赤とダイダイ。玄関脇にブーゲンビリア、真紅。車庫前に夏水仙とハナニラ、白花多数。午前、服部洋介さんへ電話。

9月13日（水）　午前、一ツ橋財団八木克功さんから電話。三宮UCCカフェプラザで神田さよさんと、詩集原稿助言。午後、ACC現代詩教室に出講。詩集『蟹場まで』の「気仙沼」詩篇の前半とひきくらべながら菅江真澄の旅日記「はしわのわかば　続」を読む。

9月14日（木）　夜、玲子と元町凮月堂ホールで劇団神戸公演コメディ・ド・フウゲツ「パパ、I Love You」レイ・クーニー作・夏目俊二演出を観る。

9月15日（金）　七十五歳の誕生日。

9月16日（土）　午前、神田さよさんからFAX、竜野・龍野・たつのの件。午後、和彦一家と玲子と六人で三宮梅の花へ、私の誕生祝い。健一郎が縞馬と豹の折り紙。健人が吹き絵、裏に〈ありがとう　けんと〉。帰途、健一郎の希望でそごうロフト紀伊國屋へ本を探しに。

9月17日（日）　午後、ラッセホールで第十三回神戸ナビール文学賞受賞を祝う会。詩の部の受賞は、在間洋子詩集『船着場』、村田好章詩集『ひみつをもった日』。奨励賞が岩井八重美詩集『水のあるところ』。関西一円の同人雑誌の書き手を対象とした本賞も今回でおしまい、残念。閉会の挨拶で同人雑誌の持つ意義について話す。伊藤桂一さん夫妻来神来会。平松正子さん涸沢純平さん藤本明子さんと立ち話。夜、高齢者ケアセンターながたから電話。

9月18日（月）　夕方、長田コトブキでたかとう匡子さんとバッタリ。久しぶり、話しこむ。

9月19日（火）　夜、神戸中央合唱団北畑雅敏さんから電話。

9月20日（水）　午後、ＡＣＣ現代詩教室に出講。「気仙沼」詩篇の後半とひきくらべながら菅江真澄の旅日記「はしわのわかば　続」を読む。神田さよさんに『内海信之』の引用詩の確認を依頼。

9月21日（木）　午前、一ツ橋財団八木克功さんから電話。夕方、神田さよさんからＦＡＸ／へ『内海信之』の引用詩資料追加十枚をＦＡＸ。

9月22日（金）　ヒガンバナが咲いている、赤三本と白一本。午後、平松正子さん来宅、神戸新聞文芸十月分選稿を手渡す。歓談二時間。夕方、平松正子さんから電話、たかとう匡子さんが小野十三郎賞受賞の報。たかとう匡子さんへお祝いの電話、ルス電。

9月23日（土）　午前、たかとう匡子さんから電話。

9月25日（月）　午前、長田コトブキで神田さよさんと、『内海信之』の引用詩確認の校正刷と資料を受け取る。午後、長田美鈴で橘川真一さんと、『阪神淡路大震災復興誌』五巻から十巻（二〇〇〇年版から二〇〇四年版）をいただく。第五巻一九九九年版には「言葉を綴る詩人の五年」という見出しで詩文集『届く言葉―神戸　これはわたしたちみんなのこと』が紹介され、第十巻二〇〇四年版には「大震災を語り継いでゆくために」という見出しで詩文集『十年歌―神戸　これからも』が紹介され詩文集四冊の写真が載っている。また、二〇〇五年一月八日に「北野工房のまち」で開いた「まちの記録者たち展」が紹介されている。夜、富田砕花賞事務局へＦＡＸ。真紀さんからＦＡＸ、健一郎運動会のプログラム。

9月26日（火） 午後、神戸市庁舎で神戸市文化賞選考委員会。

9月27日（水） 夕方、上前さん来宅、「火曜日」88号のテープ起こし原稿「ことばの楽しみ」を手渡す。

9月28日（木） 退院一カ月。午前、三宮岡本クリニックへ、岡本先生。午後、神戸市立中央市民病院へ、木原先生。夜、近藤昌一郎さんへ電話。

9月29日（金） 午前、クローバーケアセンター神戸の山田英子さん来宅。午後、玲子と兵庫県立美術館へ、「アルベルト・ジャコメッティ展」。見えるがままに。ラピエールミュゼで食事。

9月30日（土） 午前、神田さよさんから『内海信之』の校正刷の残りと資料が届く。午後、「神戸芸文アンソロジー」の詩原稿「水仙花」（再録）をＦＡＸ送。


（「火曜日」88号　二〇〇六年十月「日録」から）

いのちの記憶

生きているかぎり
生きているから。
揺れて崩れて焼けて流れて
さまざまの記憶の渦のなかから戻ってくる記憶。

忘れることで生きていけると言う人もいるが
忘れないことで生きられるのだ。
たとえ忘れても忘れた私たちを生かすために
私たちの記憶は帰ってくる
いのちの細部のよみがえりとして。

川の流れが止まり
川の姿が掻き消えても。
河原の乾いた砂が目路のかぎり続いても
水は足もとから突然噴き出す。

なにげなく吹く風にも
なにごともなく流れる水にも
いつものように変わりなく生きる私たちにも
いのちの細部の記憶は刻まれている。

（「瓦版なまず」第2期第3号通巻20号　二〇〇六年十月七日）

朝の声

まだ眠っているのに
目を閉じているのに
ぼんやり見えている。
木の形したものが近づいてきて
幹のまわりが息づいて
枝のあたりが揺れはじめて。

土がゆっくりと盛り上がる
水がすこしずつ流れる
空気が震える。
見えない町の音

遠い人の気配
わたしの心が戻ってくる。

伸びる蔓《つる》
ふくらむ蕾
色づく花　開く花。
やっと生き始めるわたし
ためらいながら生き続けるわたし
朝の声にうながされて。

（「同朋」11月号　二〇〇六年十一月一日）

夜の声

夜になると見える。
いなくなった猫のミイ
見えなくなった乾いた川の流れ
見えないが見える焼けた木　焦げた木。

夜になると会える。
遠い見えない母
幼いまま いなくなった妹
会ったことのない見知らぬ異土の人。

いつしか茂って町を覆う木々よ

生まれてきて走りまわる子どもたちよ。
夜になるとひとりだが
ひとりではない　ひとりではない。

声を出してみる　わたしの声だ
声が戻ってくる　わたしたちの声だ。
夜になると歌う
夜の声に合わせて　そっと。

（「同朋」12月号　二〇〇六年十二月一日）

祈り　一月十七日朝

ものの形が
うっすらと。
眠っているようで。

まだ暗い
近づく気配。
突然揺れ始める部屋
きしんで傾き落ちてくる天井の梁。
目が冴えて
遠のく気配。

起き上って息を継ぎ
生き継いで十二年。
平たい今日の始まりに
繰り返し繰り返されるいのちの記憶。
失われたいのちのために祈る
生きのびたわたしたちのために祈る。

やっと明るくなる
静寂。
いつものようにいつもの朝が。

（「同朋」1月号　二〇〇七年一月一日）

いのちの震え　十二年　十二年

空を飛びつづける鳥の　とどかぬ視線の　こぼれる歌の　舞う羽根の　不自由。山に立つ動かぬ樹の　めぐる樹液の　そよぐ嫩葉の　したたるひかりの　自由。

声あげて声高に叫ぶ人の　手をあげて手を振る人の　取り残された意味の　不自由。声つまらせてうつむく人の　突然泣き出す人の　握りしめた意志の　自由。

消えない記憶よ　傷つく言葉よ。生きている

から　生きる不自由。生きようとするから生きる自由。わたしのこころが　揺れる。わたしたちのいのちが　震える。

（「神戸新聞」二〇〇七年一月八日）

日録抄　二〇〇六年十月—二〇〇七年一月

10月1日（日）　健一郎の運動会。玲子と出かける。雨のため午前で中止。和彦宅で昼食。健人からのおみやげは折り紙の鶴など、健一郎からのおみやげは折り紙の案山子、それに健一郎作の手書き製本の小説「二階堂家の宝」。「今回は、一年生の時の絵本『ひめをたすけたゆうき』、去年に書いた童話小説『大冒険』に続く3作目です（あとがき　の　ようなもの）」。夕方、玲子と兵庫県芸術文化センター大ホールへ、神戸中央合唱団創立六十周年記念音楽会。盛会、入場者二千人を越える。竹中郁詩・千原英喜曲「神戸、海の子—竹中郁の七つの詩《うた》」の初演。隣席に竹中敏子さん、会場に藤原純孝夫妻、鈴木漠夫妻、小西民子さん。おわって、打ち上げパーティー。あいさつ。中村健さんと久しぶり。竹中敏子さんと阪急で帰神。

10月4日（水）　午後、朝日カルチャーセンター神戸（ＡＣＣ）現代詩教室に出講、安水稔和詩集『蟹場まで』の「広田崎」から「椿島へ」など七篇を読む。

10月5日（木）　午後、由良佐知子さん佐土原夏江さんと長田コトブキで、「火曜日」88号校正と目次。

10月6日（金）　午後、「同朋」十二月号詩原稿「夜の声」をFAX送。涸沢純平さんへ電話。

10月7日（土）　午後、季村敏夫さん来宅、「瓦版なまず」（詩「いのちの記憶」掲載）を届けに。しばし歓談。夕方、散髪。

10月8日（日）　午前九時五十六分頃、揺れる、震度1。震源兵庫県南西部。

10月9日（月）　健人の幼稚園のファミリーふれあいデー、つまり運動会。健一郎の小学校の運動場で。健人がんばる、ミールミール（たいそう）、みんなでひっぱれ！（つなひき）、みんなでカーニバル（ダンス）、それにリレーと玉入れに出場。青峰で昼食。駅脇のスターバックでお茶。

10月10日（火）　金モクセイが咲いている。

10月11日（水）12日（木）13日（金）　有馬温泉瑞宝園へ保養に玲子と二泊三日。

第一日。午後、有馬へ。雨後の瑞宝寺公園へ、木の幹や柵にカタツムリたくさん、採って宿へ。夕焼けを見ながら夕食。箸置きの和紙に「湯の坂を登りつめたる錦繍寺　恵美子」。錦繍寺は瑞宝寺のこと。

第二日。午前、瑞宝園公園へ、紅葉これから。部屋に帰って原稿書き。夕方、ふたたび瑞宝寺公園へ。夕食の箸置きの和紙に「秋風にリスが鎌とぐさわ胡桃　余市」「菊見れば菊案じらる旅にいて　至」

第三日。午前、瑞宝寺公園へ、カタツムリ。チェックアウト。帰神。三宮駅構内で仙賀松雄さんにバッタリ。ハーバーランドモザイクのイブサンローランで昼食。阪急岡本へ、駅脇の喫茶で真紀さんにカタツムリ二十匹ばかりを手渡して。帰宅。

10月14日（土）　午前、藤永久子さんへFAX。山本よしみさんへFAX。午後、神戸市文化中ホールへ、貞松・浜田バレー団「創作リサイタル18」。オハッド・ナハリン振付の「DANCE」（再演）「BLACK MILK」（初演）、圧巻。夕方、日本現代詩歌文学館へ寄贈詩書二箱を宅急便送。

10月15日（日）　午前、座敷片づけ、本移動。夕方、富田砕花賞候補詩集十四冊を読みおわる。

10月18日（水）　午前、日本現代詩歌文学館八重樫さんから電話。ＡＣＣ現代詩教室に出講、詩集『蟹場まで』の「気仙沼」から最後の六篇を読む。

10月19日（木）　午後、芦屋へ。富田砕花賞選考委員会、苗村吉昭『オーブの河』と境節『薔薇のはなびら』に決まる。おわって、杉山平一さん伊勢田史郎さんと阪神芦屋駅脇のニシムラでお茶。

10月20日（金）　午前、三井葉子さんへ電話。神戸新聞文芸選者エッセイ「ねうねうと」（テーマ「猫」）をFAX送。

10月21日（土）　健人の誕生祝い。ハーバーランドで和彦一家と落ち合って、トイザラスで買い物。モザイクのマリーローランサンのテラスで昼食。ソフトクリーム。海と船と鳩と飛行船と。デュオ神戸福家書店で本。お茶飲んで。夕方、バイバイ。

10月22日（日）　午後、三宮そごうで彩乃への誕生日プレゼントを選ぶ、ポロ。

10月24日（火）　午前、富田砕花賞選考評をFAX送。午後、三宮UCCカフェプラザで涸沢純平さんと、評論集『内海信之』の再校を手渡す。

10月26日（木）　午前、山南律子さんへ電話。日高てるさんへ電話。午後、「詩人会議」一月号へ詩「熊石二篇」をFAX送。

10月27日（金）　夜中、下痢、嘔吐。午前、藤山クリニックへ、点滴。風邪が胃腸に来たらしい。一日寝る。

10月28日（土）　一日寝る。午後、クローバーケアセンター神戸の山田英子さん来宅。夜、健人へFAX、お誕生日おめでとう。健人から電話、話す。健一郎とも。

10月29日（日）　一日寝る。

10月30日（月）　午後、ポインセチア一鉢。

11月1日（水）　宮崎修二朗さんへ手紙。鈴木絹代さんへ葉書。午後、ＡＣＣ現代詩教室に出講、受講生作品合評。夕方、ＵＣＣカフェプラザで神田さよさんと、詩集初校への助言。

11月2日（木）　午前、評論集『内海信之』の三校が届く。夜、梶原芳子さんから電話、伯父勝原茂の生涯と功績をまとめる件。

11月5日（日）　「火曜日」88号合評会。三宮勤労会館で。夜、和彦からＦＡＸ、禁煙喫茶情報。

11月6日（月）　午前、「同朋」一月号の詩「祈り」をＦＡＸ送。

11月7日（火）　夕方、「現代詩手帖」へアンケート「今年度の収穫」をＦＡＸ送。

11月10日（金）　夜、内海高子さんへ電話。

11月12日（日）　夜、神田さよさんへ電話。

11月13日（月）　午前、表具屋来宅、張りかえる障子持ち帰る。夕方、内海高子さんから内海信之未刊詩集原稿『雛鶏』（原本）などが届く／へ電話。

11月14日（火）　午後、表具屋来宅、張りかえた障子を届けに、張りかえるふすまを持ち帰る。

11月15日（水）16日（木）17日（金）　有馬温泉瑞宝園へ保養に玲子と二泊三日。

一日目。午後、ＡＣＣ現代詩教室に出講、受講生作品合評。おわって、有馬へ。瑞宝寺公園は紅葉、紅葉、紅葉。夜、もみじ会席。箸置きの和紙に「奥山に紅葉踏み分け鳴く鹿の聲きくときぞ秋はかなしき　猿丸太夫」「小倉山峰のもみぢ葉心あらば今一度のみゆきまたなむ　貞信公」。

二日目。午前、瑞宝寺公園へ。帰って原稿書き。夜、シシ鍋。箸置きの和紙に「秋の田のかりほの庵のとまをあらみわが衣手は露にぬれつつ　天智天皇」「村雨の露もまだひぬまきの葉に霧たちのぼる秋の夕ぐれ　寂蓮法師」。

三日目。午前、瑞宝寺公園へ。広場にお茶席。チェックアウト。有馬の町を歩く。善福寺、極楽寺、温泉寺、御所泉源、有馬玩具博物館など。正午、帰宅。午後、表具屋来宅、ふすま入る。

11月18日（土）　夜、兵庫県芸術文化センター中ホールへ玲子と、「藤田佳代作品展」。「追いかける」と「花」は再演。「震える木」は私の詩「震える木」に想を得た作、初演。藤田佳代さんはじめ二十四人と特別出演の東仲一矩さん、作曲丹生ナオミさん美術南和好さんなど。チェロとピアノとオーボエの生演奏で。

11月19日（日）　午前、「同朋」二月号の詩「ねがいごと」をＦＡＸ送。

11月20日（月）21日（火）22（水）　玲子と城崎温泉二泊三日蟹の旅。

一日目。　ＪＲ神戸駅九時五十六分発はまかぜ1号に乗車、十二時三十一分城崎温泉駅着。駅前の茶房夢屋でお茶。ときわ別館にチェックイン。よく手入れされた庭、紅葉。夕食、蟹料理。

二日目。　午前、散歩。ロープウェーで大師山山頂へ。霧。みはらし茶屋で一休み。下山して温泉寺薬師堂など回って。温泉元湯脇のカフェChayaでお茶。宿に戻って、無人の談話室の明かりと暖房をつけてもらい客の来る午後三時まで原稿書きせっせと。夕食、懐石料理と蟹。二晩で蟹料理全品が。

三日目。　チェックアウト。駅前通りで蟹買って宅急便送。城崎文芸館へ。道端に桜の樹、咲いている。駅前通りに戻って昼食、海鮮丼。喫茶エルベで原稿書き。十四時三十七分発はまかぜ4号に乗車、十七時三分神戸駅着。夜、高橋博子さんへ電話、黄色いシクラメンのお礼。

11月24日（金）　昨日、灰谷健次郎さん死去。七十二歳、胃ガン。悼。夜、神戸新聞文芸十二月分選稿を速達便送。

11月25日（土）　午前、芦屋市民センターへ。第十七回富田砕花賞贈呈式。受賞者は滋賀の苗村吉昭さんと岡山の境節さん。選考報告をして、退席帰宅。体調よくない。

11月28日（火）　夜、健人から電話、健一郎、真紀さんとも話す。

11月30日（木） 午前、クローバーケアセンター神戸の山田英子さん来宅。

12月1日（金） シシガシラ咲く。イリオモテアサガオが十二月というのにまだ咲いている。夕方、毎日新聞酒井佐忠さんへ「この一年　詩」の「私の選んだ今年の五冊」をFAX送／から電話。五冊は新藤涼子『薔薇色のカモメ』高貝弘也『緑の実の歌』渡辺めぐみ『光の果て』倉橋健一『化身』の四冊の詩集と瀬尾育生評論集『戦争詩論』。

12月2日（土） 午後、三宮UCCカフェプラザで涸沢純平さんと、評論集『内海信之』の三校と書き下ろし原稿三本を手渡す。

12月4日（月） メジロが庭に来て鳴く。午前、涸沢純平さんへFAX、編集工房ノアが第二十三回梓会出版文化賞特別賞に選ばれたお祝い。受賞理由のなかに私の『十年歌―神戸これからも』も挙がっているとか。

12月5日（火） 午前、神戸新聞文芸年間最優秀賞講評をFAX、受賞者は吉見鳶さん「雲が急ぐ」。

12月6日（水） 午前、三宮への電車の中で水こし町子さんに声をかけられる。午後、ACC現代詩教室に出講、境節詩集『薔薇のはなびら』を読む。おわって、ACCロビーで森本敏子さんと、詩集への助言。疲れる。夕方、NHK神戸放送局井上二郎さんから電話、一月のラジオ深夜便で『十年歌―神戸これからも』から詩と文章を読ませて下さいと。森田睦さんから手紙、絵に詩を使わせて下さいと。

12月7日（木）　夜中、トイレに起きてふらついて倒れる。朝、「二、三日前からふらつく、字が書きづらい」と日記に書くと、その字が流れて読めない。あわてて、自転車でと言って玲子にたしなめられて、タクシーで三宮の岡本クリニックへ駆けこむ。すぐタクシーで**神戸市立中央市民病院の救急へ。脳梗塞。入院。**主治医は井上先生、村瀬先生。CT、MRI、二十四時間点滴。

12月8日（金）　入院二日目。姫路文化会へ電話、今日の有本芳水賞選考委員会欠席の連絡。上前さんに連絡して「火曜日」89号原稿手渡す。（いずれも玲子に家からしてもらう）。

12月9日（土）　入院三日目。和彦来てくれる。近藤昌一郎さんへ電話、東京の菅江真澄研究会での講演のお断り。（玲子が家から）。

12月10日（日）　入院四日目。病室から見える神戸の山と街の朝焼け。梶原芳子さんへ「勝原茂」（『はるかなる道標　勝原茂の生涯』のためのエッセイ）を郵送。（入院前に書いていた下書きを玲子に清書してもらって）。

12月11日（月）　入院五日目。昌彦来てくれる。リハビリ始める。車椅子でリハビリ室へ。

12月12日（火）　入院六日目。頸部エコー検査。リハビリ。シャンプーしてもらう。

ら)。

12月13日(水) 入院七日目。リハビリ。今日で点滴おわる。

12月14日(木) 入院八日目。リハビリ。レントゲン。病室からケイタイで電話する、由良佐知子さんへ十二月二十日のACC現代詩教室を自習とする件、涸沢純平さんへ『内海信之』校正のこと、神田さよさんへ校正依頼。『内海信之』校正刷を神田さよさんへ転送(玲子が家から)。

12月15日(金) 入院九日目。リハビリ。病室から電話、陽子へ、和子へ、佐土原夏江さんへ、平松正子さんへ。

12月16日(土) 入院十日目。リハビリ。和彦来てくれる。玲子メマイのため予定していた私の試験外泊取りやめ。

12月17日(日) 入院十一日目。リハビリ。和彦が家に届いた神戸新聞文芸一月分原稿を届けてくれる。休み休みぼつぼつ読みはじめる。病室清掃の人から松井寿美子さん(神戸新聞文芸詩欄投稿者)が下の階で働いていると教わる。会いたいけど。

12月18日(月) 入院十二日目。リハビリ。お風呂(シャワー)に入れてもらう。真紀さん来てくれる。ベッドで休み休みぼつぼつ選評を書く。選者新年詠を書きはじめる。

12月19日(火) 入院十三日目。リハビリ。真紀さん来。由良さんへ電話。

12月20日(水) 入院十四日目。リハビリ。

12月21日（木）　入院十五日目。午後、退院。玲子が迎えに来て、タクシーで帰宅。半月ぶりのわが家、朝顔一輪咲いている。当分自宅療養、リハビリ生活。夕方、神戸新聞選者新年詠の詩「いのちの震え」をＦＡＸ送。「同朋」二月号の詩の校正をＦＡＸ送。

12月22日（金）　午前、由良佐知子さんへ電話、「火曜日」新特集のこと。朝日カルチャーセンター神戸へ電話、現代詩教室来期（一月―三月）休講。夜、クローバーケアセンター神戸の山田英子さん来宅、介護申請をお願いする。

12月23日（土）　午前、神戸新聞文芸一月分選稿を速達便送。午後、和彦来。夕方、由良佐知子さんへＦＡＸ、「火曜日」新特集のタイトルは「忘れられない一篇の詩　一冊の詩集」。

12月24日（日）　新藤涼子さんへ電話。鈴木絹代さんへ電話。高橋冨美子さんへ電話。夕方、二時間昼寝。

12月25日（月）　午前、玲子につきそわれてタクシーで三宮の岡本クリニックへ。つづいて長田の藤山クリニックへ。

12月26日（火）　午前、由良佐知子さんへＦＡＸ／から電話。昨日夜八時十分、明楽四三さん死去。八十三歳、肝臓ガン。言葉がない。

12月27日（水）　午後、入江美幸さんへ電話。山田英子さん来宅、要介護申請手続。

12月28日（木）　午後、玲子につきそわれて長田商店街へ出る、歩くリハビリ。涸沢純平さんから電話。平松正子さんからFAX、選者新年詠の校正。夕方、上前さん来宅、「火曜日」89号校正刷と追加原稿を手渡す。

12月29日（金）　メジロ数羽が庭に来る。午前、たまっていた受贈詩集を開封整理。神田さよさんから詩集『おいしい塩』が届く、発行日一月十七日に神田さんの思いを見る／へ電話&FAX。午後、評論集『内海信之』校正刷届く。

12月30日（土）　夕方。由良佐知子さんへFAX。

12月31日（日）　午前、日高てるさんへ電話。午後、長田商店街へはじめて一人で出る、長田農園に寄って花の買い物。家へ届けてもらう、花といっしょに私も。葉ボタン（赤と白）を門脇に、シクラメン（赤）を出窓に、水仙二本を涙壺に入れて書斎に。

＊

1月1日（月）　午後、和彦一家来。健一郎と健人、おとそをなめて、苦い。二人で機関車トーマス、エレクトーン、坊主めくり、おじいちゃんの似顔絵、次々と。健人は電子辞書と電卓に夢中。

1月2日（火）　午後、「同朋」三月号の詩「となえごと」をFAX送。

1月3日（水）　午後、玲子につきそってもらって長田神社へ。夕方、新藤凉子さんへ「歴程」の詩をFAX送。長詩「泊川　寛政元年」を「前段」（四枚）「中段」（五枚）「後段」（五枚）と三部に分けて。

1月5日（金）　年賀状を書きはじめる、ゆっくりぼつぼつ休み休み、リハビリのつもりで。

1月6日（土）　メジロが庭に来る。

1月7日（日）　夕方、有本芳水賞の子どもの詩を読みはじめる。

1月8日（月）　午前、健人から電話、たくさんおしゃべり。午後、玲子と長田商店街まで散歩。

1月9日（火）　午前、内海高子さんへ電話。

1月10日（水）　午前、秋田の近藤昌一郎さんから電話。由良佐知子さんから／へFAX。

1月11日（木）　夕方、有本芳水賞の子どもの詩を読みおわる。

1月12日（金）　午前、有本芳水賞の子どもの詩の採点表を郵送。

1月15日（月）　一月十二日にアリス・コルトレーン死去、呼吸器不全、六十九歳。ジョンのCDを聴く。

1月16日（火）　午前、神田さよさんへ電話。

1月17日（水）　十三年目の一月十七日である。新聞読んでも、テレビ見ても、なにもしていなくても、涙流れる。午後、涸沢純平さんから電話。こうべ市民福祉振興協会調査員浜岡さん来宅、要支援要介護調査。

1月18日（木）　午前、長田商店街へ出る。往路帰路に更地・焼けた木・高取山苅藻川を写す。毎年一月十七日前後には自転車で長田の町を走りまわって写真を撮るのだが、今年はそれもかなわず、これがやっと。由良佐知子さんから「火曜日」89号校正刷が届く。

1月19日（金）　夕方、上前さん来宅、「火曜日」89号追加原稿を手渡す。夜、NHK神戸放送局井上二郎さんから電話、「ラジオ深夜便」の件。秋田の田口昌樹さんから電話、「ラジオ深夜便」があるそうですね。

1月20日（土）　午前一時からNHKFM「関西発ラジオ深夜便」の「人ありて、街は生き」オン・エア。案内人の西橋正泰さんは八年前の一九九九年十二月十一日の「ラジオ深夜便」の「心の時代」でのインタビュアー。午前二時頃から井上二郎さんが『十年歌』からエッセイ「これからも　わたしの震後十年」と組詩「いのちあれ　いのち輝け―神戸これから」と詩「神戸　これからも」を朗読。

1月22日（月）　午前二時十六分頃揺れる、震度1。震源福井県嶺北、M4・4。午前、今日で退院一カ月。玲子につきそってもらってタクシーで神戸市立中央市民病院神経内科へ。ひきつづき、三宮の岡本クリニックへ。夜、母が神戸市立西市民病院へ入院。

1月24日（水）　午前、玲子につきそってもらってタクシーで神戸市立中央市民病院眼科へ、年一度の眼底検査。午後、高橋冨美子さんからFAX。西岡孝子さんから詩集『ひとしずく』（私家版）が届く。

1月26日（金）　夕方、涸沢純平さんから宅急便。先週の十九日に梓会出版文化賞特別賞受賞式に行ってきましたと。「選考のことば」の編集工房ノアの受賞理由に、『塔和子全詩集』富士正晴『風の童子の歌』『木村庄助日誌』と並んで安水稔和『十年歌』が挙げられている。福井久子さんへ電話、日本現代詩歌文学館の件。

1月28日（日）　一月二十六日に杉山秀子さん死去、杉山平一さんの奥様、肺炎、八十五歳。悼。夕方、「火曜日」89号の「日録」（十月から十二月まで）を書きおわる。

1月29日（月）　午前、上前さん来宅、「火曜日」89号校正刷と「日録」を手渡す。姫信文化会の三浦良介さんと谷田さんお見舞いに来宅、欠席した有本芳水賞選考委員会の結果報告と選考評依頼。朝日カルチャー神戸の長谷川さんから電話、来期（四月―六月）も引き続き休講にしてもらう。午後、瀬野修苹さんと和子来宅。

1月31日（水）　午前、母が神戸市立西市民病院を退院。

（「火曜日」89号　二〇〇七年二月「日録」から）

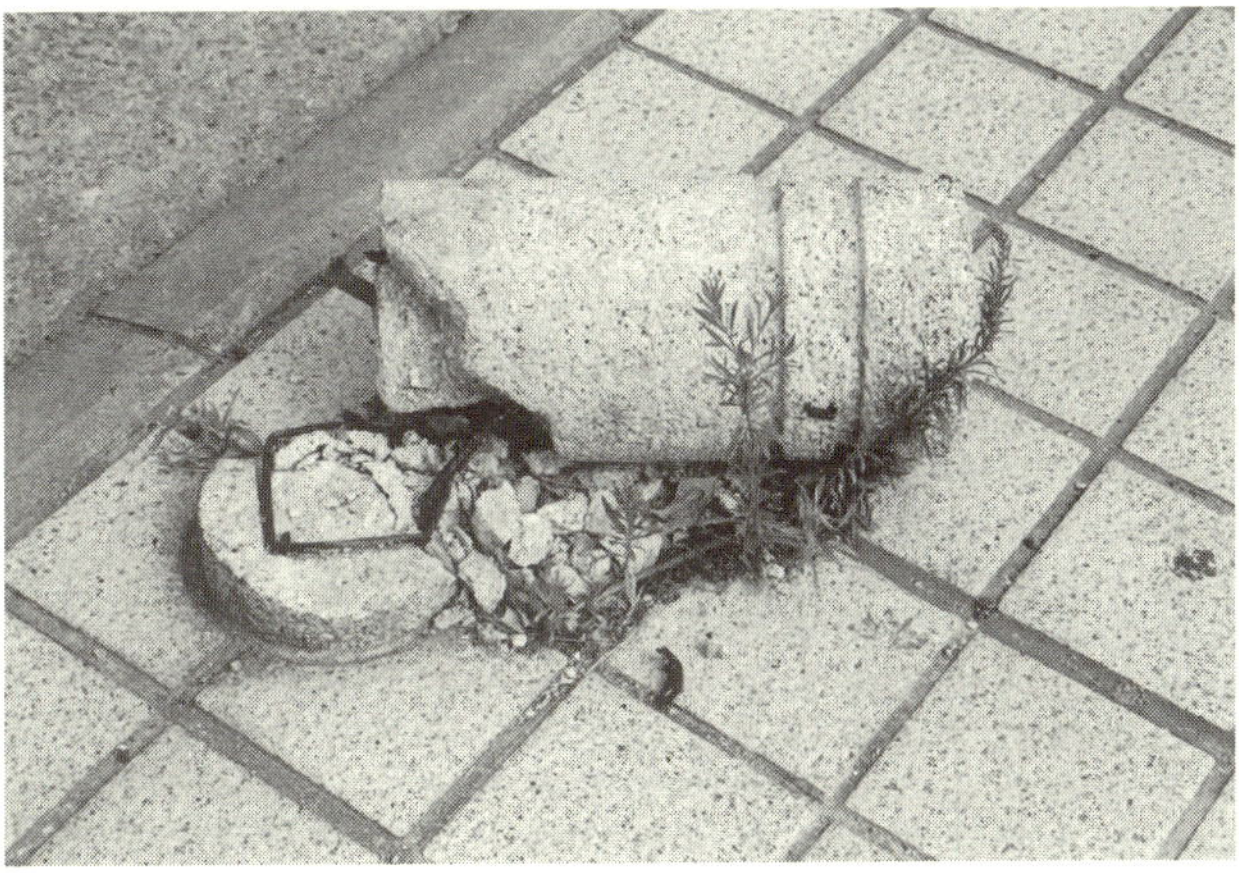

破砕。

ねがいごと

庭の片隅
白い花咲き。
雪が来るのか
風の音。

薄い日溜り
木の影揺れて。
二月は逃げる
苦い月。

凍って融けて

浮かんで沈み。
いま生きている
わたしたち。

不思議なようで
あたりまえ。
つらいことなど
じっと抱きしめ。

出窓の奥で
紅い花揺れ。
そっと唱える
ねがいごと　ひとつ。

（「同朋」2月号　二〇〇七年二月一日）

日録抄　二〇〇七年二月—四月

2月2日（金）　午前、新藤涼子さんから電話。夜、神田さよさんへ電話、NHK神戸放送局ラジオ深夜便のMDの件。

2月4日（日）　自転車に乗って走っている夢を見る。われながらおかしい。退院後は自転車に乗るのを止められている。午後、長田コンプリーチェで、由良佐知子さん佐土原夏江さん神田さよさんが「火曜日」89号校正。

2月6日（火）　午前、上前さん来宅、「火曜日」89号校正刷・カット・追加原稿を手渡す。

2月7日（水）　午後、有本芳水賞の「選考評」を郵送。クローバーあんしんすこやかセンターの米谷正子さん来宅。

2月8日（木）　午前、神田さよさんからラジオ深夜便のMDのダビングテープとテープ起こしが届く。クローバーあんしんすこやかセンター相談員の佐藤玲さん来宅。

2月9日（金）　雨、梅が咲いている。

2月10日（土）　午前、赤塚喜恵子さんから電話。長田筋へ出る。帰途写真を撮る。焼けた木・更地の水仙。夕方、葉書を書く、境節さん、藤田佳代さん、神山真浦さん、井上二郎さん、勝原正夫さんへ。

2月11日（日）　玲子と三宮へ出る、久しぶり。和彦一家と落ち合って、東天紅で昼食。ジュンク堂で健一郎健人に本を買って、不二家でお茶。

2月12日（月）　沈丁花咲きはじめる。午後、『内海信之—花と反戦の詩人』の追加原稿を書き始める。夕方、玄関前と門の脇の植木の整理。

2月13日（火）　塀工事。夕方、健人から電話。幼稚園の話をする、仲よしの男の子七人、女の子はなしとか。

2月14日（水）　午後、季村敏夫さんからFAX、「たまや」の原稿依頼。クローバーあんしんすこやかセンターから相談員三人来宅。夜、勝原正夫さんから電話。

2月15日（木）　午後、「火曜日」89号出来。夜、由良佐知子さんから発送完了のFAX。

2月16日（金）　午後、季村敏夫さんから電話、「火曜日」の「日録」を見て。塀工事いったん中止、ペンキ色違いのため。二階廊下手すりの見つもり申請。バスチェアなど届く。

2月17日（土）　午後、森本敏子詩集『無銘の楽器』が届く。田中荘介さんから電話、「火曜日」の「日録」を見て。

2月18日（日）　夕方、小雪降る。

2月19日（月）　午前、玲子につきそってもらって久しぶりに神戸市営地下鉄に乗る、木村整形外科へ。背骨に注射。午後、疲れて寝る。夕方、杉山平一さんと田村のり子さんから葉書、「火曜日」の「日録」を見て。

2月20日（火）　午前、網戸の修理。杉山平一さんへ葉書。福井久子さんへ電話。林堂一さん、秋山基夫さんから葉書、たかぎたかよしさんから手紙、「火曜日」の「日録」を見て。夕方、神戸新聞文芸三月分選稿を速達便送。

2月21日（水）　塀のペンキ塗り再開。午前、ミドリ薬局で田中荘介さんにバッタリ。夕方、ひめしん文化会の清水さんから電話。夜、健人から電話、おじいちゃん、健人の目見える？電話機を覗いていているらしい。

2月22日（木）　『内海信之―花と反戦の詩人』の追加原稿「『文庫』のこと」を書き上げる。

2月23日（金）　午前、「PO」へ詩「水屋二篇」を速達便送。涸沢純平さんへ電話。夕方、平松正子さん来宅、久しぶりに歓談。たかとう匡子さんへ電話。

2月24日（土）　『内海信之―花と反戦の詩人』の追加原稿「『白虹』のこと」を書き上げる。夕方、佐土原夏江さんへ電話。

2月26日（月）　午前、玲子につきそってもらって神戸市立中央市民病院へ。阪急三宮駅で石阪春生さんとバッタリ。岡本クリニック、ぽぷら薬局。久しぶりに交通センタービルのUCCカフェプラザで昼食。

2月27日（火）　午前、クローバーあんしんすこやかセンターの佐藤玲さんが立ちあがりリクライニングチェアの見本を届けてくれる。午後、川野圭子さんから宅急便が届く。周防大島かいつぶりの家（川野柑橘農園）の伊予柑・紅八朔・酢だいだいがどっさり。

2月28日（水）　午前、川野圭子さんへ電話するも留守、在農園。ご主人の滋洋さんと話す。岡本クリニックへ、ホルター（二十四時間心電図）装着。田中信爾詩集『春光』が届く。

3月1日（木）　午前、二階廊下の手すりの取り付け工事。岡本クリニックへ一人で出かける。ホルターをはずして解析、不整脈激しい。

3月2日（金）　午後、確定申告提出。帰途スイトピー二本と麦の穂三本買って、書斎に。夕方、クローバーあんしんすこやかセンターの佐藤玲さん来宅。リクライニングチェア注文。

3月3日（土）　『内海信之―花と反戦の詩人』の追加原稿「『新聲』のこと」を書きあげる。

3月4日（日）　ハクモクレンの蕾ふくらむ。今日は「火曜日」の〈集まりの日〉、午後一時から神戸市立勤労会館で。行けないのが残念。

3月5日（月）　午前、由良佐知子さんからFAX、昨日の〈集まりの日〉の模様を知らせてくれる。玲子につきそってもらってタクシーで神戸市立中央市民病院へ、神経内科の診察。

3月6日（火） ユキヤナギの花の盛り。午前、資生堂から「口紅のとき」展に詩「君はかわいいと」の一部使用願いが。

3月7日（水） 午前、「火曜日」同人から花のアレジメントなど届く。ありがとう。クローバーあんしんすこやかセンターの佐藤玲さんがリクライニングチェアを持参、不用のソファーと椅子を持ち帰ってくれる。午後、勝原正夫さんから葉書、『内海信之―花と反戦の詩人』の件。夕方、芦田みゆきさんへFAX、歴程の朗読会不参のこと。由良佐知子さんへFAX、佐土原夏江さんへ電話。

3月8日（木） 午後、『内海信之』の追加原稿「『新聲』のこと㈡」を書きあげる。

3月10日（土） 午前、鈴木絹代さんから土佐の文旦が届く。午後、玲子と和彦宅へ。新一年生の健人と新五年生の健一郎が同じ部屋に机を並べて。健人が去年取った蜂の巣から蜂の子を取り出す、カタツムリを手乗りに。二人が手品の競演。

3月11日（日） 時実新子さん死去を知る。昨日三月十日午後五時十五分、肺がんで、七十八歳。まさかと驚く。悼。

3月12日（月） 寒い。午前、『内海信之』の追加原稿四本まとめる。これまでの校正刷再見。

3月13日（火） 午後、UCCカフェプラザで涸沢純平さんと、『内海信之』の校正刷と追加原稿四本を手渡す。夜、神田さよさんへFAX。由良佐知子さんからFAX。

3月14日（水）15日（木）16日（金）　有馬温泉有馬保養所瑞宝園へ保養に玲子と二泊三日。

一日目。午前、ひめしん文化会へFAX。岩井八重美さんから電話&FAX。午後、有馬へ。夕食は懐石。箸置きの和紙に恋の歌「浅ぢふのをのの篠原しのぶれどあまりてなどか人の戀しき　参議等」「風をいたみ岩うつ波のをのれのみくだけて物を思ふころかな　源重之」。添えられた写真は有馬の夕陽と金の湯。

二日目。午前、帰宅して、また戻る。午後、瑞宝寺公園散策、いまだ侘しい冬木立。夕食は蟹しゃぶ。箸置きの和紙にやはり恋の歌「御垣守衛士のたく火の夜はもえ晝は消えつつ物をこそ思へ　大中臣能宣朝臣」。添えられた写真はねね橋。

三日目。午前、チェックアウト。帰宅。ハクモクレンがいっせいに咲いている。

3月19日（月）　午前、玲子につきそってもらって神戸市立中央市民病院へ、循環器内科の診療。帰途、UCCカフェプラザでお茶。「神戸っ子」の小泉美喜子さんとバッタリ。

3月20日（火）　夕方、神戸新聞文芸四月分選稿を速達便送。

3月21日（水）　彼岸の中日。玲子と昌彦が墓参。

3月22日（木）　夕方、竹中敏子さんからお見舞いの電話。

3月23日（金）　春めく。ハクモクレンほぼ散る。夕方、涸沢純平さんから電話、『内海信之』の校正刷が出る。神田さよさんへ送ってもらう。神田さよさんへ電話。

3月25日（日）　午前九時四十二分頃揺れる、震度2。震源は輪島市南西三十キロの能登半島沖、M6.9。輪島市で震度6強。午後、玲子と元町凮月堂での劇団神戸公演に出かけたが満員で補助席。耐えられず帰る。退院後はじめて人ごみに出るも、残念。

3月26日（月）　午前、玲子と岡本クリニックへ。UCCカフェプラザで小泉美喜子さんとまたバッタリ。

3月27日（火）　午前、一人で長田筋へ出る。サイネリアの鉢植えとフリージアの切り花を買って帰る。

3月28日（水）　夕方、出窓の花の入れかえ。

3月29日（木）　シシガシラ一輪咲く。午前、一人でUCCカフェプラザへ。二度あることは三度、小泉美喜子さんとまたまたバッタリ。午後、『はるかなる道標—熱と光を求めて—勝原茂の生涯』が届く。夕方、富田砕花顕彰会事務局へFAX。藤田佳代さんへ葉書、今年のふれあいの祭典での兵庫県洋舞協会の創作作品に『木と水への記憶』と『異国間』からの作品づくりを提案したとのことで、どうぞと。

3月30日（金）　神戸のサクラ開花宣言。午前、新藤涼子さんへFAX、「歴程」へ送った長詩の件。夕方、福井久子さんから電話、兵庫県現代詩協会の顧問の件。

3月31日（土）　午後、和彦一家来。溜まりに溜まった新聞・ダンボール類を整理して車庫に入れてもらう。二日おくれの結婚記念日。ケーキの上に「47年目のありがとう」。健一郎は機関車トーマスの線路・駅舎の二階建てに取り組む。健人は熱心にエレクトーン演奏。夜、季村敏夫さんへ電話。

4月1日（日）　朝日新聞朝刊によれば、能登半島地震の被害、三月三十一日午後八時現在の石川県のまとめ。死者1、重傷者25、軽傷者254、全壊302、半壊357、一部損壊1576、避難者1139（最大時2624）、通行止め8（最大時37）。

4月2日（月）　サクラ五分咲き。朝日新聞の能登半島地震関連記事。ヤセの断崖が崩れる、千枚田でボランティアによる田起こし。それから曽々木の上時国家の壁に亀裂。

4月4日（水）　午後、『内海信之』の校正刷が神田さよさんから届く。夕方、涸沢純平さんへ電話。朝日カルチャーセンター神戸の長谷川さんから電話、年内閉館とのこと。とても残念。

4月6日（金）　午前、玲子と裏山へ花見に。ぼつぼつ歩くうちに、いつしか観音山の上まで。自分でも驚く。山桜の大樹が一本、満開。

4月9日（月）　午前、岡本クリニックへ、ホルター（二十四時間心電図）を装着。夜、健人と健一郎それぞれへFAX／から電話。瑞木ようさんへ電話、由良佐知子さんへ電話。

4月10日（火） 午前、岡本クリニックへ、ホルターをはずす。不整脈は十分の一に減っている。よかった。午後、季村敏夫さんから電話。

4月11日（水） 夕方、荒川純子さん（「歴程」編集）から電話、長詩「泊川」のこと。

4月13日（金） 午後、UCCカフェプラザで涸沢純平さんと、『内海信之』の校正刷を手渡す。

4月14日（土） 和彦一家と三宮で、健一郎の誕生祝い。東天紅で食事。ジュンク堂で本、健人は恐竜の本。不二家でお茶、ケーキにローソクに写真撮影とお店の誕生日サービス。

4月15日（日） 午後零時十九分ごろ地震、震度2。震源は三重県中部でM5.4、亀山市で震度5強。十二人が怪我、亀山城趾石垣の一部が崩れる。

4月17日（火） 夕方、上前さん来宅、「火曜日」90号の校正刷と「日録」を手渡す。

4月18日（水） 19日（木） 20日（金） 有馬温泉有馬保養所瑞宝園へ保養に玲子と二泊三日。

一日目。午後、有馬へ。善福寺の桜。Cafe de Beauでお茶。さくらの小径の桜。袂石の桜。有馬温泉駅二階でボッカケうどんの昼食。瑞宝園へ。荷物あずけて。紅葉坂の桜。チェックイン。庭に大きな鯉のぼり、去年と同じ、真鯉と緋鯉並んで。夕食の箸置きの和紙に春を詠む

「見る人もなき山里の桜花ほかの散りなむのちぞ咲かまし　伊勢」「宿りせし花橘も枯れなくになぞ郭公声絶えるらむ　大江千里」。

二日目。午前、瑞宝寺公園散策、浅緑。椿落花、つつじ蕾、こぶし咲く。瑞宝寺町公園の桜、八重桜の緋色に大島桜の白と若葉の緑が重なりその向こうに抜けるような青空。夕食の箸置きの和紙に春を詠む「月やあらぬ春や昔の春ならぬ我が身ひとつはもとの身にして　在原業平」。

三日目。午前、チェックアウト。帰宅。「火曜日」90号校正刷が届いている。久米明『朗読は楽しからずや』が届いている。その中で久米さんは「ぶどうの会解散騒動の渦中にいたとき、ひとつの詩に巡り会った」「この詩から僕は勇気をもらった」と述べている。「多くの声によるラジオのための作品」と銘打ったラジオ作品「ニッポニア・ニッポン」の作中の詩を十数行引用して、「安水さんの詩は日常の平易なことばでうたわれているが、その奥には硬質な精神がある」「詩のことばを考え、それに触発されながら、作品の世界との往復運動を繰り返す中で、僕は自分をとりもどすことが出来た」と久米さんは述懐している。久米さんには「ニッポニア・ニッポン」（一九六一年）と「ニッポニア・ニッポン・一九六四」（一九六四年）に声1（語り手）で、「対馬　一八六一年」（一九六二年）に仁位孫一郎役で出演していただいた。いずれもNHK。ニッポニア・ニッポンはトキの学名。「対馬　一八六一年」はポサドニック号事件が材料。また、RCCラジオ中国の「岸へ」にもナレーターとして。「岸へ」は「君たちの知らないむかし広島は」に続くラジオ中国の原爆特別番組の二作目。ちなみに「君たちの知らないむかし広島は」のナレーターAは小沢重雄さん、ナレーターBは山本安英さんだった。あれから半世紀近く経ったのだ。午後、神戸新聞文芸選者エッセイ「ありがとう」をFAX送。夜、健人から電話、延々一時間、途中から健一郎とも。

4月21日（土） 午前、芦田はるみさんから電話、詩集の相談。午後、季村敏夫さん来宅、インタビュー二時間。

4月23日（月） 夕方、神戸新聞文芸五月分選稿速達便送。

4月24日（火） 午後、クローバーあんしんすこやかセンターの足立貴則さん来宅。

4月25日（水） 朝、去年から溜まりに溜まった新聞・ダンボールを車一台分、業者に持って行ってもらう。ほっ。午前、神田さよさんへ電話。午後、『内海信之』の校正刷が届く。涸沢純平さんへ電話。「歴程」4月号が届く、「泊川　五篇」「泊川　前段」「同　中段」「同　後段」一挙掲載、十七頁。ほっとする。新藤涼子さんへ電話。平松正子さん辰巳直之さん（写真）来宅、神戸新聞の「兵庫人　挑む」のインタビュー&歓談三時間。夕方、クローバーあんしんすこやかセンター山田英子さん来宅、夜、健人から電話、次の日曜日の相談。

4月26日（木） 午前九時三分頃揺れる、震度1。震源愛媛県東予、M5.4、中国四国で震度4。

神田さよさんから電話、秋谷豊さんの書評転載ＯＫ。

4月27日（金）　玲子につきそってもらって神戸市立中央市民病院へ。ＲＩ（核医学）検査、五時間。疲れた。

4月28日（土）　午前、健人へ電話、明日のこと。午後、真紀さんへ電話、健一郎とも話す、明日のこと。『内海信之』の「内海信之略年譜」と「参考文献」の原稿をＦＡＸ送。

4月29日（日）　午後、和彦一家と玲子と六人で有馬にピクニック。三宮で落ち合って、ＵＣＣカフェプラザで昼食。電車で有馬へ。新緑。鼓が滝公園へ、健一郎と健人がはだしになって水遊び。ます池でます釣り、四匹ずつ釣りあげる。餌を買って鯉にやって遊ぶ。有馬玩具博物館へ。六階から三階へ次々と、木のおもちゃ、積み木のおもちゃ、からくり人形、ジオラマの列車。健一郎健人夢中。三宮へ戻って、サンチカで夕食。駅でバイバイ。久しぶりに孫との遠出ができた。疲れたが楽しかった。八時半帰宅。ポストに「火曜日」90号追加原稿の校正刷が。神田さよさんから電話、中村不二夫さんの書評転載ＯＫ。

4月30日（月）　エゴノキの蕾が並んでいる、枝の下に下向きにかわいくずらりと。午前、種本公子さんから電話、今朝の神戸新聞の選者エッセイを見て。午後、内海高子さんへ電話、『内海信之』掲載の写真の件。


（「火曜日」90号　二〇〇七年五月「日録」から）

日録抄　二〇〇七年五月―七月

5月1日（火）　午前、宮崎修二朗さんへ手紙。午後、霞城館長小田健二さんへ電話。

5月2日（水）　午前、由良佐知子さん佐土原夏江さんと長田コトブキで、「火曜日」90号校正。霞城館長小田健二さんからＦＡＸ。夕方、編集工房ノア涸沢純平さんから評論集『内海信之―花と反戦の詩人』の「略年譜」「参考文献」の校正刷が届く。

5月3日（木）　午前、クローバーケアセンター神戸の調査員樫原美津子さん来宅。

5月4日（金）　午前、リーガースベゴニアを買って帰って書斎の出窓に置く。午後、宮崎修二朗さんから返書。霞城館長小田健二さんへＦＡＸ。

5月6日（日）　午前　霞城館長小田健二さんから電話＆ＦＡＸ／へ電話、内海信之詩集『硝煙』自装本の件。午後、季村敏夫さんから電話。

5月8日（火）　夕方、日本現代詩歌文学館へＦＡＸ。

5月9日（水） 夜、内海高子さんへ電話＆ＦＡＸ、内海信之詩集『硝煙』自装本の件。

5月10日（木） エゴノキの花が咲いている。午前、神戸市立中央市民病院循環器科へ、ＲＩ検査の結果は変化なし。北上行のお許しが出る。午後、日本現代詩歌文学館へ出席のＦＡＸ。

5月11日（金） 午前、日本現代詩歌文学館学芸員豊泉豪さんへＦＡＸ、「明星」「新聲」などの閲覧とホテル予約を依頼。内海高子さんから速達便、「内海信之詩集『硝煙』感想集」とその自装本が届く。

5月12日（土） 朝日新聞に、能登千枚田で田植えの記事と写真。午後、三宮ＵＣＣカフェプラザで島京子さん糸野清明さんとバッタリ。糸野さんとは久しぶり、何年ぶりかしら。豊泉豪さんからＦＡＸ。夜、真紀さんへ電話。健人と話す、恐竜の卵要《い》る?、イルイル!

5月15日（火） 午後、季村敏夫さん来宅、インタビュー二時間。

5月16日（水） 午後、和子宅へ。夕方、三宮ＵＣＣカフェプラザで福井久子さんとバッタリ。久しぶり、歓談。「火曜日」90号出来。

5月18日（金） 午前、季村敏夫さん来宅、先日のインタビューのテープ起こし持参。散髪。

5月20日（日） 夕方、神戸新聞文芸六月分選稿を速達便送。夜、渡部兼直さん来宅、道に迷って、パトカーに乗って。

5月23日（水） 午後、評論集『内海信之―花と反戦の詩人』の追加原稿「詩集『硝煙』のこと」出来。夕方、季村敏夫さんからＦＡＸ、インタビューのテープ起こしの追加。

5月24日（木）　午前、日本現代詩歌文学館の豊泉豪さんからＦＡＸ。午後、三宮ＵＣＣカフェプラザで涸沢純平さんと、評論集『内海信之―花と反戦の詩人』の追加原稿・年譜・参考文献の校正刷を手渡す、写真の相談。

5月25日（金）26日（土）27日（日）28日（月）　日本現代詩歌文学館振興会理事会と第二十二回詩歌文学館賞贈賞式のために北上へ玲子と。三泊四日。

一日目。大阪伊丹空港十時五十分発いわて花巻行ＪＡＬ２１８５便で。五十人乗りのため空港敷地を傘さして歩いて乗り込む。花巻空港十二時十五分着。ＪＲ花巻空港駅へ。十二時四十三分の電車で北上へ。北上十二時五十九分着。駅前のホテルで昼食。日本現代詩歌文学館へ。学芸員豊泉豪さんの出迎え。館長室で「明星」全冊と「新聲」全冊を閲覧。「明星」の第一回第二回の競作の子細判明。車で今日の宿ホテルシティプラザ北上へ、チェックイン。和食処日高見で夕食、眼前に北上川と国見山。

二日目。目が覚めてカーテンを引くと、北上川の向こうの山から陽が上るところで。四時三十四分。空と川が金色に染まり山々はまだ眠っていて漆黒。もう一眠り。櫻花林で朝食。山と川がまぶしい。ロビーラウンジ漣でお茶。結婚式始まり私たちそのまま列席する、昨年同様。午後、ホテルニューヴェールへ、日本詩歌文学館振興会理事会に出席。詩人では白石かずこさん安藤元雄さん。おわって日本現代詩歌文学館へ。館長室で館長篠弘さん北上市長伊藤彬さん、今年の詩歌文学館賞詩部門受賞者池井昌樹さん。ティールームで新藤涼子さん三井葉子さん井川博年さん。詩歌文学館賞贈賞式に出席。詩部門は池井昌樹『童子』、短歌部門は岡野弘彦『バグダッド燃ゆ』、俳句部門は小原啄葉『平心』。記念講演は粕谷栄市さんの「詩を書く人間」。聴きたかったが疲れてしまって贈賞式後に退席、ティールームで休む。夕方、ホテルニューヴェールに移動、レセプション。途中で退席。ホテルシティプラザ北上へ戻る。泊。

三日目。午前、櫻花林で朝食。池井昌樹さんと窓ぎわで北上川と国見山を見ながら立ち話。池井さんは菅江真澄に興味があり真澄談義しばらく、詩談義少々。ロビーラウンジ漣でお茶、ぼーっと小一時間。なんだかこのために来たような。チェックアウト。JR北上駅から電車で花巻駅へ。駅前でタクシー拾って花巻温泉へ。ホテル千秋閣最上階で昼食バイキング。バラ園(ローズ&ハーブガーデン)へ。途中で金子兜太句碑を見つける。「花の牧赤松林の月の出に兜太」。平成五年当地で開催された国民文化祭に選者として招かれた時の句。さらに吉井勇の歌碑「われもゆくむかし芭蕉が野ざらしの旅に出てたる秋風のみち」。昭和三年来訪時の歌。バラ園はバラのシーズンの前のため入場無料。それでもたくさんのバラの花。花で覆われた蒸気機関車模型発見。宮沢賢治の日時計。バラのトンネル。玲子が丘の鐘を鳴らす。宿の車のお迎えで台温泉へ。ひなびた山の湯治場。今日の宿三右ェ門へチェックイン。硫黄泉。掛け流し。深い湯舟の横に浅い湯舟があり。あおむきに寝そべって湯水ひたひた湯治の湯。箸袋に外山節。「わたしゃ外山　ひかげのわらび　誰も折らぬで　ほだとなる」「わしと行かぬか　あの山かげさ　駒こ育てる　はぎかりに」。

四日目。新緑のまんなかで目覚める。朝食。タクシーで花巻空港へ。売店でかもめの玉子・岩手せんべいなど、健一郎と健人に昆虫の卵・宮沢賢治手帳を買って（恐竜の卵はなかった）、資料衣類とともに宅急便送。空港食事処で昼食。花巻空港十二時四十分発ＪＡＬ２１８４便で。これも五十人乗り、またまた歩いて乗りこむ。雲海から浮かび上がった富士山が見える。雪の残る日本アルプス眼下に。大阪伊丹空港十四時十分着。なんとか行ってこれた、ほっ。

5月29日（火）　午前、神戸市立中央市民病院へ、採血。

5月30日（水）　夕方、季村敏夫さんへインタビューのテープ起こし原稿を返送。

6月1日（金）　キキョウ一輪咲く。午後、評論集『内海信之―花と反戦の詩人』の追加原稿「『明星』の『花ちる日』競作」出来。

6月2日（土）　和彦宅へ玲子と、北上のおみやげ「昆虫の卵」「かもめの玉子」「宮沢賢治手帳」などを持って。健人ランドセル背負って帰宅。健一郎手製の嘘発見器。二人でクワガタとカブトムシのバトル。

6月3日（日）　午後、ジュンク堂へ、久しぶり。夕方、内海高子さんへ電話。

6月4日（月）　午後、神戸市立中央市民病院神経内科へ、変化なし。

6月6日（水）　庭木の葉刈りをしてもらう。

6月7日（木）　イリオモテアサガオ一輪咲く。夕方、種本公子さんから電話。「ちとせ」に詩「木のねがい」転載依頼。

6月8日（金）　午後、三宮UCCカフェプラザで涸沢純平さんと。評論集『内海信之―花と反戦の詩人』の校正刷・追加原稿・写真を手渡す。

6月10日（日）　午後、「火曜日」90号の〈集まる日〉が三宮勤労会館で。一時から五時。七カ月ぶりにみんなに会って二時間いて帰る。

6月11日（月）　夕方、評論集『内海信之―花と反戦の詩人』の「あとがき」をFAX送。夜、高橋冨美子さんへ電話。神田さよさんへ電話。

6月12日（火）　夜、勝原正夫さんへ電話。

6月14日（木）　午前、評論集『内海信之―花と反戦の詩人』の念校が届く。午後、涸沢純平さんへ電話。夕方、関富士子さんへFAX、「歴程」同人会欠席、夏の詩のセミナー欠席。

6月15日（金）　午前、新藤涼子さんへ電話。「歴程」の詩「小茂内まで　四篇」を川口晴美さんへＦＡＸ送。

6月16日（土）　夕方、「火曜日」90号〈集う会〉の出席者への手紙投函、当日の写真と詩二篇「かもめの地上り」「大浜」のコピーを同封。夜、近藤昌一郎さんから電話。

6月18日（月）　季村敏夫さんからインタビュー「雑誌の記憶」掲載の「なまず」22号が届く。高橋冨美子さんから「集う会」での「一分間スピーチ」のテープ起こしが届く。

6月19日（火）　午前、神戸新聞文芸七月分選稿を速達便送。高橋冨美子さんから電話。

6月21日（木）　午前、季村敏夫さんへＦＡＸ。涸沢純平さんへ電話。

6月23日（土）　夕方、青木恭子さんへ電話。

6月24日（日）　夜、健人から電話、「昆虫の卵」からクワガタが二匹出てきた、体育と生活がすき。健一郎真紀さんと話す。ＮＨＫ教育テレビＥＴＶ特集「疾走！マイルス・デイビス」を見る。

6月26日（火）　午後、大阪中津の編集工房ノアへ。校正刷を持参、写真資料を持ち帰る。夜、真紀さんから電話、夏休みの城崎温泉行のこと。

6月27日（水）28日（木）29日（金）　**有馬温泉有馬保養所瑞宝園へ保養に玲子と二泊三日。一日目。**午後、三宮ＵＣＣカフェプラザで涸沢純平さんと、評論集『内海信之―花と反戦の詩人』の写真入れ込みを手渡す。午後、神戸電鉄有馬温泉駅二階でお茶。瑞宝寺公園へ。深緑。カタツムリ一匹見つける。瑞宝園チェックイン。入口ホール脇に七夕飾り。夕食は六甲涼月。箸置きの和紙に郭公の歌「郭公なが鳴く里のあまたあればなほうとまれぬ思ふものから　読人しらず」「五月雨の空もとどろに郭公何を憂しとか夜ただ鳴くらむ　紀貫之」。添えられた写真はねね橋と瑞宝園遠望。

二日目。朝食の窓の外にクルミの実たわわ。瑞宝寺公園へ。アジサイ鮮やか。カタツムリ十四匹見つける。夕食の箸置きの和紙に郭公の歌「郭公我とはなしに卯の花のうき世の中に鳴き渡るらむ　凡河内躬恒」「五月雨に物思ひをれば郭公夜深く鳴きていづち行くらむ　紀友則」。添えられた写真は瑞宝寺山門と有馬夕日。

三日目。午前、チェックアウト。念仏寺沙羅樹園へ。樹令二百五十年と伝えられる沙羅双樹の大樹、葉繁り花開く。樹下の苔に落花あまた。左右に雀石と蛤石。縁側に運んでもらった椅子に座ってしばらく庭に向かう。午後、帰宅。夕方、神田さよさんから「火曜日」90号〈集う日〉での私の「雑談すこし」のテープ起こしが届く。兵庫県文化課から兵庫県文化賞受賞者小品展の色紙が届く。

6月30日（土）　午前、健一郎健人へFAX、丹波竜情報四枚など。夕方、季村敏夫さんから電話。

7月2日（月） 夕方、「歴程」の詩二篇「小茂内で」と「多氐《たて》」を川口晴美さんへFAX送。

7月4日（水） 午前、評論集『内海信之―花と反戦の詩人』の写真の入れ込み頁の校正刷と表紙案が届く。涸沢純平さんへ電話。午後、青木恭子さんへ電話。

7月6日（金） 午後、涸沢純平さんと三宮UCCカフェプラザで、評論集『内海信之―花と反戦の詩人』の写真・校正・写真リストなどを手渡す。

7月7日（土） 午後、季村敏夫さん来宅、インタビューのつづき三時間。

7月8日（日） 夜、健人と電話で話す。

7月9日（月） 夕方、季村敏夫さんへ「たまや」の詩「江差まで　九篇」をFAX送。夜、季村敏夫さんへ電話。

7月10日（火） 眼がおかしい。午前、谷部良一さんへ電話。

7月11日（水） 午後、鈴木絹代さんへ電話、ご主人と話す。夕方、健人へ恐竜の新聞記事をFAX。

7月12日（木） 午後、工藤恵美子さんへ電話。夜、小西誠さんからFAX。

7月13日（金） 午前、評論集『内海信之―花と反戦の詩人』の最終校が届く。涸沢純平さんへ電話。林みち子眼科へ。午後、和彦宅へ、サクランボ持って。健人がランドセル背負って雨に濡れて帰宅、宿題をはじめる。健一郎が手品披露。夜、健一郎と健人からそれぞれにＦＡＸ。

7月14日（土）　台風4号来。午前、評論集『内海信之―花と反戦の詩人』の最終校の訂正部分をＦＡＸ送。午後、健一郎（英語の手紙）健人真紀さんへＦＡＸ。夜、健一郎健人真紀さんからＦＡＸ。

7月15日（日）　夕方、神戸新聞文芸選者エッセイ「もんどり」（お題は「うなぎ」）をＦＡＸ送。

7月16日（月）　午前十時十三分頃、新潟県中越沖地震、Ｍ6.8、柏崎震度6強。午後五時二十四分頃、奈良県でＭ4.6、震度3。午後十一時十八分頃京都府沖Ｍ6.6、京都府で体感なし、豊岡で震度1。ところが三六〇キロ離れた北海道浦幌で震度4、いわゆる異状震域。

7月17日（火）　午前、林みち子眼科へ。朝日新聞夕刊によれば新潟県中越沖地震で死者九人、負傷者一〇八八人、避難所に一万一千人。

7月18日（水）　蟬鳴きはじめる。午前、豊原清明さんへ電話。

7月19日（木）　午前、涸沢純平さんからＦＡＸ。夕方、神戸市文化交流課赤坂さんから電話、神戸市文化賞の件。

7月20日（金）　午前、村上翔雲さんへ電話。涸沢純平さんから電話。

7月21日（土）　午前、朝倉裕子さんへ電話。午後、和彦一家と三宮で、真紀さん誕生祝い。

東天紅で昼食。ジュンク堂で健一郎と健人に本。そごうで真紀さんの靴。不二家でお茶。

7月22日（日） 車庫東側のイリオモテアサガオ咲き始める。午後、岩井八重美さんからFAX。

7月24日（火） 夕方、三宮UCCカフェプラザでたかとう匡子さんとバッタリ。久しぶりに歓談、気がつくと二時間ほど。

7月25日（水） 午前、神戸新聞文芸八月分選稿を速達便送。涸沢純平さんから評論集『内海信之―花と反戦の詩人』の表紙見本が届く。午後、涸沢純平さんへ電話。新藤涼子さんへFAX／から電話。

7月26日（木） 午後、涸沢純平さんから評論集『内海信之―花と反戦の詩人』の白焼きが届く。写真など点検して返送。

7月28日（土） 午後、涸沢純平さんから電話、最後のダメ押し。

7月29日（日）30日（月） **玲子と城崎温泉一泊二日保養と下見の旅。**

一日目。午前、JR神戸駅へ。地下でモーニング。九時五十六分はまかぜ7号に乗車。車中駅弁。十二時三十二分城崎温泉駅着。西村屋ホテル招月庭へ。十二時五十分チェックイン。庭の棟。宿の浴衣に着がえて、玲子はうすいピンクと紫の花模様の色浴衣。まずは月下の湯へ。それから屋外プール下見。自然森林園の森のチャペルへの道を散策。夕方、宿の車で外出、まだ入っていない唯一の外湯御所の湯へ。大谿川沿い木屋町通りの桜並木を辿って一の湯の前へ。花兆庵ひやかして。柳湯前の愛宕橋上に座ってしばし夕涼み。御所の湯まで戻って宿の車に拾ってもらって帰館。夕食。膳脇に短冊、白赤和紙二枚重ねに「こよい来む人にはあはじたなばたのひさしきほどに待ちもこそすれ　素性」「織女のながき思ひもくるしきにこの瀬をかざれ天の川　西行法師」。

二日目。メインホール朝香で朝食バイキング、窓外の緑深く。小雨。部屋でのんびり。ロビーラウンジ青山望でゆっくり。一隅に七夕飾り。そのなかの一枚「もういっぺんこれますように」、たどたどしい子どもの字。十二時チェックアウト。宿の車で駅前へ。喫茶店二軒はしご。十四時三十七分発はまかぜ4号に乗車。車中駅弁。十七時三分神戸駅着。夜、真紀さんへ電話、健一郎健人と話す。今日午前二時すぎ小田実さん死去七十五歳末期ガンと夕刊に。悼。

7月31日（火）　有馬のかたつむり十三匹元気。午前、林みち子眼科へ。夜、真紀さんへ電話、健人から電話。映画の打ち合わせ、約束の金曜日に台風が来るから明日行こう。

（「火曜日」91号　二〇〇七年八月「日録」から）

日録抄　二〇〇七年八月―十月

8月1日（水）　朝、健人から電話、アサガオ咲いた、青八つ赤六つ。健一郎健人真紀玲子と五人、シネ・リーブルで映画「河童のクーの夏休み」を見る。ミュンヘンで昼食、ジュンク堂で健一郎健人に本、不二家でお茶。

8月2日（木）　台風5号。夜、健人健一郎と電話。健人はティラノサウルス・レックス、健一郎は『IQ探偵ムー』の話。

8月3日（金）　午後、上前さん来宅、「火曜日」91号校正と日録原稿を手渡す。

8月4日（土）　和彦一家と玲子と六人で、玲子の誕生祝い。グレゴリーコレで昼食、大丸で買い物。

8月6日（月）　ハイビスカス一輪咲く。夕方、長田区役所長田まちづくり推進課近藤将晴さん今井宏美さん来宅、長田文化賞について助言。

8月8日（水）　午前、健人へFAX、丹波竜の新聞記事。

8月10日（金）　午後、三宮UCCカフェプラザで涸沢純平さんと、評論集『内海信之―花と反戦の詩人』の束見本を受け取る。

8月11日（土）　墓参、姫路市豊富町酒井へ玲子昌彦と。

8月12日（日）　午後、三宮UCCカフェプラザで芦田はるみさんと、詩集助言。

8月13日（月）　午前、三宮UCCカフェプラザで由良佐知子さん佐土原夏江さん岩井八重美さんと、「火曜日」91号目次つくりなど。夜、真紀さんへ電話、健一郎健人と話す。

8月15日（水）　夕方、兵庫県文化賞受賞者小品展へ出品の色紙（「いのちの記憶」）を郵送。

8月16日（木）　午前、内海高子さんに電話。佐土原夏江さんの詩集原稿が届く。午後、三宮UCCカフェプラザで朝倉裕子さんと、詩集助言。

8月17日（金）　八月十五日にマックス・ローチ死去八十三歳。

8月18日（土）　午前、内海高子さんへ評論集『内海信之―花と反戦の詩人』のための資料（未刊詩集『雛鶏』原稿など）を宅急便で返却。

8月19日（日）　夕方、夕立、雷。

8月20日（月）　午後、三宮UCCカフェプラザで佐土原夏江さんと、詩集原稿助言。

8月21日（火）　午前、神戸新聞文芸九月分選稿を速達便送。

8月22日（水）　評論集『内海信之―花と反戦の詩人』出来、うれしい。夜、遠雷稲妻しきり。健人から電話、明日行くね。

8月23日（木）24日（金）　城崎温泉へ和彦一家と玲子と六人で一泊二日の旅。

一日目。ＪＲ三ノ宮駅で和彦一家と落ち合って。午前九時五十七分発はまかぜ1号に乗車。車中駅弁。十二時三十二分城崎温泉駅着。午後一時に西村屋招月庭に到着。荷物をあずけて屋外プールへ。健一郎健人泳ぐ、大はしゃぎで熱心に一時間半。三時チェックイン。月の棟に二部屋。三世代家族に果物のサービス。宿の浴衣に着がえて。健一郎は大人用の小、健人は子ども用。真紀さんは紺地にピンクの花の、玲子は薄紫地に薄紅色の花の色浴衣。月下の湯に入る。夕方、宿の車で湯の町へ。外湯一の湯に入る。柳湯前の愛宕橋上で写真。花兆庵、そふと工房でソフトクリーム、城崎堂と伊賀屋でおみやげ。御所の湯前から宿の車で帰館。夕食。健人がビールを注いでくれる。黒毛和牛陶板焼夏野菜添えを健一郎健人が自分たちで焼く。玄関前の橋のたもとで花火、小一時間。健一郎健人が私たちの部屋へ来て、四人で就寝。

二日目。メインホール朝香で朝食バイキング。ロビーラウンジ青山望で須鎗洋弼さん一家と出会う。健人が窓の蛙を見つけて撮る。チェックアウト。ジャンボタクシーで玄武洞へ。青龍洞。健人がアメンボを見つけて撮る。玄武洞。健人がカニを見つけてつかまえる。玄武洞公園出たところで健人がバッタを見つけて追いかける。玄武洞ミュージアムでマルチビジョンを観る。健一郎化石奇石宝石を熱心に見てまわる。健人サヌカイトのカンカン石から離れない、繰り返し叩いて演奏。次に城崎マリンワールドへ。別れぎわに運転手さんから余部鉄橋の写真をいただく。入館すぐ健人がアカデガニを見つける。なかなか離れない。セイウチの遊泳。トドのダイビング。ペンギンの水槽で健人また離れない。海岸に石造りの巨大海亀。健一郎その脇に立つ、健人その頭部に登る。イルカショー。アシカショー。イルカライブステージ。レストラン龍宮でおそい昼食。バスで城崎駅へ。駅前海女茶屋でコーヒー、みんなはみやげ物屋へ。十七時十八分発はまかぜ6号に乗車。十九時四十七分三ノ宮駅着。ホームで和彦一家と別れて、帰宅。城崎温泉駅で買ったカニずし弁当でおそい夕食。「火曜日」91号出来、届いている。由良さんからFAX、「火曜日」発送をすませましたと。

8月25日（土） 午後、内海高子さんから電話、『内海信之―花と反戦の詩人』届きました。

8月26日（日） 夕方、勝原正夫さんから電話、届きました。

8月27日（月） 午前、中村茂隆さんから電話、届きました、久しぶりにいろいろ。神戸市立中央市民病院神経内科へ。夜、田中壮介さんから電話、届きました、久しぶりにいろいろ。

8月28日（火） 午前、三宮の林みち子眼科へ。芦田はるみ詩集手直し原稿が届く。神田さよさんから電話。

8月31日（金） 午後、三宮UCCカフェプラザで芦田はるみさんと、詩集手直し原稿助言。

9月2日（日） 午後、あすてっぷKOBEで「火曜日」91号の合評会。

9月4日（火） 午後、詩集詩雑誌の一部を整理移動、ダンボール箱詰めを始める。

9月5日（水） 午後、山本美代子さんから花瓶をいただく／へ電話。

9月6日（木） 午後、岡本喬さんへ電話、梨のお礼。神戸新聞文化生活部平松正子さんと山口登さん（写真）来宅、評論集『内海信之―花と反戦の詩人』のインタビュー。

9月7日（金） 午後、朝倉裕子詩集手直し原稿届く。

9月9日（日） 午前、日本現代詩歌文学館へ詩集詩雑誌十箱を寄贈、宅急便送。夜、健一郎健人から電話。

9月10日（月） 午後、三宮UCCカフェプラザで朝倉裕子さんと、詩集手直し原稿助言。佐土原夏江詩集手直し原稿が届く。

9月11日（火） 午前、中村茂隆さんからFAX／へ電話、神戸大学グリークラブからの合唱組曲委嘱の件。平松正子さんから電話、石井久美子さんの詩集出版の件。午後、三宮UCCカフェプラザで中村茂隆さんと、合唱組曲のこと。夜、石井久美子さんから電話。

9月12日（水） 午前、『2006こうべ芸文アンソロジー』へ詩「いのちの震え」（再録）を

ＦＡＸ送。日本現代詩歌文学館学芸員豊泉豪さんからＦＡＸ。

9月13日（木） 午後、三宮ＵＣＣカフェプラザで佐土原夏江さんと、詩集手直し原稿助言。

9月14日（金） 午前、石井久美子詩集原稿が届く。

9月15日（土） 七十六歳の誕生日。午後、玲子と元町凮月堂へ、劇団神戸公演コメディ・ド・フウゲツ「夜の向日葵」を観る。三島由紀夫作、夏目俊二演出。元町別館牡丹園で夕食。コトブキでケーキを買って帰ってローソク六本立てて誕生祝い。

9月18日（火） 午後、神戸市庁舎で神戸市文化賞選考委員会。陳舜臣さん新野幸次郎さん伊藤誠さん中西覚さんとすこし。帰途中西勝さんと駅近くまで久しぶりに話しながら歩く。

9月19日（水） 午前、神戸新聞文芸十月分選稿を速達便送。夕方、中村茂隆さんから／へ電話。真紀さんへ電話、土曜日のこと。

9月20日（木） 午前、勝原正夫さんへ電話。午後、中村茂隆さんから／へ電話。

9月21日（金） 午後、神戸市立中央市民病院へ、ＭＲ検査と神経機能検査。

9月22日（土） 午後、和彦一家と玲子と六人で、三宮国際会館九Ｆ維新號で昼食。ジュンク堂で健一郎健人に本。不二家でお茶、健人ペコちゃんと写真。夜、真紀さんからＦＡＸ、運動会のプログラム。

9月23日（日） 午前、三宮ＵＣＣカフェプラザで石井久美子さんとれお《い、》君と、詩集助言。夕方、中村茂隆さんから電話。

9月25日（火） 午後、三宮UCCカフェプラザで芦田はるみさんと、詩集助言。涸沢純平さんに引きあわせる。夜、石井久美子さんから電話。

9月26日（水） 午前、伊勢田史郎さんへ電話。夕方、日本現代詩歌文学館へ詩集詩雑誌五箱を寄贈、宅急便送。豊泉豪さんへFAX。小川アンナさんからお茶が届く。

9月27日（木）28日（金） 城崎温泉西村屋と豊岡コウノトリの郷へ玲子と一泊二日の旅。

一日目。 JR神戸駅へ。地下喫茶でモーニング。午前十時一分発はまかぜ1号に乗車。車中駅弁。十二時三十二分城崎温泉駅着。西村屋本館へ。十二時五十分チェックイン。展示室へ。中川一政の書「来客如帰為　西村屋旅館」。様々の書画陶芸。伝承麦わら細工、城崎温泉寺之圖、城崎温泉の歴史を語る写真など。吉の湯に入る。外出。外湯一の湯に入る。花兆庵、そふと工房でソフトクリーム、城崎堂、伊賀屋に寄って帰館。夕食。箸置きの和紙に「城崎のいでゆのまちの秋まひる青くして散る柳はらはら　富田砕花」、外湯柳湯前の歌碑の歌。栗の実と葉の絵が添えられて。

二日目。 朝湯。廊下を奥へ奥へ行った平田館（平田雅哉による数奇屋建築）の尚の湯に入る。朝食は部屋で。福の湯に入る。内庭に出る。碑一基、「湯の街は晴れて若葉に影おとし行鳶富田渓仙」。ロビーラウンジ青月盧でくつろぐ。大広間泉霊で昼食、ミニ懐石。午後一時チェックアウト、二十四時滞在。タクシーでコウノトリの郷へ。城崎大橋を渡ったところで山ぎわに二羽のコウノトリ、九月二十二日城崎町楽々浦で放鳥された三羽のうちのつがいの二羽だとか。玄武洞は素通りして。まずは久久比神社へと言うと、わからない。無線でたずねてくれて、下ノ宮神社と言っているとか。そういえば所在地は下ノ宮。久久比神社着、下車。小川を渡って木の鳥居、石の鳥居、山門、本殿。山門の「久久比神社　略歴」には「(前略) 久久比神社の鎮座する下宮は昔より鵠（くくい＝コウノトリの古称）村と言われていたように、古来より国の特別天然記念物『コウノトリ』が数多く大空を舞っていた地域であり、日本書紀によれば天湯河板挙命《あめのゆかわたなのみこと》がこの地で『コウノトリ』を捕まえたと言う説が伝わる」とある。コウノトリの郷公園に到着。谷あいの傾斜地の柵の中に十数羽。放鳥された鳥たちも空から舞い降りて来る。柵内の鳥は右の羽が切られていて羽ばたくが飛べない、半年でまた生えそろうとか。文化館に戻り多目的ホールで七月三十一日巣立った雛誕生のビデオ。シアターホールでコウノトリ野生復帰事業の短篇映画二本。学習室でコウノトリや他の鳥の卵を触り。展示コーナーでは田植え歌のパネル、「鶴の子の巣立ちはどこよ山と山／山と山朝日輝く老松の枝」「鶴の子よいつまた帰る古里へ／古里へ三開山の白い翼」「まぼろしのヤレ鶴鳴く声が唄となる／人のやさしさにわたしも帰る故郷へ」。豊岡市内神美地区に古くから伝わる田植え歌、鶴はコウノトリのこと。

羽を拡げた一羽とクラッタリングしている二羽の剝製を背に外へ出ると雨が、変わりやすい天候。タクシー呼んで豊岡駅へ。駅前のビルの最上階で夕食、マツタケ定食。ＫＩＯＳＫで健一郎健人に「コウノトリの卵」を買って。十七時三十分豊岡駅発はまかぜ6号に乗車。十九時四十四分神戸駅着。留守中、入江美幸さんから宅配便、豊原豪さんから留守電、平松正子さんからＦＡＸ。

9月29日（土）　午前、入江美幸さんへ電話。平松正子さんへＦＡＸ。

9月30日（日）　やっと長袖。雨で健一郎健人の運動会中止。

10月2日（火）　健一郎健人二人いっしょの運動会。玲子と出かける。一年生の健人は30ｍ走とみんなでポン（玉入れ）でがんばる。五年生の健一郎は90ｍ走と応援合戦でがんばる。どちらも赤組赤帽子。午後、疲れて途中で帰る。夕方、芦屋市教育委員会田端さんから電話&ＦＡＸ。佐土原夏江さんから詩集原稿が届く。夜、健一郎と健人から電話、来てくれてありがとう。

10月4日（木）　午後、長田農園主人にベルギー・マム（わい性夏秋菊）二鉢を届けてもらう、出窓に置く。

10月5日（金）　午前、神戸市立中央市民病院へ、神経内科山上先生の診療。先日のＭＲ検査と神経機能検査の結果は異常なし。よかった。午後、三宮ＵＣＣカフェプラザで佐土原夏江さんと、詩集助言。涸沢純平さんに引きあわせる。

10月7日（日） 午後、三宮UCCカフェプラザで石井久美子さんとれい、お君と、詩集助言。涸沢純平さんに引きあわせる。

10月8日（月） 午後、谷田寿郎さんへ『ひょうご現代詩集』の詩「江差 二篇」をFAX送。夜、朝倉裕子さんの詩集原稿が届く。

10月10日（水） キンモクセイ薫る。芙蓉イリオモテ朝顔咲きつづける。彼岸花夏水仙咲く。午後、三宮UCCカフェプラザで佐土原夏江さんと、詩集助言。

10月12日（金） 夕方、健人から電話、明日のこと。

10月13日（土） 午後、和彦一家と玲子と六人で、健人誕生祝い。不二家で昼食、誕生日ケーキとローソクと写真のサービス。大丸でプレゼントを買って、カフェパスタンでお茶。ジュンク堂で本。東天紅で夕食。

10月14日（日） 午後、三宮UCCカフェプラザで朝倉裕子さんと、詩集助言。涸沢純平さんに引きあわせる。

10月15日（月） 午前、三宮岡本クリニックへ、ホールター二十四時間心電図を着装。UCCカフェプラザで由良佐知子さん佐土原夏江さんと、「火曜日」新特集「安水稔和の詩を一篇―未来の記憶のために」のお知らせなどの郵送作業。午後、朝日カルチャーセンター神戸から電話。

10月16日（火）　午前、三宮岡本クリニックへ、ホールター二十四時間心電図の結果を聞く、不整脈格段に良くなっている。夕方、朝日カルチャーセンター神戸（ＡＣＣ）から資料書類などが宅急便で届く。ＡＣＣ年内閉鎖。石井久美子詩集選詩リストが届く。

10月18日（木）　午後、芦屋市役所教育委員会室へ、富田砕花賞選考委員会に出席。今年も二人受賞、秋山久紫詩集『花泥棒は象に乗って』と日笠芙美子詩集『海と巻貝』。おわって、杉山平一さん伊勢田史郎さんと阪神芦屋駅前にしむらへ、コーヒーで歓談。

10月19日（金）　午後、中村茂隆さんにＦＡＸ、合唱組曲の種になる詩四つ。

10月20日（土）　午後、神戸新聞文芸選者エッセイ「人の息づかい」（お題は「音楽」）をＦＡＸ送。夕方、岩井八重美さんから電話。

10月21日（日）　夜、芦田はるみさんへ電話、詩集初校への助言。石井久美子さんへ電話、詩集作品えらびへの助言。

10月22日（月）　夜、豊原清明さんから電話。

10月24日（水）　午前、富田砕花賞受賞作選評をＦＡＸ送。

10月25日（木）　午前、神戸新聞文芸十一月分選稿を速達便送。午後、芦田はるみさんへＦＡＸ、詩集部立ての案。夜、芦田はるみさんから電話。石井久美子さんから電話。

10月28日（日）　午前、健人へFAX、お誕生日おめでとう。三宮UCCカフェプラザで芦田はるみさんと、詩集出版への助言。十月二十四日から兵庫県民アートギャラリーで始まっていた「'07名筆研究会展」が今日でおしまい。郷土ゆかりの詩人俳人の詩句による現代詩書展。詩句提供二十四人中の十二人が「火曜日」同人。私の詩も六人に書いてもらう。

10月30日（火）　夕方、中村茂隆さんへFAX、合唱組曲のための詩四篇プラスα。

10月31日（水）　イリオモテ朝顔十八花咲いている、ふつうの朝顔も二花。

（「火曜日」92号　二〇〇七年十一月「日録」から）

V　記憶の塔

十三年　十三年

一月十七日はいつも晴。更地の片隅に残っている柿の木の枝が拡げる時の網目。焼け残った庭石の脇からついと伸び出る水仙花。今年も。白い花被片のまんなかに黄色の副花冠。いのち眩しくふたつみつよつ。

人影まばらな広場を走ってくる子どもがいる。あの子は十三。十三年経ったのですねぇ。でも。あのときから走れない子がいる。あのときから歳をとらない子がいる。

十三年。十三年。わたしたちはなぜ生まれるのか。十三年。十三年。わたしたちはなぜ生きているのか。子どもが走り出す。あの子はいくつ、いくつなのかしら。

（「神戸新聞」二〇〇八年一月七日）

日録抄　二〇〇七年十一月―二〇〇八年一月

11月1日（木）　イリオモテ朝顔三十一花咲く、ふつうの朝顔も六花。午前、神戸市立中央市民病院へ、循環器科診察。

11月2日（金）　午前、豊原清明さんのお父さんから電話、神港学園図書館報に詩「飛ぶ意志」再録の許諾。新藤涼子さんへＦＡＸ、丸山薫賞お祝い。芦田はるみさんへＦＡＸ、詩集題名のこと。

11月3日（土）　午前、いつのえみさんから電話、福岡での朗読会「短歌の祈り、詩の言葉」で「風の歌」を読ませて下さい。夕方、神戸文化ホール喫茶室で芦田はるみさんと、詩集助言。夜、文化ホール大ホールでふれあいの祭典「'07洋舞フェスティバル」を観る。藤田佳代演出「道」は「木と水への記憶」をもとに発想された作品。

11月5日（月）　午前、佐土原夏江さんから詩集再編原稿、石井久美子さんから詩集目次届く。

11月6日（火）　夕方、城崎温泉西村屋立岡さんからFAX、庭内の碑文解読の件。

11月7日（水）　夕方、季村敏夫さんから電話。夜、石井久美子さんへ電話、詩集助言。

11月8日（木）　午後、神戸大学グリークラブ部長新森隆司さんから手紙、グリークラブの情報。中尾務さんへ手紙、「くろおぺす」創刊同人のこと。夕方、詩書の整理。

11月9日（金）　午後、明治書院から『展望現代の詩歌』に「存在のための歌」「君がほしい」「あなたの体が」「飛ぶ意志」「鳥」「声」「更地」七篇の掲載許可願。

11月14日（水）　午前、芦田はるみさんから詩集再校届く。朝倉裕子さんから詩集初校届く。午後、季村敏夫さん来宅、インタビューの続き、二時間。

11月15日（木）　午後、「火曜日」92号出来。夕方、中村茂隆さんから合唱曲の件でFAX。

11月16日（金）　午後、「現代詩手帖」編集部から「現代詩年鑑」へ詩「小茂内で」収載依頼。

11月17日（土）　午前、芦屋市民センターで第十八回富田砕花賞贈呈式。受賞詩集は秋川久紫『花泥棒は象に乗り』と日笠芙美子『海と巻貝』。選考報告。懇親会でたくさんの人に会い歓談。伊勢田史郎さんと帰神。留守中に田中信爾さん来宅、句集『冬萌百二十句』を持参。

11月19日（月）　午後、三宮UCCカフェプラザで中村茂隆さんと、合唱組曲の打ち合わせ。留守中、季村敏夫さん来宅、インタビューのテープ起こしを届けに。夜、季村さんからFAX。

11月20日（火）　夕方、日本現代詩歌文学館へ詩集詩誌段ボール五箱を宅急便送。神戸新聞文芸十二月分選稿を速達便送。中村茂隆さんへ合唱組曲「生きるということ」の原稿をＦＡＸ送。神戸大学グリークラブ部長新森隆司さんへも速達便送。

11月21日（水） 午前、豊泉豪さんへＦＡＸ。佐土原夏江さんから詩集原稿届く。

11月22日（木） 午後、三宮ＵＣＣカフェプラザで佐土原夏江さん、詩集助言。夕方、季村敏夫さんからＦＡＸ、インタビュー（後半のＴ・Ｓ・エリオットに関する部分）のテープ起こし。

11月23日（金） 朝、血圧高目、不整脈あり。午前三時間半と午後二時間寝る。夜、勝原正夫さんへ電話。朝倉裕子さんから電話、詩集題名の相談。

11月24日（土） 午前、不整脈が続くので玲子につきそってもらってタクシーで三宮岡本クリニックへ、心電図など。タクシーで帰宅。夕方、二時間寝る。

11月25日（日） 夕方、三時間寝る。夜、健一郎と健人へＦＡＸ、丹波市山南町の巨大な恐竜のわら細工の神戸新聞の記事。

11月26日（月） 夕方、三時間半寝る。

11月27日（火） 夜、石井久美子さんから電話、詩集初校が出た。毎日新聞酒井佐忠さんからＦＡＸ、「今年の詩集五冊」の依頼。「ＰＯ」の佐古祐二さんからＦＡＸ、旅のエッセイの依頼。

11月28日（水） 午後、三宮ＵＣＣカフェプラザで佐土原夏江さんと、詩集助言。夕方、季村敏夫さんからインタビューのテープ起こし原稿届く。

11月29日（木）　午後、毎日新聞酒井佐忠さんへFAX、「今年の五冊」は①岩佐なを『しましまの』②新井豊美『草花丘陵』③棹見拓史『かげろうの森で』④藤原安紀子『フォトン』⑤秋川久紫『花泥棒は象に乗り』、番外として藤井貞和『詩的分析』。

11月30日（金）　午前、長田農園からポインセチア二鉢届けてもらい、ベルギーマムと入れかえに出窓に置く。夕方、毎日新聞酒井佐忠さんから電話。

12月1日（土）　イリオモテ朝顔十花。

12月2日（日）　午後、あすてっぷKOBEで「火曜日」92号合評会、タクシーで行ってタクシーで帰る。

12月3日（月）　第二十二回梓会出版文化賞特別賞に編集工房ノアが受賞、おめでとう。受賞理由の一つに私の『十年歌』出版も。午前、神戸市立中央市民病院神経内科へ。午後、「現代詩手帖」の藤井一乃さんからFAX&電話、三井喬子詩集『紅の小箱』書評の依頼。「ぜぴゅろす」の桜井節さんから特集「杉山平一の世界」への寄稿依頼。神戸新聞平松正子さんへFAX、神戸新聞文芸年間最優秀賞は岬美郷さん「森の中で」。夕方、青木恭子さんへ電話。

12月4日（火）　有馬へ散策、一人で。瑞宝寺公園紅葉、善福寺紅葉、兵衛向陽閣案内所喫茶でコーヒー、健一郎と健人にふくろう（ミネルバの使い）の鉛筆けずり求めて帰る。夕方、健一郎健人へFAX、豊岡市の市石が玄武岩、市両生類がオオサンショウウオに決まるという神戸新聞朝刊記事。

12月5日（水）　午前、村上翔雲さんへ電話。午後、ふたたび有馬へ散策、一人で。御所泉源、温泉寺、極楽寺、念仏寺。兵衛向陽閣案内所喫茶でコーヒー、健一郎と健人にふくろうの彫物求めて帰る。

12月6日（木）　午前、三宮岡本クリニックで貼り薬フランドルと安定剤。夕方、間村俊一さんから「たまや」の詩「江差まで　九篇」の校正刷が届く、返送。神戸新聞平松正子さんから電話、神戸新聞文芸年間最優秀賞の賞状の文言。季村敏夫さんへFAX／から電話。

12月7日（金）　夜、健一郎と健人と電話／健人からFAX／二人へFAX、冬休みの相談。

12月8日（土）　午後、健一郎健人それぞれからFAX。夕方、石井久美子さんから詩集初校が届く。佐土原夏江さんから追加の詩が届く。

12月10日（月）　午前、季村敏夫さん来宅、本の返却に。午後、新藤涼子さんへ電話。

12月11日（火）　午前、内海高子さんへ電話。工藤恵美子さんへ電話。夜、姫路へ。第十九回有本芳水賞選考委員会に出席。

12月13日（木）　夕方、佐古祐二さんへ「ＰＯ」のエッセイ「旅は異郷―つらくても苦しくても楽しくても嬉しくても」を速達便送。

12月14日（金）　午後、佐古祐二さんへ「ＰＯ」のエッセイにつける書影六枚を郵送。夕方、

神戸新聞文芸年間最優秀賞選評をＦＡＸ送。

12月16日（日） 午前、井上冨美子さん来宅。午後、季村敏夫さんへ電話、インタビュー原稿のこと。三宮ＵＣＣカフェプラザで石井久美子さんと、詩集初校助言、れお君もいっしょ。

12月18日（火）19日（水）20日（木）21日（金） **有馬温泉有馬保養所瑞宝園へ保養に玲子と三泊四日。**

一日目。午後、神戸電鉄有馬温泉駅二階食堂でボッカケうどん。瑞宝園へ。入口ホール脇にクリスマスツリー。夕食は会席六甲師走。箸置きの和紙に新古今和歌集より冬の歌、「今よりは木の葉がくれもなけれども時雨に残るむら雲の月　源具親」「もみじ葉はおのが染めたる色ぞかしよそげに置ける今朝の霜かな　前大僧正慈圓」。添えられた写真は有馬夕陽と瑞宝寺公園風景。

二日目。午前、瑞宝寺公園散策、園内枯木一色、わずかに山茶花八重の紅。午後、神戸新聞文芸一月分の選稿。夕食はボタン鍋。箸置きの和紙に新古今和歌集より冬の歌、「寂しさに堪へたる人のまたもあれな庵ならべむ冬の山里　西行法師」「菊の花手折りては見じ初霜の置きながらこそ色まさりけれ　中納言兼輔」。添えられた写真は瑞宝寺山門とねね橋。

三日目。午前、一たん帰宅、郵便物や電話ＦＡＸを処理。午後、有馬へ戻る。Ｃａｆｅ　ｄｅ

Ｂｅａｕでお茶。有馬玩具博物館で健一郎と健人に動物折り紙と紙飛行機と飛び出す絵本を求める。宿に戻って。神戸新聞文芸一月分の選稿のつづき。夕食は牛シャブ。箸置きの和紙に新古今和歌集の冬の歌、「しぐれつつ枯れゆく野邊の花なれど霜のまがきに匂ふ色かな　延喜御歌」「おきあかす秋のわかれの袖の露霜こそむすべ冬や来ぬらむ　皇太后宮大夫俊成」。添えられた写真は一日目に同じ。

四日目。午前、帰宅。午後、神戸新聞平松正子さんへ神戸新聞文芸一月分選稿を速達便送、年間最優秀賞の選評の校正をＦＡＸ送。岩井八重美さんへＦＡＸ。夕方、渦原純子さん来宅。夜、石井久美子さんから電話。

12月22日（土）　夕方、朝倉裕子さんへＦＡＸ。佐土原夏江さんへＦＡＸ。高橋冨美子さんへＦＡＸ。

12月23日（日）　午後、三宮長沢文具店で原稿用紙（ＬＩＦＥ・Ｃ１５６）十七冊購入、自宅送り。ジュンク堂で『広辞苑』第六版予約、他の五冊と自宅送り。夕方、神戸新聞平松正子さんへ新春詠の詩「十三年　十三年」をＦＡＸ送。健一郎と健人へＦＡＸ、映画情報。

12月24日（月）　和彦一家と玲子と六人で三宮。ＯＳシネマズミント神戸で「マリと子犬の物語」を観る。なぜか後半涙。そのあといつものコース。東天紅で食事。ジュンク堂で健一郎と健人に本。不二家でお茶。そごうで買い物。

12月26日（水） 午前、季村敏夫さんから電話、インタビュー原稿のこと。入江美幸さんから宅急便。

12月27日（木） 胸が痛む。風邪気味。

12月28日（金） 午前、タクシーで木村整形へ、胸に注射。タクシーで帰る。途中藤山クリニックに立ち寄って風邪薬もらって帰宅。午後、四時間寝る。夕方、平松さんから電話、杉山平一復刻詩集『夜學生』の書評の依頼。

12月29日（土） 午後、三宮長沢文具店で「三年日記」（高橋書店「3年横線当用新日記」）を購入。今使っている2005年からの「三年日記」に引き続き来年2008年から三年間の。夕方、季村敏夫さんからＦＡＸ、インタビュー原稿「深い深い深い息づかい」を速達便。

12月31日（月） 書斎の移動式書架（向かいあわせ二列十四棚）の詩集を分別。秋田の近藤昌一郎さんからキリタンポが届く。

＊

1月1日（火） 午後、和彦一家来。正月早々みんなで本の整理。健一郎も健人も手伝ってくれる。おわって、いつものようにエレクトーンと機関車トーマス。今日はラケット持参、台所の食卓の上をあけて卓球。キリタンポ食べて帰る。

1月3日（木） 午後、季村敏夫さんから「瓦版なまず」23号が届く、インタビュー「深い深い深い息づかい」掲載。夜、季村敏夫さんへＦＡＸ。

1月5日（土） 夜、和彦宅へ電話、健一郎健人と話す。

1月7日（月） 夕方、思潮社編集部の藤井一乃さんへ「現代詩手帖」の三井喬子詩集『紅の小箱』の書評「〈わたしの魂〉へ歩く　時の不思議」をＦＡＸ送。

1月10日（木） 夜、國中治さんへ電話。

1月11日（金） 夜、芦田はるみさんへ電話、詩集三校について。石井久美子さんへ電話、詩集再校について。

1月12日（土） 夕方、日本現代詩歌文学館へ寄贈詩集段ボール十箱を宅急便送。豊泉豪さんへＦＡＸ。

1月13日（日） 午後、和彦一家来。一月一日につづいて本の整理の二回目。おわって台所の食卓でみんなで卓球、シングルもダブルスも。健人のほっぺた、まっかっか。

1月14日（月） 午後、三宮ＵＣＣカフェプラザで芦田みゆきさんと、詩集表紙のことなど。夕方、有本芳水賞の点数表を郵送。

1月15日（火） 午後、杉山平一さんから復刻詩集『夜學生』届く。故明楽四三詩画集届く。

1月16日（水）　午前、谷部良一さんへ電話。夕方、由良佐知子さんからFAX、近藤祐太郎さんが倒れて現在リハビリ中と知らされる。

1月17日（木）　震後十三年の一月十七日である。午後、久しぶりに長田の町を歩きまわる。更地の水仙は蕾。焼けた木三本がない、震災のとき焼けた木。昨年一月にはあり、四月には若葉が萌え出ていたのだが、三本とも消えた。苅藻川高取山変わらず。三宮UCCカフェプラザで佐土原夏江さんと、詩集原稿の詰め。

1月19日（土）　午前、神戸新聞文芸二月分選稿を速達便送。夕方、日本現代詩歌文学館へ寄贈詩集ダンボール十箱を宅急便送。豊泉豪さんへFAX。涸沢純平さんから徳島新聞一月十七日の「鳴潮」の記事が届く。

1月20日（日）　一日中、本の整理。

1月21日（月）　午前、涸沢純平さんへ電話。第二十二回梓会出版文化賞特別賞受賞（一月十九日授賞式）、おめでとう。夜、川口晴美さんへ「歴程」の詩「五厘沢」をFAX送。

1月22日（火）　夕方、日本現代詩歌文学館へ寄贈詩集ダンボール十箱を宅急便送。豊泉豪さんへFAX。

1月23日（水）　午前、神戸市立中央市民病院眼科へ。

1月24日（木）　午前、久しぶりに散髪。

1月25日（金）　夕方、日本現代詩歌文学館へ寄贈詩集ダンボール六箱を宅急便送。これで一月中で三十六箱になる。豊泉豪さんへＦＡＸ。

1月26日（土）　午後、三宮ミント神戸十八Ｆミントテラスで二〇〇七年度神戸新聞文芸年間最優秀賞表彰式と選者を囲む会。選者は米口實（短歌）山田弘子（伝統俳句）伊丹公子（現代俳句）渡辺美輪（川柳）現代俳句の前選者伊丹三樹彦、それに私（詩）。詩部門受賞者は岬美郷。参加者に鈴木絹代さん吉見鳶さん（昨年度受賞者）堂園弘子さん平手礼子さん樽谷まち子さんはなのはなさん大賀二郎さんらが。

1月29日（火）　午前、神戸新聞平松正子さんへ杉山平一復刻詩集『夜學生』の書評をＦＡＸ送。午後、姫路へ。姫路信用金庫本店で第十九回有本芳水賞選考委員会、橘川真一さん鹿島和夫さんと。川口汐子さんは欠席。

1月31日（木）　午前、林みち子眼科で広視界検査など。夜、桜井節さんへ「ぜぴゅろす」の特集「杉山平一の世界」のエッセイ「一点にしぼれば火がつく―詩集『青をめざして』再読」をＦＡＸ送／から電話。

（「火曜日」93号　二〇〇八年二月「日録」から）

子どもたち。（上）焼け跡で、1995年。（下）川沿いの公園で、2007年。

焼けた木が消えた　長田十三年

一月十七日、久しぶりに長田の町を歩いた。以前のように自転車で走りまわったわけではない。一昨年の暮れに倒れてから自転車は乗らない。だから歩く、家から高速長田へ出る道の一筋二筋南の定点観測の道を。水仙と柿の木の更地、長田神社参道脇の焼けた木、苅藻川にかかる橋から望む高取山、そして高速長田交叉点へ。おおかたは昨年と変わりなかったが、あの焼けた木がなくなっていた、なぜ。

一九九五年一月十七日の阪神大震災で長田の町が燃えた。町の木も焼けた。家々の庭木も家同様に焼けた。国道の並木も公園の木も焼けた。自転車に乗って町を走って町の姿を目に焼きつけた。家屋敷が跡形もなく門塀と植木だけが残っているところがあった。春になって更地の片隅で花がこぼれるように咲いた。公園の立ち並ぶ木々の片側が焼け焦げた。水の壁となって延焼をくいとめた。

一本の木の半分が焼け焦げて
焼け焦げた街を見ている。

同じ木の半分は焼け残って
倒壊した街を見ている。

焦げた黒い葉叢《はむら》をこすりあわせて
生々しいみどりの葉叢をふるわせて。

激しくいのちのにおう街に
動かず立っている。

（「一本の木の」）

国道沿いの焼けた並木が根もとから伐られたが、根株からひこばえが伸び、膝まで腰まで伸び、葉叢は一かかえになり二かかえに拡がり、明かるい浅緑が心に染みた。ところが、北側に拡がる広々とした焼け跡が整地されだすと様子が一変。工事用の車が出入りするようになり、工事が進み震災後に見えていた高取山が見えなくなり。ある日行ってみると、ひこばえが消えていた。根株が掘り起されて舗装されて、並木は跡かたもなく姿を消した。
一面の焼け野原のまんなかにその木の根はあった。崩れかけた門柱の脇に黒い小さな数センチの高さの円錐が土から突き出ているのを見つけた。三日にあげず見に行って、夏になると生い茂った夏草をかき分けかき分け見に行った。なぜ見に行くのか、とにかく気になって。まだいるぞ、まだここにいるぞ。ところが、あたり一帯の整地が進み、ある日のこと行ってみると、木の根はなくなっていた。崩れかけた門柱もろともに。

黒焦げの
棒になった
木の根はどうするのかなあ。
これから。

（「木の根は」）

黒焦げの木の根は
どこへ行ったのかなあ。
町が高くなった。

（「木の根は」）

国道から北へ入った長田神社参道脇に焼けたいちょうの木が三本あった。あの日、西側の町が燃え落ちて、家並みにかくれて見えないはずの高取山が間近に見えた。三本の木の東側の幹は焦げていないが、西側の燃えた町に面した幹は真っ黒に焦げて炭化して触れるとぼろぼろと剝がれ落ちて幹の白い芯が露出した。春になり夏になり、町が片づけられて家が立ちはじめ、駄目だと思った木が三本とも緑の若葉に包まれた。幹の露出した芯の部分はカルスが拡がってきて包みこみ傷口を覆いかくしはじめた。ああ、生きているんだ、この木たちは。その姿を見るために何度も通った。あれから十年余、毎年春には葉を繁らせて緑の塔となり秋には葉を落として足もとに黄色いじゅうたんを敷きつめた。

昨年の一月に見に行くとしっかりと立っていた。四月に見に行くと幹のあちこちから若葉を噴き出していた。それが、今年一月に見に行くと三本とも消えていた。なぜ。三本の焼けた木の西側の車置き場になっていた空き地に建て売り住宅が四軒建っていた。出入りに障るのだろう、三本とも取り除かれたのだ。一本の木の跡は地面に残っていたが、あとの二本の跡は敷石に覆われて跡形もない。町は変わる。

あの木はどうしているかなあ。

街のあちこちのあの木は。
あのけやきは。
あのいちょうは。
あのはぜのきは。
あのはなみずきは。
会いたいなあ
あの木に。
それからあの人に。
あの人にも。

（「会いたいなあ」）

門塀だけが残っている更地の水仙は花芽を出していた、やっと蕾ふくらむ。柿の木はそのまま無事。苅藻川変わらず流れ、高取山変わらずかすみ。長田商店街は店舗の変動あるもおおむね変わらず。高速長田交叉点も行き来する車変わらず。変わらぬなかで長田の町は変わって行く。そして人は、人も変わるか。

葉が茂る
風に揺れる。

どうしてうれしくなるのだろう
それだけで。

（「ふしぎ」）

＊カルス（callus）＝植物体が傷ついたとき、受傷部分に盛り上がって生ずる組織。癒傷組織の一種。

（「広辞苑」）

（「火曜日」93号　二〇〇八年二月）

日録抄　二〇〇八年二月―四月

2月1日(金)　午前、桜井節さんへFAX。

2月3日(日)　午前、三井喬子さんから宅急便／へ電話。

2月4日(月)　「火曜日」93号の原稿「やっとわかった」を書く。

2月5日(火)　夕方、書庫整理。

2月6日(水)　夕方、有本芳水賞選考評を郵送。

2月7日(木)　午後、「火曜日」93号の原稿「焼けた木が消えた―長田十三年」を書く。夕方、書庫整理。

2月8日(金)　午後、健一郎健人へFAX、丹波竜胴体部分発見の新聞記事。書庫整理。

2月9日(土)　午前、近藤昌一郎さんから電話。午後、和彦一家来宅。本の整理移動を手伝ってくれる。エレクトーン、お絵かき、一家四人で卓球。

2月11日（月）夕方、芦田はるみさんへ詩集跋文「今はまだ止まれない」をFAX送、編集工房ノア涸沢純平さんへもFAX送。

2月14日（木）夕方、日本現代詩歌文学館へ寄贈詩集十箱を宅急便送。豊泉豪さんへFAX。

2月15日（金）夕方、川口晴美さんへ「歴程」の詩「江差　補遺六章」をFAX送。

2月16日（土）午後、涸沢純平さんから芦田はるみ詩集跋文の校正刷／へFAX送。

2月17日（日）午前、近藤昌一郎さんから封書と「深浦潤口観音春光山円覚寺」図録。

2月18日（月）メジロ鳴く。夕方、朝倉裕子さんへ詩集跋文「詩を書いていくしかない」をFAX送、涸沢純平さんへもFAX送。

2月20日（水）メジロ群れ飛ぶ。夕方、日本現代詩歌文学館へ寄贈詩集十箱を宅急便送。

2月21日（木）「火曜日」93号出来。午後、三宮UCCで井上冨美子さん橋本千秋さんにバッタリ。夕方、神戸新聞文芸三月分選稿を速達便送。

2月22日（金）午前、健一郎健人へFAX、丹波竜環椎発見の新聞記事。夕方、発熱。

2月23日（土）一日寝る。

2月24日（日）一日寝る。夕方、石井久美子さんへFAX。

2月25日（月）玲子につきそってもらって神戸市立中央市民病院神経内科へ、診察。

2月26日（火）夕方、高橋夏男さんへFAX／から電話。夜、朝倉裕子さんへ電話。

2月28日（木） 午前、鈴木絹代さんから手紙、横浜から。

2月29日（金） 午前、長田農園で菜の花を求めて帰って家中に、涙壺にも。

3月2日（日） 午前、石井久美子さんへ詩集跋文「二人の詩集　二人の笑顔」をFAX送。午後、三宮勤労会館で「火曜日」93号合評会、夜、石井久美子さんから電話。

3月3日（月） 午前、涸沢純平さんへ石井久美子詩集の跋文をFAX送。

3月4日（火） 午後、玲子と三宮そごうへ、久しぶりの買い物、ウォーキングシューズ二足など。帰って、疲れたのか、書斎で座ったまま眠る。

3月5日（水） 午後、三宮UCCカフェプラザで佐土原夏江さんと、詩集再校への助言。夕方、鈴木漠さんから／へFAX／から電話、〈「四季」と兵庫の詩人たち展〉へ詩集貸出しの件。兵庫県立兵庫大学から電話、統合された看護大学の学歌を看護学部の部歌にしたいがと、了承。夜、鈴木絹代さんへFAX。

3月7日（金） 午後、鈴木漠さん福井久子さん来宅、津村信夫詩集など十三冊を〈「四季」と兵庫の詩人たち展〉へ貸し出し。神戸新聞平松正子さんも来宅、津村信夫詩集四冊の写真をとって記事に。夜、健一郎健人と電話で話す、元気だよ、いつ会おうか。

3月9日（日） 姫路へ。姫路信用金庫本店大ホールで第十九回有本芳水賞表彰式。講評。おわって生松で懇親会。

3月10日（月）　午前、鈴木漠さんからFAX、杉山平一さんとの対談の件。佐土原夏江さんから電話、詩集の題名。由良佐知子さんへFAX、岬美郷さん同人参加の件。午後、芦田はるみ詩集『雲ひとつ見つけた』出来。確定申告提出。夜、ケーブルテレビ・ジェイコブウエストの南恵美子さんから電話、阪神大震災をテーマにした朗読番組の件。

3月11日（火）　夕方、由良佐知子さんから電話。神田さよさんから電話。

3月12日（水）13日（木）14日（金）　城崎温泉へ玲子と二泊三日蟹の旅。

一日目。ＪＲ神戸駅午前十時一分発はまかぜ1号乗車。車中駅弁。十二時三十二分城崎温泉着。茶房夢屋でお茶。午後二時、三木屋チェックイン。外湯一の湯に入る。戻って、志賀直哉が滞在して小説「城の崎にて」を書いた部屋をみせてもらう。ロビーに流し雛。夕食、蟹づくし。

二日目。午前、外湯御所の湯に入る。午後、城崎文芸館に行く。流し雛のポスターを見つける。第八回平成十九年度城崎短歌コンクール入賞作品の短冊を見つける。最優秀作品「コウノトリ天翔け舞ひしは夢ならず『親王』誕生列島の沸く　京都府　高山千素」。第四回平成十九年度城崎俳句コンクール最優秀作品「こうのとり但馬の空に春はこぶ　京都府　寺田小枝子」。詩歌の世界もこうのとりばかり。麦わら細工の小さな土鈴を求める、さくらの模様。以前求めたのは椿模様。夕方、外湯まんだら湯に入る。夕食、蟹と懐石。

三日目。午前、チェックアウト。おけしょう鮮魚でカニ買って。昼食は出石そば。海女茶屋でお茶。城崎温泉駅のホームから円山川を眺めていると、こうのとり二羽川上へ向かって飛ぶ。昨年九月に楽々浦で放鳥された二羽か、見えなくなって。午後二時十七分発はまかぜ4号に乗車。午後五時三分神戸駅着。夜、鈴木漠さんへ電話。真紀さんへ電話、健一郎健人と話す。

3月15日（土）　午前、季村敏夫さんから電話、「たまや」の詩「江差まで　九篇」の校正。午後、兵庫県立美術館原田の森ギャラリー東館二階で杉山平一さんの講演「『四季』の思い出」、後半に私が加わり対談。久しぶりに多くの人と会う。清里から桜井節さん来会。

3月17日（月）　午前、神戸空襲を記録する会の中田敬子さんから電話。夕方、健一郎から電話、学校の先生におじいさんの詩を見せてと言われたと。おうちにある詩集『生きているということ』を見せてあげたら。うん、そうする。

3月18日（火）　午前、神戸新聞文芸選者エッセイ「てろてろぼうず」をＦＡＸ送。

3月19日（水）　午前、ケーブルテレビ・ジェイコブウエストの南恵美子さんから電話。

3月20日（木）　夕方、神戸新聞文芸四月分選稿を速達便送。

3月21日（金）　午後、朝倉裕子詩集『詩を書く理由』出来、届く。朝倉さんから電話。

3月22日（土）　三宮で和彦一家と玲子と六人で。ミント神戸で映画「ライラの冒険」を見て。

東天紅で昼食。ジュンク堂で本買って。不二家でお茶。夜、芦田はるみさんから電話。南恵美子さんから電話、朗読番組の件。

3月23日(日)24日(月)25日(火)26日(水)　有馬温泉へ玲子と三泊四日。

一日目。午後、神戸電鉄有馬温泉駅二階食堂で昼食、ボッカケうどん。兵衛向陽閣案内所喫茶でお茶。有馬温泉有馬保養所瑞宝園へ。瑞宝寺公園散策、木々芽ぶきやっと春、白椿咲く。夕食は会席六甲花吹雪。箸置きの和紙に〈いにしへの歌にみる春―新古今和歌集より〉、「春来ては花ともみよと片岡の松のうは葉にあわ雪ぞ降る　藤原仲實朝臣」「山ふかみ春とも知らぬ松の戸にたえだえかかる雪の玉水　式子内親王」。

二日目。午前、瑞宝寺公園散策、新芽鮮やか。午後、佐土原夏江詩集跋文の下書き。夕食はボタン鍋。箸置きの和紙に、「風まぜに雪は降りつつしかすがに霞たなびき春は来にけり　よみ人知らず」。

三日目。午前、瑞宝園チェックアウト。Cafe de Beauでお茶。温泉寺、太閤の湯殿館、極楽寺、念仏寺、レンギョウの花の黄、善福寺。神戸電鉄有馬温泉駅二階でボッカケうどん。午後一時、迎えの車で欽山へ。夕食は「春を告げる弥生の一献　冬つづみ」。

四日目。午前、茫茫。宿の庭の竹藪に竹の子生え。午後、帰宅。ユキナヤギが咲いている。神田さよさんへＦＡＸ。夕方、中田敬子さんへ「火曜日」四冊（神戸大空襲関連）を届ける。

3月27日（木）　ハクモクレン咲いている、二花。夕方、ジュンク堂へ、児童書のカタログ四種入手（健一郎用）、『新潮日本語漢字辞典』など四冊自宅送。神田さよさんから杉山平一さんの講演のテープ起こしが届く。

3月28日（金）　サクラ開花。午後、佐土原夏江さんへ詩集跋文「祈る心」をＦＡＸ送。涸沢純平さんへもＦＡＸ送。夜、たかとう匡子さんから電話、西日本ゼミナールでの講演依頼。

3月29日（土）　午後、玲子と三宮そごうで買い物。久しぶりにエルメスのネクタイを求める、鳩の図柄。ケーキを買って帰ってローソク点火、四十八回目の結婚記念日、ありがとう。

3月31日（月）　午後、神戸の百人色紙展の色紙「一月まずは花ひらき…」（「となえごと」第一節）を郵送。

4月1日（火）　夕方、豊泉豪さんへＦＡＸ、北上のホテルの予約依頼。

4月2日（水）　午前、豊泉豪さんからＦＡＸ、宿とれました。石井久美子詩集『幸せのありか―れお君といっしょに』が出来、届く。夜、川上明日夫さんから手紙／へ電話、現代詩文庫『川上明日夫詩集』への原稿依頼。

4月3日（木）　午後、杉山平一さんへ電話、講演の校正刷を速達便送。

4月4日（金）　夕方、書斎整理。

4月5日（土）　快晴。和彦一家来。観音山で花見、満開。一番上まで上って、上れた。ビニールシートを敷いてサンドイッチの昼食。書斎から二階へ本や資料の移動、健一郎も健人も手伝ってくれる。二階で遊んで、夕食にすしたべて帰る。

4月6日（日）　昨日、前登志夫さん死去、八十二歳。ラジオドラマ「かづらきやま」取材のとき吉野を案内してもらったことなど思い出す。詩集『宇宙驛』が書庫にある。

4月7日（月）　午後、神戸文学館の館長山本幹夫さんと学芸員義根益美さん来宅、「『四季』の詩人たちと神戸」展へ津村信夫詩集など十四冊を貸し出す。夜、石井久美子さんから電話。

4月8日（火）　風邪気味、藤山クリニックへ。

4月9日（水）　午前、川口晴美さんへ「歴程」の詩「津花津波」をＦＡＸ送。

4月10日（木）　午後、平松正子さんから電話、ケイタイ詩の件。

4月11日（金）　玲子につきそってもらって神戸市立中央市民病院へ。ＲＩ検査、昼食はさんで丸一日。夕方、神戸文学館山本幹夫さんから電話、杉山平一さんとの対談の件。

4月12日（土）　午後、杉山平一さんから講演のテープ起こしの校正刷が届く／へ電話。夕方、新詩集（菅江真澄北海道詩篇）の原稿をコピー。

4月13日（日）　午前、桜井節さんへＦＡＸ。午後、芦田はるみさん朝倉裕子さん来宅。

4月15日（火）　午後、涸沢純平さんへ電話。神戸文学館山本幹夫さんへ電話。

4月16日（水）　午後、三宮星電社で、こわれたＶＨＳビデオプレーヤーの買い換え、ＤＶＤ一体型ＶＨＳビデオに。夕方、桜井節さんへ本三冊を宅急便送。夜、たかとう匡子さんから電話。石井久美子さんへ電話。

4月17日（木）　午前零時五十八分ごろ揺れる、震度3。震源は大阪湾。Ｍ4.1、明石震度4。午前、玲子につきそってもらって神戸市立中央市民病院へ。循環器科古川先生の診察、先日の検査結果は特に変化なし、ほっ。

4月18日（金）　午前四時十一分ごろ揺れる、震度2。震源は大阪湾（神戸市垂水区沖）。Ｍ3.8、明石震度3。夕方、神戸新聞夕刊に昨日今日二度続いた地震の記事。震源地は「ほぼ同じ大阪湾の明石海峡東側」、気象庁や専門家は「両日の地震とも一九九五年の阪神・淡路大震災の余震とみており」、神戸大学の石原克彦名誉教授は「Ｍ7クラスの大きな地震の後は、小さな余震が数十年も続く」、京都大学防災研究所地震予知センターによると「十八日の地震は、前日の地震に誘発されて起きた『余震の余震』ではないか」。気象庁も「大きな地震が収束に向かう動きの一環」と。

4月19日（土）　午後、季村敏夫さんと道でバッタリ、立ち話。「たまや」4号出来。

4月20日（日）　午後、健一郎の誕生祝い。三宮で和彦一家と玲子と六人で。東天紅で昼食、ジュンク堂で健一郎健人に本、不二家でお茶、いつものコース。

4月22日（火） サツキ咲く。午後、玲子と神戸文学館へ、館長山本幹夫さんと。津村信夫詩集四冊、立原道造詩集二冊、詩誌「四季」の写真を「火曜日」94号用に撮る。

4月23日（水） 午前、クローバーあんしんすこやかセンター米谷正子さん来宅、要介護要支援認定更新手続き。

4月24日（木） 午前、杉山平一さんへ講演三校を速達便送。午後、玲子と区役所へ。

4月26日（土） 午前、神戸新聞文芸五月分選稿を速達便送。山本忠勝さんへ葉書、芦田はるみ詩集評の転載依頼。午後、佐土原夏江詩集『たんぽぽのはな』出来、届く。玲子と長田商店街へ、アジサイ一鉢買って帰って出窓に置く。

4月27日（日） 午前、石井久美子さんへ電話、「火曜日」に94号から参加することに。夜、佐土原夏江さんから電話、「火曜日」のカットの件。

4月29日（火） 午前、杉山平一さんから講演テープ起こし三校が届く。

4月30日（水） サツキ満開。午前、中村茂隆さんから電話、合唱組曲「生きるということ」の件。夕方、たかとう匡子さんへFAX、西日本ゼミナールでの講演の演題は「やっとわかりかけてきたこと」です。


（「火曜日」94号　二〇〇八年五月「日録」から）

やっとわかりかけてきたこと

はじめに

安水です。どうぞよろしくお願いします。（拍手）。さきほどお話しになった岩成達也さんのように立って喋りたいのですけど。ちょっと体調を悪くしまして。狭心症で入院して、その四カ月後に脳梗塞で倒れまして。ただどちらも軽くて済みまして、リハビリもそんなに長くしなくてよくて、今のところは回復しているんですが、ちょっとふらついています。それで一時間立ちっぱなしというのは辛いので、無理を言ってこんなふうに椅子と机を用意してもらって、座って話をさせていただきます。お見苦しいとは思いますがどうかご容赦下さい。

今日は「やっとわかりかけてきたこと」という漠然としたタイトルでお話しします。日頃思っていること、最近目にしたことに具体的に触れながら、最後は記憶の問題になるかと思います。このところわたしがどこへ行っても話している記憶の問題になるかと思います。しばらくお付き合い願います。

この西日本ゼミナールin神戸、以前にもしたんですね。今から九年前。九年前というと一九九九年。阪神大震災が一九九五年です。六、七、八、九の四年後に神戸で開いたんです。神戸の町にはまだ震災の跡があちらにもこちらにもあった、そして人々の心もまだ揺れ動いていた神戸の町の地震のとき液状化に苦しんだ人工島ポートアイランドの凪月堂ゴーフル劇場でした。あの時も随分たくさんの百四十人もの方がお見えになった。当時こんなにもと思うほどでした。今日はそれを更に上回る人々がおいでになっている。ここでこのようにお話しが出来るということがこのうえなく嬉しいことです。

十三年　十三年

こんなふうに話しだすと、どうしても震災のことになってしまうんですが。今年で十三年経った。今年は十四年目です。今年の一月七日の神戸新聞に「一月十七日はいつも晴」で始まる「十三年　十三年」という詩を載せました。その一連と二連を読みます。

一月十七日はいつも晴。更地の片隅に残っている柿の木の枝が拡げる時の網目。焼け残った庭石の脇からついと伸び出る水仙花。今年も。白い花被片のまんなかに黄色の副花冠。いのち眩しくふたつみつよつ。

人影まばらな広場を走ってくる子どもがいる。あの子は十三。十三年経ったのですねぇ。でのあのときから走れない子がいる。あのときから歳をとらない子がいる。

十三年。十三年。十三歳。十三歳。あの時生まれた子どもが今十三歳。そして、あの時十三歳の子は、十三歳のまま。そんな子どもたちがわたしたちのすぐそばにいるんだ。この思いは十三年ずっと持ち続けている。この思いはあの地震だけではないと思います。多くの人が、戦争とか、地震とか、水害とか、さまざまの身にふりかかった災難から生きのびて、さまざまの思いを抱きながら生きているんだと思います。

徳島新聞の今年一月十七日の「鳴潮」というコラムでわたしの詩が引用されていました。「やっと」という詩です。今日のわたしの演題「やっとわかりかけてきたこと」はそのあたりからとったんですね。

咳ばらい。
物音。
ひとりみたい。
食べてるかしら。

訪ねてきた人がすぐ帰った。
窓も戸も閉じたまま。
お出かけかな。
行く先はあるのかなあ。

しばらく経ってやっと
いるとわかった。

ひとり息絶えて
いるとわかった。

こういう詩です。これは地震のあと、仮設住宅で亡くなった人のことを書いた詩です。このコラム「鳴潮」はこの後にこんな数字を挙げています。「仮設住宅は二〇〇〇年に解消されたが、それに代わる兵庫県の復興住宅での孤独死も、この八年で、五百人以上に上った。昨年一年間では六十人。八十一歳の男性は死後二十日以上たってやっと見つかった」。やっとなんですね。やっと見つかった。やっとわかった。

今年一月十七日の新聞に兵庫県調べの一月現在の被害状況が載った。

人的被害	
死者（関連死含む）	6434人
行方不明者	3人
重軽傷者	4万3792人
家屋被害	
全壊	10万4906棟
半壊	14万4274棟

一部損壊　　　３９万０５０６棟
　　合計　６３万９６８６棟

この被害状況というのはいまだに数字が定まっていない。特に人的被害については毎年更新されている。それは何故かというと、死者（関連死含む）、これなんですね。六四三四人が亡くなったという数字。今紹介した死後二十日以上たって見つかった八十一歳の男性、この人も関連死として死者の数の一人に入っている。わたしの家は半壊でした。全壊まで至らなかった、幸いに。家屋被害のところで、半壊十四万四二七四棟、この中の一棟がわたしの家だったんですね。だけどこういう数字に意味はありません。一人、一人、一軒、一軒が揺れたということが重く残る。

徳島新聞のコラム「鳴潮」を紹介する文章を「火曜日」93号に書きました。その最後にわたしはこんなことを書いています。「この十三年で〈やっと　わかった〉ことがいっぱいある。〈やっと　わかりかけている〉こともいろいろある」。これから引っ張り出したのが今日の演題です。今日お話しすることを全部ひっくるめるようなタイトルではないかもしれませんが、とにかく、引き出しの引き手のようなつもりでお考えいただけたらと思います。

なくなった三本のいちょうの木

それでですね、もうしばらく地震から離れられないんですが。今年の一月十七日に久しぶりに長田の町を歩きました。先程お話ししたように、一昨年の十二月に倒れてからはあまり長田の町を歩かなくなっていたんですね。と言いますのは、それまではしょっちゅう自転車で長田の町を走り回って町の定点観測的なことをやっていました。写真も撮ってました。ところが、倒れてからは自転車に乗るのを止められまして。去年の一月十七日には定点観測に行けませんでした。今年は行ったんです。定点観測のコースの一部ですが。そしたら驚いたことに、木がなくなっていたんです。長田神社の参道脇の三本のいちょうの木がです。震災の時焼けた木です。焼けてぼろぼろ、真っ黒になっていた。もうだめと思っていたら、そのうち春になって、夏になって、葉を出して。焼けて炭化した樹皮をぼろぼろ落として、まわりから樹皮が広がってきて、夏には新緑におおわれました。その木を毎月何度も見に行っていた。写真も撮っていた。重ねて重ねて出かけて行って、重ねて重ねて撮っていた。ところが、その木がないんです。その三本の木が。

カルスをご存知でしょうか。カルスと言う言葉。植物体が傷ついたときに、傷を受けた部分に盛り上がって生ずる組織です。癒傷、傷を癒す組織の一種です。先程お話ししたように、樹皮が焼け焦げて木の芯があらわになる。すると、まわりの生き残った樹皮が伸びてきて木の芯を覆おうとする。だけど覆い切れずに木の芯が露出したままの部分もある。それでも木は生きているんですね。その木を見てどんなにわたしたちは励まされたことか。その木がないんです。舗装されてしまって跡形もない。この辺に立っていたはずだったのにない。やっと一本だけ切り株が見つかりましたが。これはどうしたことだろうと周囲を見ると、道に沿って建て売り住宅が出来たんですね。車の出入りに邪魔だと切られたらしい。人間は、地震に関して言えば、揺れたという記憶を持っている塔みたいなものですね。木も鳥も犬も人もみんな記憶の塔です。その記憶の塔である木が、毎年見ていた木がなくなった。三本の木が切られてしまった。跡形もない。大変ショックでした。時間というものを考えさせられました。十三年という時間のことを考えさせられました。わたしたち人間の場合にもこういうことが起こる。先ほどの孤独死の八十一歳の方も記憶の塔、記憶を抱えていなくなった。人の記憶は、木の記憶は、記憶の行方は。そういうところにこの後の話をもっていきたいんです。

余震

さて、随分あちこち地震があります。最近でも東北で次々と地震がありました。ところで神戸でも揺れないことはない。今年の四月十七日に、午前〇時五十八分頃に揺れました。目が覚めた。震度三でした。長田で震度3、明石で震度4。と思っていたら、次の日、四月十八日の午前四時十四分頃にまた揺れた。目が覚めた。これは震度2でした。明石で震度3。震源はいずれもが神戸市垂水区の沖。淡路島へ橋が架かってますね。あのちょっと東の辺です。神戸新聞の夕刊に次のような記事が出た。気象庁や専門家は、どちらの地震とも一九九五年の阪神淡路大震災の余震とみており、余震がまだ続いている。これちょっとわたし思い至りませんでした。別のことかと思っていたら、専門家は阪神大震災の余震だと言うんですね。更に神戸大学の石原名誉教授は、M7クラスの大きな地震の後は、小さな余震が数十年も続くと話しているんですね。数十年も続くそうです。これもまた初めて聞いたという感じです。これを読んだ時、地震の仕組みはそういうものかと思いつつですね、わたしたちの心の問題としてはどうなんだろうとすぐ考えてしまうんですね。

機銃掃射

機銃掃射の話をします。朝日新聞の七月十八日の記事です。「声」の欄に「小さな空襲も語り伝えねば」と言う特集がありました。長岡京市の八十一歳の溝口宏さんの投稿。「七月十九日は長岡京市の平和の日である」。どうしてかな。続けて読むと、昭和二十年のこの日、長岡京市は米軍機の機銃掃射を受けたとある。工場の女性一人が亡くなった。工場の煙突に十数発の銃弾が残った。「煙突は取り壊されたが、五分の一の大きさで『平和記念碑』として復元されている」。溝口宏さんは、「小さな空襲だが語り伝えねばと思う」と書いている。まさにそうだと思います。こういう情報が一つ出ると、それに触発されてわたしたちの記憶がぞろぞろと出てくる。例えばわたし自身機銃掃射を受けたことがある。中学二年生です、戦場に行っているわけでもない。神戸で空襲にあって焼け出されて、母親の田舎へ逃げて行って、龍野中学に編入学。通学の途中、琴坂という坂の途中で、東から飛んで来たグラマンですかね、戦闘機に機銃掃射を受けたんです。低空で急に近づいてきて、慌てて自転車を倒してほったらかして横の溝へ飛び込んだ。そしたら頭の横の乾いた土の道に土煙がパッパッパッパッと上がりました。こういう記憶よみがえってくるんですね。新聞見てましたら、鳥取の大山口の駅でやはり機銃掃射でたくさんの人が亡くなっている。「南方戦線から引き揚げてきた傷病兵らが前二両に、三両目以降は勤労学徒や国民義勇隊員らで満員だった」。そこへ機銃掃射。「確認されただけで死者四十五人、負傷者三十一人」。これも敗戦直前の七月二十八日のことです。黒御影石の碑が大山駅に建っているそうです。八王子市では八月五日に五十人以上が犠牲になったとか、そういう機銃掃射の情報が飛び交うんです。若い頃は、碑なんてと思っていました。記念碑建てて何になるんやろと思っていましたが、この歳になっていろいろ経験して、その上でこういう情報が入って来ると、うん、やっぱりそうなんだと思いますね。

広島の肖像画

広島の話を一つ。朝日新聞の七月二十三日の記事です。原爆の惨禍をくぐり抜けた被爆者等の肖像画を学生たちが描き続けているそうです。最初は平和記念資料館に頼まれて、被爆証言を聞いて原爆の惨禍の絵を描いた。ところが学生たちはそれに納得しなかった。被爆者の人は喜んだが、学生は納得しなかった。何故か。当時の状況を見ていない自分たちが描いてもリアリティに欠ける、そう思ったらしい。いくら五時間六時間聞き書きをしても、それはリアリティに欠ける。そこで何を考えたか。被爆体験を語る人が生きている現実を描きたい。その現実とは何か。それは今を生きている被爆者たちの肖像だと思った。被爆者たちにいろんな話を聞きながらデッサンをして、被爆者たちの肖像画を描いたそうです。現在、百枚もできている。この七月三十一日から広島市で、八月三十一日から廿日市市で、展示されるそうです。わたし、元気だったら行って見たいと思いますが。肖像画を描くに至るまでのこの経過にわたしは心惹かれたんですね。記憶を留めるために聞き書きをする、それを文章にする。ところが学生たちはそれではだめだと思った。そこが、凄く嬉しいというか、いいんですね。今生きている人の肖像画を描く、その背景には広島の町とか原爆ドームとかを描く。聞き取りを五、六時間してその人の紹介文を肖像画に添える、こういうのは、やっぱり凄いなあと思います。これは新たな記憶の伝承だと思いますね。

菅江真澄　津波のこと

菅江真澄のことを今日もちょっとだけ喋らして下さい。江戸時代の人で、民俗学の祖と言われています。菅江真澄は北海道に渡って、北海道南部の渡島《おしま》半島の西海岸を松前から北へ久遠《くどう》郡太田山まで行って帰りました。その旅は旅日記「蝦夷喧辞辯《えみしのさえき》」に記されています。何年か前に菅江真澄が通ったとおりに歩いて来ました。途中、江差という所、江差追分で有名な江差の、真澄が泊まった正覚院というお寺を訪ねたときのことです。ここで真澄は往路二泊、復路三泊、計五泊したんだなあと思いながら、坂を上って寺内に入ると、供養碑が目にとまりました。寛保津波の供養碑です。寛保元年七月十九日大島が大噴火して津波が来て、溺死者千五百人。その供養碑が建っていた。真澄を追いかけていなかったら、見過ごしたかもしれません。だけどこの碑面を読んだ時にぱっと頭に浮かんだのは、真澄が旅日記で書き留めた津波の記述でした。江差の北の乙部津鼻というところに真澄が泊まった時に書き留めた記述です。泊まった次の日の近所の老婆からの聞き書きです。この老婆は五十年前にお父さんを津波で亡くしている。五十年前といえば、正に正覚院の碑にある寛保津波です。今は八十の老婆は五十年前には三十歳で、津波に逢って父を亡くした。津波の去った後、「あが父はいずこに」と捜し回ると、「砂に埋もれてさかさまに足のみ出して見まかれり」。こういう記述がある。菅江真澄は旅日記の中で相当の量を費やして老婆から津波の記憶を書き留めている。何かを思えば繫がる。何かを知りたいと思って調べれば資料の方からやってくる。繫がっていくんですね。

もう一つ、現代の津波。菅江真澄の跡を辿って太田山のある太田というところに行きました。村はずれの海ぞいに哀惜鎮魂碑という碑を見つけたんです。平成五年の北海道南西沖地震による津波が海ぞいの小さな村を襲った。この小さな村で犠牲者が十人出た。その住人の名前が碑に刻まれているんです。八十代から五十代の男女、その中に一人、五歳の子どもの名前がありました。一つ一つ関連付けてお話しするという意味合いのものではありませんが、こういうふうにしてわたしたちは記憶を持ち、記憶を伝え、記憶を確かめてゆくんだなと思うんですね。

母の死

突然で恐縮ですが、こういうところでこういう話をしていいのかなとは思いますが、今、記憶ということで話をしようと思うと、どうしても話さざるを得ないと思うんです。これはわたしの詩の仲間、詩誌「火曜日」の方々にも知らせておりません。今はじめて聞くことになると思いますが、わたしの母が亡くなりました。九日前の七月十七日に亡くなりました。九十九歳です。数えで百です。その葬儀の挨拶で、わたしはこんなことを話しました。雪うさぎと犬と本。母との記憶は数えきれないほどたくさんありますが、たくさんの中から三つの記憶を話しました。

雪うさぎの記憶とは。わたしが小さな頃は神戸の町によく雪が降っていました。今はほとんど降りませんが。雪だるま作ったり、雪うさぎ作ったり。縁側で雪うさぎを作る。南天の実を付けて赤い目、葉っぱで耳、その記憶がある。母の顔は浮かびません。白い細長いきれいな母の手、一緒に雪うさぎを作ってくれた手が思い浮かびます。あるいはですね、犬の記憶。わたしが小さい時に大きな犬を飼っていたそうです。よじ登っていたというのだから相当大きな犬だったんでしょうね。よじ登って遊んでた。ある日のこと、わたしが落ちた。犬の背中から落ちて庭石で頭を打ったんです。母が半狂乱でわたしを抱えて一丁半位先かな、医者へ駆け込んだ。その時の母親の息づかいは覚えているが、母親の姿はなぜか思い浮かびません。ただ、こんところに、額の上のところにその時の傷が今も残ってます。七十年前の傷ですね。それから、本の記憶。父親が鷹取駅を降りて若宮筋を帰ってくると、本屋の前で子どもが引っくり返ってばたばたしていて、その横で母親らしき女の人が困り果てている。近づいたらわが子だったそうです。(笑い)。そのようにしてわたしは次々と講談社の絵本を獲得したわけです。(笑い)。その時の困ったような母の目は、わたしが文学を志してやがて本を出すようになると、なんとなくほっとしたような喜んでいるような目になりました。そうこうしているうちに、神戸新聞の時実新子さんの川柳欄へ投稿するようになって、何度か載せてもらってました。こういう話を母の葬儀の挨拶でしました。

記憶の塔

わたしの記憶は今わたしのなかにある。ところが母親が亡くなって母親のなかの記憶はなくなった。記憶の塔がなくなった。亡くなってなくなったその記憶はどこへ行くんだろう、どうなるんだろうと、ふと思った。わたしはわたしの塔を抱えている。わたし自身が記憶の塔である、だけどわたしもいつまでもは生きられない。この九月でわたしは七十七歳になります。もう何年生きられるかな。だけど、やりたいこと、書きたいことはいっぱいある。けれども、わたしの塔も崩れる。あちらの塔もこちらの塔も崩れる、その塔はどうなるんだろう。そこで、言葉が登場するんですね。生きている人間の塔とか存在する物の塔とかのように、言葉の塔は記憶を携えていってくれるだろう。人間の寿命は限りがある。雑誌に書いてもすぐ消える。本にして出してもいつかなくなる。だけどどこかでそれが残されていていて、或いは若い人の記憶の中に残って、それが記憶の塔としての役目を果たす時がある、かもしれない。それが文学館なり図書館なりの役割であろうとこのごろしみじみ思うようになりました。

　東北で地震があって、わたしも関係している北上市の日本現代詩歌文学館、どうなっているんだろうかと思って電話をしました。その日は繋がりませんでした。次の日にやっと繋がった。北上は人的被害はなかった、文学館の資料も建物も無事でしたということで、ほっとしました。続けてまた地震が起きました。その日の午後に掛けました。今度はすっと繋がって。揺れは揺れたけれども、人的被害もないし資料も建物も大丈夫だということで。ほっとした。記憶の塔が無事だったということですね。記憶ということでいろいろお話ししました。戦争とか地震とか、原爆とか津波とか、そんな話ばかりでしたが。今日家を出しなに昼の十二時のテレビのニュースをちょっと見たら、東北で竜巻が起こってます。猛暑に集中豪雨に、何が起こるやらわからないですね。

「あのね」から

さて、ちょっと中休みみたいなつもりでお聞き下さい。わたしは朝日新聞の「あのね」という欄が大好きです。子どものことばを親が書き留めて投稿する欄です。七月十九日、先週の土曜日ですね。こんなのが出てました。山口県防府市、浜本快ちゃん、四歳です。「リモコンとテレビって心と心がつながっちょるんじゃろうね」。つづけて、「だって、リモコン押したらテレビがつくじゃん!」。リモコンを押したらテレビがつく、心と心が繋がると言う。快ちゃんのこのことばからいろんなことが考えられる。今まで話したどれとも繋がるんじゃないかと思いますね。繋がるということです。今日はお見えになっていませんが杉山平一さんの若い時の詩に「橋の上」というのがあります。橋の上から小石を落としたら「スーツと/小さくなつて行つて/小さな波紋をゑがいて/ゴボンと音がきこえてくる」、そこで繋がったと思ってほっとする。繋がるということ、記憶が繋がるということ、そういうことをこの頃よく考えるんです。

もう一つ紹介します。静岡県袋井市、片山碧衣《あおい》ちゃん、二歳です。ゆで卵の殻をむくおばあちゃんのお手伝いをしていて、「中身、何色かなあ。ピンクがいいなあ」。わくわく見ている。むきおわって、親が「全部黄色だったね」と言う。中身はまあ普通黄色ですね。だけど碧衣ちゃんはピンクが出てこないかと願う。ピンクが出てきても碧衣ちゃんには不思議じゃないんですね。こういう気持っていいなと思うし、持ちたいなと思う。

「あのね」ついでに、全く関係ない話としてお聞き下さい。サービスです。(笑い)。千葉市、長谷川和美ちゃん、四歳です。おつかいを頼まれました。「豚肉200グラム買ってきて」。張り切って行ったんですね。肉屋さんで多分大きな声で「おじちゃん、ブタ2匹くださーい」。(笑い)。いいでしょう。だけどこの話、わたしが今お話ししてきたこととちょっと結び付けようがないかもしれない。(笑い)。

震災の詩　直後

最後に、わたしの詩についてちょっとだけ。あと十分位かな。二十五分？(笑い)。そんなに話したら、わたし倒れるかもしれない。(笑い)。

一九九九年に『生きているということ』という詩集を出しました。震災詩集です。阪神大震災の後の四年間に書いた震災がらみの詩を全部入れた詩集です。震災の十日後に朝日新聞に詩を載せました。電話が通じない。やっと通じたとたんに朝日新聞大阪本社学芸部から電話があって、なんでもいいから書いてくれ、散文でも詩でもいいと。その時どうしてかわたしは「詩を書く」と言ったんですね。詩を書くと言ってから、落ちて崩れてぐちゃぐちゃになっている部屋のなかから紙と鉛筆を探しだして書いた。ちょっと長い詩ですが、なんとか書いた。さて届けようとしても、郵便局は焼けて潰れてますしね、ファックスを送ろうにもファックスもありませんし。近くの朝日新聞の販売店へ行ったら、その販売店は潰れていて、ファックスも潰れて、そこの販売員の人も亡くなっていて。販売員の一人の家にファックスがあるというので、そこへ行って、そこからファックスを送った。それが「神戸　五十年目の戦争」です。

その後書いていくなかで、わたしが考えたことはなにか。これは異常なことではあるけれど、だからこそこの異常時に異常事を今書こう。わたしも今異常になっているかもしれないけれど、だけど、だからこそわたしだけでなく、わたしの周りの長田の、神戸の人たちの思っていることを書こうと思った。わたし自身のことではなくわたしを含めてわたしのまわりの人々のこと、人々の思っていることを書こうと思った。不幸にして亡くなった人の思いも傷ついた人の思いもひっくるめて書こうと思った。それがその時の思い込みというか、そうしなければという気持でした。詩集の「あとがき」にわたしは書いています。「今書けることを書こうとおもった。今の心の震えとともに書かなければとおもった。どれだけのことを書き止められるだろうか、書き置くということの意味を嚙みしめて書いた。それは、激震地に生きる人々へのメッセージであり、なによりもわたし自身へのメッセージでもあった」。詩を書くということで、異常時に異常になっている自分自身を詩を書くことでなんとか支え励まそうと思った。自分でもその時は分からないこともある。半月位経って、田舎へ疎開させていた母親をやっと通じ出したJRで様子を見に行ったときのこと、その途中、一時意識がなくなっていた時間があった。気が付いたら姫路駅で、電車が止まって、皆降りてしまって誰もいない車内でわたし泣いていた、声をあげて。そういう事はあるんですね。先程言いましたわたしの覚悟みたいなものは、「共同体の記憶を言葉で掬《すく》い上げる作業」。これができればいいなあと思った。

震災の詩　それから

必ずしも地震のことについて訴えようと思っているわけではないんです。震災後書いた詩の中にこんな詩がある。地震のことを書いた詩なんだけれども、十年経ち、二十年経ち、五十年経って読み取れるかどうか。異常な状態のなかの異常な心理が平静な状態のなかの平静な心に移行していったとき、状況や状態に支配されないわたしたちの心を詩の言葉が伝えてくれるかどうか。今ここで読みながらわたし自身考えてみたいと思うんですね。
まず、「人の声かしら」を読みます。これは「詩学」の四月号に発表した「長田　七篇」のなかの一篇です。書いたのはあの年の三月。地震の半月ほど後に書いた詩です。

人の声かしら。
ほそぼそときこえるあれは。

きこえている。
きこえなくなる。

まだきこえている。
あれは。

二行ずつ三連、六行の詩です。これは正に震災の詩です。崩れた家の下敷きになって、声を頼りにみんなが救出作業にあたる。声が小さくなる。声がとぎれる。そんなときヘリコプターが飛ぶ。人の声をかき消す。あの時はヘリコプターが憎かった。打ち落とせと叫んだぐらい。そういうことなんです。だけど、震災から随分経って、震災を体験したことがないし考えたこともない人がこれを読んで、読めるかどうか。もう一度読みます。

人の声かしら。
ほそぼそときこえるあれは。

きこえている。
きこえなくなる。

まだきこえている。
あれは。

わたしは読めるんじゃないかと思う。読めたらいいなと思う。繋がるという意味で。
次にその年の四月に出た「たうろす」七十九号に発表した「長田　九篇」。これもあの年の三月に書いています。そのなかから三篇を読みます。まず、「ここ」という詩。三行二連、これも六行だけの詩です。

わずかな物音。
ここです
ここ。

かぼそい声のような。
ここにいます
ここに。

これは先程の「人の声かしら」の裏返しの詩ですね。今ここにいるんですよと、生きているんですよと、なんとか伝わって欲しいと。だからこれは正に震災の詩です。だけどこれを十年後、二十年後、五十年後に読んでもらった時、どう読んでもらえるのかな、というふうに考えるんです。もう一度読みます。震災ということから離れて聴いてみて下さい。

わずかな物音。

ここです
ここ。

かぼそい声のような。
ここにいます
ここに。

次は、「ここそこ」です。

ここそこは
まだつづいているの。

ここそこは
もう切れてしまったの。
どうして切れてしまったの。

どうしても　もう　つながらないの。

先程の言葉で言えば、共同体の記憶を言葉で掬う作業とか、書き継ぐとか、そういうことを意識して書いた。もう一つ、「すべてうつつ」です。

これがうつつなら
あれはまぼろし。
これがまぼろしなら
あれはうつつ。

いや
そうじゃない。
あれもうつつ
これもうつつ。

踏みこめばうつつ。

すべてうつつ。

あれはまぼろしと思いたい、これはまぼろしと思いたい。だが、うつつだと、すべてうつつだと思い定めることによって、先に進めるんだと思う。

震災の詩　次の年　その次の年

震災の次の年の「詩学」の七月号に「長田　ふたたびの春　七篇」を載せています。そのなかの一篇はこんな詩。「揺れる」です。一年経ってもやっぱり揺れてるんですね。

覚えていたくないこと
覚えていないこと
いろいろあって。

忘れたいこと
忘れてしまったこと

たくさんあって。

時の網目のむこうで揺れている。
いのちの細部が揺れている。

一年後ですがまだ不安定。覚えていたくないこと、覚えていないことがいろいろある。逆に、忘れたいこと、忘れてしまったことがたくさんある。いろいろあって、たくさんあって、揺れているのです。

さらにその次の年、一九九七年四月の「たろうす」八十五号に載せたのが「長田　三度目の春　十二篇」です。そのなかから二篇。まず、「これは」です。

これはいつかあったこと。
これはいつかあること。
だからよく記憶すること。
だから繰り返し記憶すること。

このさき
わたしたちが生きのびるために。

ここまで読んだ詩は、いかにも震災後すぐという感覚がある。「揺れる」では、まだ揺れている。「これは」では。これはいつかあったことと言い、これはいつかあることと言い継ぎ、だからよく記憶すること、繰り返し記憶することと自分に言い聞かせている。なぜ繰り返し記憶するのか。それは、このさきわたしたちが生きのびるためなのだ、生きのびるために記憶しなければならないんだと。
もう一つ紹介しておきます。「でも」。これも「長田　三度目の春　十二篇」のなかの一篇です。この詩は明石の明石城広場にある震災碑に刻まれています。

忘れられないことばかり。
でも。
忘れないといけないことばかり。

でも。

忘れかけているんです。
わたし。

忘れられかけているんです。
わたしたち。

忘れないといけないことばっかりがある。忘れていけないことばっかりがある。でも忘れかけているんですね。忘れてしまうのが人の性かもしれません。ふと気が付けば、忘れかけているわたしたちが、忘れかけられているんだ。やはり記憶がキーワードになろうかと思います。

震災の詩　十年後

「イリプス」という雑誌に、震災十年後の二〇〇五年四月に「長田　震後十年　七篇」を載せてもらいました。そのなかから二篇読みます。「長田　震後十年」の「震後」は倉橋健一さんの造語です。「震後詩」ということを言ってて、あっそれいいなということで使わせてもらってます。「長田　震後十年　七篇」は全部木の詩です。「ふしぎ」という詩を二篇。まず最初の「ふしぎ」。

葉が茂る
風に揺れる。
どうしてうれしくなるのだろう
それだけで。

不思議なことに、自分でも不思議なんですけれど、震災後すぐに花っていいなという詩を書きました。これまでなんとも思わなかった花が目につき、心に残る。わたしの家の下の崩れた空き地にテント張って暫く暮らしている人がいた。道からテントの中が見える。牛乳瓶に花一本挿して置いてある。食べるものも、水も、なんもかんもない。裏の小学校で配ってもらうものので済ませた。しばらくはそんな暮らしだった。水も電気もガスも郵便も電話も、なんもかんもが停まった中で、テントの入り口に花一本。或いは、焼け跡に女の人がしゃがみこんだ姿をしばしば見る。多分そこで肉親が亡くなったのだ。やっぱり花でしたね、花を供えてました。この「ふしぎ」は、葉が茂って風に揺れる、それを見てどうしてうれしくなるんだろうという不思議でしたが、もうひとつの「ふしぎ」には人も入ってきます。

木を見る。
なぜか　かなしい。
なぜか　うれしい。

人を見る。
やはり　かなしい。
やはり　うれしい。

木が立っている。
人が歩いてくる。
とても　ふしぎ。

木の詩ばっかりの七篇のなかに、先程紹介した焼けた三本のいちょうの木も出てくる。今年なくなっていたあのいちょうの木。或いは、根元まで焼けてしまって、円錐形の根っこだけが残った木。一望の焼け野原で、夏になると草が茂って、その草を掻き分けてそれを見に通い続けました。ある日のこと、ブルドーザーが入って整地して、そこに兵庫県住宅公社のマンションが建った。町もどんどん変わり、人もどんどん変わりました。

おわりに

今日、神戸にお見えいただいて神戸の街をご覧になって、震災の跡もないなあと思われる方も多いかと思います。神戸は復興しました。だけどわたしの住んでいる長田の町においでになると必ずしもそうではない。未だに更地ばっかりです。長田の市場では困ったことになっている。震災後に頑張って頑張ってやっと店を出した長田の市場、その半分の店がもう閉店です。あとの半分もこの先やっていけるのかと心配です。お客さんが少ない。何故か。簡単なことです。長田区は人口が増えていない。減ったままです。更には今のご時勢です。町を歩くと杖を突いたお年寄りが目につきます。震災後は心の張りがありましたけれど、この先どうなるのか。今の長田の町を見ると心配です。これは実は神戸の町全体について言えることのようです。更に神戸の町だけじゃないようです。神戸の町を歩いていただいたらなにかお気づきになることがあるかと思います。今日は記憶ということでお話ししました。お聞き頂いてどうもありがとうございました。(拍手)。

(二〇〇八年七月二十六日　兵庫県民会館県民ホール　日本現代詩人会西日本ゼミナールin神戸での講演記録)

花に鳥。花のむこうに長田の町が。

日録抄　二〇〇八年五月―七月

5月1日（木）　午前、たかとう匡子さんから電話。

5月2日（金）　健一郎健人へ丹波竜情報（腸骨仙肋骨発見）をＦＡＸ。夕方、本の整理。

5月3日（土）　夕方、山本忠勝さんからＦＡＸ、朝倉裕子詩集評。夜、鈴木漠さんへ電話。

5月4日（日）　夕方、小西誠さんから杉山平一さんの「『四季』の思い出」講演時の写真が届く。

5月7日（水）　午前、クローバーケアセンター神戸樫原美津子さん来宅、介護・支援認定調査。夜、佐土原夏江さんから「火曜日」カット届く。

5月11日（日）　午前、豊泉豪さんへＦＡＸ。午後、三宮東天紅で、芦田はるみ詩集『雲ひとつ見つけた』と朝倉裕子詩集『詩を書く理由』の出版記念会。

5月13日（火）　昨日十二日、午後二時二十八分（日本時間午後三時二十八分）中国四川省で

大規模な地震。震源は成都の北西汶川県付近、M7.8。断層が長さ約一〇〇キロ、幅約三〇キロ。地震の規模は阪神大震災の二十倍。夕方、中村茂隆さんから／へ電話、北原白秋の詩のこと。

5月14日（水） 午後、三宮UCCカフェプラザで涸沢純平さんと、詩集『久遠《くどう》』の原稿を手渡す。

5月15日（木） 午前、豊泉豪さんへFAX、北上行の日程や閲覧希望雑誌など。

5月16日（金） 夜、ケーブルテレビ南恵美子さんから電話。

5月17日（土） 午後、和彦一家来、和彦誕生祝い。

5月19日（月） 五月十六日に浜田知章さん死去と知る。急性肺炎、八十八歳。悼。

5月20日（火） 夕方、関富士子さんからFAX。神戸新聞文芸六月分選稿を速達便送。

5月21日（水） 午後、桜井節さんから絵葉書が届く。

5月22日（木） 午前、上前さん来、「火曜日」94号出来。

5月23日（金）24日（土）25日（日）26日（月）　日本現代詩歌文学館振興会理事会と第二十三回詩歌文学館贈賞式のために北上へ玲子と。三泊四日。

一日目。 大阪伊丹空港八時十五分発いわて花巻空港行JEX２１８１便で。いわて花巻空港九時四十分着。JR花巻空港駅へ。十時十三分の電車で北上へ。北上十時三十分着。日本現代詩歌文学館へ。学芸員豊泉豪さんの出迎え。館長室で「詩と詩論」全冊「文学」全冊「詩・現実」全冊、それに「セルパン」「椎の木」「文芸汎論」「近代風景」「作品」「詩神」など昭和初期の詩雑誌を閲覧。夕方、ホテルシティプラザ北上へ、北上川河畔のお気に入りのホテル。国見山を望みながら和食処日高見で夕食。

二日目。櫻花林で朝食。ロビーラウンジ漣でお茶。午後、ホテルニューヴェール北上へ。日本現代詩歌文学館振興会理事会に出席。詩人では安藤元雄さんと白石かずこさん。おわって日本現代詩歌文学館へ、詩歌文学館賞贈賞式に出席。詩部門は谷川俊太郎『私』、短歌部門は清水房雄『已哉微吟』、俳句部門は鷹羽狩行『十五峯』。記念講演は三枝昂之さんの「歌の昭和をふりかえる」。ティールームで休息。夕方、ホテルニューヴェール北上へ移動、レセプション。途中退席。ホテルシティプラザ北上へ戻る。泊。

三日目。櫻花林で朝食、ゆっくり。ロビーラウンジ漣でお茶、ゆっくりと。日本現代詩歌文学館へ。詩誌閲覧、昨日の続き。竹中郁のシネポエムの周辺判明。コピー397枚頼んで。午後JR北上駅三時三十五分発の電車で花巻へ。三時四十六分花巻着。志戸平温泉へ。遊泉志だてに入る。志戸平はアイヌ語源でシドは川下の意。尻戸平とも志戸台とも記され、明治時代までは「しだて」と言ったと宿の栞にあった。窓の下に豊平川、カジカがしきりに鳴く。むこうの山に藤の花。

四日目。部屋の露天風呂に入って、あれは川の音か風の音か。昼前にチェックアウト。新花巻駅へ。宮沢賢治記念館へ、喫茶コーナーでお茶。健一郎健人に山猫の小物入れ購入。JR新花巻駅へ戻って構内でソバ。花巻へ。電車を降りると激しい雨と風。待合室で止むのを待つ。小降りになってホームで待つも、電車が大幅に遅れて。風が冷たい、寒い。やっと電車が来て花巻空港駅へ。空港売店で健一郎健人に南部鉄製干支の小物とDVD「宮沢賢治童話集98作品」を購入。いつもの岩手せんべいとかもめの玉子も。食事処で夕食、ホロホロ鳥のひっつめ。いわて花巻空港十九時発JEX2188便で。大阪伊丹空港二十時三十分着。

5月27日（火）　午前、芦田はるみさん朝倉裕子さんから宅急便、写真など。日本現代詩歌文学館豊泉豪さんから宅急便、昭和初期雑誌竹中郁資料のコピー届く。夕方、ポインセチア一鉢買って帰って出窓に。中村茂隆さんから電話、合唱組曲のこと。

5月30日（金）　午前、三宮岡本クリニックへ、ホールター装着。午後、杉山平一さんから葉書、七月五日の対談の件。

5月31日（土）　午前、三宮岡本クリニックへ、ホールターはずす。特に異常みられず。午後、中村茂隆さんから合唱組曲五曲のうち二曲の楽譜が届く。

6月1日（日）　車庫奥の雑誌整理、箱づめ。

6月2日（月）　午前、クローバーあんしんすこやかセンター米谷正子さんへ電話、支援2認定を伝える。

6月3日（火）　夕方、クローバーあんしんすこやかセンター佐藤玲さん来宅。

6月4日（水）　イリオモテ朝顔一花、アメリカ花数花咲く。夕方、佐藤玲さん来宅、杖。夜、ケーブルテレビJCOMの南恵美子さんから宅急便、朗読番組「あの日語り」（詩集『生きているということ』から十数篇朗読）のDVD。

6月5日（木）　夕方、日本現代詩歌文学館へ詩誌詩集など十箱を寄贈、宅急便送。

6月6日（金）　午前、山田幸平さんから電話、「ぱっさーじゅ」の詩の依頼。

6月7日（土）　午後、和彦一家と三宮で。東天紅、ジュンク堂、不二家、ドコモ、青山。

6月8日（日）　キキョウ一花咲く。午前、季村敏夫さんから電話。午後、三宮の神戸市立勤労会館で「火曜日」94号合評会。

6月12日（木）　高橋冨美子さんから宅急便／へ電話。岬美郷さん石井久美子さんへFAX。

6月14日（土）　午前八時四十三分頃、岩手・宮城内陸地震。震度6強、M7.2。北上震度5弱。午後、季村敏夫さん来宅、「蜘蛛」のこと。日本現代詩歌文学館へ電話をかけるが通じない。

6月15日（日）　午前、日本現代詩歌文学館へ電話、通じる。被害なし、人も建物も本も。よかった。この地震で死亡六人不明十一人けが百人超。

6月16日（月）　夕方、神戸新聞文芸選者エッセイ「鮎走る　鮎飛ぶ」をＦＡＸ送。

6月17日（火）18日（水）19日（木）20日（金）　有馬温泉へ玲子と三泊四日。

一日目。午前、平松正子さん来宅、神戸新聞文芸詩稿七月分を持参。午後、神戸電鉄有馬温泉駅二階食堂で昼食、ボッカケうどん。和菓子工房ありまでお茶。有馬温泉有馬保養所瑞宝園へ。瑞宝寺公園散策。緑鮮やか、ウグイスがしきりに鳴く。ホーケキョにホーケキョと返すとホーケキョと応える。ホーキョにホーキョと返すとホーキョと応える。歩いていくと頭上高くをついてくる気配。やがて応えなくなる、テリトリーから外れたのか。夕食は会席。箸置きの和紙に〈いにしへの歌にみる夏―新古今和歌集より〉、「五月山卯の花月夜ほととぎす聞けども飽かずまたなかむかも　よみ人知らず」「さみだれはをふの河原の真菰草からでや波のしたに朽ちなむ　入道前関白太政大臣」。

二日目。午前、瑞宝寺公園散策。カタツムリ九匹つかまえる。午後、神戸新聞文芸七月分詩稿を読む。夕食は神戸肉しゃぶしゃぶ。箸置きの和紙に「忘れめやあふひを草にひき結びかりねの野辺の露のあけぼの　式子内親王」。

三日目。午前、瑞宝園チェックアウト。念仏寺沙羅樹園へ。樹令二百五十年と伝えられる大樹、昨年より花が少ない。葉刈りしたためとか。住職夫妻としばし歓談。Ｃａｆｅ　ｄｅ　Ｂｅａｕ

でお茶。温室風の窓にツタが広がっていて緑の光に包まれる。午後一時、迎えの車で中の坊瑞苑へ。夕食は季節の会席「入梅」。

四日目。午後、帰宅。

6月21日（土） 午前、季村敏夫さんから電話。新藤涼子さんへ電話。午後、石井久美子さんから電話。神田さよさんへ電話、詩集『久遠《くどう》』の校正依頼。

6月23日（月） イリオモテアサガオ45花。午後、三宮UCCカフェプラザで神田さよさんと、詩集『久遠《くどう》』の初校を手渡す。夕方、神戸新聞文芸七月分選稿を速達便送。

6月24日（火） 午前、季村敏夫さん来宅、雑誌などを貸出し。

6月28日（土） 夕方、杉山平一さんへ手紙、七月五日の対談の件。

6月29日（日） 午前、青木恭子さんへ電話。

7月1日（火） 午後、神戸文学館山本幹夫さんから電話、七月五日のこと。桜井節さんからFAX。

7月3日（木） イリオモテアサガオ75花。午前、杉山平一さんから葉書、七月五日のこと。

7月4日（金） 夕方、車庫前でイリオモテアサガオなど植木の手入れ、一年半ぶり。しゃがんだままうしろに転倒するも、ひじのすり傷ですむ。あぶない、あぶない。

7月5日（土）　午後、神戸文学館で杉山平一さんと対談、「『四季』の詩人　杉山平一に聞く」。福井久子さん鈴木漠さん来会。おわって、南恵美子さん佐野千彦さんと立ち話。

7月6日（日）　午前、内海高子さんへ電話。杉山平一さんへ／からＦＡＸ。夕方、ブーゲンビリア一鉢買って帰って出窓に並べる。

7月7日（月）　午前、杉山平一さんへＦＡＸ。上山松子さんへ電話。由良佐知子さんへ電話。佐土原夏江さんと三宮ＵＣＣカフェプラザで、対談テープ起こしのことなど。

7月8日（火）　午前、工藤恵美子さんへ電話。涸沢純平さんへ電話。午後、和彦宅へ玲子と、サクランボ持って。健人健一郎あいついでランドセル背おって帰宅。折紙、宮沢賢治のＤＶＤ。壁に短冊二つ、「川の中流れににじむかにの背は　夕日のごとし幻想の朱　呂奉先」（６２賞）、「秋の夜多くのすずなる涼しい夜　床に転がり夢に入らん　呂奉先」（青木賞）。呂奉先は健一郎の号、「三国志」に登場する人物の名とか。６２賞は六年二組賞、青木賞は担任の青木先生の賞とか。小学校で短歌作ったりしてるんだ。

7月9日（水）　午前、涸沢純平さんへ詩集『久遠《くどう》』初校を宅急便送。夕方、秋田の近藤昌一郎さんからじゅんさいが届く。

7月10日（木）　夜、真紀さん健人健一郎と電話。

7月12日（土）　午後、散髪。

7月13日（日）　午前、村上翔雲さんへ電話。午後、玲子と買い物、三宮そごうへ。

7月14日（月）　午後、神戸市文化交流課赤坂さんから電話。夕方、和彦たちへＦＡＸ。

7月15日（火）　蟬の声しきり、抜け殻あまた。午前、佐土原夏江さんから「『四季』の詩人杉山平一に聞く」のテープ起こしが届く。

7月16日（水）　午前、杉山平一さんから葉書／へＦＡＸ。

7月17日（木）　午後九時五十九分、母しず子永眠。九十九歳、数えで百歳。

7月18日（金）　母自宅へ戻る。詩集『久遠《くどう》』再校が届く。

7月19日（土）　母通夜。詩集『久遠《くどう》』元原稿が届く。

7月20日（日）　母葬儀。

7月23日（水）　午後、涸沢純平さんへ電話。夕方、神戸新聞文芸八月分選稿を速達便送。

7月24日（木）　午前零時二十六分ごろ、岩手県沿岸北部で地震、Ｍ6.8。岩手県洋野大野で震度6強。午後、北上市の日本現代詩歌文学館へ電話を入れて学芸員豊泉豪さんと話す、人も館も資料も無事。ホッ。神戸文学館山本幹夫さん来宅、詩集十三冊の返却に。

7月26日（土）　午後、兵庫県民会館九Ｆ県民ホールで日本現代詩人会・兵庫県現代詩協会共催の「西日本ゼミナールin神戸」開催。開会宣言小柳玲子さん。挨拶大岡信さんと福井久子さん。司会たかとう匡子さん。講演は岩成達也さん、「詩論の方へ」。つづいて私、「やっとわかりかけてきたこと」。一時間立って話すのがつらくて椅子を用意してもらって座って話す。ひとつ山こえてみよう会の四人のバンドはロビーで聞き、岡崎さん清水恵子さん田村のり子さん原圭治さん三井喬子さん岡隆夫さんの朗読は場内で聞く。あと二人を残して疲れて退席、懇親会へ出ずに帰宅。今日は往路帰路ともにタクシー。出席者一八〇人を越え多くの詩人と会えた。

7月28日（月）　午後、激しい雷雨。神戸市灘区都賀川で幼児一人小学生二人を含む五人が死亡。

7月29日（火）　午後、麻生直子さんから電話。北海道南部西海岸乙部の里山の魚つきの森に安水さんの木としてエゾヤマザクラを一本植えました、これは詩人の木です。明日の朝のＮＨＫＴＶを見てください。

7月30日（水）　朝八時三十五分からＮＨＫＴＶを観る。「奥尻・十五年目の夏　大津波から十五年」に麻生直子さん登場。午前、山田幸平さんへ「ぱっさーじゅ」の詩、「江差で」を速達便送。午後、佐土原夏江さんから『四季』の詩人　杉山平一に聞く」の資料と「火曜日」95号のカットが届く。

7月31日（木）　芙蓉の花が風に揺れている。午後、友岡子郷さんから電話、久しぶり。『友岡子郷句集成』の栞文の依頼。

（「火曜日」95号　二〇〇八年八月「日録」から）

日録抄　二〇〇八年八月―十月

8月1日（金）　午前、杉山平一さんへ「『四季』の詩人　杉山平一に聞く」のテープ起こしの校正刷を速達便送。

8月2日（土）　午後、和彦一家と玲子と六人で、東天紅で昼食。ジュンク堂で本、不二家でお茶、いつものコース。センター街に氷柱、健人が駆け寄って。

8月4日（月）　午前、涸沢純平さんへ詩集『久遠《くどう》』再校を宅配便送、「初出一覧」をFAX送。夜、須鎗洋弼さんから電話。

8月5日（火）　夕方、竹中敏子さんからおくやみの電話。

8月6日（水）　午前6時26分頃揺れる。京都南部震度3、長田震度1。震源兵庫県南東部、M3.8。午後、玲子の誕生祝い。夕方、雷雨。

8月7日（木）　午前、杉山平一さんからテープ起こしの校正刷の手直しが届く。午後、三宮

UCCカフェプラザで健一郎健人真紀と玲子と落ち合って、OSシネマズミント神戸で「崖の上のポニョ」を観る。ケーヒニス・クローネでお茶。

8月8日（金） 午前、橋本千秋さんへ電話。午後、杉山平一さんへFAX。

8月10日（日） 墓参。

8月11日（月） 午前、玲子につきそわれて神戸市立中央市民病院へ、神経内科山上先生の診察。午後、「火曜日」95号の「『四季』の詩人 杉山平一に聞く」の再校が届く、杉山平一さんへ速達便送。神田さよさんから西日本ゼミナールin神戸での講演「やっとわかりかけてきたこと」のテープ起こしが届く。

8月14日（木） 午前、母しず子の四十七日とお盆のお参り。午後、兵庫県文化賞受賞者小品展の色紙を郵送、「やっと暮れて あわあわ 旅のおわりのかもめじま 目の下にくろぐろ今は眠れ 明日は出立 それでどこへ どこまで」（「江差で」）。夕方、詩集『久遠』三校が届く。

8月15日（金） 午前、竹林館へ／からFAX。午後、杉山平一さんから「『四季』の詩人杉山平一に聞く」再校が戻る／へFAX。健人から葉書、「とっとりけんのゲゲの鬼太郎ロード行って、健人は目玉おやじのふわふわのコレクションを自分で買ったよ」、旅行先から絵入り。

8月18日（月）　午前、中村茂隆さんから電話、合唱組曲のこと。

8月19日（火）　午前、佐野壬彦さんへFAX、三菱重工業神戸造船所所歌の竹中郁補筆のこと。午後、涸沢純平さんへ詩集『久遠』三校を宅急便送。

8月20日（水）　午前、上前さん来宅、「火曜日」95号校正刷と写真・カットを手渡す。

8月21日（木）　午前、中村茂隆さんから電話。上前さん来宅、「火曜日」95号最終チェック。神戸新聞文芸九月分選稿を速達便送。

8月22日（金）　午前、朝日会館シネリーブルで「赤い風船」「白い馬」を観る。午後、涸沢純平さんへ詩集『久遠』の「あとがき」をFAX送。

8月25日（月）　夕方、「火曜日」95号出来、届く。夜、志賀英夫さんへ『戦後詩誌の系譜』の原稿「私の同人誌」をFAX送。

8月26日（火）　午前、日本現代詩人会へ『資料現代の詩2010』の詩原稿「江差で」（再録）を郵送。午後、由良佐知子さんからFAX、「火曜日」95号の発送すみました。

8月27日（水）　午前、涸沢純平さんから詩集『久遠』念校が届く。午後、本の移動整理。

8月28日（木）　午前、杉山平一さんへFAX。午後、本の移動整理。

8月30日（土）　母しず子の四十九日満中陰。

8月31日（日）　一日家にあってCDを聴く。

9月2日（火）　午前、涸沢純平さんから詩集『久遠』の表紙・帯の見本が届く。夜、渡部兼直さんへ電話。

9月3日（水）　芦屋市教育委員会川西さんから電話、富田砕花賞のこと。夕方、上前さん、来宅。西日本ゼミナールin神戸での講演「やっとわかりかけてきたこと」のテープ起こしを手渡す。

9月5日（金）　夜、石井久美子さんから電話。

9月6日（土）　和彦一家と玲子と六人、大丸で落ち合って。「絵で読む宮沢賢治展」を観る。健一郎が賢治に興味を持って熱心に見てまわって質問攻め。安さんで昼食。ジュンク堂で本、不二家でお茶といつものコース。

9月7日（日）　午後、「火曜日」95号合評会。三宮の神戸市立勤労会館で。

9月8日（月）9日（火）10日（水）11日（木）　有馬温泉へ玲子と三泊四日。

一日目。午前、西日本ゼミナールin神戸での講演「やっとわかりかけてきたこと」の初校が届く。由良佐知子さんへFAX／から電話、「火曜日」の次の特集「火曜日の詩人たち」のこと。午後、有馬温泉有馬保養所瑞宝園へ。瑞宝寺公園散策、緑濃く。夕食は会席六甲長月。箸置きの和紙に〈いにしへの歌にみる秋　新古今和歌集より〉、「この寝ぬる夜の間に秋は来にけらし朝けの風の昨日にも似ぬ　藤原季通朝臣」「たれをかもまつちの山の女郎花秋とちぎれる人ぞあるらし　小野小町」。添えられた写真は落葉山に沈む夕日と秋の七草女郎花。

二日目。午前、瑞宝寺公園散策。ムクゲの白い花、サルスベリの紅い花。午後、「やっとわかりかけてきたこと」初校を見る。夕食の箸置きの和紙に「あけぬるかころもで寒しすがはらや伏見の里の秋の初風　藤原家隆朝臣」「秋萩の咲き散る野邊の夕露に濡れつつ来ませ夜は更けぬとも　柿本人麻呂」。添えられた写真は瑞宝寺公園山門跡と秋の七草萩。

三日目。午前、瑞宝園を出て。有馬の街散策。Ｃａｆｅ　ｄｅ　ＢｅａｕでコーヒーE。温室風の窓のツタが払われて明るい。和菓子工房ありまでお茶。神戸電鉄有馬温泉駅二階の有馬茶房で昼食、あべかわ餅。午後二時、迎えの車で兵衛向陽閣へ。北館からの眺めに見入る、北摂の山並みと街を遠望。右手前下に古泉閣が、左手前下には兆楽が緑のなかに見下せる。一の湯に入る、玲子は二の湯に。阪神淡路大震災資料を展示した小部屋あり、覗くと震災時の写真など。「兵衛旅館のその時　宿泊客630人　死者なし　怪我人なし　休業5ケ月」。

四日目。午前、三の湯に入る。グリーンテラスの前で一休み。午後、帰宅。涸沢純平さんから詩集『久遠』のカバー色校正が届く／へ電話。中村茂隆さんから合唱組曲残り二曲が届く。

9月12日（金）　午後、神戸市文化賞選考委員会に出席。

9月13日（土）　午後、季村敏夫さん来宅、歓談。

9月14日（日）　午後、東天紅で和彦一家と玲子と六人で、喜寿の祝い。その後、ジュンク堂で本、不二家でお茶、そごうで買い物とケーキ。

9月15日（月）　夜、梅村光明さんへ電話。

9月16日（火）　午後、芦屋市教育委員会川西さんから電話。夜、橋本千秋さんへ電話。

9月17日（水）　午前、上前さん来宅、講演「やっとわかりかけてきたこと」の初校を手渡す。工藤恵美子さんへ電話。

9月19日（金）　台風去る。午後、神戸新聞文芸選者エッセイ「靴へのおじぎ」をFAX送。

9月20日（土）　芙蓉咲き乱れている。イリオモテアサガオふたたび多数咲きだす。

9月21日（日）　夜、季村敏夫さんへ電話、間村俊一さんは間か間か。

9月23日（火）　墓参。夕方、詩集『久遠』出来、届く。嬉しい。

9月24日（水）　夕方、鈴木絹代さんへ電話。田中荘介さんから電話、詩集『久遠』届きました。

9月25日（木）　午後、神戸新聞文芸十月分選稿を速達便送。夕方、涸沢純平さんへFAX&電話。勝原正夫さんへ電話。

9月26日（金）　午後、神戸文学館山本幹夫さんから電話。

9月27日（土）　午前、散髪。

9月28日（日）29日（月）30日（火）　城崎温泉へ玲子と二泊三日。

一日目。ＪＲ神戸駅午前十時一分発はまかぜ1号乗車。車中駅弁。十二時二十九分城崎温泉駅着。温泉街を木屋町小路まで散策。まつやにチェックイン。外湯一の湯に入る。夕食の箸入れに「江戸時代から、この場所で。城崎の老舗『まつや九左衛門』」とあり、三つ重ねの松の紋が。裏には「手拭をさげて外湯に行く朝の旅のこころと駒下駄の音　与謝野寛」。

二日目。午前、連泊証明証を持って城崎温泉駅横の外湯さとの湯へ。これで外湯七湯すべて入ったことになる。海女茶屋でお茶。手打皿そば左京で昼食。午後、ロビー談話室で鈴木絹代詩集『ありがとう』の原稿を読む。夕方、一の湯に入る。

三日目。チェックアウトを延長してゆっくりする。鈴木絹代詩集『ありがとう』の原稿再読、メモを取る。午後二時、チェックアウト。城崎文芸館へ。城崎短歌コンクールの第一回（平成十一年）の作品「なゐのがれいのちひとつで来し城崎円山川岸黄の花が咲く　兵庫県西宮市石戸ハナ」、城崎俳句コンクールの第一回（平成十五年）の作品「城崎の月を崩して足湯かな　京都府網野町　岩井すみ子」、記された木札二枚が目をひく。海中苑でおそい昼食、海鮮丼。ＪＲ城崎温泉駅午後五時十八分発はまかぜ6号に乗車。午後七時四十四分神戸駅着。帰宅。

10月1日（水）　夜、鈴木絹代さんへ電話、新旧とも通じない。秋田の近藤昌一郎さんから電話、詩集『久遠』届きました。

10月2日（木）　午前、鈴木絹代さんへ電話、通じないので葉書を出す。夕方、「2007こうべ芸文アンソロジー」の詩原稿「十三年　十三年」（再録）をＦＡＸ送。夜、三宅武さんから電話。

10月3日（金）　午前、丸地守さんへ電話。夕方、鈴木慎悟さんから速達、「絹代のガンとのつきあい」。

10月4日（土）　午前、丸地守さんへ『資料現代の詩2010』の原稿「神戸の街で」を速達便送。健一郎健人の運動会へ。健人40ｍ走、健一郎組体操。運動場で昼食。疲れて近所の喫茶店で休む。午後、健一郎騎馬戦。おわって、和彦宅へ。夕食にでかける。

10月5日（日）　午後、鈴木絹代さんから電話、横浜の入院先から。

10月6日（月）　午後、三宮ＵＣＣカフェプラザで涸沢純平さんと、鈴木絹代詩集『ありがとう』の原稿を手渡す。

10月7日（火）　キンモクセイの花のにおい漂う。午後、鈴木慎悟さんへ手紙。

10月8日（水）　夕方、内海高子さんへ電話。鈴木絹代さん横浜から電話、明日手術です。

10月10日（金）　午前、芦屋市教育委員会田島さん来宅、富田砕花賞のこと。

10月11日（土）　午後、『友岡子郷句集成』の栞文「友岡さん」をFAX送。

10月14日（火）　イリオモテアサガオが四十余花、このところ毎日咲いている。

10月15日（水）　午前、鈴木絹代詩集『ありがとう』初校が届く。あまりの早さに驚く。夕方、鈴木慎悟さんから電話。

10月17日（金）　午後、三宮UCCカフェプラザで鈴木慎悟さんと、鈴木絹代詩集『ありがとう』初校のことで。夕方、神戸市消防局濱田諭さんから電話、機関誌「雪」の原稿依頼。

10月18日（土）　午前、硲光臣さんから電話、詩集『久遠』届きました。「ニッポニア・ニッポン」のことなど久しぶりに長話。午後、東天紅の個室で健人の誕生祝い、和彦一家と玲子と六人で。そのあと、大丸でポケモンフィギュア、カフェパキスタンでお茶、ジュンク堂で本、そごうでケーキ買って。

10月20日（月）　玲子につきそわれて神戸市立中央市民病院へ。循環器内科古川先生の診察。夏の終わり頃から動悸不整脈。二年前の夏の狭心症の再発か、要精密検査。BIMIシンチグラフ検査予約。夕方、鈴木慎悟さんから鈴木絹代詩集『ありがとう』の初校校正が届く。

10月21日（火）　午後、芦屋市役所教育委員会室で第十九回富田砕花賞選考委員会。松尾静明『地球の庭先で』と中西弘貴『飯食』の二詩集に決まる。おわってニシムラでお茶、杉山平一さん伊勢田史郎さん直原弘道さん和田英子さんと。帰途、和田さんと苗場山秋山郷などあれこれ旅の話。

10月23日（木） 午前、神戸新聞文芸十一月分選稿を速達便送。夕方、鈴木愼梧さんから電話、鈴木絹代詩集『ありがとう』初校のこと。

10月24日（金） 母しず子の百ヵ日法要。

10月25日（土） 午前、涸沢純平さんへ鈴木絹代詩集『ありがとう』初校を宅急便送。午後、義母松笠文子一周忌法要と納骨。

10月27日（月）28日（火）29日（水）30日（木） 有馬温泉へ玲子と三泊四日。

一日目。午前、涸沢純平さんへ電話、鈴木絹代詩集『ありがとう』のこと。午後、有馬温泉有馬保養所瑞宝園へ。瑞宝寺公園散策、紅葉いまだし。夕食は会席六甲神無月。箸置きの和紙に〈紅葉　新古今和歌集より〉「散りかかる紅葉の色は深けれど渡ればにごるやまがはの水　二條院讃岐」「もみじ葉はおのが染めたる色ぞかしよそげに置ける今朝の霜かな　前大僧正慈圓」。添えられた写真は瑞宝寺公園の紅葉二景。

二日目。午前、瑞宝寺公園散策、滝への道を行くと鮮やかに紅葉した一本が。午後、鈴木絹代詩集『ありがとう』の跋文の下書き。夕食は神戸牛シャブシャブ。箸置きの和紙に「下紅葉かつ散る山の夕時雨濡れてやひとり鹿の鳴くらむ　藤原家隆朝臣」。添えられた写真は鼓ケ滝の紅葉。

三日目。午前、瑞宝園を出て、いったん帰宅。鈴木慎梧さんから速達、鈴木絹代詩集『ありがとう』のあとがき。有馬へとってかえして有馬茶房で昼食。午後、迎えの車で銀水荘別館兆楽へ。部屋の窓から正面上に古泉閣、その右に兵衛向陽閣が、さらに右手奥に有馬グランドホテルが見える。目の下には小学校と幼稚園が。あたごの湯に入る、玲子はひぐらしの湯に。櫟の道を歩いて、櫟の湯に入る。

四日目。午前、ひぐらしの湯に入る、玲子はあたごの湯に。午前十一時チェックアウト。正午、帰宅。鈴木絹代さんから速達、詩集『ありがとう』の「あとがき」の訂正。夜、鈴木絹代さんから電話、帰神しました。

10月31日（金）　イリオモテアサガオが三十余花、このところずっと咲いている、いつまで咲きつづけるのか。午前、涸沢純平さんから鈴木絹代詩集『ありがとう』の再校が届く。

（「火曜日」96号　二〇〇八年十一月「日録」から）

焼けても残っていた木。ある日、根元から伐られた。

一言　合唱組曲「生きるということ」に添えて

阪神大震災後、震災の詩を集めた詩集を出した。タイトルは『生きているということ』。あの大災害のまっただ中で考えられるのは、ただただ〈生きているということ〉だった。多数の死者たちのかたわらで、私は生きている、生きているのだという思いがすべてだった。月日が経ち、街は震災の傷跡も修復されて、人々の記憶も薄れるようで。しかし、そうではない、そうではない。私たちがこの先を生きるためには、忘れられない忘れてはならないことだという思いがますます強くなる。

このたびの委嘱曲のタイトルは「生きるということ」である。震災詩集のタイトル『生きているということ』と比べてみると、その違いはわずかである。〈生きている〉と〈生きる〉と、わずかの違いだが、その含むところは大きい。そして、私たちには今もこの先も両方ともに欠かせない。常に〈生きているということ〉を確かめ、絶えず〈生きるということ〉を考え続ける。これは私が自分に言い含めていることである。

委嘱曲「生きるということ」の歌詩はやさしい平易な言葉で書かれている。でも、やさしい言葉だからといって、やさしいことばかりではない。でも、けっしてむずかしいわけではないはずで。言葉に心を添わせると、ゆっくりと心を解き放つと、言葉は心に流れ込んでくる。ゆっくり、ゆっくりと、やさしく。

先年、母校神戸大学の学歌の歌詞を書いた。作曲者は中村茂隆さん。今度の仕事で中村さんとご一緒できて嬉しいことです。書き留めた言葉がどのような声となって立ち上がるのか、楽しみです。

（神戸大学グリークラブ第60回定期演奏会パンフレット　神戸文化ホール大ホール　二〇〇八年十二月十三日）

十四年　十四年

足の下に埋まる木が見えるか。生き残って葉を茂らせて。葉を落してまた葉を茂らせて。切り倒されて根株。アスファルトに覆われ。足の下に埋まる木でなくなった木が見えるか。

心の中で火が揺れる。忘れようとして忘れる。忘れまいとして忘れる。忘れて忘れて。忘れても気づく。繰り返し気づく。十四年。十四年。いつもいつも気づいている。いつも。

（「神戸新聞」二〇〇九年一月五日）

いちょうの木が

長田　震後十四年

あの日
焼け焦げた街を見つめて
焼け焦げて立っていた
いちょうの木がいなくなった。

焼け焦げた表皮が剝がれ落ち
あらわになった木質部を
時間をかけてカルスで包み
立ち続けた　いちょうの木がいなくなった。

＊

歩道のまんなかに
マンホールのような
丸い跡が
ひとつ。

こころもち広くなった歩道を
自転車が走る
人が小走りに。
いちょうの木などなかったように
木の記憶などないかのように。

＊

通りかかって
立ちどまって見ると。
葉柄を具えた
黄緑色の小さな扇が
ちょこっと。

またの日
見に行くと。
折れてへしゃげている
むしられたか
踏まれたか。

目をこらして
よくよく見ると。
折れてへしゃげた陰から
薄黄色の塊がわずかに盛り上がって

光の粒のよう。

*

人が来る
また人が来る。
人が途絶える
人絶えるかのように。

また人が来る
また犬が走る。
また草が萌え
また木の花が咲く。

*

角を曲がると
焼け焦げた　いちょうの木が
焼け焦げた街を見つめている。
あの日のように
今も。

＊カルス（callus）＝植物体が傷ついたとき、受傷部に盛り上って生ずる組織。癒傷組織の一種。
（『広辞苑』）

（「詩人会議」2月号　二〇〇九年二月一日）

記憶の塔　詩の明日は

一九九五年一月十七日、阪神淡路大震災。その四年後、震災後の四年間に書いた詩九十八篇を集めて詩集を出した。『生きているということ』というタイトルを付けた。あの大災害の真っ只中で私に考えられることは、ただただ〈生きているということ〉だった。死者たちのかたわらで、私は生きている、生きているのだと思いつづけた。
震災の一カ月後に書いた詩が「人の声かしら」である。

人の声かしら
ほそぼそときこえるあれは。

きこえている。

きこえなくなる。

まだきこえている。

あれは。


ほそぼそときこえる声に耳をすます。あれは声かしら、人の声かしらと耳をそばだてる。倒壊した家の下敷きになっているかもしれない人、その人のかすかな声をきき取ろうとする。そこにいるのか、いたら生きていてくれ。きこえなくなった声がまだきこえている、今も。

これは震災という非常時の現実の出来事なのだが、震災から十四年経った今もあの声が私にはきこえる。この詩をあの時のあの状況から切り離してみよう。すると、非常時の意識と感情が実は日常のなかにも潜在していると気づきはしないか。この詩の言葉を過去の記憶としてだけではなく未来の記憶として受けとめられはしないか。そんなことを考える。前掲の詩「人の声かしら」を震災から離れてどう読めるだろうか、もう一度読んでみてほしい。

震災二年後の夏に書いた詩が「これは」である。


これはいつかあったこと。

これはいつかあること。
だからよく記憶すること。
だから繰り返し記憶すること。

このさき
わたしたちが生きのびるために。

これもまた震災の詩であり震災碑に刻まれもしたものだが。よく記憶することがこのさき私たちが生きのびる手だてだというメッセージは震災から生まれた言葉だが。これは震災に限ったことだろうか。よく記憶しても時とともに人は忘れる。だから繰り返し繰り返し記憶することが大切になる。これは今日の言葉であり明日の言葉なのだ。

今年、合唱曲の歌詞を書いた。四曲からなる男声合唱組曲。年末に初演される。タイトルは「生きるということ」。その第一曲「風が吹く」の結び。

きのうはきょうのいにしえ。

きょうはあすのむかし。
すぎさってかえらぬもの。
かえってきてはならぬもの。
だのに。

　昨日は今日の古と言い、今日は明日の昔と言い、過ぎ去って返らぬものと言うが。昨日も今日も過ぎ去りはしない、返ってきて、そこにある。昨日は今日に納められ、今日は昨日と明日を抱いている。記憶は過去ではない。記憶は今日である。私は未来の記憶ということを考える。私たちの前にある言葉は記憶を抱えている。言葉には過去からも未来からも言いつくせない膨大な量の記憶が降り積っている。私たちは一人一人が言葉を抱えた記憶の塔なのだ。やがて私たちはいなくなる。誰一人例外なくいなくなる。記憶の塔が一つ一つと崩れる。しかし、崩れても崩れても記憶は繋がり続く。言葉によって引き継がれる。人とは、言葉とは、詩とは、一見脆い、実は確かな記憶の塔なのだ。
　詩の明日は詩の昨日と今日にある。人が生きるかぎり、生き継ぐかぎり、言葉があるかぎり、詩の明日はある。

（「ＰＯ」１３２号春　二〇〇九年二月二十日）

あっというまに

更地の片隅の
花時にはどっさり匂いの塊を降らせる木が。
伐られて倒された
あっというまに。

切られて切られて
切り刻まれて幹と枝と葉叢とになった木が。
吊られて積まれて消えた
あっというまに。

掘り起されて

残された木の根の塊が。
日を浴びて乾いて光る
明日はどこへ。

＊二〇〇九年一月、阪神大震災後十四年放置されていたわが家のすぐ下の更地にブルドーザーが入った。どうするか、どうなるか。

（「火曜日」97号　二〇〇九年二月二十六日）

九階からの眺め

潮風を背に
海から電車がやって来る。
赤い橋を渡って
街から電車がやって来る。

すれちがって海へ
潮風に向かって遠ざかる。
すれちがって街へ
赤い橋渡って遠ざかる。

あの日は

液状化した体が宙に浮き。
あの夜は
孤立した心が闇に沈み。

海から街から足もとから
子どもたちの歌声が聞えてくる。
—しあわせ運べるように
　ぼくたち　しあわせ運べるように

あれから　わたしたち
どれほどのしあわせ運べたか。
これから　わたしたち
どれほどのしあわせ運べるか。

窓ぎわに凭り
眼の下の人工島見渡すと。

重なる家々　揺れる木々
動かぬ船　光る海。

電車は遠ざかり
見えなくなる。
おおい　どこまで行くのか
おおい　いつ帰って来るのか。

＊九階＝神戸市ポートアイランドにある神戸市立中央市民病院の九階南病棟。
＊液状化＝一九九五年一月十七日阪神大震災のときポートアイランドは液状化に襲われ孤立した。「ポートライナーの高架下で約68センチ、神戸市立中央市民病院付近で35センチ沈下。場所によっては噴き出した水が40センチ以上もたまり、津波と間違えた住民もいた」（神戸新聞'95年1月30日）。
＊しあわせ運べるように＝阪神大震災直後に神戸市立吾妻小学校の音楽教諭臼井真さんが作詞作曲した鎮魂復興の歌。避難所や学校で、合同追悼式やルミナリエなどで広く歌われた。

（「火曜日」１００号　二〇〇九年十一月三十日）

花。

VI

ここがロドスだ

十五年　十五年

真冬に草が萌えるように。真冬に花が咲くように。泳ぐ木と泳ぐ魚。飛ぶ石と飛ぶ鳥。走る空と走る子供。立ちどまるあなたと立ちどまるわたし。

ここで　ここでしか。いつか　いつかは。しかし　だが。それでも　それだから。なんとか　やっと。

闇を抱くひかり。ひかりを抱くひかり。それは生きているということ。それは生きるということ。十五年　十五年。いのちあれ　いのちあれ。

（「神戸新聞」二〇一〇年一月四日）

生かせいのち　いのちの言葉

声明レクイエムと詩—戦災と震災

はじめます

今日は大変寒いですね。寒い中おいで頂いてありがとうございます。今日はお手元の資料にありますように〈生かせいのち／いのちの言葉〉という題でお話しします。これは二つのものを合わせたものでして。〈生かせいのち〉というのは声明レクイエムのタイトルです。前半は声明レクイエム「生かせいのち」の話をしたいと思います。後半は、〈いのちの言葉〉。これは雑誌とか新聞に発表した震災の詩を紹介したいと思います。「生かせいのち」のテーマは戦争戦災のこと、「いのちの言葉」のテーマは地震震災のことです。戦災も震災もどちらも災害ですが、戦争は人が起こしたことで人為的な災害ですね。震災は自然災害です。だけど阪神大震災をみても分かりますように、自然災害とはいえ被害が大きくなったのは人災でもあったんですね。「生かせいのち」という声明レクイエムのタイトルも、それから「いのちの言葉」という詩の連作も、どちらも〈いのち〉という言葉が入っています。今日は半世紀前と十五年前の神戸の町を襲った災害を考えながら、〈いのち〉のことを考えたいと思います。

ふしぎ　ふしぎ

一枚目の資料を見て下さい。「ふしぎ」という短い詩が二つあります。これを読んでみます。先ず最初の詩「ふしぎ＊」。

葉が茂る
風に揺れる。
どうしてうれしくなるのだろう
それだけで。

これだけです。二行二連、たった四行です。私たちには楽しいこと嬉しいことがある。悲しいことつらいことがいっぱいある。だけどふっとひとり庭に立っていると、道に立っていると、かたわらに木が立っていて、葉が茂っていて、風が吹いて葉が揺れている。それだけで嬉しくなる時がある。それだけのことで。これは震災の後、沢山のいのちが失われた後、切実に感じたことです。

もう一つの詩「ふしぎ＊＊」を読みましょう。

木を見る。
なぜか　かなしい。
なぜか　うれしい。

人を見る。
やはり　かなしい。
やはり　うれしい。

木が立っている。
人が歩いてくる。

とても　ふしぎ。

三行三連の短い詩ですが。木をみる、なぜかかなしい。木をみる、なぜかうれしい。木を見てもかなしいと思ったり、うれしいと思ったりするんですね、私たちは。人を見る、やはりかなしい。人を見る、やはりうれしい。道を歩いている人を見ても、向こうから歩いてくる子どもを見ても、お母さんがだっこしている赤ちゃんを見ても、私たちはかなしいなとか、うれしいなとか、自分の身に引きつけて考えます。最後の連。木が立っている。とてもふしぎ。人が歩いてくる。とてもふしぎ。木が立っているのは当たり前のこと、当たり前に木は立っている。人が歩いているのもまあ当たり前。ここしばらく私、膝をちょっと悪くしまして歩くことも難儀で、今日はこちらへタクシーで来たんですが。そのことから言えば人が歩いているのは、歩きにくい今の私から言えば別の意味でふしぎですけれど、そういう事じゃなくて。木が立っている、人が歩いている。人が話している、人が笑っている。鳥が飛んでいる、花が咲いている。みんなみんなふしぎなんですね。このふしぎだと思うこと、ふしぎだと感じること。これは私たちが物事を考える一番の源になるんじゃないかと思います。いろんな嬉しいことや悲しいことを味わったにしても、詰まるところはふしぎなんですね。このふしぎは何かと言うと、いのちのふしぎということです。私たちがここにいるということ自体が考えてみればふしぎなことなんです。

今紹介した二つの「ふしぎ」という詩は「長田震後十年」という七つの詩を纏めて組詩にしたなかの二篇です。「長田震後十年」というタイトルで分かりますように、これは阪神大震災十年目に書いた詩です。十年経って神戸の街も長田の町も随分復興してきた。人々もなんとか元気になった。その十年で考えたり感じたいろんな事が、この〈ふしぎ〉という言葉に集約されています。

声明レクイエム

さて、ここで声明レクイエムを紹介します。先ず、声明とはどういうものか実際に聞いていただきましょう。声明、声が明るいと書くんですね。お聞きになった方もあると思いますが。声明レクイエム「生かせいのち」の出だしの声明「光明真言」（こうみょうしんごん）と「四智梵語　庭讃」（しちぼんご　にわのさん）をお聞き下さい。（テープを回す）

頭　唵《おん》○縛曰羅薩《ばんざらさ》○怛縛《とば》
助　唵《おん》○縛曰羅薩《ばんざらさ》○怛縛《とば》

今から十八年前です。第十二回大阪永久平和記念祭典'92が大阪のフェスティバルホールで行われました。これは第二次大戦の大阪大空襲被災者の追悼のための催しです。敗戦前日の八月十四日に大阪は爆撃を受けました。砲兵工廠ではおびただしい死者が出ました。環状線京橋駅では駅に着いた電車が直撃を受け多数の乗客が死んだのです。私が関わったのは十二回目です。その後も毎年ずっと続けられています。その目的は。(1)、大阪大空襲被災者の追悼にとどまらず「地球上の平和、人類の創造的調和を市民の皆様とともに祈念」すること。(2)、「宗教界、各教団に伝えられる伝統的芸術遺産」である「声明やグレゴリオ聖歌を中心素材として、新しいレクイエムを創作発表」すること。(3)、現代の地球上の諸問題についてのシンポジウムをおこない、提言すること。(2)の〈新しいレクイエム〉が毎年作られ発表されてきました。各宗派が順番に、キリスト教やその他の世界の宗教も参加して。言ってみれば大変な事業です。その第十二回に声を掛けられてレクイエムを作った。それが声明レクイエム「生かせいのち」です。私が詩を書いて中村茂隆さんが曲を作った。委嘱されたこの新作の初演は、一九九二年七月四日に大阪フェスティバルホールで行われました。一時間半位の作品でして。その時の声明は真言宗の方が出座されました。関西フィルハーモニーがオケボックスに、舞台には声明出座の真言宗の方々が何十人か並び、その後ろに一般合唱団少年合唱団がずらりと並び、全部で四百人位でしたか、大変な規模で行われたんです。その時パンフレットに書いた私のメッセージから一部紹介しておきます。

「いうまでもなく私たちのまわりにはたくさんの死者がいる。なつかしい死者も、見知らぬ死者も、戦死・事故死・餓死・病死・突然死とさまざまな死を死んだ死者のどのひとりを取ってみても、残されて生きるものにとって無念の死でないものはない。死者を悼むとはどういうことか。それは死者を心に刻むこと。死者を忘れるとき、死者は立ち去り、私たちの歩みはおぼつかない。死者を記憶するとき、死者は私たちとともにあり、ともに生きる。心をこめて死者に捧げる鎮魂のためのこのひとときが、今日に生きる私たち自身の還魂蘇生のひとときとなることを願わずにはいられない」。

声明レクイエム　再演

このレクイエムは大きな規模の楽曲で、しかも洋楽の人たちだけでは出来ない、声明と洋楽が手を結ばないと出来ない。だから再演は難しいだろうと思われていました。それが昨年、神戸で再演されたんです。昨年、二〇〇九年十一月七日に兵庫県公館で神戸フォーレ教会と神戸ビエンナーレ組織委員会の主催で上演されました。規模を小さくして、曲目も出演者も大阪での初演より少なくして。声明は神戸密教研究会、真言宗の組織だそうです。代表は摩耶山大龍寺井上宥恵さん。それから神戸フォーレ協会合唱団、須磨ニュータウン少年少女合唱団など。語り（女）は大阪初演のときと同じ井上和世さん。今日お聞き頂くのはその時の録音です。昨日、出来上がりましたと公演のDVDとCDが届いたんです。予定してなかったんですけれどちょっとお聞かせしたいなと思って持って来ました。では、さきほどの声明に続く「語り（女）」をお聞きください。（テープを回す）

朝出たきり帰ってこないあの人を私は何日も待ちました。なんの連絡もありません。私にできることは祈ることだけでした。三つのこどもが私の涙を拭いてくれました。

今朝、子どもを抱いて見送った夫が帰ってこない。何日経っても帰ってこない。どうして。空襲で爆死していたんです。夫の無事を祈る私の涙を三つの子が拭いてくれる。続いて「合唱あなたとわたし」です。(テープを回す)

手をあげるあなた。
手を振るわたし。
出かけるあなた。
見送るわたし。
帰ってこないあなた。
待っているわたし。
いなくなったあなた。
ここにいるわたし。

無言のあなた。
声もないわたし。

ふたたび「語り（女）」があって「合唱　これがあなたとはいえないとは」があって、声明「散華（廻向句）」（さんげ）が続きます。（テープを回す）

頭　願似此功《ぐあんにしく》○
助　徳普《どっぷ》○及於《きうお》○一切我《いっさいが》○等興衆《とうよしゅ》○生香華《じょうこうけ》○供養佛《くようふ》

散華というのは見た目も面白いんですよ。面白いと言ったら変だけれど。声明を唱える方々が籠を手に持って並びます。声明を唱えながら籠の中の花を観客席に撒き散らす。このあと、「語り（男）」「合唱　そちらから見てください」「唱え」があって、声明「対揚」があって、「合唱　ここにいる」と続きます。（テープを回す）

ここにいまいないものは
いまいないだけであって

なんとかいたいのであって
もどってきたいのであって
いないといってしまってはならないのであって
だからいるのであって
なんとかいるのであって
なんとしてもいるのであって。

ここにいるわたしも
ここにいないあなたも
いまここにともにいるのだ。

「合唱　生きる　生かされる」はこの声明レクイエム「生かせいのち」の主題を端的に示しているナンバーです。（テープを回す）

だれかがだれかを
おもうことで生きる。

だれかがだれかに
おもわれることで生かされる。

おもうことで
おもわれることで。
わたしたちは生かされる
わたしたちは生きる。

繰り返します。だれかがだれかをおもうことで、生きるんです。だれかがだれかにおもわれることで、生かされるんです。おもうことでおもわれることで、わたしたちは生かされわたしたちは生きるんです。まず少年がソロで歌います。可愛い少年でした。その後を合唱団が追っかけて繰り返し歌う。「語り（女）」がまた出てきます。（テープを回す）

ふたたびあの人に会えることもあろうかと思うこのごろです。会ったらなにから話そうかなんて思ったりしています。でも、あれから私は歳をとったので、あの人に私だとわかるかしらなんて。でも、会いたい、あの人に。

夫を亡くした女の人の歌うような語りです。このあと、「唱え」があって「合唱　ありがたや」です。(テープを回す)

生まれ生まれ生まれ生まれて
生の始めに暗く。
死に死に死に死んで
死の終わりに暗く。

ありがたや　高野《たかの》の山の岩陰に
あなたはいまだおわします。

「唱え」は「秘蔵宝鑰」の一節、「ありがたや」は御詠歌第一番です。声明と手を繋ぎ歌となったのです。そして最後の合唱「生かせいのち」です。お聞き下さい。(テープを回す)

生かせ。
いのち。
土のいのち。
水のいのち。
火のいのち。
風のいのち。
空のいのち。
心のいのち。

繰り返し繰り返し、いのち。繰り返し繰り返し、生かせいのち。この後大般若転読（だいはんにゃてんどく）があって、経文を掲げてバラバラバラバラっと繰る。そして称名礼（しょうみょうらい）があって。（テープを回す）

大般若波羅蜜多経巻第《だいはんにゃはらみったきょうかんノだい》
唐三蔵法師玄奘奉詔訳《とうノさんぞうほうしげんじょうぶじょうやく》

南無本尊界會《なもほんぞんかいえ》
南無過去聖靈《なもかこしょうりょう》
南無自他法界《なもじたほうかい》

神戸での声明レクイエム「生かせ　いのち」の再演は無事終了しました。大阪公演でも神戸公演でも聞きにこられた人は、やっぱり驚かれたみたいですね。驚きながら楽しまれたようで、生かせいのちというメッセージをしっかり受け取ってお帰りになったと思います。だれかがだれかをとか、だれかがだれかにとか、帰りしなに口ずさんでいる人がいました。(笑い)。歌いやすい曲です。最初に読んだ「ふしぎ」という詩の〈ふしぎ〉が通奏低音のようにずっとあります。ふしぎと思う心をいつでも思いだしてください。

声明について

声明と現代音楽が手を結ぶということ自体ふしぎな事態です。こういうふうな試みが試みられるという事もふしぎなことです。神戸の時、公演に先立って声明について声明の会の方から十五分ほど説明がありました。それをちょっと紹介しておきますと、乱暴な言い方をすればメロディーの付いたお経だということでした。成り立ちは三国志に登場する曹操の息子、曹植が作ったらしい。武人としても詩人としても優れた人だったこの人が魚山という所へ行った時に、天空からインドの神様の梵天の妙なる音が降ってきた。それを耳にした曹植は深く感動して、それを書き留めて唄讃を、讃える唄を作った。これが現在の声明のルーツなんだそうです。だから生命のことを魚山とも言うんだそうです。様々な流儀に分かれ現在の声明になったのです。さきほど聞いていただいたのは真言宗の声明です。各宗派によって声明のありようも違うということだそうです。

さて、この辺で次の震災の話に行く前にちょっとお休みします。三分ほど。(休憩)

ことばのおやつ

よろしいですか。ここでことばのおやつを用意しました。朝日新聞の「あのね」特集からいくつか紹介しましょう。子どもたちの呟きです。

まず、こんなの。車に乗って走っていた。車が赤信号で止まった。そしたら乗っていた子どもが言った。すごい、月が赤信号で止まったと。この子は車に乗っている間ずーっと月を見ていたんですね。これはよくある話。お月さんがどこまで行ってもついてくる、ぼくが好きなんやろか。赤信号で車が止まったら月も止まった。この子は外界を自分なりの思いで受け止める。それを口にする。埼玉県所沢市の将太郎君三歳です。

次。ママがぼくのほっぺを触りながら、プクプクねっと褒めてくれた。そこでぼくは褒めかえします。ママのおなか、ぷにゅぷにゅねって。子どもとしては精一杯ママの事を褒め返したんですが。お母さんはどう思ったでしょうかねぇ。なにしろ、ぷにゅぷにゅですからね。横浜市の幹大君三歳です。

こういうのはどうでしょうね。ママがおやつにたいやきをくれた。そのとき子どもが言った。ママ、このお魚どこで釣ってきたの。奈良市綾菜さん三歳。子どもは自分の持っていることばで、それがどういうことなのかを一生懸命つかもうとする。だからここで笑っては子どもに失礼かもしれません。なにしろ一生懸命考えているんですから。

こんなのもあります。イワシのかば焼きをぱくぱく食べていたら、お母さんが直くんはほんまに魚が好きやなあって言った。それでこの子はどう言ったか。ええっ、かばって魚やったん。動物園にいるかばを焼いたと思っていたらしい。(笑い)。大阪府豊中市直樹君八歳です。こういうふうに現実と自分の考えとが、一致しない。そういうことを繰り返しながら少しずつ一致させて大人になっていく。ところが大人になったら今度はそれが当たり前だと思ってしまう。

当たり前だと思ってしまうことで、何かを忘れてしまうんですね。それが最初に言いましたふしぎと思う気持だと思いますね。

もう一つ。朝寝坊した朝、ママにその理由をこう言って説明した。夢が長すぎて、起きられなかったんだよ。さいたま市溪太君六歳です。いいですね。きっといい夢だったんでしょうね。私もこんなふうに言ってみたいものです。

さて最後に。風邪で保育園を休んだ日の夜、心配したおじいちゃんが電話をくれた。去年から私、神戸新聞を見てまず一面の天気予報を見る、それから神戸版の欄を見るのが習慣になってしまって。何を見るかというと、学級閉鎖欄を見る。孫の学校が大丈夫かどうか見る。一頃は沢山出ていた、二十校も三十校も。最近では少なくなりましたが、それでも今日も二校出ていました。風邪で保育園を休んだのは新型インフルエンザかなと思ったけど、これ東京都のことだからちがいますか。風邪で保育園を休んだ日の夜に、おじいちゃんが心配して電話をくれた。この子はそれにどう応えたか。おじいちゃんに風邪がうつるといけないから切るよ、と言った。東京都中野区の研人君六歳。私の孫が小さい頃、電話していて、おじいちゃん覗いてみてと言われたことがある。見えるでしょ、今ねトンボのまねしてるんよ。一本足で立って両手を拡げて動かしているらしい。電話覗いたら見えると思ってたらしい。(笑い)。見えたよと言ってやりましたが。研人君は電話で話すと風邪がうつると思っている。おじいちゃんに風邪をうつしたらいけないって思って電話を切るよと言っている。研人君はけんとくんでなくて、あきとくんだそうです。私の孫は健人、けんとです。

今紹介したのは朝日新聞の今年一月十一日の「あのね」特集からでした。先ほども言いましたように私たちが生きていくうえでいろんなことがある。そういうことを子どもは誤解であっても間違っていてもまず受け止める。そして考える。そうして生きることについて大切なことを摑もうとする。大人になると、そういう気持が薄れてしまって毎日のことを毎日繰り返し、いつの間にか今生きているということに無感動になってしまう。だからふしぎと思う気持を常に持ちたいものだなあと私は思っています。

震災の詩　いのちの言葉

それでは震災の詩を読みましょう。資料の二枚目に詩が四つありますね。真宗大谷派の東本願寺出版部が「同朋」という雑誌を出しています。その「同朋」に一年間詩を連載しました。二〇〇六年四月から二〇〇七年三月までの一年間、十二回。その時のテーマが〈いのちの言葉未来の記憶〉です。今日の演題の「生かせいのち／いのちの言葉」の「いのちの言葉」はそれから取ったものです。一年間書いたから十二の詩。震災に関わりのないような事も書いていますが、通奏低音のように底にずっと震災のことがある。まず、最初の四月号の「今ここにいるのは」を読みます。

風が吹いている　やわらかく。
日が照りはじめる　あたたかく。
木の花が揺れて　いい匂い。

わたしが今ここにいるのは　なぜ。
それはあなたが　ずっとまえからここにいるから。
いなくなっても　ずっとここにいるだろうから。

わたしが声を出して歌っているのは　なぜ。
それはあなたが　ずっとずっと歌っているから。
いなくなっても　ずっと歌っているだろうから。

風の隙間から　そっと覗くのは。

日の光のむこうに　立ちあらわれるのは。
木の花の重なるあたりを　飛び跳ねるのは。

それはあなた　あなたかも。
それとも　ひょっとして。
あれはわたし　わたしかも。

これはさきほど聞いていただいた声明レクイエムのモチーフと同じモチーフですね。いなくなってもあなたはわたしのそばにいる。何年か前から大変流行っている歌がありますね。千の風になってと言うあの歌では、亡くなった人は千の風になってお墓にはいないんですね。お墓にいないわけでもないと私は思うんですね。どこにでもいる。亡くなった人はどこにでもいる。風にもなり、木の花にもなり、なににでもなって、私たちと共にいる。どうしているかと言うと、いさせるものがある。それは何かというと私たちの心。私たちがいなくなった人の事を思っている間はいるんですね。私たちがその人のことを思わなくなったらその人はいなくなる。亡くなった人のいのちの力を、これまで私たちまでずっと続いてきた全てのいのちの力を頂いて私たちはいま生きている。ことばでもそうなんです。ことばでも。ことばは何気なくそこにあるようだけれど、何気なくそこにあるのではない。これまで沢山の人が使って、沢山の人がそれを受け取って、木の葉が降り積もるように重ねたことばを私たちは今頂いているのです。それで私たちはことばを口に出せる、詩を書ける。ことばに乗せて思いを語ることが出来るのです。次に六月号の詩「あの人が立っている」を読みましょう。

どこで　あの人と別れたのだろう。
手を振って　うしろ向いて
目をつむって　駆け出して
そっと涙を拭って　あかんべして。

どこへ行けば　またあの人に会えるかしら。
電車乗りついで　バスに飛び乗って
やっと辿りついた　岬の先端
海のむこう　波の上を歩いていって。

どこからか　あの人の声が聞こえる。

波のむこうから　砂の丘を越えて
茨の茂みの奥から　梢の上から
歌うように　話しかけるように。

行かなくてもいい　探さなくてもいい。
目をつむると　あなたのすぐうしろに
目をあけると　わたしのすぐまえに
あの人が立っている　にっこり笑って。

電車を乗りついでバスに飛び乗って岬の先端まで海のむこうまであの人を探しに行く。だけど、行かなくってもいい、探さなくてもいい。目をつむるとすぐうしろに、目を開けるとすぐまえに、あの人が立っている。にっこり笑って立っている。ただ、先ほど言いましたように、あなたのうしろにあの人が立っているためには、わたしのすぐ前にあの人が立っているためには、私たちがあの人を忘れないことが必要なんですね。忘れたらあの人はいなくなる。

三つ目の詩「祈り」は一月号のために書いたものです。「一月十七日朝」という副題がついています。阪神大震災十二年目の一月十七日です。

ものの形が
うっすらと。
眠っているようで。

まだ暗い
近づく気配。
突然揺れ始める部屋
きしんで傾き落ちてくる天井の梁。
目が冴えて
遠のく気配。

起き上って息を継ぎ
生き継いで十二年。
平たい今日の始まりに
繰り返し繰り返されるいのちの記憶。

失われたいのちのために祈る
生きのびたわたしたちのために祈る。

やっと明るくなる
静寂。
いつものようにいつもの朝が。

震災から十二年経って、私たちは時として震災を忘れます。いつもの朝がいつもの朝としてやってきます。だけど一月十七日の朝は特別な朝。何かが近づいてくる気配がして、突然部屋が揺れはじめ、きしんで傾いて天井の梁が落ちてくる。そして気配は遠のく。突然泣く人がいます。五年経っても十年経っても。テレビを見ていて泣くような場面ではないんだけど、人の姿とか物の形とかちょっとした台詞とかわずかの物音でキュッと心が突かれて、気がつけば涙を流していることがある。道を歩いていてダンプカーが通った。地面が揺れる。震災の後すぐはそれだけでぞっとして立ち竦んだ。近頃はそういう事はなくなったように思うけれども。何かの時、そういうことが起こらないとは言えません。今でも、この先も、ずっと続くでしょうね。

思い返せば、半世紀前の戦争の記憶もそうじゃないですか。当時まだ生まれてない人、戦争を経験していない人の方が多くなりました。震災を体験していない若い世代が増えてきていま す。だけど例えば去年の夏頃だったかな、神戸港で爆弾が引き上げられましたね。これまでもどこそこの線路脇で爆弾が見つかって列車を止めて回収したとか、どこそこの運動場で見つかって近所を避難させて回収したとか、まるで年中行事のようにそういう事がありますね。鉄柵をかかえこんだ木がある。あれは空襲の時に焼けた木だとか。震災で焼けてそれでも生き残った木が今も町のあちこちに沢山残っていますね。残っているものはいずれは消えていく。私たちの記憶も消えていく。だけど消えないものもある。それは何かと言うと、先ほどから言っているように、生きている私たちを取り巻く記憶。この先私たちが生きていくための、私たちが生きのびるための記憶。それは繰り返し繰り返し戻って来るだろうと思います。自分が経験していなくてもいい、おじいちゃんおばあちゃんに聞いた事でもいい。それは空襲の記憶であったり、水害の記憶であったり、地震の記憶であったり、事故の記憶であったり、いろんな記憶が私たちを取り巻いている。その中で私たちは生きている。これからも生きていくんです。

震災の詩　新年詠

私は神戸新聞の読者文芸の欄の選をしています。もう二十年以上やっています。読者文芸欄の短歌・俳句・川柳そして詩の選者の新年詠が毎年一月の最初の月曜日に載ります。その私の新年詠ですが、一昨年二〇〇八年一月七日には「十三年　十三年」が載りました。昨年の一月五日には「十四年　十四年」が載りました。今年は一月四日に「十五年　十五年」が載りました。これはいずれも震災の詩で震災十三年、震災十四年、震災十五年の詩です。震災後毎年震災の詩を書いてきました。毎年毎年、しつこいですね。（笑い）。

震災後に『生きているということ』という詩集を出しました。震災詩集です。これは土井晩翠賞を頂きました。その後の震災詩をまとめてもうすぐ震災詩集の二冊目『ひかりの抱擁』が出ます。『生きているということ』と今度出る『ひかりの抱擁』の二冊を並べると、震災から十五年間に私が書いた震災の詩がすべて並びます。

私が住んでいる長田の町は焼け野原になりました。焼け跡を目にした時に思ったのは、これは爆撃の後だ、戦争の跡だと。わが家は半壊で、焼ける事はまぬがれましたが、塀が倒れて屋根の瓦が落ちて壁はひび割れ家の中はむちゃくちゃ、足の踏み場もない。ガスも水道も電気も電話も通じない。やっと外からの電話が通じた時、朝日新聞の担当記者の方から電話がありまして。大丈夫ですか、生きてますか。それで、何でもいいから書いて下さい、詩でも散文でもなんでもと。その時に私は詩を書きますと言った。それで物の下に埋まっている鉛筆と紙を掘り出してきて、一日で詩を書いた。郵便は郵便局もポストも燃えて倒れて駄目ですから。ファックスで送ろうと。近所の朝日新聞の販売店に行ったら販売店は潰れてました。販売員の家が近くにあって訪ねたらファックスが生きていたんでそのファックスで送って。震災の十日後、一月二十七日の朝日新聞にその詩が載った。題は「神戸　五十年目の戦争」です。それ以後震災の詩を書いて書いて書いて、今に至っています。「神戸　五十年目の戦争」は詩集『生きているということ』の巻頭に収めました。そして「十五年　十五年」は詩集『ひかりの抱擁』の最後に収めています。〈ひかりの抱擁〉というのは、ルミナリエと関係がある。昨年十二月の第十五回神戸ルミナリエのテーマは〈光の抱擁〉でした。

十五年　十五年

資料の四つ目の詩「十五年　十五年」を読んでみましょう。まず第一連。

真冬に草が萌えるように。真冬に花が咲くように。泳ぐ木と泳ぐ魚。飛ぶ石と飛ぶ鳥。走る空と走る子供。立ちどまるあなたと立ちどまるわたし。

これ、なんか変でしょ。泳ぐ木と泳ぐ魚。木が泳ぐんかなぁ。飛ぶ石と飛ぶ鳥。石が飛ぶんかなぁ。走る空と走る子ども。空が走るのかなあ。ふしぎだなあと思うでしょうが、泳ぐ魚のそばに木も泳いでいるんですよ。飛ぶ鳥のそばを石も飛んでいるんですよ。子どもが走ってる。その頭の上を空はいっしょに走ってるんですよ。真冬に草が萌えるように、真冬に花が咲くように、とんでもない時代だけれども、私たちは生きているんだということ。草も花も、木も石も、魚も鳥も、空も子どもも、みんな生きているということ。そこで立ちどまるあなたと立ちどまる私。時の流れのなかでふっと立ちどまってみると、ことばがぼろぼろぼろぼろと零れ落ちる。第二連です。

ここで　ここでしか。いつか　いつかは。しかし　だが。それでも　それだから。なんと

か　やっと。

これらのことばの断片はこれまでに文章や詩で書いたもので、決して目新しい目覚ましいことばではない。誰でもがしょっちゅう使っていることばの断片。だけどこれらを口にすると、震災後の十五年間、あの時これを言ったな、あの時これを口にしたなって思い起こす。私も、それからこれを読まれる方も、どこかでなにか大切な気持や出来事と結びつくかも知れない。ここで、ここでしか。いつか、いつかは。そう思うことがどこかであったと思い返す。しかし、だが。それでも、それだから。なんとか、やっと。そういうことばがぽろぽろぽろ零れ落ちるのです。そして第三連、最後の連。

闇を抱くひかり。ひかりを抱くひかり。それは生きているということ。それは生きるということ。十五年　十五年。いのちあれ　いのちあれ。

鎮魂と復興の祈りをこめて催されるルミナリエに出かけると本当にひかりに抱かれるという

感じがしますね。闇があるからひかりがあるという言い方がありますが。闇を抱くひかり。だけどひかりは闇だけじゃなくってひかりも抱く。闇とひかりがあるとして、ひかりは闇も抱きひかりも抱く。この闇を抱きひかりを抱くひかりとはいのちなんですね。いのち。

二冊目の震災詩集のタイトルは『ひかりの抱擁』ですが、一冊目の震災詩集のタイトルは『生きているということ』です。これは普通は「生きるということ」でしょうね。ところが「生きているということ」なんです。これはどういうことか。生きると生きているの違いを、考えて欲しい。生きるということと言うと哲学的命題みたいな感じでしょ。生きるとはどういうことかとか、しっかり生きなければとか、そういう言い方でしょ。それに対して生きているということはどうか。生きている、自分は生きている、生きて今ここにある自分は生きているんだ。これが震災の後たくさんの人が実感したことだと思います。ただ単に毎日を過ごして生きているんじゃあなくて、今生きているという事を感じる。切に感じ考える。だから「生きるということ」ではなくて、「生きているということ」なんです。これから先も私は震災の詩を書くでしょう。

震災の写真と詩

震災の後、自転車で長田の町を走りました。更地を走り回って写真を撮ってまた走って。これまで知らなかった路地へも入った、こんな所にも更地がある。写真を撮って回った。随分沢山の写真を撮った。毎年一月十七日前後になると遠出して、それまで行ってなかった長田区内をあちこち走り回って。毎年です。もっとも三年前に脳梗塞で倒れて、それ以来自転車はとめられて自転車に乗れなくなって。近所に柿の木があって水仙が咲いて大きな庭石が残っている更地があるんです。そこを毎年季節ごとに定点観測的に撮っていましたが、今年はとうとう撮りにいけませんでした。沢山の被災地の写真のなかで人を撮ったのは一枚だけ。それは焼け跡の路地のずっと向こうに子どもが二人、向き合って遊んでいる写真です。撮ったのはそれ一枚だけです。撮れなかった、あの時には人間を。沢山の人を目にしてそして詩に書いてもです。例えば焼け跡で焼けた瓦礫の山を、あれは焼けた家族の骨ですか、掘っていたのを何度も目にしました。大分経ってからもすぐ下の更地に花が絶やさず置いてある。いつの間にか花が置いてある。そこで肉親が亡くなったんでしょうね。そこにうずくまっている人を何度か見かけました、若い女の人でした。雨が降っているとき傘をさしてしゃがんでうつむいている後ろ姿を見て通りすぎたこともあった。そういう写真は撮れなかった。子どもの遊んでいる写真一枚だけ撮った。あとはみな目に刻みつけました。刻みつけて詩を書きました。

最後に

最後に、もう一度聞いてもらいましょう。「合唱　生きる　生かされる」です。どうぞ。(テープを回す)

だれかがだれかを
おもうことで生きる。
だれかがだれかに
おもわれることで生かされる。

おもうことで
おもわれることで。
わたしたちは生かされる

わたしたちは生きる。

これで今日の話を終わりたいと思います。どうも、ありがとうございました。(拍手)。

(二〇一〇年二月六日　本願寺神戸別院　モダン寺第一土曜日仏教講での講演記録)

歌ひとつ

裂ける
木の下で裂ける人。
燃える
木の下で燃える人。

裂ける
土のむこうで裂ける眼。
燃える
土のむこうで燃える眼。

あれから何年

今年で何年。
わたしたちは
今。

＊一九四五年六月五日　神戸大空襲。
一九九五年一月十七日　阪神・淡路大震災。
二〇一一年三月十一日　東日本大震災。

（「詩人会議」7月号　二〇一〇年八月）

ここがロドスだ　わが街神戸

一　ここが

あれは同人雑誌「くろおぺす」の例会でのことだったか、「ここがロドスだ」という言葉を耳にしたのは。五カ国語に堪能だった岸本通夫さんからだったと思う。「ここがロドスだ」にはそれに続く言葉があって、「ここで踊ろう」だったか、「ここで踊れ」だったか、判然としない。あれから半世紀、今もこの言葉は私から離れない。

ロドス島は地中海東部のバルカン半島と小アジア半島に囲まれた多島海エーゲ海にある島で、前一五〇〇年頃からギリシア人が居住しているヘレニズム文明の一中心地だった。前一世紀にローマに占領されて以来常に多民族の支配下にあったが、一九四五年以後はギリシア領となっていると物の本にある。

神戸で生まれ、神戸で育ち、神戸に暮らし、神戸でこの生を終えるに違いない私には、まさに神戸がわがロドスであり、ここで私は踊ろうと思い、踊ってきた。

「ここがロドスだ」という思いの一方で、常々私は「ここでありそこであり」とも思い続けてきた。ここが私にとってかけがえのない取り替えようのない特別の土地であるのだが、あちこちへ出かけてみると。そこがここではないか、さらにはここがそこであると思えてくるのだ。ここだけのことだと思っていたことも実はここだけのことではない、ここのことがそこのことでそこのことがここのことなのだと判ってくる。私が続けてきた旅、現実の旅も言葉の旅もそれを知る旅だったのだ。

II　いくつもの

神戸はどんな街ですかとか、神戸人の特徴はとか、そういう設問にはそれなりに答えることはできるのだが。よく言われる神戸らしさは実は一面的なひとつの顔、〈ひとつの神戸〉ではないか。〈ひとつの神戸〉があるのではなく〈いくつもの神戸〉があるのであって、〈ひとつの〉ではなくて〈いくつもの〉にこそ神戸の未来の可能性があるのではないか。不況・貧困・差別、水害・戦災・震災、なくならない負の連鎖にもかかわらずわが街神戸が絶えることなく生の鼓動を続けるのは、〈いくつもの神戸〉だからである。
今から二十五年前の一九八五年に君本昌久と私の共編で『兵庫の詩人たち　明治・大正・昭和詩集成』（神戸新聞出版センター）を上梓した。明治・大正・昭和戦前の兵庫・神戸ゆかりの詩人たちのアンソロジーである。一書五十人、以下に列挙する。生年順。

無題讃美歌集、井上通泰、塩井雨江、三木天遊、柳田国男、
薄田泣菫、岩野泡鳴、矢野勘治、内海信之、三木露風、
前田林外、一色醒川、座古愛子、有本芳水、川路柳虹、
佐藤清、竹友藻風、富田砕花、賀川豊彦、三木清、
広瀬操吉、深尾須磨子、稲垣足穂、福原清、山村順、
遠地輝武、井上増吉、八木重吉、竹中郁、坂本遼、
衣巻省三、木山捷平、亀山勝、喜志邦三、藤木九三、
中山鏡夫、水町百窓、光本兼一、九鬼次郎、詩村映二、
植原繁市、大塚徹、八木好美、竹内武男、小林武雄、
亜騎保、浜名与志春、岬絃三、津村信夫、不二井滋、
杉山平一

このなかで神戸に深い関わりのある詩人たちを少しだけ抜き出してみると。

無題讃美歌集（明治七年）・一色醒川・座古愛子。さらには、賀川豊彦・井上増吉といった宣教者たち。

稲垣足穂・山村順・竹中郁・亀山勝といったモダニストたち。さらには、衣巻省三・水町百窓・光本兼一・九鬼次郎。

小林武雄・亜騎保・浜名与志春・岬絃三といった神戸詩人事件に連座した詩人たち。

津村信夫・杉山平一は「四季」同人。

さらにいくつもの詩の層を重ね合わせることで見えてくるものがあるはずである。

『兵庫の詩人たち　明治・大正・昭和詩集成』上梓の一年前の一九八四年にはやはり君本昌久と私の共編で『神戸の詩人たち　戦後詩集成』（神戸新聞出版センター）を上梓している。一九八四年現在の戦後詩人四十八人のアンソロジーである。以下に列挙する。生年順。＊印は『兵庫の詩人たち』でも収載した詩人である。

山村順＊、竹中郁＊、坂本遼＊、能登秀夫、林喜芳、

小林武雄＊、伊田耕三、足立巻一、富士正晴、内田豊清、

広田善緒、杉山平一*、亜騎保*、高島洋、小川正巳、
玉本格、海尻巌、なかけんじ、芦塚孝四、向井孝、
安藤礼二郎、桑島玄二、伊丹公子、和田英子、中村隆、
西本昭太郎、君本昌久、喜谷繁暉、福井久子、伊勢田史郎、
藤村壮、丸本明子、島巣郁美、直原弘道、多田智満子、
久坂葉子、安水稔和、山本美代子、香山雅代、青木はるみ、
赤松徳治、鈴木漠、松尾茂夫、平田守純、季村敏夫、
梅村光明、時里二郎、大西隆志

あれから四半世紀が経った。今このようなアンソロジーを編めばどうなるか。神戸の詩はどう変わったか。日本の詩はどうなっているか。考えれば心動くものがある。

III　わが街

わが街神戸を書いた詩が私にもいくつかある。次に「わたしたちの街」を紹介する。

わたしたちの街では、道を歩くということは、坂をのぼること・坂をくだることを意味します。

まっすぐ歩いていても、いつのまにか、のぼっていくのです。くだっていくのです。いつのまにか、さっきの街を見おろしているのです。見あげているのです。

うっかり、なにかに気をとられると、とたんに、街が傾き、空が傾き、体が傾き、転げ落ちそうになります。海まで転げ落ちそうになります。

だからわたしたちは、風船とか、パンの入った紙袋とか、からっぽの旅行鞄とかを持つのです。わたしたちは、レモンを、ナイフを、ポケットに入れるのです。錆びた鉄管をかくしもったりするのです。心に鉛を流しこんだりするのです。

なにしろ、油断のならぬ街です。さて、いこか、もどろか、どちらへ曲ろか。

（「わたしたちの街」全行）

わが街神戸の詩をもう二篇。「こわい時間」では犬が出てくる。「この街」では鳥が出てくる。

海から帰ってくると
坂の途中に犬が待っている。
あまり明るい空だったので
ついつい溜ってしまった言葉。

犬がやさしく吠えて

背中の海がざわめいて。
これからがほんとうに
こわい時間。
（「こわい時間」全行）

また街のこと歌ってみようか。
坂のしたに海が光っていると。
ためらわず道は海へはいっていくと。
ひとの顔した鳥の微笑。
顔ぬすまれたわたしたちのにがい微笑。
（「この街」全行）

紹介した神戸の詩三篇は一九六七年に書いて詩集『歌のように』（一九七一年蜘蛛出版社）に収録している。神戸は坂の街。いずれの詩にも神戸の詩らしく坂が出てくる。それから海が。神戸は港町である。神戸港を書いた詩もある。「神戸港第N突堤から」。

1

ここから向こうへは
もう歩いて行けぬ。
足の下にあるのは海。
暗い海があって波がうねって
重油がうねって石炭殻と塵埃がうねって
ぼくと突堤とが揺りあげられて
揺りおろされて胸が悪くなるほどだ。

2

内通した哨兵さながら
外国船を曳き船が導く。
出船入船
入船出船
アメリカ映画のように味気ない汽笛。
この国へ何が一体積みこまれ

積み出されるのだろう。
何が一体積み残されているのだろう。
出船入船
入船出船
忙しい風景のなかで確かに
何かがごまかされている。

4

夜になると恋人たちが
潮の匂いを求めてやってくる。
外国の匂いを求めてやってきて
世界各国の草をふむ。
もうこれ以上向うへは行けぬ突端に立ち
ゆりあげられゆりおろされる。
船の灯。

街の灯。
港の灯。
恋人たちはそのうち
気分がわるくなって帰っていく。

（「神戸港第N突堤から」1・2・4）

「神戸港第N突堤から」の3では神戸港に入ってきた世界各国の草を列挙している。
「アメリカセンダン草（米）カモガヤ（同牧草）ヒメジオン（北米）ケカモノハシ（同）ベラオホバコ（欧州）ホソバハマアカザ（南方系）チョウセンアサガオ（東南アジア・中国）その他ヒメムカシヨモギ、オオマツヨイグサ、ジョンソンモロコシ、クリノイガなど世界各国の雑草四十種類。」
この詩は一九五三年に書いたもので、昨年上梓した詩集『遠い声　若い歌』（二〇〇九年沖積舎）に収録した。『安水稔和全詩集』以前の、つまり第一詩集以前の私の若き日の未刊詩集である。

Ⅳ　燃えた木

神戸大空襲の記憶。

一九四五年六月五日、神戸市須磨区にあったわが家は跡形もなく燃えた。わが街神戸は焼き尽くされた。次に挙げる「マドリガル」は一九五二年に書いたもので、詩集『遠い声　若い歌』に収録した。三章のうちはじめの一章を写しておく。

並木をつたって歩くぼくたち。
白い花は雨に咲く。
遠くの山肌を想い出そうか。

裸の町が埃に光り始めると春。
風はすばやく夏を吹き送る。
午後ぼくたちのくりかえす散歩。

焼けた並木は焼け棒杭であり
硬い舗道に灰が積る。
ひびわれた敷石のうえにぼくたちの足。

足よりも早く
ずっと早く敷石のうえを飛んでいった
ぼくたちの心。只の影。

（「マドリガル」1）

ぼくたちの歩く道の並木は焼けた木であり燃えた記憶である。ぼくは焼け棒杭を伝って灰が積る舗道を歩く。「時に立ちどまり　おまえと向かいあう。／胸までもない　黒く焦げた並木の先端をなかにして。」（同3から）。

Ｖ　生きのびる

阪神大震災。
一九九五年一月十七日、神戸市長田区のわが家は揺れに揺れた。わが街神戸わが町長田は五十年目の戦場と化した。次の詩二篇は震災詩集『生きているということ』（一九九九年編集工房ノア）に収めたものである。

黒焦げの
棒になった
木の根はどうするのかなあ。
これから。
（「木の根は」全行　一九九五年四月「詩学」）

焦げた幹の割れ目から
おずおずと
黄みどりが
のぞいて。

焦げた幹の根もとから
われさきにと
押し包むように

のびあがって。

（「光る芽が」全行　一九九五年八月「たうろす」）

最後に今年上梓した二冊目の震災詩集『ひかりの抱擁』（二〇一〇年編集工房ノア）から、第二篇。「生きのびる」と「ふしぎ＊」。

焦げた樹皮の地に落ちる乾いた音
滑らかな木の芯の発するつらいやさしい声。
火の記憶
焼けた土の記憶。
生きのびた木が
生きたいと立っている。
そのそばで生きのびた人が
生きたいと並んで立っているのだが。

（「生きのびる」結び　二〇〇四年十一月十三日読売新聞）

葉が茂る

風に揺れる。
どうしてうれしくなるのだろう
それだけで。

（「ふしぎ＊」全行　二〇〇五年四月「イリプス」）

戦災から六十五年、震災から十五年。今日も神戸の街に風が吹く。神戸の町に葉が揺れる。
神戸の坂道に陽のひかり。それだけでうれしくなる心とは。

（「ＰＯ」１３８号　二〇一〇年秋）

戦災　震災　手控え

花巻

二〇一〇年五月二十五日、岩手県北上市日本現代詩歌文学館からの帰路、花巻市JR花巻駅の駅前広場の一隅に鳩を手にした立像があるのに気づいた。何度か来ているのに気づかず、今度はじめて気づいた。

台座前面の銘板に「やすらぎの像」とあり「PEACE」なる語が添えられている。

台座背面の銘板に「昭和二十年八月、太平洋戦争の終戦間際、花巻市内が空襲を受けましたが、特に、この花前駅周辺の空襲は激しく死者負傷者多数を数えたほか、建物等にも甚大な被害を受けたのであります」とあり、戦後五十年焦土と化した花巻駅周辺のこの地に「恒久平和を願い『やすらぎの像』を建立するものです」「平成七年三月建立」とある。

もう一つの銘板には「昭和20年1945年8月10日ひる／来襲　米軍艦載機グラマン15機／投下爆弾　20個（推定）／機銃掃射　各所／死者　42名／負傷者　約150名／焼失家屋　673戸／倒壊家屋　61戸」と記されている。

「河岸に花多くありてちりうく頃、水にうづまかれてたゆたふよりいひし名」と菅江真澄が記している花巻もまた戦火に包まれたのだ。その記憶を留めるためにPEACE像がつくられた。

明石

東北の旅から帰った翌日、五月二十八日の夕方に、明石市へ出かけて、サンTVの取材を受ける。久しぶりに訪れた明石公園内の震災碑は緑に覆われていた。樹々が大きくなったのだ。建立一九九八年四月、十年余の歳月を思わせる。六月一日五時三十分からの「ニュースシグナル」で、明石市にある震災モニュメントを巡る震災特集「刻まれた震災」が放映された。

震災碑は台が白御影石で、その上に二メートル九センチの青御影石が立つ。そこに詩が彫り込まれている。その横に高さ七十センチの黒御影石が置かれている。それに震災記録が刻まれている。その前半部分に「一九九五年一月十七日午前五時四十六分／淡路島北部震源地の直下

型　マグニチュード七・二　震度七／明石の被害　死者二十六人　負傷者千七百四十五人／家屋全壊二千九百四十一戸　半壊一部破損二万八千四十三戸」。

碑の前に立ち話す。〈震災を体験した人はやはり自分が死なずに生き残ったと、そしてこの先生きのびていくんだと。これは震災だけにかぎらず、どんな自然災害にしても、戦争のような人的災害にしても、もうそれはそういうことを身にしみて体験した人は、やはり生きのびるという感覚だと思います〉。それから、かたわらのベンチに座って、震災碑に刻まれている私の詩「これは」を声出して読む。「これはいつかあったこと。／これはいつかあること。／／だからよく記憶すること。／だから繰り返し記憶すること。／／このさき／わたしたちが生きのびるために。」

同じ公園内に明石空襲の碑がある。一九八五年建立。明石市は一九四五年に六回の空襲を受けている。死者一四九六人。台座と本体の間にできた隙間が写し出される。空襲五十年後の地震で四トン近くある石碑がおよそ五センチ動いたのだ。〈明石を襲った戦争と地震、両方の被害を後世に伝えます〉。ちなみに、当時明石海峡に建設中の明石海峡大橋は地震で一メートル余西にずれた。

震災碑の震災記録の後半部分に、「兵庫県明石公園も城郭の石垣が各所で崩壊　櫓二棟が／大きく破損　明石市立天文科学館も塔内部が全壊　機材破損」とある。天文科学館は日本標準時の基準となる東経135度子午線が通る施設でそのシンボルでもある大時計が震災で被害を受けて午前五時四十六分をさしたまま止まってしまった。取りはずされて神戸市西区にある神戸学院大学のキャンパスに移設された。校門入ってすぐの大時計の前の芝生で談笑する女子学生たちの姿が写し出される。震災後十五年、彼女たちはあの時はまだ幼かった。

神戸港

サンTVの取材のあった翌日の五月二十九日に神戸港中央航路で第二次世界大戦中に米軍が落としたとみられる機雷が発見された。爆薬推定500キロ。翌日六月十二日に六甲アイランド南約2・3キロの沖合で水中爆破処理が行われた。「午前10時55分。『ドーン』という激しい爆発音とともに約80メートルの大きな水柱が上った」。神戸港での水中爆破処理は十一年ぶりと神戸新聞五月十二日夕刊が伝えている。

尚、一年前の二〇〇九年七月十二日の神戸新聞は「神戸港に眠る砲弾数突出」という記事を報じている。「防衛省総合幕僚監部によると、2008年度、全国の海中で見つかった砲弾類は1905発。うち、神戸港では08年9月から半年間だけで約1200発に上り、これらは終戦時、旧日本軍が投棄したといわれる」。神戸空港埋め立て工事が始まった一九九九年には3

548発、ポートアイランド東面ブースの工事が始まった二〇〇八年には1239発が処理されたともある。

戦争の遺物は陸にも海にも今も残っているのだ。

不発弾

承前。神戸港に眠る戦争の遺物（機雷・砲弾）についてのメモ「神戸港」につづく。

2013年1月22日、神戸新聞。

「工事現場で不発弾―周辺立ち入り禁止に」という記事が出た。神戸東灘区甲南町の住宅街のマンション工事現場で不発弾が地下約1～1・5メートルで見つかった。米国製の250キロ爆弾、長さ約1・2メートル、直径約30センチ。第二次世界大戦時に米軍の空襲で投下されたものとみられる。現場周辺が立ち入り禁止になり、道路が一部通行止めになり、近くの小学校では集団下校した。写真が2枚。不発弾が見つかった工事現場と、掘り出された不発弾。

同日、朝日新聞でも。

「一時屋内待機呼びかけ―東灘の住宅街に不発弾」という記事が出た。附近の小学校に二人の子どもを通わせる母親の談話、「前にもあったのでまたかと思った。神戸空襲があったから、たくさん埋っているんでしょう」。写真が2枚。不発弾が見つかった建設現場と、不発弾を調べる陸上自衛隊員と。2007年にも約800メートル離れた同区青木で米国製の250キロ不発弾が見つかり、約1カ月後に現場から半径約300メートルの住人約1万人を避難させて撤去したと。

1月24日、朝日新聞。

「また不発弾？／今度は灘で」という記事が出た。神戸市灘区灘南通の住宅街の倉庫解体現場で発見。弾頭長さ19センチ、直径7センチ。爆発の危険はなく、灘署が撤去した。

1月29日、神戸新聞。

「来月17日処理／7100人避難対象―神戸・東灘の不発弾」という記事が出た。信管除去などの処理を実施する。作業は4時間程、半径300メートル以内の住民約7100人に避難を呼びかけると。

2月2日、神戸新聞。

「通行止め区間発表―東灘の不発弾現地処理」という記事が出た。同区国道2号線の小路交差点―田中交差点の約800メートルを通行止めに、午前8時半〜午後1時ごろの見込みと。

（「火曜日」103号104号113号　二〇一〇年八月、十一月、二〇一三年二月）

機雷

２０１５年12月８日の神戸新聞夕刊に戦後の機雷事故の記事が出た。「戦後70年　ひょうご」という企画物の一。

戦後、日本近海に残った大量の機雷による船舶爆発事故が多発したという。神戸市にある「戦没した船と海員の資料館」のスタッフ大井田孝さんが全国各地の実態を調査して、１９４５年から４９年の５年間で少なくとも１１５隻が損壊・沈没し、１９１２人が犠牲になったことを確認した。

太平洋戦争末期に米軍が機雷にパラシュートを付けてＢ29から投下。海上輸送路を断つ「対日飢餓作戦」。45年３月から敗戦直前まで続いた。神戸港から瀬戸内海に４千発以上（神戸市史）、全国で約１万２千発（国会図書館）。敗戦後の機雷除去作業で爆発事故が多発。大井田孝さん調査の機雷事故一覧表から犠牲者10人以上を転記すると。

１９４５年８月24日　京都・舞鶴湾　浮島丸　５４９人。
同年10月７日　神戸・魚崎沖　客船室戸丸　３５５人。
同年同月９日　神戸港内　航海練習船　大成丸　54人。

同年同月13日　神戸・駒ケ林沖　華城丸　１７５人。
同年12月15日　北海道・高島岬沖　真岡丸　47人。
１９４８年１月28日　岡山・牛窓港沖　女王丸　１６２人。
判明した１１５件は被害の一部でしかない。大井田さんは全容解明のための情報提供を求めている。一覧表を見る大井田さんの写真と、神戸港内に沈んだ「大成丸」の海面に突き出た二本の帆柱の写真が添えられている。

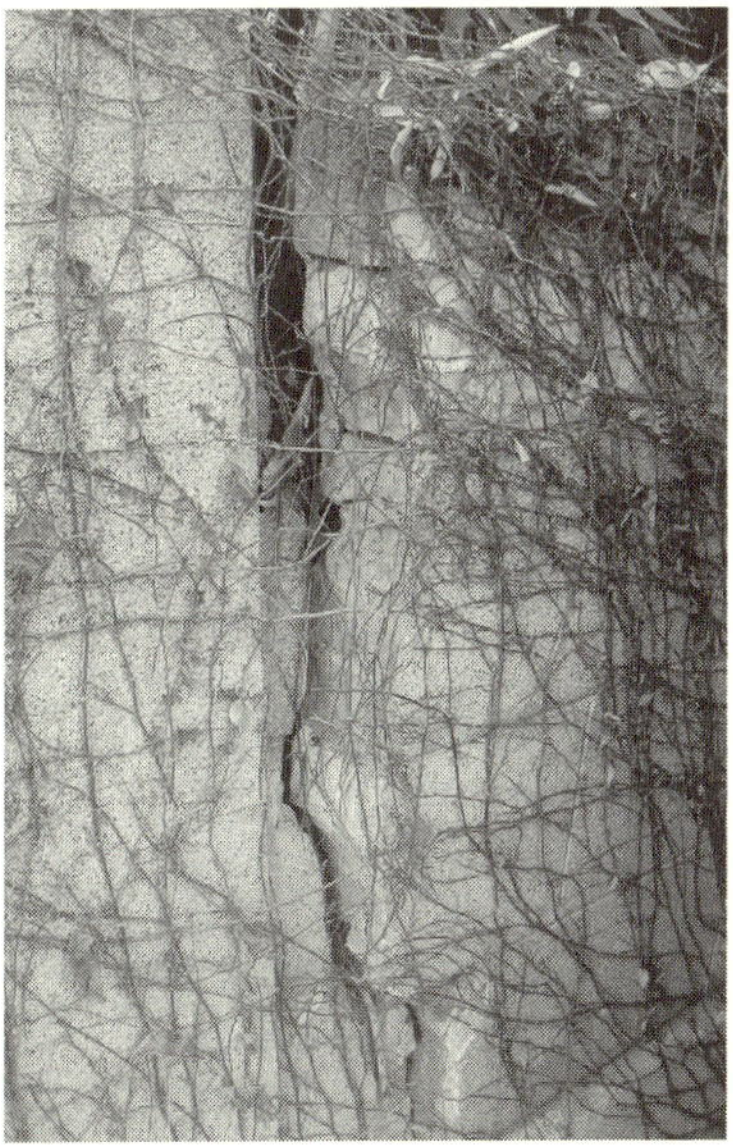

火を止めた木

朝日新聞二〇一〇年十月二十六日付朝刊の連載特集「ニッポン人脈記　木よ森よ」の二回目は災害地の木の話である。見出しは「火の手鎮めた　元気づけた」。

一九九五年一月十七日未明の阪神大震災の時のこと。神戸市長田区の浅山三郎さんは激しい揺れにたたき起こされる。「きしむ戸をこじ開けて外に出てみると、東に上がった火の手が古い木造家屋をのみ込みながら近づいてくる」。浅山さんは近くの大国《だいこく》公園に逃げる。「公園と道を隔てた民家が次々に焼け落ちる。公園の十数本のクスノキが火の粉に包まれ、シルエットになった」「やがて風向きが変わって、延焼は止まった。木々が火を食い止めたように見えた」。

あの日。神戸の町は崩れて燃えて。木もまた燃えて。焼け跡には燃えた木・焦げた木が立ちすくんでいた。真っ黒の燃えかすの杭のような木の残骸もあれば、幹の片側が焼け焦げていてもう片側はもとの肌の木もあった。毎日のように私は自転車で焼け跡を回った、地震の跡をしっかりと目に焼き付けようと。大国公園へも行った。炊き出しの列に並んだ。私も被災者の一人だった。
「一本の木の」は大国公園のクスノキを頭に置いて書いた。

一本の木の半分が焼け焦げて
焼け焦げた街を見ている。
同じ木の半分は焼け残って
倒壊した街を見ている。
焦げた黒い葉叢《はむら》をこすりあわせて
生々しいみどりの葉叢をふるわせて。
激しくいのちのにおう街に
動かず立っている。

（「詩学」4月号　1995年4月）

もう一篇「会いたいなあ」は焼け跡に立つ木々への、そして生き残った人々への挨拶である。

いのちの焦げるにおいの漂う街で。
いのちの記憶の引きちぎられた街で。
あの木はどうしているかなあ。
街のあちこちのあの木は。

あのけやきは。
あのいちょうは。
あのはぜのきは。
あのはなみずきは。

会いたいなあ
あの木に。

それからあの人に。
あの人にも。

（「たうろす」79号　1995年4月）

樹木医河合浩彦さんは震災四日後に被災地に入って焼けた木の手当てをして回った。「クスノキはどれも3分の2が焼けた。駄目だろうと内心では思っていた。ところがその春遅く、二回りも小さくなったクスノキの、燃えなかった側の枝に、小さな芽が出ていた」「翌春には焼けた側の枝にも若葉が出始めた」。
「光る芽が」は驚きと喜びの詩。

焦げた幹の割れ目から
おずおずと
黄みどりが
のぞいて。

焦げた幹の根もとから

われさきにと
押し包むように
のびあがって。

（「たうろす」80号　１９９５年８月）

「木の下」は三度目の春の詩。

燃えて燃えて焼けて焼けて焦げて焦げて枯れて
ふしぎに芽ぶいて葉を茂らせて葉を落して
また芽ぶいてまた茂ってまた葉を落して
また。

芽ぶきはじめた木の下を
人が歩いていく。
春の日ざしのなかを
生き残った人が歩いていく。

（「たうろす」85号　１９９７年４月）

記事は続けて。

「震災から15年。炭化した肌をふさぐように、左右から新しい樹皮が盛り上っている。幅28センチあった焼け跡が、今は8センチになった」。そしてこんな言葉が。「これがもっとふさがって、いつかは一本の線になって、焼けたかどうかもわからんようになる。それが見たいんですよ」。

「生きているということ」は震災五年目の詩。

黒焦げの表皮が剝がれ落ちて木質部があらわになると残った表皮が盛り上って木質部を覆ったが。それでも覆いようのない裂け目。それでも噴き出す葉叢《はむら》。傷をかかえて木は。

草のなかに人が立っている。風に吹かれている。日が移る。時がめぐる。滲むもの。広がるもの。溢れるもの。なみだの形。ほほえみの形。ことばの形。記憶をかかえて人は。

（「文芸春秋」新年号　２０００年１月）

木が火を止めた話は各地にある。記事は続く。

一九七六年十月の山形県酒田市の大火の時のこと。強風にあおられた火は市の中心部をなめ尽くした。「その中で、ほぼ真ん中の旧本間家は焼け残った」。なぜなのか。「風上にあった駐車場と土塀、さらに駐車場のケヤキと庭のタブノキの古木が炎を食い止めて、築２００年の武家屋敷を守ったのだ」。

もう一つ、木が火を止めた話。

東京大空襲の時も多くの古木が火を止めた。半世紀後の一九九五年、唐沢孝一さんは湯島聖堂の一角で真っ黒に炭化したイチョウの木を見つけた。「根もとから十数メートルの高さまで幹の半分以上が真っ黒に炭化したイチョウの木が、それでも葉を茂らせてそびえている。」唐沢さんは焼けイチョウと名付けた。探してみると都心だけで七十本あった。「近所の古老たちの記憶ははっきりしていない。火から逃げるだけで精いっぱいだったのだ。だが、その翌春には木が芽吹いたことはみな覚えていた」。


（「火曜日」１０５号　二〇一一年二月）

ここまでは　十六年　十六年

こゝまでは、めやすきやうなれど、行末はいざしら浪の、空とひとしう見やらるゝかたをさして行くほどに、しほみちのいとくらく、休らふまもあらで舟に乗りいづ。
菅江真澄「蝦夷《えぞ》酒天布利《のてぶり》」

ここまでは、見なれているのだが、この先は知らないことばかり。知らないことも見なれたものに。見なれたものも知らないことに。もう一年、また一年、さらに一年。年重ね、重ねて生きて、さらに生きつぐ。

＊十六年＝阪神・淡路大震災から十六年目。

（「神戸新聞」二〇一一年一月八日）

Ⅶ　心寄せて　東日本大震災

被災地とともに

自身と重ねて見つめる　東日本大震災

なんと広範囲の、なんという被害の大きさだろう。映像を見ていて、いてもたってもいられない。涙が出そうで、出ない。だけどやはり泣いている。あの海岸伝いに大きな町も小さな村も、レンズの届かない山陰にも家々があるはずだ。救いを待つ命がある。ひとりでも多く生きていてほしい。だれもが、ただただ願っているだろう。

10年ほど前、三陸の町を訪れた。陸前高田の美しい松林に石川啄木の歌碑と高浜虚子の句碑がある。タクシーの運転手さんが迷いながら連れていってくれた。あの松林が映らない。昼にそばを食べた駅前の食堂は。気仙沼の波止場の魚市場は……。

高台に逃げた人たちの前で街が津波にのみこまれていく映像を見ていると、阪神大震災のことが重なり胸がつぶれる。わが家は長田の高台にある。その目の前でとどめようもない火事が広がった。家々が燃え出したと思うと、東風にあおられ、西の端まで燃えつくされた。どうしようもなく見ていた、あの無力感。

いま、映像を見ていても状況がわからず、もどかしい。だが、電話もつながらない渦中の人にはもっとわからず、孤立感を深めていくものだ。震災の内側と外側の人をどうつなぐか。

阪神大震災で内側にいた私たちは、子どもも年よりも声をかけあった。おにぎりを分け合い、炊き出しをした。区役所前に設置された電話では行列をつくったが、10円玉がなくなると後の人が10円玉を差し出してくれた。同じような映像がうつり、ああ、そうだったなと思い出す。そうするうち、県外から消防や自衛隊の援助がかけつけてくれた。東北ナンバーの車を見たとき、ああ、そんな遠くからと、どんなに励まされたか。外からもらう力だった。

自分の体験と、その先にある想像力で、人は物事に触れるのだろう。いま、亡くなった方や不明の方を探し求める人たちに、みな、自らの肉親や友人を重ね、見つめている。1万5千人もの安否がわからないという。その命一つ一つに、多くの人たちの命がつながっている。

聞き手　河合真美江

（「朝日新聞」二〇一一年三月十九日夕刊）

心寄せて　人を結ぶ記憶の目印　東日本大震災

私たちの仕事は今、何かの役に立つのだろうか。東日本大震災の後、幾人かの文学者から、あきらめにも似た問いが発せられた。だが16年前、阪神・淡路の被災地で「こんなときだからこそ」と、あえて声を上げた詩人がいる。神戸市長田区の安水稔和さんだ。東北を旅して書き継いできた著作も多い安水さんに、思うこと、書くこと、記憶することの意味を聞いた。

―江戸後期の旅人・菅江真澄《すがえますみ》の足跡をたどり40年来、東北を巡ってこられた。今回の被災地にも親しみ深い土地があったのでは。

「宮城県気仙沼市は菅江真澄研究集会で訪ね、大島にも渡った。岩手県陸前高田市では2キロにもわたって約7万本が立ち並ぶ高田松原に圧倒された。このたびの震災後、その松林を二ュース映像の中に探したけれど、いくら目を凝らしても見つからない。もっとカメラを動かして、と念じても映らない。そのうち水たまりのようになった土地に、1本だけ立っているのが見えた。それでやっと分かった。カメラはまさにあの場所を映していたのだと。7万本が根こそぎ流されたのだと」

—阪神・淡路のときは樹木は意外にたくましく、がれきの中にも踏ん張る姿が見られた。津波はそれすらも押し流し、懐かしい風景を一変させてしまった。

「その後のニュースで、残った1本の松を保存するために大勢の人が集まり、相談する様子が伝えられた。そうする意味は何かと考えた。まだまだ日々の生活や建物の復旧が必要な時期に、一本の木のために手を尽くす意味は何だろうと。おそらくそれこそ人間の生きる力にかかわるもの。町を歩き、眺め、そこで生きていくには目印がいる。たとえ1本の木、1個の石でも、記憶の中の目印は大切だ。その1本の松に託して、折れた心が励まされる。そういう価値がある」

—そうした記憶の目印は、被災した人の心をつなぎ、遠く離れた私たちの心にも呼び掛ける。

「阪神・淡路の2倍3倍、いや2乗3乗の被害が見えてきている。でもそんな数字からは本当のところは何も分からない。いつか会ったあの人、行ったあの場所がどうなったか。その一点から知りたい事柄に接近する。大切なのは想像力。それぞれに気掛かりがあって、いろんな思いをかき立てられる。すぐに駆け付けることがかなわず、もどかしさも感じるでしょう。でもまず、思うこと。被災地で生きている人を思い、亡くなった人を思う。1本の松はその手だてになる」

―記憶を書き継ぐことは、年月を越えて思いを共有することでもある。

「菅江真澄は1789年に北海道・江差辺りを訪ねた折、50年前の寛保津波で父親を亡くしたというおばあさんに聞き書きをしている。彼女の悲しみは時を経てもなお消えない。また1810年には、秋田・男鹿地方の滞在中に大地震に遭い、見聞きしたことを書き留めている。その様子は神戸で経験した地震とぴったり重なる。私はそれらをもとに詩をかく。その言葉は今回の、あるいはいつかどこかで必ず起きる災害の被災者にも届く」

―安水さんの詩「これは」を思い出す。〈これはいつかあったこと。/これはいつかあること。//だからよく記憶すること。/だから繰り返し記憶すること。//このさき/わたしたちが生きのびるために。〉

「地震の後しばらくして、仙台の詩の友だちから電話があった。家も家族も無事、もう仕事にも行っているから大丈夫だと言う。でも棚が崩れて本の在りかが分からない。安水さんの震災の詩を今どうしても読みたいのだけれど…と。それで詩集を送ると大変喜んでくれた。何かの役に立ったかどうかは分からない。言葉とはただ、そういうものじゃないかしら」

―阪神・淡路大震災から10年後、安水稔和さんは「ふしぎ」を発表した。〈葉が茂る／風に揺れる。／／どうしてうれしくなるのだろう／それだけで。〉＝神戸市長田区の自宅

聞き手　平松正子

（「神戸新聞」二〇一一年五月十日）

記憶の目印

九年前の初夏。宮城県気仙沼を訪れた。多くの人々に出会った。向かいの大島へも渡った。唐桑半島では、明治二十九年の三陸大津浪の惨状を記した柳田国男文学碑があった。あのときの大津浪で棒状の岩の先端が折れてなお海中に立つ折石を見た。

次の日、岩手県陸前高田へ。広田半島の村々の椿の群落を見てまわり、普門寺から高田松原へ。七万本の松が二キロ続く名勝に文学碑二基。高浜虚子句碑「草臥れて即ち憩う松落葉」。石川啄木歌碑「いのちなき砂のかなしさよさらさらと握れバ指のあひだより落つ」。

今年三月十一日、東日本大震災。終日テレビに釘づけに。一面の廃墟《はいきょ》、残された瓦礫《がれき》、粉砕したビル、流された家、立ちつくす人、しゃがみこむ人。あの日歩きまわった場所はと目をこらすが、画面に出てこない。出ているのかもしれないが、わからない。

四月になってやっと神戸新聞で目にした。高田松原の美しい松林が大津浪でなぎ倒されて

「辛うじて一本だけ残っている」と。続報。海水をかぶり「根腐れする恐れがある」と。町並みも防潮堤も松林もなにもかもが嘘のようになくなり、海ぎわに取り残されて立つ一本の木。四月下旬のNHKテレビには、一本の木のまわりに四十人ばかりの人が集まっているのが写った。重機も二台。復興のシンボルの保存作業が始まった。一本の木は被災地の人々の記憶の目印となり、さらには被災地を囲む人々の記憶の目印になろうとしている。

家族・住居・仕事、なにもかもなくした人々にとって記憶の目印が大切だ。泥のなかからやっと見つけ出したぬいぐるみとか。海水につかった一枚の写真とか。阪神大震災での私自身の体験から言っても。崩れた庭に咲き出した白い花とか。焼け焦げた木からそれでも吹き出した新芽とか。

わたしたち／揺れて震えて／
それでも／それだから／
いのちあれ／ひかりあれ

今は祈るのみ、いのちあれ、ひかりあれ、と。

（「神戸新聞」二〇一一年五月三十日）

記憶の記号

誰もが記憶の記号を持っている。それは日付けだったりする。ひとりだけのものもあれば、みんなのものもある。

たとえば、9・15。これは私がこの世に生を受けた日、私の誕生日。では、9・18は。これは十五年戦争の発端となる満州事変の起きた日。昭和六年九月十五日に生まれた私は、その三日後に始まった戦争という時代を生きることになる。そして。12・8、開戦。8・15、敗戦。敗戦直前の6・5は私の空襲の記憶の記号である。

昭和二十年六月五日の朝の神戸大空襲で神戸の街は燃えた。須磨にあった私の家は焼け落ちた。煙と炎をくぐって不思議に生きのびた私は家族とともに黒焦げの神戸を離れて、龍野の奥の山間の母の村へ逃れた。

空襲は繰り返ししつように続いていていて。私にとっての空襲の記憶の記号は6・5だが、同じ神戸でも3・17など、人それぞれの記号を抱いている。大都市も、小都市も、町も村も、全国各地空襲の記憶の記号で溢《あふ》れている。それが戦争だったのだ。

敗戦から五十年後に予期せぬ記号がやってきた。1・17である。一九九五年一月十七日未明の阪神・淡路大震災で神戸の街は崩れて燃えた。生きのびて廃墟《はいきょ》と化した長田の町に立ったとき、これは見たことがあると思った。五十年目の戦争だと思った。

あれから十六年経って、3・11。今年の三月十一日に東日本大震災である。地震、津波、さらに原発事故。言葉もない。半年経っていまだに見通せない未来。

これまでも日本列島各地に地震や津波は繰り返し襲い、この先も繰り返し襲うだろう。これまでなんとか生きてきた私たちが、この先なんとか生きのびるためには。記憶すること、忘れずに記憶すること。記憶の記号が記憶の反復持続を助けてくれる。

暑い日が続いて、それでもそっとしのび寄る秋の気配。残暑のなかの一刻、日の光のなか、風に揺れる葉叢《はむら》を目を細めて見詰める。6・5とつぶやき、1・17とつぶやく。3・11と口ごもる。思いをひそめ、ひそかに祈る。

（「神戸新聞」二〇一一年八月二十九日）

芦屋、明石、そして　兵庫県現代詩協会のことなど

兵庫県現代詩協会は阪神淡路大震災から生まれた、と言っても過言ではないだろう。それまでにも何度か兵庫県内の詩人たちの会を作ることが話し合われたことがあったが、いずれの時も実現しなかった。ところが、一九九五年一月十七日の大震災後に話し合いが持たれ、不思議と言っていいほどにスムーズに事は運び、実現することになった。大震災から二年後の一九九七年十一月二十三日に、芦屋市の市民センターで設立総会が開催された。町が崩れ、芦屋川河岸の石垣が崩れ、まだまだ震災の傷跡が残り、記憶が消えることなく満ち溢れる街、芦屋で。

その日に定められた会則の第一章第一条には、当会は兵庫県の詩人たちの親睦交流を図り、現代詩の普及発展のための相互協力や情報活動を円滑に行うために、とある。それは、他者と結ばれあうことを、隣と繋がることを願う心に外ならない。ゆるやかに、ゆっくりと、しかし

しっかりと。設立総会の挨拶で私はそのように述べた。

芦屋での設立総会に続いて、兵詩協の第一回目の講演と朗読の集いが開催された。〈明日への架け橋〉と題して、明石市のサンピア明石のフロイデホールで、
阪神淡路大震災の被害は芦屋・西宮・宝塚など阪神間や神戸、それに震源地の淡路にとどまらない。明石もまた被災地であった。町も商店街も学校も公園もタメ池も、道路も鉄道も港湾も。天文科学館の塔内部が全壊、明石公園の石垣が崩壊。だから、明石の人たちがこの震災を阪神明淡大震災と呼べと言っている、と聞いた。芦屋での設立総会の次はどこで開催しようかと話し合うなかで、では今度は西の明石でどうだろうということになり、明石に決まった。

当日。講演は多田智満子さんと金田弘さん。詩の朗読は〈三年目の震災詩〉と題して会員十四人が自作詩朗読。〈明日への架橋〉といい、〈三年目の震災詩〉といい、1・17が私たちから遠のくことはなかった。

ところで、橋と言えば明石では明石海峡大橋。当初は全長三九一〇メートルのはずだった。ところが完成直前の阪神淡路大震災で、淡路側の主塔が西に一、三メートル、岸のアンカレイジが同じく西に一、四メートルずれた。そこで一メートル伸ばして、大橋は全長三九一一メートルになったという。私たちの心も、私たちの言葉も、震災前と後とでは同じではないはずだ。橋と同様に震災によって動いた。動かなければおかしいのだ。

〈明日への架橋〉開催の二カ月後、明石公園に震災碑が建立され除幕式が行われた。白御影石の碑面には私の詩「これは」が刻まれた。

これはいつかあったこと。
これはいつかあること。

だからよく記憶すること。
だから繰り返し記憶すること。

このさき
わたしたちが生きのびるために。

今までも、今も、これから先も、私たちはこの時間と空間に生きてきたし、生きているし、生きていく。だからこそ、このさき私たちが生きのびるために。
今年二〇一一年三月十一日、東日本大震災。十六年前の阪神淡路大震災を上回る二倍三倍の、いや二乗三乗の言語を絶する災害である。苦しくてつらい年だった。

間もなく、1・17から十七年目が、3・11から一年目がやってくる。

わたしたち
揺れて震えて
それでも
それだから
いのちあれ
ひかりあれ

今は祈るのみ。繰り返し繰り返した言葉をまたそっと呟く。

（兵庫県現代詩協会会報30号　二〇一一年十二月十九日）

一本の松の木

東日本大震災　手控え

1

２０１１年3月11日。東日本大震災。

『真澄と旅する』（平凡社新書）の原稿をまとめる手が止まってしまった。終日、テレビの前に座って。想像を絶する惨状に胸が痛く声も出ない。以前訪れて歩きまわった場所はと思うが、画面に出てこない。出ているのかもしれないが、わからない。

気仙沼の港は、魚市場は、駅は。神明崎の五十鈴神社は、元神主の神山真浦さんは。神社の下にある管絃窟（うなり穴）は。駅前の小さな宿ホテルサンルート気仙沼は。岡の上に建つサンマリン気仙沼ホテル観洋は。大島は。唐桑半島は。

陸前高田の美しい高田松原は。普門寺の三重塔は。大船渡・熊野神社の三面椿は。広田半島の椿の群落は、点在する小集落は。半島先端の波間に見えかくれしていた椿島は。

翌3月12日。

朝日新聞大阪本社の河合真美江さんから電話、電話取材。その記事「東日本大震災／被災地とともに」は四日後の十六日の夕刊に掲載された。テレビを見続ける。新聞を繰り返し読む。十六年前の阪神大震災のことを思い起こし、毎日を茫然と過ごす私を見かねて妻がテレビ見るの止めたらと言う。

4月6日。

電話取材のときに話した陸前高田の高田松原の現状がわからないまま四月を迎えて。神戸新聞の紙面でやっとその名前を目にした。「名勝の松林、一本残った／復興のワッペン作戦」。河北新報社からの記事で、「美しい松林が大津波になぎ倒された岩手県陸前高田市の景勝地『高田松原』で、気仙川河口付近の松が辛うじて一本だけ残っている」。そのたった一本残った松は「直径約80センチ、幹周り約270センチ。樹齢約200年以上」。「復興への願いを込め、『希望の松』と呼ばれつつある」。「地元で活動する自衛隊と警察・消防は、この松をデザインしたワッペンを作り、市の災害対策本部に掲示」。

4月10日。

朝日新聞に「7万本の松林一本に　文化財」という記事が出た。茨城県の岡倉天心デザインの六角堂の流失や、宮城県松島の瑞巌寺の壁の崩落・亀裂などとともに、岩手県陸前高田市の高田松原の被害が記されている。「7万本の松が1本に」と。

4月11日。

神戸新聞に「奇跡の松　枯れる恐れ／復興の象徴、岩手県が調査」という記事が。「大船渡農林振興センターの調査では、地上約10メートルまで海水をかぶり、根元から約80センチ上まで表皮がふやけた。根元周辺は砂が積もり、地下水も海水の割合が高くなっているため、根腐れする恐れがある」「砂を取り除き、波による土壌浸食を防ぐ防護柵も設置した」。

4月12日。

毎日テレビの画面に。「奇跡の一本松　枯れる恐れ」。水のなかに取り残されたわずかの砂地に立つ木。水ぎわに引きちぎられたであろう木の株がいくつか残っている。折れた木の幹が枝が折り重なって散乱している。何の建物だったのか、水びたしの鉄筋の残骸が。

4月22日。

NHKテレビの画面に。「〝一本松〟を復興のシンボルに」。立ち尽くす一本の松のまわりに保安帽かぶった人々が、四十人ばかり。かたわらに重機二台。保存作業に取り組んでいる。

4月25日。

神戸新聞の平松正子さん来宅、インタビュー。その記事「東日本大震災／心寄せて」は五月十日に掲載された。同行の高部洋祐さん（写真）は二週間の宮城県被災地取材から帰ったばかり。見せてもらった写真のなかに気仙沼のホテル観洋が写っていた。被害は。

4月28日。

朝日新聞に「陸前高田の松／薪へ加工販売」という記事。福井県のＮＰＯ法人ふくい災害ボランティアネットが、流されて市街地に散乱している松を回収して薪に加工して全国に販売する活動を始める。「市民の愛着ある松をただ焼却するのは忍びない」と代表の東角操さん。

4月29日。

テレビの画面に「温泉は無事だった…／観光ホテルに希望の光」。九階建てのホテル観洋が映った。なんとかやっと整った部屋が映った。社長さんが映った。営業再開。

承前。

2

２０１１年5月13日。

神戸新聞に「岩手・陸前高田の『一本松』守れ」という記事が出た。高田松原で唯一残った一本松を守るため、兵庫県洲本市の樹木植物環境コンサルタント東田輝幸さん（53）が電話で助言、薬剤を提供、近く現地を訪れる予定。「東田さんは、南あわじ市の慶野松原、芦屋市の芦屋海浜公園をはじめ、山口県や北海道など全国の松原を回復させてきた」「高田松原の現状を知り、地元の住民グループ高田松原を守る会に連絡」「塩水に長くつかったため根が衰弱していると指摘」「水分を吸収する塩を洗い流す必要があるなどアドバイス」「活性剤20リットルを無償で送った」。

5月15日。

神戸新聞に「生きる　三陸の町からII」の二回目の記事「故郷の絆　心の支えに」が載った。兵庫県三田市で避難生活を送っている伊藤信平さん（75）キク子さん（74）夫婦が約一カ月半ぶりに陸前高田市高田町に一時帰郷した記事で、そのなかに3月11日の事が記されている。「午後3時半前、キク子さんがふと二階茶の間の窓を見ると、松林の上に水平に立つ砂煙が見えた。『お父さん、あれ何』。次の瞬間、バリバリバリッ。木が割れる音が遠雷のように聞こえた」「裏のリンゴ畑の斜面を駆け上がった」「振り返ると木造の自宅は流され」「数十メートル先に浮かんでいた」。高田松原は信平さんの朝の散歩コースだったという。「今は浜もなく」「奇跡的に残った一本のマツが風に揺れていた」。

6月3日。

朝日新聞夕刊に「希望の一本松を守れ／陸前高田、クローン松原作戦」という記事が載った。

根が海水で腐り始めて枯れる心配がある高田松原の一本松のクローンを育てる作戦が始まったと伝えている。「一本松と同じ遺伝子を持つ松を増やし、白砂青松の復活を目指す」。衰弱した天然記念物の木々のクローン苗を育ててきた実績がある岩手県滝沢村の森林総合研究所・林木育種センター東北育種場が取り組む。「4月22日に一本松の枝の穂を採取し、先端を切り取った別の松の苗木100本に接ぎ木」「成功すれば、3年ほどで一本松と同じ遺伝子を持つ苗木に育つ」。現在おおむね順調に育っているそうだ。「一本松は復興のシンボル。保全とともに遺伝子を次の世代に残し、陸前高田の市民に希望を与えてほしい」と高田松原を守る会副会長小山芳弘さん。

6月12日。

『菅江真澄と旅する—東北遊覧紀行』の再校と「あとがき」を平凡社新書編集部水野良美さんへ宅急便送。「あとがき」に一部追加して。「今年三月十一日、東日本大震災。揺れて崩れて燃えて流されて。先年訪れた気仙沼は、陸前高田は。なつかしく思い起こされる町々村々は、出会った多くの人々は、今」。このあと、菅江真澄が書き留めている男鹿半島地震・北海道寛保津波・下北半島田名部地震などについて記し、続けて、「菅江真澄が旅の途中で地震にあったのは男鹿や田名部だけではない。行く先々で地震のみならず様々の災害に遭遇し、また耳にして書きとめている。地震・津波・洪水・火災・難破・飢饉・事故・事件……。今も昔も、西も東も南も北も、私たちはあらゆる災害に囲まれて生きてきたのだし、生きていくのだ。たとえば菅江真澄を介して時間軸と空間軸を辿ればそれがよくわかる。1・17を抱えて16年。3・11を抱えてこの先。そっと小声で呟く」。

6月14日。

朝日新聞夕刊に「希望を歌う一本松／津波に耐えた木応援ソングに」という記事が出た。アンパンマンの原作者やなせたかしさん(92)が「陸前高田の松の木」を作詞作曲。その繰り返し部分は「ぼくらは生きる　負けずに生きる　生きていくんだ　オー　オー　オー」。7月にCDを発売予定、やなせさん自身の歌声も入っているとか。

6月15日。

神戸新聞に「奇跡の一本松、接ぎ木成功」の記事が。「高田松原で震災の被害から唯一残った〝奇跡の一本松〟の接ぎ木が成功した」。4月末に現地で枝を採取して台木に差し込み固定、畑に植えて管理していたが、「今月13日、接いだ部分から新しい芽が伸びている木が4本あることを確認」。一本松の写真と新芽の写真が添えられている。「数年後には陸前高田に帰せるよう育てたい」と春原武志場長。ところで、高田松原では200メートル先にあった海岸が震災による地形の変化で一本松のすぐそばに迫っているので、「5月中旬から、葉が赤茶色に変色し始めたため」「木の周辺に鉄板を深さ約5メートルまで打ち込み、根付近への海水侵入を防ぐ工事を始めた」と。

6月23日。

朝日新聞にGoogleの全面広告「未来へのキオク」が出た。「被災地には、あなたの写真を求めている人がいます。／震災で失われた写真を取り戻したいと願う人。震災で失われた景色を忘れたくないと願う人。今、様々な人が、様々な理由で被災地のキオクを探しています。……該当する写真があれば、ぜひ投稿して下さい」。紙面に並ぶ十二人の被災者の直筆メッセージのなかで、二人が高田松原と記している。「集めたい写真・高田松原&氷上山頂上／理由・6年の遠足で見た風景が忘れられないから　松原が好きだ／菅野春奈　12才」。「集めたい写真・高田松原の風影（昔の風影）夏祭りと五年祭等々／理由・震災にて思い出のアルバム全部流されてしまいましたので／紺野勝代　67歳」。

3

承前。

2011年9月11日。

神戸新聞に「奇跡の一本松が衰弱」という記事が出た。陸前高田の高田松原で津波に耐えてただ一本生き残った奇跡の一本松を保護し観察を続けている日本緑化センター（東京都）が、一本松が再び衰弱していると発表。7月3日に複数の新芽を確認したのだが、9月4日にあらためて調査したところ、震災後に出た新芽が枯れて、松かさも変色、松ヤニも滲み出ず、葉全体も茶色になっている。海水に浸かって根がダメージを受けたためで、さらに7月8月の猛暑が影響したらしいと。同センターは「10月上旬までに再調査し、今後も生育可能か見極めたい」。

9月13日。

朝日新聞に「満月のエール」という記事と満月に照らされる奇跡の一本松の写真が出た。タテ長（2×1）の写真の上部に中秋の名月が輝き、下部に光る海と漆黒の地面、その中央に立つ一本松。夜目にも枝葉が見てとれる。毅然と立つように見え、立ちすくむようにも見え。しばし凝視。

10月10日。

朝日新聞の朝日歌壇に高野公彦選の次の一首が載っていた。「精霊は月に宿りて松に降る陸前高田秋巡り来て（川越市）平井正一」。これは先述した朝日新聞9月13日の満月と一本松の写真に想を得たものだろうか。

10月22日。

神戸新聞に「一本松、ひとりじゃない／新たな苗木　大地から顔」という記事と写真が出た。高田松原のキノコの植生を調査していた岩手県林業技術センター主査の成松真樹さんが、一本松から約五〇〇メートル離れた場所で、高さ5センチの松の苗木を発見。昨年の秋に地面に落ちた松かさの中の種子が津波に流されずに、今年5月ごろに発芽したとみられる。成松さんは「よく津波に流されずに残った。生き残った松が見つかって良かった」。苗木の先端が茶色く変色しているので、高田松原を守る会会長の鈴木善久さんは「根から掘り起こして別の場所に移動させるなどの対策をとり、大切に育てたい」。

4

承前。

２０１１年12月10日。

神戸新聞に「奇跡の一本松　回復困難」という記事が出た。岩手県陸前高田市の高田松原で津波に流されずにただ一本残った復興の象徴である奇跡の一本松が「海水の影響で根が腐り、回復が困難になっていることが9日、分かった」と。一本松を保護し観察し続けてきた日本緑化センター（東京都）が週明けにも「生育困難」との判断を市に報告するという。樹齢２６０

年以上、高さ約30メートル、直径約80センチの一本松は、9月の生育調査で衰弱が確認され、10月上旬の再調査では「人間に例えると、自分で息ができない状態となっており」「枝や葉が落ちて、最終的には倒れる可能性もある」という。記事に添えられた写真には、砂地に立つ一本松の下部三分の一が緑色に塗られ、中央の三分の一が白い布で覆われ、枝葉が見えるのは上部のわずか。

同日。朝日新聞夕刊に「津波　映像に込めた使命」という記事が、「岩手県警航空隊　ヘリから撮影─救出できぬ葛藤と闘う」。第一波の津波に襲われる大船渡湾湾口防波堤の写真と、高田松原の一本松の写真が添えてある。前者は２０１１年3月11日写。後者は12月7日写。記事は「一本松が瀕死の状態なのは空からでもわかる。その姿は、復興に進む被災者を最後まで見守ってくれているように思えるという」と結ばれている。

12月13日。

神戸新聞に「奇跡の一本松『切らないで』」という記事が出た。「残念、切らないで、と惜しむ声が相次いだ」と。

12月14日。

朝日新聞に「奇跡の一本松よ　安らかに」という記事が、「蘇生を断念─被災9カ月、勇気ありがとう」。市は一本松の幹を「記念碑」として保存する方針で、「樹脂で固めたり、別の場所に移転したりして保存する方法を検討するという」と。さらに、「クローン技術を使った再生や接ぎ木による保存などさまざまな取り組みが県内で続けられている」と。

12月15日。

朝日新聞に「願いは一つ」という記事と写真が。「ふたご座流星群がピークを迎えた14日夜」「奇跡の一本松上空でも、星が輝きながら流れていった」。タテ長の写真の下部右に一本松のシルエット。上部に夜空が広がっていて、星影が多数流れている。

同日。神戸新聞に「奇跡の一本松　赤ちゃん公開」という記事が。住友林業グループが14日、一本松の松かさから採取した種子から18本の苗を育てることに成功したと発表、東京都内で苗を公開。「4月、一本松の種子を回収。約半年間低温で保管し、9月から12月にかけて発芽させることに成功した。現在は高さ2〜4センチに成長している」。住友林業では接ぎ木による3本の苗も育成。岩手県の森林総合研究所材木育種センター東北育種場でも接ぎ木の苗4本の育成に成功している。これらの苗が30センチから50センチになって現地に植え替えられるには、接ぎ木の苗で5〜6年、種子からの苗で約10年かかるという。

12月16日。

朝日新聞「かたえくぼ」欄に、「蘇生断念」と題して、「記憶は永遠に不滅です—日本国民奇跡の一本松殿」（神戸・愁ちゃん）。

同日。同紙に「津波の記憶　桜に託す」という記事が、「到達点結ぶ　170キロ1万7000本─悲しみ繰り返さぬ植樹へ」。人口の約1割、2千人近い死者・行方不明者が出た陸前高田市。名勝高田松原が一本松だけ残して失われ、その一本松も失われようとしてる陸前高田市。そこで、「津波の到達点を桜の木で結び、被害の記憶を後世に伝えようとする取り組みが始まっている」。漁港近くで家を流された漁師の佐藤一男さん（46）は、過去の津波の痕跡を知っていれば多くの命が失われることはなかったのではないかと考えた。「がれきが撤去されるにつれて、津波到達点がだんだんぼやけてきた」。そこで、津波到達点に桜の苗木を植えるプロジェクトを立ち上げた。「春が訪れるたびに津波の被害が語り継がれてゆくのではないか」と。全長170キロに10メートル間隔で1万7千本の桜を植える計画で、11月に最初の30本を寺の境内などに植えたという。「日本で唯一笑顔の出ない、日本一悲しい桜になるかもしれないけれど、何かせずにはいられない」と佐藤さん。「桜ライン311」プロジェクトは全国に義援金を募っている。記事には山ぎわに植えられた桜の写真が添えられている。桜のむこうに被災地が拡がり、ずっとむこうにわずかに海が。

5

承前。

２０１２年３月８日。

朝日新聞に岩手県陸前高田市の〈奇跡の一本松〉についての「見守り見守られ一年」という記事が出た。「あの日から1年間、夏の酷暑や吹き続ける潮風、激しい雪に耐え、被災者に希望や励ましを与え続けた」。昨年12月に日本緑化センターなどが保護断念を表明したのを受けて、〈高田松原を守る会〉の鈴木善久会長は〈一本松〉に声をかける、「ありがとう。きっと松原を再生させる」と。記事の上に四枚の写真が添えられている。２０１１年９月12日の中秋の名月、12年１月１日の初日の出、１月31日の大雪のとき、そして現在、３月７日の姿。

３月28日。

朝日新聞の教育面の「書く」欄に福岡県小郡市三国中学校２年永島京香さん（13）が〈一本松〉の絵と「またあの木の下に集まろう」という字を書いた色紙を寄せている。「『奇跡の一本松』の苗が育っていると知りました。みんなの希望の松になってほしい」とコメント。

４月２日。

朝日新聞の朝日歌壇に馬場あき子選の次の一首が載っていた。「包帯をまかれて最後の春迎ふ高田松原の一本松（上山市）山川ひろみ」。

6

承前。

２０１２年5月11日。

朝日新聞に「希望の松　福島にも」という記事が出た。東日本大震災の津波で、福島県相馬市の景勝地の松川浦一帯の松林が壊滅したが、一本の松の木が残った。この春には新しい葉を出した。地元の漁師たちが復興への願いを込めて「希望の松」と名づけたという。周囲約28キロの潟湖《せきこ》である松川浦北部の砂州の出島で十数本の松が倒れず残ったが枯れてしまった。その中の一本のクロマツが生き残った。「下の方の葉は枯れているが、上部に黄緑色の新しい葉が生えている」。折れて倒れて枯れた木々の向こうに立つ一本松の木の写真が添えてある。「状態は比較的良い」が「これからも生かすには、傷ついた樹皮や地中の根の状態などを詳しく診断する必要がある」と日本緑化センターの瀧邦夫さん。

5月17日。

神戸新聞に「高田の松原の苗　お帰り」という記事が出た。東日本大震災の津波で「奇跡の一本松」以外は全滅した岩手県陸前高田市の高田松原。そこで収集した松ぼっくりから取り出した種を森林総合研究所が育種場にまいて、約15センチの苗木に育てて「高田松原を守る会」に引き渡した。「よく戻ってきた。いつか松原を復活させたい」と鈴木善久会長。高田松原から5キロ離れた高台の畑に300本の苗木を植えた。育種場にはなお300本の苗木が出番を待っているという。

5月21日。

朝日新聞のシリーズ「ニッポン人脈記」に「奇跡の一本松」が出てくる。「一本松のたもとの立て札にだれが書いたか『少し休みます　枯れても切らないでね。変わったかたちで甦りますから』とある」。そして、「高田松原を守る会」の鈴木会長の言葉、「このまちが復興してゆく姿、松原が再生する姿を、一本松に見てもらいたいのよ。そのためにも立っていてもらいたいのだ。うん、今はそんな気持だ」。

7

承前。

２０１２年９月９日。

朝日新聞朝刊に「ひとまずお別れ一本松」の記事が。「奇跡の一本松」を訪ねる人が絶えず、12日に切り倒される直前の週末の８日には朝から多くの人が足を運んだと。「手を合わせたり、線香を手向けたり」。

９月12日。

神戸新聞朝刊に「奇跡の一本松で黙とう」の記事が。東日本大震災から一年半を迎えた11日、ひっきりなしに地元住民らが訪れ、午後２時46分には「一本松に向かって手を合わせた」。

同日。朝日新聞夕刊に「一本松　それでも美しく」の記事が。「伐採始まる」「被災者支え、『遺構』に」と。朝から２００人を超す人が集まって見守るなか、午前10時20分、樹冠がチェンソーで切られ、午前11時35分、すべての枝が切り落とされたと。

９月13日。

神戸新聞朝刊に「奇跡の一本松輪切り」の記事が。「きょう、加工場へ」。12日午後、幹を三つに輪切りにする作業が行われたと。

同日の朝日新聞夕刊に「切断の一本松　愛知向け出発」の記事が。13日午前、トラックで愛知県の加工場へ出発、15日到着予定と。

９月13日。

朝日新聞朝刊の「天声人語」は次のように書いている。「一本松は来年2月、『記念樹』として再び元の地に立つ予定という」「もはや木の生命はない。だが人々の心に張った根から枝を伸ばして、ふるさとの復興を照らすことだろう」と。そして、仮設住まいの高齢者が「あれはまぎれもなく希望の一本松だ」と語っていたと。

8

承前。

2012年11月18日。

神戸新聞。「震災遺児の支援を考える―『阪神・淡路』の教訓東北に　西宮でシンポジウム」という記事が出た。東日本大震災で親を亡くした遺児の支援のあり方を探るシンポジウムが西宮市の武庫川女子大学で開かれた。岩手県大船渡市の児童家庭支援センターの支援相談員佐藤舞子さんが現状報告。あしなが育英会の八木俊介さんが神戸レインボーハウスでの経験から、長期的な心のケアの必要性を訴えた。小学1年の時に阪神・淡路大震災を経験し父親を亡くした伊藤侑子さんが、あしなが育英会によって支えられた18年を振り返った。写真は東日本大震災で親が行方不明になった子どもが描いた絵と文。奇跡の一本松の絵の上部に「がんばれ　一本松」へ、中央部に「ぼくのお父さん　どこにいるか　みえないかな　みえたらおしえて　一本松　おねがいする」と。

12月6日。

神戸新聞夕刊。「一本松　しばしの別れ―防腐処理のため搬出」という記事が出た。9月に伐採された岩手県陸前高田市の奇跡の一本松の切り株を掘り出して県内の作業場に運び出す作業を報じている。樹齢260年の巨木の地表に現れてきた根は最長約5メートル、最も太い部分で直径約30センチ。作業を始めて4日目のこの日、切り株をトラックに載せられる大きさまで根を切断、クレーンでつり上げて搬出すると。掘り出された切り株とその拡がる根の写真が添えられている。

12月7日。

朝日新聞。「奇跡　後世へ根を張れ」という記事が出た。ロープをかけられてつり上げられる切り株とその根の写真とともに。「高さ27メートルの松を支えた根は、地下の海水を避けるように主に横方向に伸びていたという」。

2013年1月1日。

朝日新聞。「現状映す一本松の温度差」という記事が出た。「駐在記者が語る　2度目の正月を迎える被災地」の三本の記事のうちの一本で、筆者は岩手県大船渡市駐在記者杉山和将さん。保存処理のために伐採されるまでの12日間。涙を流す人を何人も見たのだが、話を聞くと、初めて被災地を訪ねた人が多かったという。「ここで起きたことを思い、こみあげるものを抑えきれない人たちだった」。ところが、地元の人たちの会話で一本松が話題になることはほとんどないという。「関心は住まいや生活を取り戻すことに集まり、松の木のことを考える余裕がないのだ」。赴任するまでは一本松は人々の心の支えで、誰もが足を運ぶ場所だと想像していたのだが、実際は震災後に訪ねたことがないという人は少なくないという。「この温度差こそが、被災地の現状なのだと思うようになった」。2月にはモニュメントとして戻ってくる一本松を地元の人たちが「穏やかな気持ちで眺められる日がくると信じている」とこの短い記事は結ばれている。

9

承前。

2013年2月12日。

朝日新聞。「奇跡の一本松　現地に根元戻る」という記事が出た。昨年9月に切り倒された一本松の根元と幹の一部（約8メートル）が現地に運ばれてきて、復元作業が始まった。分割された幹に合成樹脂を心棒として通す作業が愛知県などで続けられていた。3月上旬に復元の予定とか。「風雨に耐えるにはこれぐらいしなければいけないのだろうが、人工的な姿になったのは複雑な気持だ」と「高田松原を守る会」の鈴木善久会長。コンクリート基礎部分に取りつけられた円柱状の写真が添えられている。

2月23日。

神戸新聞。「『一本松』たつので復元中」という記事が出た。昨年9月に、根元と幹と枝葉の三つに切断され、さらに4分割された幹部分は愛知県弥富市で芯をくり抜かれ、滋賀県大津市での防腐処理を経て、1月初旬に兵庫県たつの市の「カドコーポレーション」作業場に到着。幹の内側に炭素繊維強化プラスチックの管状の心棒を入れて特殊鋼材の継ぎ手でつなぎ合わせる。東日本大震災の発生から2年の3月11日を前に神奈川県で加工中の枝葉と合わせて復元の予定。大詰めを迎える幹部分の修復作業の写真が添えられている。

2月28日。

朝日新聞。「『奇跡の一本松』100歳若かった」という記事が出た。「一本松」の樹齢が地元で言われていたよりも約100年若い173年だったことが京都大伊藤隆夫名誉教授による鑑定でわかった。幹の年輪を調べたところ、1893（天保10）年からの可能性が高いと判明。

昨年9月の伐採時の切り株の写真が添えられている。

同日。神戸新聞の記事によれば、「直径約1メートル、厚さ約10センチに輪切りにした幹の表面を、きめ細かな紙やすりで磨き、顕微鏡で調べた」「一本松は1896年の明治三陸地震、1933年の昭和三陸地震の2度の大津波に遭いながら、生き抜いた古木」とあり、切り倒される前の「一本松」の写真が添えられている。

3月2日。

朝日新聞夕刊。「一本松立ちあがった」という記事が出た。一本松の幹が根元部分とつなぎ合わされた。幹は長さ14メートル、太さ約1メートル~80センチ。大型トレーラーで運び込まれて、クレーンで取りつけられた。これで高さ約27メートルの一本松が約18メートルまで復元された。6月から枝葉の取りつけが、10月ごろには復元が完了する予定。根元部分とつながれる幹部分の写真が添えられている。

3月2日。

神戸新聞夕刊。「奇跡の一本松現地復元始まる　全国から支援続々　感謝と疑問地元複雑」という記事が出た。復元作業には1億5千万円が必要。市は税金を使わず、国内外に募金を呼び掛けて、現在9千万円近く集まったが、「枯れた松にお金をかけるのはおかしい」「復興事業の方が大切」といったメールや電話が全国から市に数百件寄せられているという。戸羽市長は

「被災者も希望を感じることができる遺構。多くの人が一本松を見るために陸前高田を訪れてくれるはずだ」と理解を求める。「震災語り部」の新沼岳志さんは「一本松は物言わぬ語り部。震災のシンボルとして必要だ」としながらも復元されれば「全国の人は復興したと勘違いしないか」と心配している。復元工事中の写真が添えられている。

3月6日。

朝日新聞夕刊。「あの姿　もう少し」という記事が出た。一本松の幹部分に枝葉部分が取りつけられた。枝葉は1・4トン、高さ7・7メートルで、伐採前の姿を忠実に再現。クレーンでつり上げボルトや接着剤で幹に固定。復元作業の写真が添えられている。

3月7日。

神戸新聞。「被災地のシンボルが復活」という記事が出た。奇跡の一本松に枝葉部分が取りつけられ、元の姿が復活した。22日には完成式典が行われる。足場に囲まれた一本松の写真が添えられている。

3月9日。

神戸新聞。「立ち姿以前と違う　一本松復元やり直し」という記事が出た。奇跡の一本松の枝葉のレプリカの取りつけ角度に不具合があったため、作業をやり直すことに。市民からの問い合わせがあり調査、切り倒す以前と様子が異なることがわかった。22日の完成式典は延期することに。切り倒される直前と復元後の写真を並べて掲載。

3月11日。

神戸新聞。「『震災遺構』と祈り」と題する編集委員長沼隆之さんの「あ・ん」欄の文章が目に止まった。「被災地では津波被害に遭った建造物や構造物などの保存、解体、復元をめぐる議論が続けられている。『街の再建の妨げになる』『悪夢がフラッシュバックする』などの理由で、大半は既に撤去解体されている」。陸前高田市の被災した市役所の解体、津波に耐えた奇跡の一本松の復元、気仙沼市鹿折地区で打ち上げられたままの大型漁船、南三陸町の多数の犠牲者が出た防災対策庁舎など。「大切な人の命を奪い、暮らしや街を破壊した災害の生々しい記憶。被災者や地域がこの問題を考えるには2年という時間は短すぎるのかもしれない。許されるなら、結論を急がず、じっくり議論をしてから決めればいい」。長沼さんの文は次のように結ばれている。「震災から18年が過ぎ、遺構がほとんどない『阪神・淡路』を経験した者の率直な思いである」。

同日。朝日新聞夕刊。「東日本大震災2年　古里へ祈りいちず　朝日昇った海花手向け」という記事が一面に出た。朝日に浮かび上がった「奇跡の一本松」の写真（11日午前6時2分撮影）を大きく掲載。

3月12日。

神戸新聞。「東日本大震災2年　亡き人へ誓う再起　午後2時46分祈り深く」という記事が一面に出た。警察庁によると、11日現在の死者は1万5882人、行方不明者は2668人、震災関連死2303人を含めると、犠牲者は2万人を超える。避難生活を続ける人も約31万5千人に上る。地震発生時に「奇跡の一本松」に向かって黙とうする人々の写真（11日午後2時46分撮影）を大きく掲載。『週刊新潮』3月21日号の広告。「『奇跡の一本松』涙の復元は美談か茶番か！」「『強化プラスチック』のレプリカ！」「総工費1億5000万円で10年しかもたない！」。

4月2日。

朝日新聞文化欄。池澤夏樹さんの「終わりと始まり　三回忌の後で」が目に止まった。「3・11から二年が過ぎた。／仏教ではこれを三回忌と言う。二年ではなく三回と数える。最初の喪失から三度目の歎きの日」「忘れたいと忘れてはいけないの間で人は迷う。／震災は心の傷である。忘れて、なかったことにして、前に出たい。／そう思う一方、死者は忘れがたい。忘れないことが次の災害の予防や減災に繋がるということもある」「高田松原のあの一本の松が復元されて元の場所に立てられた。波に抗した勇気のシンボルなのだろうが、もう生きてはいない木を改めて立たせることへの違和感もある」。

4月27日。

朝日新聞土曜版be。「磯田道史の備える歴史学」が目に止まる。「津波に弱いマツ林　根こそぎ抜け凶器となる」という見出し。南三陸町で小学校5年生の子供を津波で亡くした男性の「マツ林がよくない」という言葉で始まる。「マツ林があったところは住宅が破壊されています」巨大津波ではマツは根こそぎ抜けて流され、人や住宅に襲いかかる。「陸前高田の奇跡の一本松」をテレビでみたとき、海岸のマツたちが身を挺して町を守ってくれたとの印象をもったが、ものはもっと深く考えたほうがいいらしい」「明治・昭和の三陸津波、チリ沖地震津波の被害を防いだが『マツが津波から町を守る』というのはわずか百年の時間でみた歴史の知恵にすぎない。『奇跡の一本松』はマツが防潮の役割を果たせなかったことの象徴物でもある」。では、津波に強い林とは何かと問い、常緑広葉樹の多層群落の林が強いという生態学者の言を紹介する。最後に南三陸の女性の言葉で結んでいる。「幼い子がいうんです。津波でスギは全部枯れたのにツバキだけが残っている。なぜかって。ツバキは地下に根を深く張るそうですね。表面上、みえないところに大切なものがある。人間も同じかもしれません」。

4月29日。

神戸新聞。「松原再生へ古里に苗木」という記事が出た。陸前高田市の高田松原の松ぼっくりの種から育てられた苗木が同市の畑に植えられた。将来、松原に戻す予定。震災前に集めた松ぼっくりから採った種から育てられた20センチから30センチの苗木約270本が古里に戻ってきた。「高田松原を守る会」のメンバーやボランティアが苗木を植える写真が添えられている。

10

承前。

２０１３年5月27日。

朝日新聞夕刊。「奇跡の一本松　あの姿今度こそ　復元作業始まる」という記事が出た。復元された枝葉の取り付けをやり直すためにクレーンで下して地上で組み立て直す作業開始。取り外された枝葉の写真が添えられている。

6月3日。

朝日新聞夕刊。「一本松　元の姿に」という記事が出た。最上部の枝葉が再び取り付けられ、全体の姿が復元された。工事の足場に囲まれ最上部が付け直された一本松の写真が添えられている。クレーン車とともに。

6月9日。

神戸新聞。「一本松　立ち姿復活」の記事が出た。来月にも完成式典を開催、完成後一年間は日没から午後九時までライトアップの予定と。足場を解体して再び姿を現した奇跡の一本松の写真が添えられている。眺める親子とともに。

6月29日。

神戸新聞。「奇跡の一本松　募金1・5億円」という記事が出た。復元事業のため集めていた募金の目標額1億5千万円を超えた。今後の維持費のため募金を継続する。被災者が生活再建途上にある中、多額の費用を使って枯死した木を残すことに批判も出たが、「残して良かったということを証明していきたい」と戸羽市長。

7月3日。

朝日新聞夕刊。「立ち続ける希望　一本松完成式」という記事が出た。「希望と鎮魂の象徴」の復活を約100人が祝った。くす玉が割られる写真が添えられている。

同日。神戸新聞夕刊。「奇跡の一本松　雄姿再び　震災復興の象徴、復元式典」という記事が出た。高田松原のあった一帯は震災を後世に伝える国営防災公園に整備される予定。一本松はそのシンボル。地元の保育園児たち約20人が一本松前で歌う写真が添えられている。黄色いシャツに〈がんばっぺし〉という文字が。

7月4日。

神戸新聞　「一本松　鎮魂の輝き　復興の象徴ライトアップ」という記事が出た。ライトアップされた夜空に浮かび上がる奇跡の一本松の写真が添えられている。

7月8日。

朝日新聞。「一本松つなぐビオラ　皇太子さまが演奏」という記事が出た。東京・池袋の東京芸術劇場で学習院OB管弦楽団の定期演奏会があり、皇太子さまも団員として参加、東日本大震災の津波の流木で作られたビオラで演奏。中沢宗幸さんがバイオリンとビオラを陸前高田市で津波に流された住宅の建材などの流木で製作、表板と裏板をつなぐ魂柱《こんちゅう》に奇跡の一本松の一部を使用。ビオラに描かれた一本松を聴衆に披露する皇太子さまの写真が添えられている。

7月13日。

神戸新聞夕刊。「奇跡の一本松駅、利用開始」という記事が出た。東日本大震災で被災したJR大船渡線の一部不通区間はバス高速輸送システム（BRT）で仮復旧しているが。新たに夏期限定で一本松から徒歩10分ほどの一本松が見える場所に「奇跡の一本松」駅が設置されて、利用が始まった。一本松バス停とバスの写真が添えられている。

7月25日。

朝日新聞夕刊。「一本松BABY　すくすく」という記事が出た。茨城県つくば市の住友林業筑波研究所で、一本松の枝に残っていた松ぼっくりから採取した種子70個のうち9個から新芽が出て、全長3～4センチに育った。将来、陸前高田の地に帰す。一本松ベイビーの写真が添えられている。

11

承前。

2013年8月5日。

朝日新聞。「世界報道写真展2013 心揺さぶる現実」の記事。世界報道写真コンテストに10万点を超える応募があり、入賞作品約160点の巡回展示がはじまったとあり、一般ニュースの部で組み写真3位のダニエル・ベレフラク（オーストラリア）撮影の「津波で根こそぎにされた松の木の残骸」が掲載されている。撮影場所は岩手県陸前高田市、津波で七万本の松が壊滅した高田松原。土から離れて浮き上がり拡がる根とその上にわずかに残る幹。根の下を洗う白波とその向こうの暗い海。幹の引きちぎられた部分のささくれが生々しい。

9月11日。

朝日新聞。「声」欄に、「陸前高田 松の苗に復興誓う」。投稿者は及川征喜さん69歳。自宅の庭の三つの鉢に植えられた三本の松。昨年暮れに、松が消えた高田松原で、枯れ草の中に緑の葉をつけた植物を発見。長さは約10センチ、津波後の砂浜に芽生えたクロマツだった。「庭の3本の松はいつ高田松原の浜辺に返すことができるのだろうか。その時、壊滅した街は復興しているだろうか。3本の松を見ながら明日に向かって歩むことを誓う日々である」。

（「火曜日」106号～116号　二〇一一年五月～二〇一三年十一月）

12

承前。

2015年12月29日。

朝日新聞。「陸前高田・一本松『奇跡』継ぐ苗木　出雲大社へ」の記事が出た。奇跡の一本松の命を継ぐ苗木が震災5年を迎える来年3月、島根県出雲市の出雲大社に植えられる。陸前高田で造園業を営む「高田松原を守る会」副理事長の小山芳弘さんは、東日本大震災2カ月後の2011年5月、津波に耐えて生き残った一本松の枝2本が風で折れて砂地に落ちていたのを持ち帰り、長さ4センチほどの枝の穂七つを台木の黒松に継ぎ木した。そのうち二つが順調に育ち、「ケナゲ」と「そら」と命名。このたび奉納するのは「ケナゲ」。来年3月19日、〈松の参道〉近くに植樹される。全国から訪れる人にも見てもらえる。「苗木のもとになった枝は、生きる気力を起こさせてくれる一本松からのプレゼント」「大震災を忘れさせない存在になってほしい」と小山さん。小山さんと約一メートルに育った「ケナゲ」の写真が添えられている。

２０１６年3月11日。

神戸新聞。「大震災5年　被災地の朝」と題して1頁、写真5葉。「朝日に浮かび上がる『奇跡の一本松』」、かたわらに防潮堤建設用のクレーンが、岩手県陸前高田市で。他に、高台から海に向かって手を合わせる仮設住宅に暮らす被災者ら、福島県南相馬市で。防潮堤で海に向かって手を合わせる男性、建設中の防潮堤が続く、宮城県東松島市野蒜海岸で。震災犠牲者の冥福を祈って黙とうする小学生ら、仙台市宮城野区東宮城野小学校で。津波で亡くなった両親の墓参りをする男性ら、岩手県大槌町で。

朝日新聞。「ふるさと　一歩ずつ」と題して写真見開き2頁。岩手県陸前高田市高田松原のヘリコプターからのふかん写真３葉。まず東日本大震災前の姿、「約２キロにわたる高田松原の風景は『白砂青松』とうたわれ、日本百景の一つに数えられた」、２００６年10月５日撮影。次に、大震災直後の姿、「津波で壊滅した高田松原」「『奇跡の一本松』を残して流失」「松原の一部は水没し、砂浜の跡には折れた松の幹やがれきが散乱していた」、２０１１年3月20日撮影。そして、高田松原の現在、「『奇跡の一本松』は根が枯死したため、保存処理をして復元された。高さ3メートルと12・5メートルの防潮堤の建設が進み、二つの防潮堤の間に、松原を再生させる計画だ」、２０１６年2月12日撮影。他に、宮城県南三陸町志津川地区の震災前・

震災時・現在の写真三葉。岩手県大槌町、福島県いわき市小名浜港周辺、同平薄磯地区、宮城県女川町の震災時と現在の写真各二葉。いずれも震災時の写真は痛ましく、現在の写真はこの五年の時間と復興とはなにかを考えさせる。

２０１６年3月20日

朝日新聞。「奇跡継ぐ松、出雲」の記事が出た。岩手県陸前高田市の「奇跡の一本松」の命を継ぐ苗木が、震災5年を経て、3月19日、島根県出雲市の出雲大社に植樹された。出雲大社は全国から人々が訪れる場所で、「大震災を忘れさせない存在になってほしいとの願いからだ」と。

（上）エゴノキの花
（下）エゴノキの実

記憶の目印　四篇

声

気仙沼　おなり穴＝神明崎五十鈴神社下の岩屋。

揺れて崩れて燃えて流れて
波とともに押し入ってきたもろもろ
家も車も船までも。
闇の奥から聞こえてくるのは。
せめぎあう水の声
水底を漂い歩く人の声。

岩の根

唐桑半島　折石＝明治二十九年三陸大津波で折れた柱状の岩。

折れて立つ岩が
ふたたび折れて
折れてそれでも。
それでも立っているかしら。
泡立つ波のあいだに
波の下から直に。

一本の木

陸前高田　高田松原＝長さ二キロの浜に七万本の松が続く名勝。

押し倒されて

引きちぎられて根こそぎ
なにもなくなった浜にそれでも。
それでも立っている。
人のねがいの一言のように
たったひとりで。

波のむこうに

広田半島　椿島＝太平洋岸の椿の自生地の北限。

風の日には波をかぶり
霧の日には姿を消し
凪の日にはぽっかりと。
岬の先に浮いていた島よ。
椿咲くあの小さな島は
今。

＊二〇一一年三月十一日　東日本大震災。

（「詩人会議」7月号　二〇一三年七月）

ハクモクレン。

風が吹く　十七年　十七年

風が吹く。日ざしが揺れる　木が揺れる。いつも　いつものように。風が止む。日がかげる　草が起きる。いつも　いつものように。

あれから　ずっと　すこしずつ。これからもかしら　ずっとかしら　すこしずつかしら。変わることなく。

風が吹く　また。立ちどまって　手を挙げると。風が吹く　またも。歩きだして　おもわ

ず声が。いつもとちがう　すこしちがうこと
にそっと気づいて。

＊十七年＝阪神・淡路大震災から十七年目。

（「神戸新聞」二〇一二年一月四日）

鳥が飛ぶ　二年　十八年

二年　十八年。さかのぼり。二年　十八年。
辿り返して。二年　十八年。抱きしめてきた
記憶があって。二年　十八年。さらに　この
先。この先　かならず。抱きかかえる記憶が
あって。わたしたちは。

春よ　来い。小声で。
はーるよ　こい。そっと。
あ　雪。雪が降る。

雪のなかを鳥が。

＊二年＝東日本大震災から二年目。
十八年＝阪神・淡路大震災から十八年目。

（「神戸新聞」二〇一三年一月七日）

あの日のように　十九年　十九年

途切れることなく呼ぶ声。
跡絶えることなく応える声。
いまはいないあなたの。
いまもここにいるわたしの。
重さなり続くあなたたちの。
もつれて響くわたしたちの。

気がつけば。
風の声。
火の声。
水の声。

土の声。
遠く近く　あの日のように。

＊阪神・淡路大震災から十九年。

（「神戸新聞」二〇一四年一月六日）

Ⅷ　生き継ぎ　生き続け

戦災と震災と　戦後七十年・震後二十年

戦争の話

当時、神戸市須磨区衣掛町にいました。若宮小学校を出て、神戸四中、現在の星陵高校の二年生、十三歳ですね。二年生の六月に空襲。三月の空襲も大きかった。神戸も大小数え切れないほど、空襲を受けているんですが。私にとっての空襲は六月五日です。

前の日から熱を出して寝てましてね。その朝、空襲警報。当時、どの家庭でも自分の家の畳を上げて床下に防空壕を掘っていたんです。ちょっと考えられないでしょ。空襲警報で、玄関の下に掘ってある防空壕に入ったんです。激しく焼夷弾の落ちる音がして。覗くと前の家が火柱。燃えている。逃げるしかない。父が後に残って。大切な物を防空壕に入れて土をかけて後から行くということで。母と妹と私の三人で逃げました。前の家が燃え上がっていた。隣の家が燃え上がっていた。焼夷爆弾でした。前の家、何人住んでたかな、四～五人だったか。全滅。隣の家は若夫婦でしてね。ご主人がお芝居の仕事してたのかな、歌舞伎だったかの。二人とも亡くなった。小学校からの友だちも大勢亡くなった。私の街が焼けてしまった。火の手をあげて、燃えあがって。

家を出て変に静かな町を西へ逃げました。逃げる途中、電車道へ出た所で、ザーッと音がして焼夷弾が落ちてきて。とっさに通りかかった道端の石屋の防空壕にすべり込んで。石屋の防空壕は大きな石の下に掘ってあったので、頭の上の石にガツン、ガツンと当たる音がする。油脂焼夷弾の油脂の塊が防空壕のなかに入ってきて。妹のゴムの靴について、燃え出して。なんとか手で消して。妹は私と十歳年が離れていて、その時三歳。外に出ると、土の道に一～二メートルおきに円筒形のものが突き刺さっている。焼夷弾です。突き刺さっておしりから油脂を吹き出してばらまくんです。

晴れた朝、青空の朝なのに、真っ暗なんです。あたりは真っ暗、空は真っ暗、黒煙で真っ暗。電車道の南側の別荘の松林がばりばり燃えている。北側の町並みの塀が、家が燃えている。道に人が転がっている。溝にも。溝にしゃがみこんだように、倒れ込んだように。燃えている人もいる。すでに黒こげの人も。傷もなんにもない顔で倒れている人もいるが、たぶんもうだめだったんじゃないかな。倒れたまま動かない。炎の中を、真っ黒な煙の中を通り抜ける間の記憶は、切れ切れで。途切れた所もあって。とにかく走る。とにかく走り抜ける。母と小さい妹と、二人の手を引っ張って。やっと離宮道まで出て、青空が見えて。振り返ったら私の、私たちの街が黒煙上げて燃えていた。燃える黒煙の下に、たくさんの人が倒れたり傷ついたりしていた。晴れ渡るいいお天気の朝、目が覚めると。これが戦争なんですね。戦地で戦争というのじゃない。戦地じゃなくても戦争なんです。人を殺したり、人を傷つけたりするのが戦争です。その後、離宮道の下の須磨の浜へ出たんですが、グラマン、艦載機が海上を低空で飛んできて。機銃掃射。何人もの人が私の目の前で倒れました。砂浜に血を流して。

機銃掃射と言えば。その後田舎に逃げて帰って。家が焼けて行く所がありません。龍野の奥の母の田舎に逃げて行ったんです。それで、龍野中学に通うようになった。村から龍野へ出るには琴坂という坂を越えるんですが、その坂の手前の池の端でグラマンに襲われたことがある。龍野の街の方から一機、グラマンが飛んで来た。低空飛行で来た。危ないと思った。乗っていた自転車から降りて自転車を草むらに倒して溝に転がり込んだ。そしたら、機銃掃射。ばりばりばりと。今自転車に乗ってのぼってきた坂道の土がはね、池の水がはねた。あのとき、自転車に乗ったままなら。生死は紙一重と言いますが、戦災の時も震災の時も同じです。何もない田舎の谷間に家が十数軒ある、そういう小さな村です。ある日のこと、どーんと音がした。爆発音。爆弾が落ちたんです。龍野の街のほうから聞こえてきたんじゃない。すぐ南の山の向こうから煙が上がったんです。その時はなんかよくわからなかったが。あとの話では、爆撃機が爆撃を終えてまだ残っていた爆弾を帰りに落としていったんやないかと。これ事実かどうかわかりませんが、そういう噂がたつ世の中だった。戦争っていうのは、何もない所に爆弾が落ちるんですね。軍需工場とかそういうところに攻撃目標として落とすということは考えやすいでしょ。ところがなにもない山の中の村へ爆弾が落ちる。繰り返して言いますけど、それが戦争。この頃交通を止めて、残ってた不発爆弾を処理するということが時々ある。去年だったかも、灘区か東灘区で。町だけでなく、港にも。たしか機雷、それを爆発させる作業を自衛隊が。ありましたね。焼夷弾を落とした、爆弾落とした、人が死んだ、街が壊れた。それだけじゃないんですね。残っているんですよ。爆弾が。

不発爆弾が残っているように、戦争に巻き込まれた人は、なんらかの傷を抱えて生きているんですね。戦争の話をしないという人もいます。傷が深いんですよ。戦争の話を最近になって話し始める人もいる。伝えないといけないと思うんですね。戦争は、机上のものじゃない。自分と離れた所でやってくれるものではない。銃後という言葉があった。わかる？　銃の後ろと書く。銃後の守りとか言ってね。兵隊さんが戦地に行く。後に残った私たち、お母さんや子どもたちは、戦争に行かれた兵隊さんのいないこの街を守りましょうということで。それで銃後の守り。戦争に出かけていった人は出かけた先で倒れました。戦って倒れた人もいる。餓えで倒れた人もいる。病気で倒れた人もいる。戦地でたくさんの人が死んだ。だけど戦場だけではない。銃後でもたくさんの人が死んでいる。

戦争に局地的な戦争はありえないということです。世界戦争と局地的な戦争という意味合いの局地的じゃなくて。戦争に巻き込まれたら、戦場がどこまで広がるかわからない。今いるこの場所が戦場になる。そういうことを、戦争世代以降の人たちがはたして感じることが出来るかどうか。戦争、空襲、飢え、そういうことを体験してきた人は肌身にしみてわかっている。ただ、口に出しては言わない、普段は。口に出して言える、それが政治に伝わっていく、そういう社会であって欲しい。そういう意味合いでも最近の日本の方向はずいぶん危ない。肌で感じて危ないと思う。これは戦争を体験した人はみんなわかっているはずで。政治家の中でも体験している人で、自分の政治的な信条はありながらも、だけどどと立ち止まって考える人もいる。現役を離れた人の中にも。

震災の話も似た面がある。戦争は人為的なもので、人間が起こすものです。人間が起こさなければ戦争は起きません。震災は自然現象、自然が起こすものです。しかし、自然現象と言っても、地震の災害はそれだけではない。倒れた家と倒れない家がある。崩れた道と崩れない道がある。亡くなった人と生きのびた人がいる。震災は自然が起こすが、被害の拡大に人間が手をかしていることがある。

震災の話

まだ薄暗かった。あんな揺れは初めてでした。上に放り上げられるような感じで。縦揺れがあって、それからしばらくして横揺れがあって。慌てて妻に被さって。妻が「ふとん、ふとん」と言って。どうしようもない、立てないんです。這うこともできない。ただ、じーっとしているしかない。二十数秒くらいですかね。揺れ終わって見渡したら、部屋のものがみんな落ちて倒れて。体のまわりに、足の上に。妻の頭の横にテレビが落ちてるんですよ。もうちょっと寄ってたら直撃ですね。私の足もとに飾り戸棚が倒れてきて、それからクローゼットの折りたたみの戸が被さってきていて。廊下へ出ようとすると、洋だんすが踏み込みを移動して戸口をふさいでいて、出られない。なんとか押したり引いたりして隙間を作って、廊下へ出て。

それぞれの部屋にいる息子たちに声をかけたら、なんとか無事で。後で聞くとベッドに寝ていた息子たちはトランポリン状態だったとか。下におりて母の部屋に行ったら、母が呆然と立っている。先ほどまで寝ていたベッドの上に壁際の和だんすの上半分が飛んできて乗っかっている。間一髪。母はただ呆然と立ちすくんでいました。信じられないようなことでね。外に出ると、瓦が落ちている、塀が倒れている。前の家、隣の家、まわりの家が、みんなガタガタになっている。台所を覗くと、茶碗だとか落ちてこわれた食器類の山。食器棚から食器やなんかが飛び出している。二つあった冷蔵庫が台所を走り回っていた。戸棚も、上下あるその上部が、ちょうど母のベッドの上に飛んで乗っかっていた和だんすの上半分みたいに飛び出していた。十年くらい前に父が亡くなったあと建て替えていたので、家自体は倒れなかった。建て替えてなかったらぺしゃんこになってたでしょうね。古い家はみんなぺしゃんこになってます。

ここはちょっと高台になっていて、二階のベランダから長田の街が見渡せるんです。ベランダへ出て見たら、長田の町のあちこちに、煙が上がっている。新長田の方にも。黒い煙もあるし、黄色っぽい煙もあるし、白っぽい煙もあるし、あれは薬品類が燃えてたんでしょう。ゴム工場がいっぱいあるでしょ、長田には。西の方にも煙があがっている、板宿の方でしょうね。すぐ東のあたり、地下鉄の長田の駅のあたりからも火の手があがっていて。どんどんどんどん広がって燃えて行くんですね。ただ燃えて行くだけ。あの時水が無かった。燃えて行くだけ。どんどんどんどん延焼していく。すぐ下の町並みは木造の長屋風の家が多かった。それがぺしゃんこになって。そこに火が出たんで、ずうっと燃えてきて。昼前には、真下まで燃えてきた。午後は、ずうっと燃えて、市民グラウンドの辺まで燃えていった。私の家から一町ほど下がった辺りから上は燃えていない。というのも、その日は東風だったので、どんどんどんどん西へ西へ燃えていった。目の下を。あれが風の向きがすこし北よりになっていたら、この辺も、わが家も燃えていたはず。まるで虫食《むしば》むように、蚕が食べていくように、ずうっとずうっと、時間をかけて燃えていった。家の横の道にホースがひかれたが。あれ役に立たなかった。裏の小学校のプールから水をとるという発想だった。あのときの話はいっぱいある。語りつくせない。

一晩中燃えていた。ぶすぶすぶすぶす燃えていた。次の日、燃え返しがあった。風向きが変わって、今度は西の方から東の方へくすぶりながら。徹底的に焼けた。街に出てみたら、庭の木が、街路樹が、大きな木も、みんな焼けていた。焼けて黒い棒みたいになっていた。塀も焼けて倒れて崩れて。わずかに残っている塀もあり、堀だけがあり。町工場が燃え落ちて鉄骨だけが残っている。燃え落ちてなくなっている家の二階への鉄の階段だけが残っている。焼け野原のずっと向こうに、ふだんはさえぎられて見えない高取山が見えている。

神戸で私は三つの大きな災害を経験している、まずは昭和十三年、一九三八年七月の阪神大水害。その時私は七歳。父に連れられて行って見た三宮の辺、今のそごうとかJRの三ノ宮駅の辺りが泥の海だった。次が戦災、昭和二十年、一九四五年六月五日の神戸大空襲。それから震災。平成七年、一九九五年一月十七日の阪神・淡路大震災。

震災後八日目、電話がやっと通じ出した時に、朝日新聞の記者からなにか書いてくださいと電話があった。詩を書きますと言って、その時書いたのが「神戸　五十年目の戦争」という詩。長田の町の焼け跡を目にして、私はまず思った。これは戦争だ、五十年目の戦争だと。戦災から震災までが五十年なんですね。町がこんなふうになって、人がこんなふうに傷つくというのは。戦災を体験している私にとっては、二つはすぐに繋がった。戦災の時の町の姿。人々の傷つきよう。そのあと五十年間、いろんな事があって、街は必ずしもいいことばっかりだったわけではないし、人々もみんな幸せだったわけでもない。だけど、五十年間、とにかく生きてきたということは、生きているということは、大変なこと。神戸の街がずっと生きている。神戸の街に住んでいる人間もずっと生きている。そこで震災の町を見て、焼けただれた街を見て、傷ついた人々を見て、自然に「五十年目の戦争」という言葉が出てきた。

この詩を書いた時には、書斎は落ちた本やレコードやCDや機器類で埋まっていた。足の踏み場もない。落ちているものの下から、鉛筆と紙を拾いだして書いたのがこの詩です。さて原稿を送るとなって。郵便局は焼けてしまってない。長田神社前の郵便局も、最寄りの大道郵便局も、丸焼け。どうして送ろうか。近くにあった朝日新聞の販売店に行った。ファックスがないかと思って、あるいは便がないかと。販売店は倒れずにあったが。販売店の人が亡くなっていて。中はがちゃがちゃ。私の家のすぐ下の販売員のお宅にファックスを避難させていると聞いて、そこへ飛び込んで。そこからファックスで原稿を送った、大阪本社へ。二日後に朝日新聞の紙面に載った。それを読んで私が生きていると知ったと、あとからずいぶん聞かされた。当時電話は通じないし、生きているのを確かめる手立てがなかった。その後、横浜の詩人の川崎洋さんが、詩人の安水稔和さんご連絡くださいという記事を読売新聞に出し、それを朝日の人が見つけて知らせてくれた。電話をかけて、そのころは電話が通じるようになっていて、生きてましたよと。

二月に入って、タウン誌「神戸っ子」から震災の原稿を依頼されて。自転車で三宮まで持って行きました。その途中、町でコーヒーが飲める。コーヒーが飲めると言ってもピンとこないかと思いますが。店先にコーヒーを出して、どうぞ言うて飲ませてくれるんです。一杯百円のところもあったけど、ただのところもあった。ああいうのは普段はありえないことで。三宮の「神戸っ子」に行くまでに二杯飲んだ。「神戸っ子」の建物の前でもコーヒーが置いてあって、もう一杯。その日はコーヒー三杯飲んだ。

原稿届けたあと、足をのばして東へ。阪急三宮駅の前まで行ったら、あの駅ビルを取り壊している最中。ホースで水をかけながら、がつん、がつん、ががらと。北側の広場の銀行の前の辺りに人がいっぱい集まっていて、みんな黙って見ていた。取り囲むように。帰りは元町を通って帰った。元町は灘、東灘とか長田より被害が少なかったみたいで。人出もありました。海文堂の前を通って、中へ入って。人がいっぱい。ああいう時にたくさんの人が本屋にいるというのはどういうこと。地図が飛ぶように売れていた。

震災後は自転車で近辺を走りまわった。走りまわって写真を撮った。ただ、人間の写真はよう撮らんかった。ものの写真ばっかり。木の写真とか建物の写真をね。一枚だけ子どもが写っているのがある。傾いた電柱の下で子どもが二人遊んでいる写真。ずっとこちらから、電柱をとるんだよと自分に言い聞かせて撮った。私の家のすぐ下の更地になったところに、ずっと長いこと花束が置いてあった。夏になっても。冬になっても。春になっても。度々出かけて行って撮った。行くたびに花が変わっていて。ある日、雨が降った日だった。傘さして、しゃがみこんでいる女の人がいた。花を代えにきているんです。そこで亡くなった人の家族か親族なんでしょうね。よう撮らんかった、その人の写真は。走りまわって、走りまわって、自転車がパンクして。二台目。焼けた街を走りまわって。大黒公園、あの火を止めた木。自分は焼けたけども火を止めた木。水の壁。そこへいったり。そこで炊き出しを頂いた。新長田の南の更地を通りかかったら、歌声がしていて、人が寄っている。女の人がゴスペルソングを歌っていた。思わず自転車を降りて、聴き入りました。涙、少々。

　細切れちぎれちぎれの時間。そんなふうな日々が重なり連なりながら、街はきれいになったのですが。これまでよりももっときれいになったのですが。町がかならずしも元に戻ってない。残念なことだけれども。けれども、そうだけれども、というのが人間の暮らしと思うけれど。いい面でけれどもが付けばいいけど、悪い面でけれどもが付くのは。町には人はいるし、店は開いている。だけど人は少ない。シャッターおろした店が多い。

戦後五十年、とにかく生きてきた。さらなる二十年、よう生きてきた。私自身。その間に生まれた子どもも含めて、孫も含めて、全部ひっくるめて、私たちは今生きている。それをどんな形で大切にできるかを考えたい。私が住んだ町。私の知っている人が住んでいる街。隣にいる人が、その隣にいる人が、そのもうひとつ隣にいる人が、同じ時空に住んで暮らしている。

神戸の話

神戸とはどんな街ですかとか、神戸の特徴はとか、神戸人はとか、そういう問いは嫌になるほど聞かれたし、また嫌になるほど答えてきた。だけど、とにかく神戸は私が住んだ街で、住んでいる街。この街で、たくさんの人とのつながりの中で私は生かされてきた、生きてきた。東京と違う、大阪と違う、京都と違う、そういうことを言い出したら、違いはある、それはあるんだけれど。だからといって、神戸にこれはあるけれども、大阪にこれはないと言い切ることはできない。ちょうど血液型みたいな。B型はこうだというでしょ。だけど、B型がそんな人ばっかりでない。色々があるからいいわけで。

おおざっぱに言うと、神戸の人はあんまりこだわらない。お互い好きなことができる。そういうのがいい所かもしれない。私も含めて、したいことやってこれたわけだから、この街でね。

街が人間を動かすんじゃない。人が街を動かす。人が街をいい方向に動かすことで、街が人にご褒美くれるんだと思いますね。神戸の街がきれいだ、夜景がきれいだ。だけど、神戸の街でも汚いところはいっぱいある。だけど、神戸の街はきれいだと。ここは、人々がやってきて、また立ち去る街。やってきて生きて、生きて立ち去る街です。

おわりに

「生ある限り言葉を集め」というこのたびの自叙伝のタイトルは、神戸新聞での「わが心の自叙伝」連載の最終回の言葉です。サブタイトルは「神戸、この街で」。これを書いた時八十歳だったかな。今は八十二歳。振り返ってみて、覚えているのはわずか。ほとんど忘れてる。ディテール、細部を忘れるということもあるけれども、実際にあったことがらをぱかっと忘れてしまうことがある。だけど自叙伝を書いていると、ぽこぽこ思い出す。そういう意味では自叙伝を書かせてもらってよかった。

男の平均寿命が八十歳になったらしいね。平均寿命を超えて生きてこられた、それだけでもういいわけなんだけれども。私はなにで生きてきたかと考えると、書くことで生きてきた。書くことで生かされてきた。書くということがなかったらどうだろう。病弱だったしね。小学校の頃は欠席日数多かった。空襲の時に死んでたかもしれない。震災の時も。この十年の間には、病気になったりとか。まあよう生きてきたと。生きていく力は言葉。それは思い込みかもしれない。思い込みかも知れないけれども、そう思うことによって生きてこれたわけで。これからもうすこしは生かせてもらえるだろうかと。今も現役のつもりで。まだしておきたいことがある。もうしばらくは生きていたい、と思います。

(サンテレビジョン「ニュース・ポート」インタビュー　二〇一四年八月一日　自宅にて)

＊

サンテレビ「NEWS　PORT」「終戦から69年　生き証人が綴る　神戸の街を見続け　空襲と震災を経験した詩人」。インタビューをもとにして、詩と写真と資料を加えて構成したニュース番組。2014年8月12日午後9時30分から放映。

あれは　二十年　二十年

十年一昔《ひとむかし》と言うから、二十年なら二昔《ふたむかし》か。二十年経てばすっかり変わってしまって、二十年だとそれはもうなにもかも。でもね。十年一日《いちじつ》とも言うよね。十年経っても、二十年経っても、変わらないものは変わらない。

あのとき、いなくなったあの人の淡いほほえみ、秘めた願い。あれから時が流れて、うすれて消えて。でもね。影が見える、人の影が。街を見下ろす山の上に、今も。街を見詰めて、ずっと。

あれはあなた、あなたがた。あれはわたし、わたしたち。失われない記憶の印。とだえないいのちの繋《つな》がり。わたしたちのなかで生きつづけるあなたがた。あなたがたとともに生きつづけるわたしたち。

＊阪神・淡路大震災から二十年。

（文庫判選詩集『春よ　めぐれ』編集工房ノア刊　二〇一五年一月十七日）

これからも　二十年　二十年

十年一昔《ひとむかし》。二十年二昔《ふたむかし》。すっかり変わってしまって。忘れまいと思っても忘れてしまって。だけど。十年一日《いちじつ》とも。二十年二日。百年十日。変わらないものは変わらない。変わりようがない。生きつづけるわたしたち。

さあ。

これから。

これからもずっと。


（「あれは　二十年　二十年」のバリアント　「神戸新聞」二〇一五年一月五日）

春よ　めぐれ

神戸　二十年

ずいぶん遠くまで来たようで
ついさきほどのことのようで。
花のかなしさ　木のかなしさ
人のくやしさ　人のからだのくやしさ。

一年　また一年　さらに一年
抱きしめてきたおもいのかずかず。
花が開いて白い花　嘘みたい
木が揺れて人が震えて　いつまで。

忘れたいことといろいろあって

忘れようとして忘れ。
忘れまいとして忘れ
忘れるともなく忘れて　でも。

忘れても忘れても気づく
いつかいつかかならず。
繰り返し繰り返し気づく
いつもいつもかならず。

これはいつかあったこと
これはいつかあること。
これはわたしたちのこと
わたしたちみんなのこと。

あれから何年。　今年で何年
わたしたちは　あれから。

ここで　ここでしか
なんとか　やっと　今。

わたしのなかで生きているあなた
あなたとともに生きるわたし。
とだえない繋がり　取り戻す記憶
春よめぐれ　いのちあれ。

＊一九四五年六月五日の神戸大空襲から七十年。
一九九五年一月十七日の阪神・淡路大震災から二十年。
そして二〇一一年三月十一日の東日本大震災から四年。

（共同通信社への寄稿　『岩手日報』二〇一五年一月十七日等各紙に掲載）

失われた名画　神戸大空襲七十年

一九四五年六月五日の神戸大空襲から七十年後の二〇一五年六月五日、朝日新聞に「黒田清輝　失われた名画」という記事が出た。現在の須磨海浜公園（神戸市須磨区）にあった住友家の須磨別邸が神戸大空襲で炎に包まれ、邸内にあった黒田清輝の油彩画二点「朝妝《ちょうしょう》」と「昔語り」が灰じんに帰した。「ともに黒田の〝幻の代表作〟と呼ぶべき重要作品」だと。

日本近代洋画の父と呼ばれる黒田清輝は、団扇《うちわ》を手にする浴衣《ゆかた》姿の女性を描いた「湖畔」で広く知られている。紙面には、失われた名画二点、「朝妝」のカラー図版と「昔語り」のモノクロ図版が載っている。「朝妝」は鏡に向い髪を結う女性の裸体画、一八九三年（明治二十六年）作。翌々年公開されて「裸体画論争」が起きた。「昔語り」は一人の僧を囲む市井の人々を描いた風俗画、一八九八年完成、生涯有数の力作。いずれも現存していれば重要文化財級と評価されていると。

朝日新聞のこの記事を見て驚いた。住友の邸と言えば子どもの頃に馴れ親しんだ場所だから。夏の日ざかりに海水パンツひとつで家を出て、市電の通る電車道を渡って、住友の別荘の塀のすき間から入って、広い芝生の庭を抜けて、高い石垣から飛び降りて、走っていって海へ飛び込んだ。秋の日にテグスに釣針の魚釣り、冬の日に海水を汲み、春の日に流木集め。砂に座って半日海を見つめて宿題の詩を書いたのは小学六年生の頃。別荘は私の海への近道だった。その別荘があの朝燃え落ちた。

私たち、母と妹と私は、燃えだした町を西へ逃げた。落ちてきた焼夷弾のザーという音にあわてて道ばたの防空壕に転がり込んだ。音がやんで這いあがると、あたり真っ暗、炎と煙に包まれていた。電車道の南側の住友の木の塀が火の幔《まん》幕となってゆらゆら燃え、邸内の松の木々が火柱となってバリバリ燃え。電車道の北側を西へ向かう。うずくまる人、倒れた人、動かない人、燃える人。炎と煙から抜け出して、やっと離宮道にたどりついて。頭上に青空が見え、振り返ると私の町が黒煙に包まれて燃えていた。あのとき、住友別邸は燃え、黒田清輝の名画二点も焼失した。空襲による死者たちのかたわらで。

朝日新聞の記事の東京文化財研究所田中淳副所長談話。「戦争は人の命を奪うだけでなく文化や芸術も破壊する。その愚かさについて考えてほしい」。

生き継ぎ　生き続け

朝、外へ出ると。蟬の声遠のき、風の気配変わり。酷暑の夏が去ろうとしている。

門の脇の朝顔の茂みに花三つ、固まって咲いている。この朝顔、根が残って、春になると芽を出しつるを伸ばし、ハート形の葉を茂らせ紺色の花をつける。宿根草である。今年も夏のあいだ、溢《あふ》れるように咲き続けたが。今日が仕舞い花＝終い花だろうか。芙蓉の花が二つ、ぽつんぽつんと離れて咲いている。切り込んでも切り込んでも、枝を伸ばし葉を広げる。淡紅色の花こぼれるように咲き続けて。今日は花二つ、これも仕舞い花だろうな。

仕舞い花が散り落ちた後、朝顔はまだまだつるを伸ばし葉を茂らせ。冬には姿を消す、根を残して。芙蓉の木は数えきれないほどたくさんの淡緑色の丸い実に覆われて。冬になると葉も実も消えて。枝の間を抜けて日の光が地面を温める。

見渡せば、あの花もあの木も、あの草もあの虫も、季節の巡りを生きおのれの命を生き続ける。人の身の私もまた彼らに習って生きのびよう、今しばらくは。色鮮やかに開いた花に触れる、そっと。風に揺れる葉に触れる、そっと。ふと目頭が熱くなる。なぜだか。自分でも驚く。

この九月で私は八十四歳。背は高いがやせっぽちの病気がちの学校休みがちの少年が、戦中戦後よく生きのびたものだ。七十年前の神戸大空襲。私たちの街が燃えて崩れて多くの人々が亡くなった。私の家も焼失。私たち一家はなんとか生きのびた。二十年前の阪神・淡路大震災。私たちの街が崩れて燃えて。多くの人々が亡くなった。そしてまたもや私は生き残った。

震災は避けられない。いつかやってくる。だから防災減災。戦災は起きてはならない。起こしてはならない。戦争への道を開いてはならない。組詩「いのちあれ　いのち輝け」で私は書いた。

生きていることのうれしさ。
生きつづけるわたしたち。

亡くなった人々の記憶握りしめ、生まれてくる子供たちの予感に震えながら、私たちは今を生き継ぎ生き続けたいと願う。この夏、あらためて強く願う。

（「神戸新聞」二〇一五年八月三十一日）

春の　となえごと

いっぽあるけば　かぜそよぎ
いっぽあるけば　はなひらき
いっぽあるけば　とりがとび
さらにあるけば　そのさきに
あなたの笑顔が　まっている
ふとたちどまる　むこうから
あなたの言葉が　とどきます

（「神戸新聞」二〇一六年一月四日）

コデマリの花。

あとがき

阪神淡路大震災から二十年が経ち、今年で二十一年目を迎える。その間に刊行した震災詩文集は四冊、列挙すると。
『神戸　これから―激震地の詩人の一年』（一九九六年五月神戸新聞総合出版センター）
『焼野の草びら―神戸　今も』（一九九八年二月編集工房ノア）
『届く言葉―神戸　これはわたしたちみんなのこと』（二〇〇〇年九月同前）
『十年歌―神戸　これからも』（二〇〇五年十二月同前）

これは戦争だとおもった。

五十年前の神戸大空襲で町は焼きつくされた。その記憶が眼前の長田の町の姿と重なった。火のなかを死者を越えて逃げたあの朝のことが、多くの生命を奪われ生活を根こそぎ破壊されたあの日のことが、まざまざとよみがえった。

一九九五年一月十七日、阪神大震災。これは五十年目の戦争だとおもった。茫然のなかからなんとか書きはじめた。求められて書いた。求めて書いた。時間を置かないと書けないことはある。それは書けるようになったときに書けばいい。今書けることを書こうとおもった。今の心の震えとともに書かなければとおもった。どれだけのことを書き止められるだろうか、書き置くということの意味を嚙みしめて書いた。それは、激震地に生きる人々へのメッセージであり、なによりもわたし自身へのメッセージでもあった。

神戸はいま五十年目の戦後のただなかにある。それも、はじまったばかり。共同体の記憶を言葉ですくおうとするわたしの作業も、再生の祈りと共生の願いをこめて、はじまったばかり。

（『神戸　これから—激震地の詩人の一年』「あとがき」から）

四冊の詩文集の「あとがき」でわたしは、「激震地に生きる人々へのメッセージであり、なによりもわたし自身へのメッセージでもあった」「共同体の記憶を言葉ですくおうとするわたしの作業も、再生の祈りと共生の願いをこめてはじまったばかり」（『神戸　これから』）と記し、「震災地からのわたしなりの発信として」「わたし自身の文学的営為として」（『焼野の草びら』）と記し、「震災にかかわるわたしの営為のすべてがここにある」「共同体の記憶を言葉ですくおうとする作業は、これからも続く。なぜなら、これは今もわたしたちみんなのことだから」（『十年歌』）と記している。

本書『隣の隣は隣―神戸　わが街』は、『十年歌―神戸　これからも』に続く詩文集五冊目で、震災後十年目の夏から二十一年目の一月までの十年余の震災にかかわる詩と散文と講演とインタビューを収録した。本書のタイトル『隣の隣は隣』については同題のエッセイ（94頁）参照。「隣と繋がることで隣の隣と繋がる」「隣の隣が隣となる」「私たちが生きのびるためには、わずかのことに気づき、しっかりと『一人の他者と結ばれ合うこと』」。

ここでわたしは想起する。稀有の旅人菅江真澄が書き留め絵にした庫《ふう》を。北海道に渡った次の年の寛政元年（一七八九）四月、真澄は松前を発ち渡島《おしま》半島西海岸を北上。アイヌコタン久遠《くどう》で家々の軒近く庫《ふう》を目にする。和人言葉で多加久良（高倉）。柱を立て横木を並べ茅小笹で屋根を葺いた小屋。「粟、稗、たら、にしん、さけなどのほじしをも、こめ置くとなん」。穀物や乾魚など明日の糧を貯蔵する倉である。

総頁数二千六百余頁の五冊の詩文集は、阪神淡路大震災後二十年間のわたしのことばの営為を収めた庫《ふう》である。いつでも取り出せる震災戦災の記録と記憶の収納庫である。

＊

本書冒頭のⅠの「城崎にて　北但大震災と阪神大震災」と「阪神淡路大震災と文学　十年目

のインタビュー」は前書『十年歌』からの再録。「未来の記憶のために―伝統と未来」は評論集『未来の記憶』からの再録。IIの「隣の隣は隣」と「焼け焦げた言葉」は『声をあげよう言葉を出そう　神戸新聞読者文芸選者随想』からの再録。VIの「戦災　震災　手控え」の「機雷」（564頁）と、VIIの「一本の松の木　東日本大震災　手控え」の「12」（620頁）、VIIIの「失われた名画　神戸大空襲七十年」（656頁）は三校時に追加。「日録抄」は詩誌「火曜日」に連載した「日録」（二〇〇五年七月〜二〇〇八年十月）からの抄出。配列が前後したものもあるが、できるだけ執筆順・発表順に並べた。巻末に初出一覧をつけておいた。

写真のうち長田の街が燃えている二枚（45頁）は長男昌彦が半壊のわが家の二階から撮った。他の写真はカバー（自宅の門の脇に咲く芙蓉の花）を含めすべてわたしが撮った。

講演・インタビューのテープ起こしは神田さよさん、由良佐知子さん、佐土原夏江さん、黒住考子さんの手をわずらわした。ありがとう。

この二十年、絶えず励まして下さった編集工房ノアの涸沢純平さんに改めて感謝します。

二〇一六年五月

安水稔和

初出一覧

I　揺れて震えて

城崎にて　北但大震災と阪神大震災（講演）　「火曜日」研修旅行／兵庫県城崎温泉　2004年9月25日
阪神淡路大震災と文学　十年目のインタビュー　「ネットミュージアム兵庫文学館」　2005年3月31日
未来の記憶のために　伝統と未来（講演）　「歴程夏の詩のセミナー」　2005年8月27日
揺れて震えて（詩）　〃

II　隣の隣は隣

隣の隣は隣　「神戸新聞」　2005年5月30日
焼け焦げた言葉　「神戸新聞」　2005年8月29日
言の葉のさやぐ国　「山陰中央新報」　2005年9月2日
私たちに何が書けるか　言葉の記憶（講演）　「平成十七年度島根県民文化祭」　2005年9月11日
日録抄　二〇〇五年七月―九月　「火曜日」84号　2005年10月

III　花の木の宿で　神戸大空襲

花の木の宿で　神戸大空襲を語る（講演）　「火曜日」研修旅行／滋賀県東近江市　2005年11月5日
日録抄　二〇〇五年十月―十二月　「火曜日」85号　2006年1月
新しい出発のとき　「月刊神戸っ子」1月号　2006年1月1日
水仙花　十一年　十一年（詩）　「神戸新聞」　2006年1月4日
神戸大空襲と文学（インタビュー）　「ネットミュージアム兵庫文学館」　2006年1月12日
青木ツナさんのこと　「火曜日」86号　2006年4月
岡しげ子さんのこと　「火曜日」87号　2006年7月
日録抄　二〇〇六年一月―三月　「火曜日」86号　2006年4月

IV　祈り

ことばの楽しみ（講演）　「奈良女子大佐保会兵庫支部総会」　2006年4月23日
今ここにいるのは（詩）　「同朋」4月号　2006年4月10日
わたしたちは（詩）　「同朋」5月号　2006年5月10日
あの人が立っている（詩）　「同朋」6月号　2006年6月10日
日録抄　二〇〇六年四月―六月　「火曜日」87号　2006年7月
日録抄　二〇〇六年七月―九月　「火曜日」88号　2006年10月
いのちの記憶（詩）　「瓦版なまず」第2期第3号通巻20号　2006年10月7日
朝の声（詩）　「同朋」11月号　2006年11月1日

夜の声（詩）　「同朋」12月号　2006年12月1日
祈り　一月十七日朝（詩）　「同朋」1月号　2007年1月1日
いのちの震え　十二年　十二年（詩）　「神戸新聞」　2007年1月8日
日録抄　二〇〇六年十月―二〇〇七年一月　「火曜日」89号　2007年2月
ねがいごと（詩）　「同朋」2月号　2007年2月1日
日録抄　二〇〇七年二月―四月　「火曜日」90号　2007年5月
日録抄　二〇〇七年五月―七月　「火曜日」91号　2007年8月
日録抄　二〇〇七年八月―十月　「火曜日」92号　2007年11月

V　記憶の塔

十三年　十三年（詩）　「神戸新聞」　2008年1月7日
日録抄　二〇〇七年十一月―二〇〇八年一月　「火曜日」93号　2008年2月
焼けた木が消えた　長田十三年　「火曜日」93号　2008年2月
日録抄　二〇〇八年二月―四月　「火曜日」94号　2008年5月
やっとわかりかけてきたこと（講演）　「日本現代詩人会西日本ゼミナールin神戸」　2008年7月26日
日録抄　二〇〇八年五月―七月　「火曜日」95号　2008年8月
日録抄　二〇〇八年八月―十月　「火曜日」96号　2008年11月
一言　合唱組曲「生きるということ」に添えて　「神戸大学グリークラブ第60回定期演奏会パンフレット」

2008年12月13日

十四年　十四年（詩）　「神戸新聞」　2009年1月5日

いちょうの木が　長田　震後十四年（詩）　「詩人会議」2月号　2009年2月1日

記憶の塔　詩の明日は　「PO」132号春　2009年2月20日

あっというまに（詩）　「火曜日」97号　2009年2月26日

九階からの眺め（詩）　「火曜日」100号　2009年11月30日

VI　ここがロドスだ

十五年　十五年（詩）　「神戸新聞」　2010年1月4日

生かせいのち　いのちの言葉　声明レクイエムと詩―戦災と震災（講演）
「本願寺神戸別院　モダン寺第一土曜日仏教講」　2010年2月6日

歌ひとつ（詩）　「詩人会議」7月号　2010年8月

ここがロドスだ　わが街神戸　「PO」138号　2010年秋

戦災　震災　手控え　「火曜日」103号104号113号
2010年8月、11月、2013年2月

火を止めた木　「火曜日」105号　2011年2月

ここまでは　十六年　十六年（詩）　「神戸新聞」　2011年1月8日

Ⅶ　心寄せて　東日本大震災

被災地とともに　自身と重ねて見つめる　東日本大震災　「朝日新聞」　2011年3月19日
心寄せて　人を結ぶ記憶の目印　東日本大震災　「神戸新聞」　2011年5月10日
記憶の目印　「神戸新聞」　2011年5月30日
記憶の記号　「神戸新聞」　2011年8月29日
芦屋、明石、そして　兵庫県現代詩協会のことなど　「兵庫県現代詩協会会報」30号　2011年12月19日
一本の松の木　東日本大震災　手控え　「火曜日」106号～116号　2011年5月～2013年11月
記憶の目印　四篇（詩）　「詩人会議」7月号　2013年7月
風が吹く　十七年　十七年（詩）　「神戸新聞」　2012年1月4日
鳥が飛ぶ　二年　十八年（詩）　「神戸新聞」　2013年1月7日
あの日のように　十九年　十九年（詩）　「神戸新聞」　2014年1月6日

Ⅷ　生き継ぎ　生き続け

戦災と震災と　戦後七十年・震後二十年（インタビュー）　「サンテレビ　NEWS　PORT」　2014年8月12日
あれは　二十年　二十年（詩）　『春よ　めぐれ』文庫判選詩集　2015年1月17日
これからも　二十年　二十年（詩）　「神戸新聞」　2015年1月5日

春よ　めぐれ　神戸　二十年（詩）　共同通信社配信「岩手日報」各紙　2015年1月17日等
失われた名画　神戸大空襲七十年　書き下ろし
生き継ぎ　生き続け　「神戸新聞」　2015年8月31日
春の　となえごと（詩）　「神戸新聞」　2016年1月4日

安水稔和（やすみず・としかず）
詩人。1931年、神戸市生まれ。神戸大学英米文学科卒業。著書に、評論集『歌の行方―菅江真澄追跡』（国書刊行会）、『新編　歌の行方―菅江真澄追跡』『眼前の人―菅江真澄接近』『おもひつづきたり―菅江真澄説き語り』『未来の記憶―菅江真澄同行』（以上編集工房ノア）、『菅江真澄と旅する―東北遊覧紀行』（平凡社新書）、『竹中郁　詩人さんの声』『小野十三郎　歌とは逆に歌』『内海信之―花と反戦の詩人』『杉山平一　青をめざして』（以上編集工房ノア）、『鳥になれ鳥よ』（花曜社）、旅行記『幻視の旅』（文研出版）、『新編　幻視の旅』『ぼくの詩の周辺―初期散文集』（沖積舎）、エッセイ集『きみも旅をしてみませんか』（吉野教育出版）、『おまえの道を進めばいい』、『声をあげよう言葉を出そう』自叙伝『生あるかぎり言葉を集め』詩文集『神戸　これから―激震地の詩人の一年』（以上神戸新聞総合出版センター）、『焼野の草びら―神戸　今も』『届く言葉―神戸　これはわたしたちみんなのこと』、『十年歌―神戸　これからも』、ラジオのための作品集『木と水への記憶』『ニッポニア・ニッポン』『君たちの知らないむかし広島は』『島』『鳥の領土』、舞台のための作品集『紫式部なんか怖くない』（以上編集工房ノア）、選詩集『小野十三郎』（社会思想社）『竹中郁詩集』（思潮社）『安西均詩集』（芸林書房）など。詩集に、『存在のための歌』『鳥』（以上くろおぺす社）、『愛について』（人文書院）、『能登』『花祭』『やってくる者』『佐渡』『歌のように』『西馬音内』『異国間』（以上蜘蛛出版社）、『記憶めくり』『風を結ぶ』『震える木』『秋山抄』『生きているということ』『椿崎や見なんとて』『ことばの日々』『蟹場まで』『久遠』『ひかりの抱擁』『記憶の目印』『有珠』『春よ　めぐれ』（以上編集工房ノア）、『安水稔和詩集』（思潮社）、『安水稔和全詩集』『安水稔和（自選）詩集』『遠い声　若い歌』『安水稔和詩集成（上・下）』（以上沖積舎）がある。他に合唱曲など多数。

隣《となり》の隣《となり》は隣《となり》—神戸《こうべ》　わが街《まち》

二〇一六年八月十五日発行
著　者　安水稔和
発行者　涸沢純平
発行所　株式会社編集工房ノア
〒五三一—〇〇七一
大阪市北区中津三—一七—五
電話〇六（六三七三）三六四一
FAX〇六（六三七三）三六四二
振替〇〇九四〇—七—三〇六四五七
組版　株式会社四国写研
印刷製本　亜細亜印刷株式会社

ISBN978-4-89271-256-2

ひかりの抱擁

安水稔和

亡くなった人たちの記憶のために、生き残ったわたしたちの記憶のために、死者とともにわたしたち生者がともによく生きるために……。　二五〇〇円

記憶の目印

安水稔和

抱きしめてきた記憶があって。あれから何年。わたしたちは今。いつもとちがうすこしちがうことに気づいて。これは生きていくための詩集。二五〇〇円

ことばの日々

安水稔和

凍ることば。燃えることば。ほほえむことば。歌うことば。夢みることば。生きものの息。言の葉をたぐってたぐって。ことばと人間存在。　二〇〇〇円

秋山抄

安水稔和

第6回丸山豊記念現代詩賞受賞　鈴木牧之「北越雪譜」が分け入った秘境秋山郷を踏み分ける。夕陽近く　村に入る。夕陽近く　野を過ぎる。二〇〇〇円

震える木

安水稔和

木は／／立ったまま／燃える　四季の木　泳ぐ木　歩く木　飛ぶ木　半分の木　土のなかの木　木のなかから声が　記憶の木　震える木　一九四二円

風を結ぶ

安水稔和

眼だけが旅をする　流れた跡を丹念になぞる　水の柵、細い苦い葉、涸れた河原…記憶の声、いちょうのようなものが、空の裂け目で揺れている。一九四二円

有珠《うす》

安水稔和

菅江真澄追跡詩集　海がない　真澄の見た　砂州の手前の澗《ま》がない。見渡せば今は砂の原。その先は海。魂の影どこまでも。真澄の風景の前に。二八〇〇円

久遠《くどう》

安水稔和

菅江真澄追跡詩集　久しく遠い　久遠《くおん》の村　見知らぬ知らぬ　久遠《くどう》のコタン。空の涯　おもいのはてのはてのはて。真澄北海道同行。二六〇〇円

蟹《がに》場《ば》まで

安水稔和

菅江真澄追跡詩集―第43回藤村記念歴程賞受賞　見えないものが見えることがある。わたしでないわたしと、わたしであるわたしと。魂の形。二四〇〇円

椿崎や見なんとて

安水稔和

菅江真澄追跡詩集―第16回詩歌文学館賞受賞　時空のかなたからの真澄の気息を間近に感じた。見なんとて真澄は出立しつづけた。私もまた。二三〇〇円

記憶めくり

安水稔和

菅江真澄追跡詩集―第14回地球賞受賞　真澄の旅の跡をめくる。詩人の記憶の底をめくる。石に坐って見る海は草の原のように荒れている。二〇〇〇円

新編　歌の行方

安水稔和

菅江真澄追跡　通りすがりの一言に耳傾けた。真澄は定住者でも漂泊者でもない。旅の不思議、眼の位置を文学・詩の方法にとらえなおす旅。二五〇〇円

紫式部なんか怖くない　安水稔和

舞台のための作品集　わたしたちはどこから来たかどこへ行こうとしているのか　動き出すことば生きようとすることば、ことばの声と肉体。二八〇〇円

詩と生きるかたち　杉山平一

いのちのリズムとして詩は生まれる。詩と真実を語る。大阪の詩人・作家たち、三好達治の詩と人柄。花森安治を語る。丸山薫その人と詩他。二二〇〇円

窓開けて　杉山平一

日常の中の詩と美の根元を、さまざまに解き明かす。明快で平易、刺激的な考え方や見方がいっぱい詰まっている。詩人自身の生き方の筋道。二〇〇〇円

消えゆく幻燈　竹中郁

〔ノア叢書6〕堀辰雄、稲垣足穂、三好達治、丸山薫、井上靖などの詩人、小磯良平、鍋井克之、古家新、熊谷守一他の出会いを描く。（品切）二八〇〇円

日が暮れてから道は始まる　足立巻一

筆者が病床で書き続けた連載「日が暮れてから道は始まる」（読売新聞）「生活者の数え歌」（思想の科学）に、連載詩（「樹林」）を収録。一八〇〇円

神戸の詩人たち　伊勢田史郎

神の戸口のことばの使徒。詩人の街神戸のわが詩人たち。詩は生命そのものである、と証言した、先達、仲間たちの詩と精神の水脈。二〇〇〇円

風の如き人への手紙　和田　英子

詩人富田砕花宛書簡ノート―純粋真正の詩人ゆえの多彩で尊い交友。石川啄木、百田宗治、白鳥正吾、金子光晴、日夏耿之介、長谷川如是閑他。四〇〇〇円

神戸ノート　たかとう匡子

震災10年の神戸。歴史の神戸。文学の神戸。私の生徒たち。詩と私。神戸の詩人。全部の神戸。自分のことばと神戸を確かめる詩人の時間。二〇〇〇円

槐多よねむれ　山田　幸平

これはわたしが真に自覚的に魂の血縁を探し求める旅の第一歩となるだろう。時代の真の素顔をまさぐるのだ。うねり重なる存在の文体。二二〇〇円

日は過ぎ去らず　小野十三郎

半ば忘れていた文章の中にも、今日の状況の中でこそ私が云いたいことや、再確認しておかなければならないことがたくさんある(あとがき)。一八〇〇円

かく逢った　永瀬　清子

詩人の目と感性に裏打ちされた人物論。宮沢賢治、高村光太郎、萩原朔太郎、草野心平、井伏鱒二、三好達治、深尾須磨子、小熊秀雄他。二〇〇〇円

象の消えた動物園　鶴見　俊輔

私の目標は、平和をめざして、もうろくするということです。もっとひろく、しなやかに、多元に開く。２００５~２０１１最新時代批評集成。二五〇〇円